Flying Mule

飞翔的骡子

王手 著

作家出版社

目录

西门之死

　　有件事西门觉得比较尴尬，他喜欢上朋友木君的妻子了。这不是一厢情愿的煎熬，也不是一般意义上的心仪。一厢情愿和心仪，他过去都嘲笑它们为自讨苦吃。尴尬的是，木君的妻子并不是蒙在鼓里，她也有红杏出墙的意思。比如，他们交谈的时候，她会说自己的背很白。她告诉他背白做什么？无非是想说自己这个方面有魅力，值得注意。又比如，她有什么好信息也会及时发给他分享，是那些"法院向着你，情人爱着你"之类。她为什么专挑这类信息？是很好读吗？不是；是写得精彩吗？也不是；那么，除了引诱和煽情，就没别的解释了。这方面，西门就更肆无忌惮了。他背地里已经不叫她名字了，他叫她"美人"。美人美人，唤得人心口都隐约地疼。"美人"是一般人能叫的吗？没有相当的程度，根本就叫不出口，即便是狠狠心闭着眼叫了出来，说不定还会遭来一顿臭骂。这样的"神交"，大有愈演愈烈之势。

　　这种"神交"如果仅仅是"千年打一更"或是千载难逢，那也就算了。尴尬的是，他们几个朋友经常要聚在一起，而且美人也大都在场。聚在一起，对于不安分的人来说，就是一块孳生错误的土壤。

　　这天晚上，他们相约冰壶楼喝酒。时间还早，他们就等在木君的公司里。公司是经营茶业的，等不是特别地乏味，看看装潢中的书画，听听大堂里有一下没一下的古琴，躲在包厢内下几手五子棋，也可以叫一杯茶装模作样地玩玩。人齐得差不多了，就前前后后地去酒店坐好。他们现在喝酒的借口很多，谁的小孩说了个新鲜的词、谁的老婆穿了件得体的衣服、"9·11"事件、东帝汶民选……大到天塌下来，小到放个有音乐意味的屁，都是他们喝酒的理由。他们今天喝酒的契机是，庆祝基督耶稣光临世界两千零一周年。

这种情况，美人一般是要去的。一是从木君的公司出发，二是从这里出发一般都是木君做东，这样的话，点菜的任务就落在了美人的肩上。西门喜欢美人在场，热闹的场合，她会时不时旁若无人地蹦出一句歌。这种现象，说她矫情也好，说她"人来疯"也罢，反正他觉得挺有意思。美人经常哼的一首歌是陈明的《为你》——"那是爱神之箭偏了它的方向……"，嗓子憋得很足，韵味也很到。听见美人唱，西门都会暗地里抿嘴一笑，还会在心里跟着默哼一段——"一路为你送上，冬日暖阳，抚平你心中的点点忧伤；一路为你擦亮，满天星光，如果你在黑夜迷失方向，让爱为你导航……"这确实是一首好歌，很遗憾，他却不能公开附和。在木君和美人身边，西门老有一种"窥视"的感觉。

现在，西门就坐在美人的对面，这样的场合，美人不属于他，属于木君。她要是坐在他身边就好了，那样的话，他就可以做做小动作，比如，故意掉支筷子，俯身拾的时候，顺便碰碰她的腿，等等。坐在对面，他顶多只能"望眼兴叹"。况且，周围还布满了许多警察，有真警察，比如美人的老公木君，木君看似很散淡，其实心里都在对她实行严厉的管制；也有假警察，那就是其他几个朋友，金君、水君、火君、土君，他们似乎也漫不经心的，但眼睛却雪亮雪亮。当然，这样的场合，美人是应该属于木君的，她就是装，也要装一下的。她服服帖帖地依在木君身边，替木君夹菜，替木君喝酒，她替木君喝酒的理由是，等会儿木君还有个活动。她呵护木君最经典的细节是，木君的下巴上沾上了一滴酱油，她拿了湿巾伸过手去，木君好像感觉到了她的意向，也及时递过脸来，她正好迎住，把那滴酱油擦了。对于这个动作，西门是这样想的，别看他们配合得默契，其实还是有纰漏的，这个纰漏就是无微不至。夫妻之间，无微不至就是演戏。她完全可以做得自然一点，碰碰木君的手，哎木君一声，努努嘴；或者指指自己的下巴，示意木君一下，让木君自己擦嘛。他们现在这样，也太过肉麻了！不过，西门觉得这样也挺好的，挺有意思，他在笑看。美人这样演戏恰恰说明了她在遮掩，遮掩什么呢？就是遮掩她和他的关系。她要是心里没内容，遮掩干吗？至于吗？

　　这样的时候，西门真是太希望酒店停电了。温饱思淫欲。停电，实现一下自己的夙愿。停电了，朋友们肯定睁眼一摸黑，甚至会惊慌失措。报载，某酒店夜晚酒席如火如荼，突然停电，食客纷纷弃桌而逃，保安见势不妙，迅速撤至门口，逮住一个打一个，揪住两个揍一双。为什么打？店家说，他们想逃账。食客说，我们以为哪里着火了，黑咕隆咚的，我们肯定逃。这是闲话。停电了，他肯定是镇定自若的。就算朋友们不为停电所动，继续谈笑风生，那他肯定也要潜下桌子，这样的机会"打着灯笼也找不着"。在桌子密不透风的帷幔里，他悄没声息地接近美人，然后把头轻轻地埋在她叉开的胯里。当然，这件事的前提是美人不能叫，一叫，什么都完了。他相信她不会叫。这种事，没有百分之百的把握，他不会贸然。如果这时候突然又来电了怎么办？不要紧，他连对词都想好了——"我正要掏打火机采光，不小心掉了，我正在桌底下找呢！"他觉得自己的设计"千无一失"。

喝酒很快结束。先是木君走了，说总商会那边还有个活动，他们是第二赞助商，作为嘉宾，木君一定要到场，且不能迟到，圣诞之夜，唱歌跳舞，摸奖送礼，项目多多。木君叫美人继续陪朋友喝一会儿。这样的酒当然不能久喝，再喝，就有点不合时宜了。于是，金君说小孩一个人在家，水君说要去医院看看丈母娘，火君说厂里有批货在赶，反正都是扑棱棱地要走。就是土君说，天冷，我想早点回家睡觉。西门说，那好，你们先走，我陪她把单买了。

买完单的美人一下子就蒙眬了，人松得一塌糊涂，只有眼睛和嘴唇闪闪发亮。她好像突然醉了，而且醉得不轻。她没喝多少酒啊？西门觉得她是装的。她装醉酒做什么？是她的一个策略？她想放肆？那么，醉酒就是她为自己的下一步铺的伏笔。酒能掩饰窘迫，也能解释一切，如果他迎合了，那么，酒就是一种气氛；如果他尴尬了，退却了，那一切的过分和不当都是酒这个罪魁祸首，是酒怂恿了她，糊涂了她。

距离一下子亲和起来。

酒店门口的灯光很凄凉，站在门口的他们也很寒冷，他们跺着脚搓着手，渴望，像虫子一样在心底匍匐出来；刺激，如一条鼓励的鞭把他们两个都抽了一下。西门说，你想去哪儿？我送送你。美人说，我现在一个人，没地方好去。他说，如果跟我走，你有胆吗？她说，我都和你在一起了，你说我有胆没胆？他说，今天是圣诞节，我们去教堂看看怎么样？她说，我家里是信佛的，不要紧吧？他说，你跟着我都不怕，还怕迷信吗？这倒也是。

一辆三轮车善解人意地滑了过来。西门上了车，美人搭了他一把，也坐了上去。她搭他的手了！这是她第一次搭他的手，前面的那些"亲热"都还不是动作，现在到了一个崭新的阶段！可惜，她搭了一下就完了，而且还是搭在他的衣袖上。他穿的衣服太厚了，感受一下子还无法深入到肌肤，他多想体会一下这种滋味啊，这不是对手的感受，而是对一种意境的感受，对刺激的感受。不过不要紧，这次"猝不及感"，下次"有备无憾"了，她不是跟他出来了吗？机会有的是，只要他不把某些事当作障碍就行。西门想，障碍总是有的。比如，他们现在坐得很近，就感觉很突兀。这就是障碍。障碍总是在未跨越之时被无限地夸大，对于他来说，他只用突破一点，就等于翻越了好几座大山，接下去，面前肯定是康庄大道。

三轮车的风篷裹住了他们，这种感觉非常美妙，他们好像躲进了一个碉堡里，他们很隐蔽，而外面的人一个个仿佛赤身裸体。路上，西门还发现了踽踽而行的土君。他轻轻推了推身旁的美人，说，如果有人看见我们怎么办？她警惕地问，谁看见我们啦？他说，土君，他就在我们附近。她下意识地低头躲了一下，说，他不是说自己回家吗？他说，现在有几个人说话是真的？她担心着说，那他会不会跟别人说起我们？他说，这倒难说，这就看我们今后的表现了。她说，这话怎么讲？

他们就这样有一句没一句地说着，很快就到了教堂。一股暖烘烘的气氛立刻包围了他们，他们听见了非常舒服的管风琴音乐，听见了积极但又没经过训练的低缓的合唱——"平安夜，圣善夜，万暗中，光华射，照着圣母也照着圣婴……"对于教堂，西门有点熟悉，每年的圣诞节，他都要来这里坐一坐。相比之下，美人就显得生疏和迟疑，她像个小孩一样东张西望。她的这些举动也引起了一些教友的注意，他们热情地与她打招呼，"姊妹，你是第一次来吧？"美人羞涩地点点头，立刻，他们争先恐后地把位子让给她。

这是个普天同庆的日子，舞台上有丰富多彩的节目。有一阵，美人也确实被他们的表演所吸引。他们像演话剧一样，重现当年耶稣降生的情形，演技虽然蹩脚，但表情真挚感人，好像自己就是当年的人物，只不过衣着和装束不同。

这一切，西门都声情并茂地讲解给美人听——“约瑟说，我，亚伯拉罕的后裔，雅各的儿子，我是荣耀的。玛利亚说，这是个义人，我要与他结为夫妇，并要生一个儿子，取名耶稣。约瑟说，可是你，刚刚才与我认识，我们都还没有接触，你便有了身孕，这作何解释？玛利亚说，这，我从不曾越轨，这肚子，我也不知是怎么大起来的。约瑟说，不行，我要休了你，我不能让自己蒙受耻辱。玛利亚急得团团转，只顾哭。一道亮光从天而降，有主的使者嗡嗡地对约瑟说，你不必指责她，她是从圣灵怀的孕。约瑟无奈地说，既然是圣灵要她怀的孕，那我就没有办法了。”美人忍俊不禁，咯咯地笑起来。

西门说得激情飞扬，唾沫四溅。他今天喝了不少酒，口气有点浑浊，再加上说了那么多话，嘴里愈加黏稠，连自己都闻到了自己嘴里的酸味。这一点，美人丝毫没有介意，也没有嫌弃，她只是很自然地从包里摸出了“爽口宝”，先在自己嘴里嗞嗞地喷了两下，像是做一个示范，然后递给他。有半秒钟，西门尴尬了一下，但马上心领神会地接了过来，也朝自己的嘴里喷了两下，一股清香顷刻在他的牙缝里钻来钻去。这件事更加坚定了他的琢磨：美人是喜欢他的！她要是不喜欢，就不会这样顾及面子，她要么把自己的头移开，要么用什么东西挡住他口气的进攻，或者“打柱子应板壁”，用一些旁敲侧击的话来提醒他，谢谢救主，她没有这样做。

但是，他们的愉快太短暂了，扫兴紧接着就尾随而至。在一次偶尔的回头过程中，西门发现土君也走进了教堂，他吓了一跳，他的眼睛紧紧地跟随着土君移动，好像时刻防范着土君的突然袭击。由于天气冷，土君把自己的衣领竖了起来，竖起的衣领遮住了土君的半个脸，土君神色庄重地走到舞台前，左手捂胸低头默祷。这使西门有了点恍惚的感觉，他脑里闪现出那些描写地下党生活的影片。趁着这工夫，西门碰了碰美人的手。他不是碰她的臂，而是碰她的手，他的碰是有目的的，因为手有感情倾向，而臂则比较迟钝，但这时候的碰不能停留，只能"一触即放"，否则很难解释。美人在警觉的同时也发现了土君。她说，他怎么会在这儿？他说，我一抬头，他已经进来了。她说，你说他看见我们了吗？他说，看样子还没有。她说，你凭什么说没有？他说，看见了总会打打招呼的。她说，废话。她又说，你看他把衣领竖得这么高，就是在偷看我们。他说，土君好像没这么阴险吧？她说，不管他品质怎么样，我们快走为妙。

他们猫腰离开了座位。心虚使他们的行动显得鬼鬼祟祟。他们趁着土君还在忘情地祈祷，像通过封锁线一样拼命向门口奔去。

"等一等！"一声吆喝，两个老太婆突然拦住了他们的去路。他们像遭遇敌人一样一脸的愕然。显然，他们的过于紧张连老太婆也看出来了，老太婆堆下笑，友好地递给他们教堂的礼物：一人一份，用尼龙袋装着，两条米做的鱼，五片苏打饼干。老太婆说，带回家，这是吃太平的。美人笑盈盈地接了过来。

出了门的美人夸张地拍打着自己的胸口，说，吓死我了，我还以为自己犯了什么戒律呢！说着，他们钻进了迎面而来的出租车，他们在后座又跌到了一起。司机问，你们去哪儿？美人说，随便随便，开起来再说。出租车就盲目地奔跑起来。

现在是夜里十点钟，路上的灯也暗得差不多了，偶尔在路口被残存的亮光一刷，马上又坠回到黑暗里去，他们坐在出租车里却像置身在潜艇中，他们在马路上穿梭，却像在深海里游弋。另外一种感觉就是在森严壁垒的包厢里，这么温馨的天地，西门真想仔细地摸一摸美人的手啊！她不是说自己的背白吗？那么，她的手一定很光滑，像玉脂琼膏。漂亮的人，每个部位的美都应是成正比的。但他不能不明不白就抓她一下，那样肯定很突兀。于是，那一刻，西门在挖空心思地考虑自己手的姿态。他一会儿把手交叉在脑后，一会儿把手坐在自己臀下，他想，哪怕是运作过程中碰一下她的手也好，只要碰，对于心里有内容的人来说，都会节外生枝的。他的"姿态"显然是太刻意了，美人似乎"若有所感"。这叫她躲不是迎也不是，躲，面子上过不去；迎，是不是太轻浮太主动了？为了打破这样的尴尬，美人没话找话说起来。她说，这两条鱼五片饼干有什么讲究吗？西门说，当然有讲究，这是《圣经》里的故事，说的是耶稣在旷野里用两鱼五饼喂饱了五千人。她说，你还知道蛮多的。他说，我看过《圣经》，《旧约》讲故事，《新约》讲道理。她又说，这么说，这两鱼五饼还带着耶稣的旨意，真的是吃太平的？他把手做成喇叭状，俯在她耳边说，不仅仅是吃太平，还吃越轨和出格。她莞尔一笑，打了他一下，说，越轨和出格都给你吃吧。

他们这样一说，就暴露了身份。本来他们还像是一对夫妻，现在他们立刻就变成了一对野鸳鸯，所谓的偷鸡摸狗者。前面那个司机马上就饶有兴致地回了一下头，还把眼前的后视镜调低了一个方向，好窥视他们，看他们会不会动手动脚。他们本来就缩手缩脚的，这样，他们就更不敢做什么了。他们相互看了看，坐姿开始僵硬起来。

无聊像药水一样浸泡了他们。

西门说，我们现在去哪儿？美人说，我们去体育场看摇滚吧。他说，你有票吗？她说，票门口还少吗？他说，我知道你唱歌喜欢，摇滚你也喜欢啊？她说，我其实喜欢郑钧的那种摇滚，摇滚也要有点内涵。他说，这次没有郑钧吗？她说，这次过来的倒都是大牌，轮回、零点、黑豹、唐朝，还有崔健。他说，你以为他们怎么样？她说，鬼哭狼嚎。他们这样说话的时候，一点也没有感情色彩，好像是两个陌生人在交谈，好像要证明给那个司机看，他们很中规中矩。真他妈的笑话！

在体育场门口，他们分开来等退票。美人先退到了一张，西门要她先进去，等会儿再联系。后来，西门也退到了一张。他的票是三区64号，他记得美人的票也是三区，几号他没注意。三区不知道在哪个方向，体育场他很少去，他没有一点方向的概念。

西门走进体育场。他尽量使自己放松下来，他要装作一个音乐爱好者的样子，而不是一个图谋不轨者。他想起自己今晚的行为，想和朋友木君的妻子待一会儿，想摸摸她的手。一开始他没有准备；在教堂里他错过了机会；在车里被司机监控着；现在又跑到体育场里来了。辛苦啊！体育场确实是个好地方，人挤人，黑压压的，若想摸一下手，肯定不在话下。有可能的话，说不定还能蹭到其他部位，比如乳房和屁股。想到这，他猥琐地笑了笑，暗暗表扬自己"真会找地"。

三区其实是最差的一个区，虽然在舞台对面，但太远了点，如果用一个足球场去衡量，那就是唱歌的在那边的球门，而三区在这边的球门。西门粗粗地瞄了一眼，看看舞台上的人的比例，估计再加个望远镜也弄不清他们的面孔。因为远，三区的人基本上都跑光了，他们翻过栏杆，跑到足球场里，还有一些人则疏散到两侧的看台，好在看台就是阶梯，没有严格的位子划分，挤就挤吧。

一时没看见美人，西门有点不自在，他就掏出手机联系。他从手机里听到了嘈杂的音乐，感觉离舞台很近。美人说，你看见挂在柱子上的音箱了吗？在右边，从舞台这儿往回数，第三个音箱，我在下面。西门好嘞一声，拿了一下情绪，抖擞着走去。

这时候，有几个乐队已经表演完了，现在正轮着零点。西门磕磕碰碰地往前走，不时抬头看看柱子上的音箱。有几个自以为是的乐评人不甘寂寞，高论顽强地钻进他耳朵——一个说，黑豹有点乱，他们下错了功夫，他们的噱头倒不少，但他们误解摇滚了。另一个说，唐朝试图做到融洽，现在看，隔阂还是存在的，其实，他们对唐朝的遗韵知之甚少。西门冷笑了一下。他没那么深入，他觉得零点唱得不错，他喜欢节奏感舒服的歌，而这方面，零点做到了。

有人拉了他一下。西门愣了一下，滞一滞脚，他看见了李惠珍。李惠珍曾经和他好过一阵，算是情人吧。那阵子他们挺疯狂的，但李惠珍很爱自己的家。她和他疯狂，不是需要，不是补缺，纯粹是尝试。尝试过后，他们渐渐地淡了。他知道爱家的人不会长久，因此，他有所准备，没有拔不出来。但他们那一阵是刻骨铭心的，所以，尽管淡了，情人的那份感觉还是有的，这从她眼睛里能看得出来，这也是她主动叫他的基础。她说，你一个人啊？西门说，是啊，我一个人，你呢？她说，小孩子想看看摇滚是怎么回事，就带他来了。西门这就看见了李惠珍身旁的一个小孩，样子非常地灵性，很有内容地看着舞台那边。他突然明白了，释然了。他想，这就是她淡他的原因，他要是也有这么一个小孩，他的心也会非常地安宁。西门说，你都好吗？她清脆地回答，挺好的。他看见她露出满足的微笑，牙齿非常白，笑得很由衷。她这样，西门就觉得自己再没有滞留的道理，这等于告诉他，他们的谈话已经安详地结束，他该走了。他说，好的，你坐，我到前面去看看。

西门是在李惠珍之后才有了对美人的心思的。他发现自己的心里非常需要热闹，热闹好，热闹很温暖，他需要心里时刻满满的，没有，他就很恍惚。

西门很快就找到了美人。

她站在柱子旁边的一个出口上面，轻倚栏杆，样子很凄美。这样的情形是需要一个背景的。西门就悄悄地走过去，站在她身后。美人站在下一级，他站在上一级。他们这样站着，站在一起，总得有个说法吧，因为，在他往上走的时候，有人就频频回头看他，看他单独走上来，看他不偏不倚来到了一个女人背后，这个位置就值得推敲。他们是什么角色？是谈恋爱的朋友？似乎年龄大了点；是老夫老妻？似乎细节上没有到位；那么就是情人了，没有别的，现在流行这个。是情人也太缺少想象力了，情人什么地方不可以去？情人到这里来能解决什么问题？西门倒是愿意充当一下夫妻这样的角色的，也只有夫妻这个角色，他们才基本符合条件，最没有疑问。这样，西门就要做点什么表示表示。捉手，显然已不合时宜，装模作样地捉手等于不打自招。那就搭肩吧，搭肩搭得相濡以沫，还是很像夫妻的。这样想着，西门就把手搭在了美人的肩上。他感觉美人的身体硬了一下，她没有回头惊看，也没有缩肩避手，当然也没有粘贴和依靠。她只能说是默默地承受，像撑着一块大石头，吃力得不得了。西门也搭得很别扭，像搭在一根加了热的电烙铁上，根本不能踏实和专心，这真叫人难过！

为什么会这样呢？问题出在哪儿呢？西门想，是意识的问题？是能力的问题？还是环境和对象的问题？都不是。他和李惠珍就做得很自然。开始的时候，他也担心和一个陌生的对象能不能默契，他和李惠珍打招呼时，说自己有点紧张，紧张了，不完美就情有可原了。后来，他们只是稍稍生疏了一下，像不认识一个东西，摆弄了一会儿，就知此知彼了。

是因为美人是朋友木君的妻子？想到这一点，西门心里就一阵燥热。问题的症结就在这里，他的障碍也在这里。要是别人的妻子，他用得着这样婆婆妈妈吗？他早就直奔主题了。朋友妻，这是个叫人心虚的话题，不仅涉及道德，也涉及情义，以及形象、口碑、社会地位、信用程度，一个连朋友的妻子都要"吃豆腐"的人，还会是好人吗？肯定是个坏人。

西门觉得自己应该赶快离开。没有结局的滞留，只会越留越尴尬。他装作若无其事地抽回手，随便摸了摸自己的眼睛，在摸眼的同时偷偷看了看美人，美人似乎也在装，装得像一对真夫妻一样无所谓，她没有对他的抽手作出反应。舞台上，音乐骤起，听过门的旋律，好像是零点的代表唱《相信自己》。这是最能吸引人的时候，这时候消遁，就神不知鬼不觉了，当然，主要还是为了避免尴尬。西门快速后退几步，没想到竟一脚踏空，嘀嗒，只一秒钟，他的头就碰到了地上。那一刻，他肯定失声呼喊过，可惜，正在沸腾的歌声把他给淹没了——"多少次挥汗如雨，伤痛曾填满记忆，只因为始终相信，去拼搏才能胜利……相信自己，梦想在你手中，这是你的天地……相信自己，你将超越极限，超越自己……"加上观众山呼海啸般的附和，谁还会倾听他的呼喊？

美人不知是过了多久才发现西门已经不在身边了，也许是这首歌刚刚完毕的时候，余音犹在，她在感慨的同时正准备和西门交流一下"唱得好"，她回头的一刹那眼睛竟然扑了一个空，嘴巴也惊愕地僵在那里。她迅速看了看周围，然后把视力范围稍稍扩大，仍旧没有一点迹象。恍惚，迅速袭击了她，使她觉得一刻也待不下去了，她开始艰难地往外挤……

现在，美人要做的第一件事，就是打一个电话给老公木君。她在通话之前已想了一下内容，因此，她的口气显得平和而没有一点破绽。木君说，你们这时候才好呀？你们今天喝马拉松酒啊。美人说，你说什么呀？我都回家洗过澡了。我现在在家门口，我是想问问你，你那边怎么样了，我要不要过去？木君说，正热闹呢，你过来吧。美人哎了一声。美人这样说的时候，其实正在体育场门口举手叫车。

匆匆赶到总商会的美人，在进电梯之前发现自己居然还拎着那袋教堂分发的礼物——两鱼五饼！她吓了一跳。她真是昏了头了，现在是什么时候？在什么地方？马上要见到什么人？只要木君有一点点怀疑，问，这是什么东西，那她就是有一千张嘴巴也说不清了。她长长舒了一口气，暗自庆幸自己并不糊涂。她环视一下左右，确信周围没人，才把两鱼五饼扔进了电梯口的垃圾桶里。然后，美人乘上电梯，嘀笃嘀笃地走进"平安夜"联欢大厅。

老公木君差不多是张开双臂迎住美人的。美人气定神闲地坐了下来。前面什么事也没有发生，即便发生了什么，也要尽快让它过去，她现在是本次活动的赞助商之一博雅茶业有限公司的老板娘，是主人翁，她要博大，要典雅，要"女仪天下"。她侧头轻问木君活动的情况。木君说，效果非常好，客人参与得很踊跃，奖也发得很热闹，末奖都是商务通，人家说我们的奖很大气。美人露出恰如其分的职业的微笑。木君又说，我们本来是坐在前面3号桌的，你没来，我一个人坐在前面像掉了牙似的，又碰着拍电视，说人少不好看，就被那一桌的人换去了。她说，无所谓，这里不错，我正好不喜欢出头露面。木君说，现在就剩下大奖了，要到十二点才开，你来得迟了，但还赶得上，看看你运气怎么样？她说，运好不用赶得早。

今天的奖一律由礼仪小姐开，小姐美了甲的手指做着花样，像鸟嘴一样从玻璃缸里叼出了入场券的存根，真是绝无仅有，偏偏就是3号桌，一台格力立式液压门空调。3号桌的人一点也不考虑别人的情绪，腾地就欢呼雀跃起来。木君看了看美人，不快，爬到了脸上，说，你看，你要是早点来，我们就不会换桌了。木君有点埋怨美人的意思。美人坦然地说，运气是天生的，没办法，他就是坐在角落里，今天这个奖也是他的。木君不响，显然，他在可惜那台空调。他的脑子里层出不穷地涌出许多假如，假如朋友的酒结束得早一点，假如美人不回家洗澡而直接来总商会，假如晚上没拍电视，假如他坚决不换桌子，那么，这台空调无论怎样也是他的。尽管这些奖品的赞助费基本上是他出的，他也不在乎一台空调，但话不是这样说的，这是个兆头问题，生意人最忌讳这种"打横财"。这事伤害了木君，半晌，他神秘兮兮地说，你今天一定做坏事了，我想我们的运气也没这么坏。这种说法要是和教堂体育场联系起来、和越轨出格联系起来，倒是非常可怕的，要坚决否认掉。美人不动声色地说，你胡说什么呀，看你还是个生意人，一台空调就横在心里过不去。木君并没有放弃，甚至有点龌龊，说，不是我小气，这事也太邪门了，假如不是3号桌，我一点也不计较，肯定是被什么冲掉了，要不，你今天是不是摸屁股了，身手不净？美人鄙夷地说，你这人怎么这个样子，我洗澡了，摸屁股了，怎么样吧！你要是再这样说一句，我马上就走！说是这样说，美人心里其实也是挺虚的，但这事非同小可，只能挺住，她拼命鼓励自己：坚持到底，就是胜利。

西门的尸体是第二天一早才在体育场外面被人发现的，一个民工在清理建筑垃圾时摸到了他，吓得一屁股坐在了地上。警察呼啸而来，很快介入。一个警察慢腾腾地戴上手套，他的脚下是西门委屈的身体，他很有经验似的在西门身上拨弄了几下，然后，漫不经心地拍了拍手，自以为是地看了看头顶上方。上面是体育场的看台，有一个很大的缺口。警察迅速聚集到看台上。这是一个像盛开的鲜花一样的体育场，那个缺口的位置就是花瓣，花瓣的弧度舒展得太大了太美观了，当然也就损伤了它的牢固。

据说，这几天正在对这个缺口进行维修，竖了警告牌，拉了警戒线，但昨晚的摇滚太热烈了，警告牌被挤得不知去向，警戒线也被踩得像碎纸一样，这样，慌里慌张、心神不宁的西门就不小心摔下去了。

案件基本上有一个定论：排除了他杀的可能，属意外失足摔死。这里有一个疏忽，随西门一起下来的应该还有从教堂带回的"两鱼五饼"，但是它摔得太远了，一个尼龙袋子，一点也不起眼，早已与那些垃圾融为一体，没有引起警察的注意。不过，西门之死多少还是有一些疑点的，比如，他怎么会一个人跑到这里来？警察准备查找最后一个见过西门的人。

西门的照片很快在电视和报纸上登了出来，与此同时，他的朋友也相继受到了警察的传讯，因为在西门的手机里有他们那天联系过的记录。

最关心西门的当然莫过于朋友木君的妻子美人了，个中原由只有她自己知道。她把这件事前前后后梳理了一遍，觉得，当务之急就是要抢在警察前面给土君打个电话。与土君的对话不知从何说起，美人拿着电话迟疑了几秒钟，然后说，我能和你谈谈吗？土君说，你想说什么呢？美人又犹豫了一下，觉得掩饰和兜圈子都不好，才说，我有点害怕。土君说，你别说了，我们都是朋友，我已经死去了一个朋友，我不想看到其他朋友再有什么痛苦发生。美人饮泣着说，我会谢谢你的。

朋友在警察那里的笔录基本上相差无几，从西门手机上反映，他们的通话集中在傍晚五点左右，这是他们相互通知喝酒的时间，这样，圣诞之夜的这顿喝酒，成了西门和朋友的最后见面。

对美人的讯问要复杂和用心一点，根据上面笔录的分析，她离开西门的时间要稍稍推迟一些。对于这一点，美人很坦然，说，他们都有事先走一步了，西门是留下来陪我买单的。在美人的叙述下，西门身上又多了点人文关怀的色彩。这似乎也合情合理。问题集中在晚上十点以后的那个电话，也就是西门在体育场打给美人的。美人回忆说，当时我正在家里洗澡，西门来电话说，他想去看看摇滚，问我有没有票，我说没有，仅此。警察抬了抬身子，似乎抓住了一点兴奋，追问说，他为什么会找你要票呢？美人说，我们经常要赞助一些活动，如果赞助了，一般都会有票。但这次我们赞助了"平安夜"晚会，我们没赞助摇滚。警察说，他为什么不找你老公要票呢？为什么找你？美人说，我老公主要负责公司的业务，这些事他基本不管。警察询问了木君，证明确实如此。西门已死，死无对证，真假都由着美人编了。

李惠珍是主动要求见见警察的。李惠珍的想法其实是比较古老的，她只是希望西门的死不要弄出太多的悬念，搅得死人不安，死就死了吧，要平静地画上句号。李惠珍说，那天晚上，十点左右，他走在体育场的看台上，我叫了他。警察问，他一个人吗？她说，我觉得他是一个人。你们说什么了？没说什么，只是问候一下。他事先知道你在那儿吗？不知道。他会不会事先知道你在看摇滚，而特地赶过去见见你？李惠珍警惕起来，说，你们这样问什么意思？警察对她的疑问置之不理，继续说，你们是怎么认识的？李惠珍不答，她觉得警察的问话里有下流的倾向。警察不依不饶，是认识，还是熟悉？你必须回答。李惠珍无奈地说，是熟悉。警察步步紧逼，是熟悉还是要好？李惠珍讨厌地看了一眼警察，说，是要好。警察隐藏着露出一脸坏笑，是要好还是有某种关系？李惠珍控制着叹了一口气，说，他其实是一个很谨慎的人，一个很有自制力的人，也是很会替别人考虑的一个人。警察提醒说，你还没回答我们的问题。李惠珍说，你们想要我说什么呢？好吧，我告诉你，我们曾经是情人，满意了吧，但我和他的死没一点关系。我之所以承认这一点，也是因为他已经死了，他死得很可怜，他不能没人认是吧？总得把他的死圆起来是不是？收尸也要收个全尸是不是？李惠珍说着自己呜呜地哭起来。哭了半天，她慢慢收起了情绪，认真地擦好了眼泪，好像对这件事做个总结似的，说，我承认是他的情人，算是对他的一个纪念吧。

警察听着，傻着眼睛，全都愣在那里。

李惠珍成了圣诞之夜最后一个见过西门的人。但警察没有把这些记下来。

原载《钟山》杂志 2003 年第 2 期

工厂开进了吉普车

中尉怒气冲冲地走出军营大门，他喝了一些酒，这是在上午，上午一般不喝酒，但他喝了，说明他今天心里不舒服。他的脸上是一片惺忪，眼角挤着眼屎，嘴边也残留着白花花的涎霜，这些眼屎、涎霜，还有惺忪，证明他昨晚到现在还没有睡觉，他是喝酒喝到天亮的。他扬言要把乳品厂闹得个底朝天，他对门口的哨兵说，职工出了事是不是领导的责任？哨兵莫名其妙。中尉当然也没有要求士兵回答，他是正好在气头上，就控制不住自己，就这么问了。至于怎么去追究领导的责任，他想，这完全取决于领导的态度。

中尉走到军营门口，他踢了踢地上的尘土，门前这条笔直的柏油路，一眼望不到头，这使他对自己接下去要走的路产生了犹豫。他端了端裤腰的皮带，转身往回走。哨兵疑惑地问，谁惹你生气啦？是职工还是领导？中尉没有停下来跟哨兵解释，他旁若无人地往里面走。迎面过来几个士兵，他们乐呵呵地傻笑着，他们走到中尉跟前才突然发现了他的神色，唰地收了笑避了开去。有胆大的说，头，怎么啦？要不要我们帮忙？中尉走得更加赳赳英武了，宽宽的肩膀近乎在摇晃。他同样也没有搭理士兵，他摇晃着身体继续往前走，他要是停一下，就会显得婆婆妈妈，不那么干脆硬码。他就这样一直走到了车库，身体踅一下就不见了，然后士兵们就听到很响的关门声、咆哮的引擎声，一股黑烟从车库里弥漫出来，然后就看见中尉驾着车，像一匹蒙着眼睛的瘟马，斜撇着冲了出来。

中尉也觉得这匹马跑得不那么爽快，有点磕磕碰碰，他知道是油路还没有上来的缘故。这辆敞篷的吉普，停在那里已经好几天了，要想开得猛，就需要加几脚空油。他把车嘎地刹在车道上，他轰轰地踩着油门，排气管打嗝一样呕出了一串串黑烟，不一会儿就把中尉和车笼罩了起来。哨兵跳下哨卡，几个士兵也拍马过来，他们都觉得中尉是一定需要他们帮忙的，他们的情绪激昂着，他们跑得有点凌乱。待他们跑近了中尉，车的气也顺得差不多了，他轻轻地一挂挡，车子从黑烟里冲了出来，车尾的黑烟像石头一样甩在哨兵士兵的脸上，他们像受到袭击一样情不自禁地弯腰躲闪，还意思意思地举手抵挡了一下。

现在，中尉驾着车跑在这条柏油路上，他的车速和车尾渲染起来的烟，告诉人们他今天情绪很坏，人们很自觉地在路边注目着，小心翼翼地看着他过去。中尉不用看眼前的路，不用看岔口的红绿灯，他只要听着引擎上发出的欢快的响声，只用想着他要去的方向，他的车就开得畅通无阻。有几次，路上的警察看见了他，就指了指，警察的动作一直都是轻描淡写的，但一直也都有四两拨千斤的作用，好像在说："怎么开的？""路是你家的？"要么你早就吓破了胆，灰溜溜地停了下来，要么你是被吓疯了，调转车头抱头鼠窜。可是，中尉今天没看见警察，今天的路，属于这辆吉普车，吉普像蒙上了眼睛，吉普像拆掉了刹车，吉普的油哗哗地注入了引擎，像一面旗帜哗啦啦作响，像台风来临一样横扫路面。它还有中尉坐在上面，中尉激昂又通红的脸色，中尉冲动又坚决的神态，前面就是一条河，他也注定要飞过去。那个警察，他当然也是个训练有素的人，他知道中尉放在油门上的脚抬都没抬，也听见了车子的声音一点也没有减弱，他甚至感觉到中尉的眼睛根本就没有看他，甚至都没有看路，最后他才看到了吉普的牌照，他就在心里暗暗嘲笑了一下自己，今天真是"警察碰上兵"了，然后他知趣地把那只不知好歹的手收了起来。

　　宋海娜这时候坐在乳品厂包装车间里做生活，她做的是擦奶的生活，把罐边挂出的奶擦干净了，接下来就可以包装了。擦奶是一个非常轻松的生活，但也非常地耗时间，她们坐在流水线的两边，等待着从上面缓缓出来的罐头，就像在酒店里吃宴席，上一个菜就吃一吃，一边吃还可以一边说说话。与宋海娜一起的工友叫阿灿，阿灿比宋海娜不知要漂亮多少倍，她的眼睛、鼻子、嘴巴、胸脯、屁股，甚至脚指头，都是父母下功夫精制的。宋海娜的父母就有点不负责任了，他们装搭得漫不经心，把一个宋海娜拼凑得叫人难过，还好，宋海娜还有些后天的自豪。阿灿可以在路上目中无人地走路，但她愿意去聆听宋海娜说话，因为宋海娜的老公是海军中尉。

　　她们今天的话题就是有关部队的、生活的和实惠的。宋海娜说，光衣服的钱就省下了不少。内衣外衣大衣，短裤长裤衬裤，还有皮鞋和袜子，一年四季都不一样。但是，我还是喜欢他穿短袖的样子。阿灿疑惑地问，怎么呢？宋海娜说，我们平时在外面见不到这种装束，它的颜色不同于一般的军装，要黄一点点，就像草黄了的那种颜色。他穿这种衣服时里面都不穿内衣的。阿灿又亮起眼问，为什么？宋海娜忸怩了一下，说，这样我手伸过去一摸，就摸到了他的身体，如果我们亲热，我就觉得我们是一对社会青年，他不是军人，我也不是军属，感觉好一点。阿灿听不出宋海娜话里的意思，她想到了另一个问题，说，那他的内衣呢？宋海娜说，我弟弟就穿他的内衣，他们这种内衣不知是什么做的，特别牢固。阿灿说，不会有金属的成分吧，那样穿着也不舒服啊。宋海娜不屑去解释这些问题，说，他的裤子以前对我们没什么用，我们的裤裆在旁边，他们的裤裆在前面，现在好了，现在我们的裤裆也在前面了。宋海娜说着撩起了自己的衣服，亮出了自己的裤子，她穿了条男式部队军裤，又新款又好看。又说，部队的裤子又牢又轻很好洗，做工作裤最好。

宋海娜说到裤子的时候，感觉到了自己的尿意，她叫阿灿等一等，她先要去一趟厕所。她放下手中的生活，缩着肩小跑出去，回来的时候，带来了一阵厕所的味道。宋海娜继续说，旧城改造的时候，我们要搬家，和我们一起的邻居搬得真辛苦啊，他们用小四轮，用板车，他们要搬好几天。阿灿说，你们呢？宋海娜说，我们只用半天，他叫部队开来了三个卡车。他穿得端端正正，站在那里指手画脚，说这个搬了那个搬了，他的兵就都搬到车上去了，一下子就拉走了。阿灿有一处不明白，说，卡车在市区是不能通行的啊。宋海娜啧了一声，说，那要看什么车，我们是军车好不好，什么地方不是畅通无阻？阿灿觉得自己太没有见识了，就一下子老实了，还把宋海娜面前的罐头揽过来，让自己多擦一些，好像是对自己的一种惩罚。宋海娜也不客气，今天她是主讲，阿灿是听客。宋海娜又说，我们本来可以住在部队的，那样更省了许多东西，水电煤，床铺柜子桌子，都可以省，但我喜欢住在外面，住在部队里太远了，进进出出也很麻烦，那些哨兵老是跟我们敬礼，很不好意思的。阿灿的嘴张了一下，半天说，那你们现在住哪里呢？宋海娜得意地说，部队给我们租了公寓。阿灿说，有多少平方啊？宋海娜说，有一百多吧。阿灿突然就不响了，她可能想起自己鸡窝一样的宿舍，心里的难受像药一样苦满了嘴巴，但她又好奇，又想知道这一百多平方有多舒服，阿灿说，那一定很好过吧？像人民大会堂一样。宋海娜酸溜溜起来，说，大哪里好呀，空落落的，打扫起来也是个问题，我们刚搬去的时候，理也理不过来，正好是过年，要掸新，要洗刷，我们就把部队的士兵叫过来弄了两天，要是老屋，这样擦擦洗洗的，不知要弄到猴年马月了。

阿灿说，我们的布也要洗一洗了。的确，她们只顾说话，说得津津有味，她们忘记了洗布，她们手上的布已经积了许多奶垢，已经擦不干净了。阿灿对宋海娜说，你去洗吧，顺便休息一下，我再擦几个。宋海娜当仁不让地站起来，她去身后的水池里洗了一块布，抛过来，阿灿再把手中的脏布抛过去，这样几个来回，她们手里的布变得干净了，她们又坐下来继续擦奶，继续说话。

宋海娜递了一个话头，说，我前面说到哪里啦？阿灿说，说到过年掸新。宋海娜马上接了过去，噢，就说过年。过年要晒许多腊货呀，酱肉、鳗鲞，早些年还有猪头肉，我看邻居他们起码要做一个月，每天搬进搬出，挂在屋檐外晒。我们从来也没有晒过，部队里有的是地方，食堂里有的是人，他们早早就准备起来，晒了好多好多。我们那个部队叫水警区，还有码头，靠海边。阿灿说，地大、风大，加上太阳好，腊起来的东西就特别好吃。这句话宋海娜接都没接，她只是看了一眼阿灿，好像在说，这还用说吗？说这些话就是水平低。宋海娜错开了话题，又说起了过年慰问，说，过年了，部队的慰问多么热闹啊，不光是部队慰问，地方上也配合慰问，现在慰问可不像过去那样送一个镜框啊、读一读致敬信啊，现在的慰问就是送东西，吃的穿的用的都送，去年还送了一个微波炉。阿灿忍不住咽了一下口水，说，有送钱的吗？宋海娜明显有点骄傲起来，说，当然有。阿灿说，拿钱可以吗？宋海娜说，你要想想我们为什么可以拿，我们是部队，最早是保家卫国，后来是支援社会主义建设，现在是巩固改革开放成果，哪一步离得开部队的支持？你以为这些话都是随便说说的？这就是政策！这样啊，阿灿感慨得没有话了。阿灿把嘴巴翘起来，只顾叽咕叽咕地擦奶，阿灿想，人和人怎么这么不一样啊。宋海娜显然没有注意到阿灿的情绪，她还以为阿灿在洗耳恭听呢。

宋海娜最后露出了疲倦的神色，她觉得部队的好处就是再有几天也说不完，还不如到此为止。她总结说，主要是自由。平时在家里多么麻烦啊，每天回家要做这做那，老公在部队，我们就没有这么多麻烦，我们想在哪里吃就在哪里吃，想怎么玩就怎么玩，回家迟点就迟点，就是不回家也没有关系。

这个时候，中尉的吉普车已冲到了乳品厂门口。门口有一个红白相间的栏杆横着，传达室的门卫以为这吉普是在这里调头的，所以，他仍旧低着头热衷于今天刚到的报纸。中尉有点怒不可遏，他叭叭叭地按响了喇叭，而且，车玻璃后的眼睛也直刺了出来，好像要刺住门卫的咽喉。这是第一辆到厂里来的部队吉普，看门的门卫有点惊慌失措，提着裤子跑了出来，升起了栏杆。中尉的吉普像马一样嘶鸣了起来，车轮好像有一个细微的后挫动作，就像马蹄在地上刨了几下，然后吃住劲箭一样冲进厂区。

中尉气冲冲地走上三楼，走进厂长办公室，他的脸上和身上都呈现出轰轰烈烈的酒气，他礼节性地在椅子上坐了一下，又按捺不住地站了起来。中尉把手指做成枪状，戳着厂长，他的唾沫像子弹一样在厂长眼前乱飞。他说，你厂里的职工你是不是要负责的？厂长说，是啊，这还用说吗？但要看是什么事情。中尉说，我们军人的后顾之忧你是不是要绝对保障？厂长说，是啊，这也不用说的，我们没保障吗？中尉不理会厂长的辩解，他身上的酒劲在鼓动着他，他在强调了两个是不是之后，就进入了叙述和回忆的状态：他已经有一个月没有回家了，他昨晚正好在市里执行任务，他想，于情于理他都太应该回家一次了，他把这次回家想象得很富有诗意。他不打电话回家，也不想敲门，他甚至想越迟越好，他摸索着进去，在熟睡的老婆身边坐了下来。他希望老婆这天晚上正好梦见他，她在喃喃地呼唤他，与他在梦的角落里相亲爱抚，而事实上他此刻就在旁边抚摸着她。他会把握着他们的节奏，他清楚她在高潮前的每一个细微的动作，他要把这个意境控制得恰到好处，让她在不能自已中失声呻吟，在半梦半醒之间羞愧得惊起，然后她发现了坐在床前的真实的他。一切的铺垫都可以省略，他们直接就进入了具体议程，他积蓄了一个多月的激情要倾洒在她的身上，让她感受到渴望的美妙和突然降临的力量。他想，他一腔的热血不能白白地储存着，他要把它宣泄掉，心里的准备要这样演绎起来才有意思。但是，但是，他沮丧地发现，老婆并不在家，中尉心里美美的准备突然失重了，像一脚踏空栽了个大跟头。中尉稍作清醒，准备等个究竟，他想看看老婆到底什么时候能够回来，她会编个什么借口。他开始洗澡，看电视，吃点心，他这时候的心情还是稳定的，后来他就不得不吸烟了，踱步了，心里起火了。到了天亮，他还是没有等到老婆的归来，就开始喝酒了……

现在，中尉坐在厂长对面，他的全身因为酒每一个部位都是咄咄逼人的，他说，我老婆让我非常失望。厂长说，你老婆怎么让你失望啦？中尉说，我老婆昨晚没有回家。厂长说，没回家怎么啦，没回家总是有事情嘛。中尉说，没在家就不行，一个女人，老公不在家，她就应该自觉地安分守己。厂长说，这你就有点封建了。中尉马上止住了厂长的言论，说，你给我闭嘴，你错了，你放纵了职工是一个错，你这样的认识是第二个错，别人的老婆可以自由地出去，我的老婆就不行，因为我们是军人。厂长也马上露出不以为然的神色，厂长说，军人怎么啦，军人也是人哪。中尉说，军人就不是一般的人，军人在外面保家卫国，他们对家里却一点也没有底，他们的家里不安全了，他们在外面还会安心吗？他们不安心，他们有了难处，你说他们该找谁？中尉最后指着厂长的鼻子，下结论说，我就是找你！

这时候，有关中尉来厂长室争吵的消息像长了脚一样在厂里跑开了，在各个角落东走西走，它走进了车间，走进了食堂，走进了医务室，甚至走进了厕所，甚至还在煤场上游荡。工友们兴致勃勃地聚集到了厂长室对面的走廊上，他们凭栏一个挨着一个，像空中电线上的一排鸟儿。他们的眼力也特别地好，越过窗玻璃全落在厂长室里。还有的则站在厂长室垂直的楼下，他们仰着头，不断咽着口水，盼望着厂长室说话的内容像食物一样从窗户内抛出来，好让他们稳稳地接住，在嘴里咀嚼品味。

厂长也感觉到了中尉的“酒”，面对这样的酒，他往往无能为力，他只能露出苦口婆心的样子，他对中尉说，你觉得老婆不在家会是什么原因呢？中尉说，那肯定是在别人家睡了。厂长说，那我们分析一下，她会在谁家里睡呢？她父母家？你为什么不去她父母家看看呢？中尉很不耐烦地回答这句话，不可能，她父母家房子小。厂长说，那么她外面有男朋友？中尉拼命地摇摇头，这个他想都不敢想。厂长松了一口气，那么她就是在女朋友家了。厂长也发挥了一下自己的想象，女朋友的老公出差了？她凑巧碰到你老婆？她们很高兴？很想在一起说说话？她们又都有条件在一起？她们就在一起过夜了？对于这种假设，中尉也粗鲁地否定了，他说，这样也不行！厂长便狐疑起来，说，她和她不都是女人吗？中尉说，但她朋友有老公！厂长奇怪起来，老公出差了呀！中尉斩钉截铁地说，但那床她老公睡过！厂长抬杠说，谁家的床上不睡人呢？中尉这时候挥起了拳头，说，你知道男人的气味吗？每张床上都有不同的男人的气味，她睡在那张床上，这些气味就会刺激她，她就会想起别的男人，她就可能有很多想法，她是一个老公经常不在家的女人，这个问题很严重！厂长怪异地看着中尉，他觉得中尉的思维有点不可思议。接着，中尉又提出了一个十分荒谬的要求，他走到厂长的桌前，拿过桌上的纸和笔，他要厂长把他的老婆叫过来，给他写一份类似于循规蹈矩的保证。

这是你们自己的事情。厂长说。

这也是你们的事情。中尉说。

我们才不管你们这些事情呢。

那你说谁来管我们这些事情？

我怎么知道你们到底是什么事情。

我说来说去就是这样的事情。

厂长不再说话，他觉得这样事情事情地说来说去没个尽头，没有意思。没有人跟中尉说话，中尉就觉得很难受，他在自检，他想，是不是自己酒后口齿不清？表达有些含糊？他把情绪缓了缓，做出一副要探讨的样子，他说，反正，她不在家睡觉就是对不起我的。厂长说，我觉得她没有对不起你。中尉说，还有，你也对不起我。厂长轻蔑地晃了一下头。中尉不理睬厂长这个动作，他继续说，她在外面睡觉，睡在别人的床上，闻过床上别的男人的气味，她肯定会有想法的，她要把这件事说说清楚。厂长说，你真是岂有此理！中尉说，我怎么没有道理？我的道理强得很。我们在外面保家卫国，我们的家庭要绝对地稳定，要没有后顾之忧，要有安全感，现在我们对自己的家庭心里没底，我们偶尔回家，家里空洞洞的，老婆去哪里了不知道，在做什么也不知道，什么都一无所知，我们在外面怎么安心呢？怎么做贡献？中尉在重复了一大堆他说过的道理之后，激动地拍了一下厂长的桌子。厂长说，你拍桌子没用，你如果没有道理，摔脸盆摔杯子也没有用。这最后一句话好像是递给中尉的一个提示，他恼怒地走到窗子前，猛地推开窗子，窗子打在外面的墙壁上，一个很响的声音炸了开来，像冷不丁地放了一枪。倚在对面走廊的人被吓了一跳，如鸟儿一样惊慌缩头；而楼下仰头观望的人也一样，好像被楼上泼了一把灰，一个个摸头擦眼，四下逃散。

这是发生在厂长室里的一次争吵，吵得有点凶，他们争吵的内容像石头一样甩来甩去，他们不用回避，他们完全不同的身份，使他们犹如穿上了盔甲；他们也丝毫不顾忌争吵的后果，因为他们的职业不是互负责任的关系；他们更不用担心被处分或承担责任，这种没有后果的争吵也延长了他们相峙的时间，好几次，他们想把争吵支开去，但又没有办法把它停下来；停顿，使他们都感到了身处下风的劣势，他们当然不能接受这种现实；这样，他们又只能把争吵捡起来，再推波助澜地让它继续。他们的这种争吵使围观的人们也非常为难，有些人因为难以等到结局的到来而纷纷离去，而另一些不明真相的人，则因为兴致勃勃又接替了上去，在中途又加入了进来。

中午将至，有关中尉和厂长争吵的消息，也通过各种渠道传到了宋海娜的车间，这种消息像一只受伤的鸟儿，扑棱棱地盘旋在宋海娜的头顶，残缺的羽毛纷乱地落下，弄得她身上痒痒的，很不舒服。但她又没有办法到厂长室去，她是工人，她离不开岗位，从流水线上出来的罐头前赴后继地向她们涌来，她们只有拼命地擦奶才跟得上机器的速度。有时候，那些关心和幸灾乐祸的问询像身后的手掌，不断地拍打着她的背脊——宋海娜你们家昨晚怎么啦？宋海娜你老公喝了酒怎么这样呀？宋海娜你快去和厂长解释一下吧！宋海娜你把你老公领回家吧！宋海娜这样对你的影响很不好啊！宋海娜不得不把头转来转去，转得头颈和肩膀都酸了。到了确实很难受的时候，宋海娜也只能站起来，借助去厕所小解的机会，去稍稍躲一躲接踵而至的难堪。

很快到了吃饭的时间，铃声响起，宋海娜的起身几乎与流水线停机同步，于是，人们看见肢体夸张的宋海娜脸色苍白地朝厂长室飞奔过去。

这一下，厂长室里真正是鸦雀无声了。厂长室不太明亮的光线使外面进来的宋海娜眯起了眼睛，而宋海娜的出现好像突然有了光线的反差，也使厂长和中尉眯起了眼。厂长眯起眼是想隐藏起自己意味深长的笑，工厂太大了，他不认识宋海娜，他起先想，宋海娜一定是一位美若天仙的女人，中尉才会有如此固执的在乎。在得出了一个反差很大的答案之后，厂长就有点忍俊不禁了。中尉的眯起眼其实是在躲闪，他一直歇斯底里说着的人突然出现，反而使他觉得有点不自在了。他本来想搞清楚的一些问题，随着宋海娜的到场变得多余和不合时宜，这样，他只能立即打住。宋海娜眯起眼睛是不想表露出自己的情绪。对于厂长，她心里都是满满的歉疚，一两句话怎么说得清，还是不说的好。对于老公，她心里想到的是古戏里的一句词"你这个冤家啊"，一个"冤家"，多少情愫尽在其中，她又能拿他怎么样呢？一切的争吵都起因于宋海娜，现在宋海娜来了，追究已显得毫无意义，那些振振有词的道理，一下子变得猥琐而龌龊。争吵，顿时就像刹了大钹的曲子，戛然而止，不了了之。宋海娜接下去的任务是怎样把中尉领回去，她是维护面子的行家里手，她来到中尉身边，轻轻说，你喝酒了？中尉一下子变得像个老实的小孩，他点了点头。宋海娜又说，我知道你很难过，但你可以和我说啊。中尉的眼睛里出现了一丝泪花，他张了几下嘴，但没有发出声。宋海娜说，看你穿着军装，到厂里来，多不合适。中尉说，那我把军装脱掉。这样，中尉里面就露出了宋海娜所说的那身好看的短袖军衣，中尉马上像一个社会青年了。宋海娜说，这样就更不能随便到厂里来了，还吵架，你看影响多不好。中尉难过得低下了头。

现在，中尉的酒气已完全散尽，他跟在宋海娜身后，像一只受了伤的狗熊叭嗒叭嗒地走向那辆吉普。中尉坐上车，发动了引擎，车子内立刻就有了嘭嘭的抖动。中尉有点茫然，他不知道接下去他将何去何从。他想，宋海娜应该会甩起脾气了，她会说，你把我的霉倒尽了，不仅倒到了部队，还倒到了工厂。她会愤愤地拔去车钥匙，扬手就把它扔到车外。她会说，酒后开车，你不要命啦，你不要命我还要命呢！但是，但是，宋海娜都没有那样做，她依在中尉的身旁，眼睛里妩媚起来，她说，你觉得我昨晚会怎么样呢？中尉拼命地摇了摇头。宋海娜叹了一口长气，说，我也寂寞啊，也很难受啊。说着，宋海娜伸过手抚住了中尉的胳膊，好像从昨晚开始他们并没有发生过什么。他们这样坐了一会儿，他们的眼睛从挡风玻璃上望出去，他们清楚地看见厂里的各个角落，好像还有人在看着他们，用手在指点他们。宋海娜说，我们回家吧，我们去飞翔。中尉诧异地看看她，说，飞翔？宋海娜说，嗯，飞翔。飞翔是他们之间的秘密说法，是亲热，是做爱，是高潮，他们对这事还有个说法叫跳楼，自己都控制不住的跳楼。他们有很多生活中的秘密说法，他们有时候当着众人的面也这么说，晚上我们跳楼好吗？他们就这么说，非常刺激，别人一个个都莫名其妙，他们却早已经心领神会，他们觉得非常有趣。现在，他们已经好久没有在一起飞翔和跳楼了，起码也有一个多月了，一切的过错都是时间造成的，都是没有见面造成的，现在他们碰到了，他们要快快地赶回家。

可是，中尉并没有惊喜，他突然伸手关了电门，他好像忘了身边有宋海娜的存在，莫名的难过汹涌上来，他顾自趴在方向盘上呜呜地哭起来。

原载《山花》杂志 2000 年第 8 期

马路爆炸

这天傍晚，一个叫宋江的男人细嚼慢咽地吃完了最后一口饭，他用筷子拨弄了一下桌上的垃圾，然后慢吞吞地站起来，伸了一个饭后满足的懒腰。他的妻子，一个叫许爱的女人还在简单地吃饭，她在收拾男人吃剩下来的菜脚，她有点厌恶男人的作为，她在牙缝里说，动都不动，好像自己是皇帝一样。男人没有理会女人的唠叨，他大度地装作自己没听见，他踱到洗手盂前，伸出嘴在墙上的镜子里照了照，然后，漫不经心地洗手，这表明这顿饭这时才真正告一段落，他接着要做的是另一件更有意义的事情——饭后散步，这是男人的好习惯。

男人过去不是这样的，他过去的陋习很固执，比如光喝酒不吃菜，比如吃了饭马上躺在床上。女人曾经教过他如何去改，男人觉得无聊。男人以为，所谓的陋习要看它是不是影响了生活，人没有觉得不舒服就不叫陋习。后来，男人体检时查出了一个病，还做了手术，医生说，要加强营养，饭后要适当地散步。男人是善于吃一堑长一智的，善于知错就改的，他一下子就听了进去。现在，男人每天要吃很多好菜，菜垃圾都吃了一大堆。饭后，男人还要散散步，为了对自己的身体负责，此举基本雷打不动。

男人洗了手之后整了整裤带，这是他准备出去的信号，顺便，他摸到了腰上的手机，他想起近来流传的一个段子，叫"四大背时"：BB机带链，手机带套，男人穿背心，女人戴胸罩。他笑了笑，心想，手机带套是土了点，但不带套也很累赘啊，手机是个好东西，几乎一刻也少不了，但散步带就没有多大的必要了。于是，他决心了一下，利落地摘下手机，扔在床上。

门口是一条温金大道，路宽，车速快。男人喜欢在温金大道上散步，一是路直，一是有些情趣。其实，男人的屋后就是一个公园，但男人不喜欢在公园溜达，在公园走了多少心里没数。自从聆听了医生的教诲，男人的散步是很有计划的。他规定晚上走四千米，不多也不少，这也是男人选择温金大道的原因。男人住房这一带叫半腰桥，到五医是一站路，五医到东瓯大桥也是一站路，一个来回正好四千。男人走上温金大道的时候，正好暮色开始落下，路上的杂乱如同被什么隔离了，似乎与男人无关了，而暮色又使男人的散步更加专注，他把一只手插进裤兜，把另一只手摆起来，悠悠地朝前走去。

男人去散步了，那个叫许爱的女人就开始收拾厨房。

大约有两年了，女人就是这样按部就班地过来，她已经习以为常了。她收拾完桌子，然后把厨房的四周都擦上一遍，接着才是全神贯注地刷锅洗碗。她是把收拾作为伺候看的，至少也是她生活的重要内容，因此，每洗一只碗她都会像做景泰蓝一样苛刻挑剔，她觉得这是个严谨问题。

女人每年都要陪男人去杭州复检一次。医生对她说，这种病，调养最要紧。调养无深浅，她是凭自己的理解去做这个调养的。有时候，男人还不耐烦，这么老远的跑到杭州，就是让医生摸一摸，在仪器前站一站。而女人，无时无刻不是耐着性子的，静心屏气的。她仔细观察医生的每一个眼神，品味医生的每一句话。医生的眼睛是清明的，医生说，你做得很好。就这一句话，包含了女人的多少艰辛。她第一个反应不是高兴，而是努力把自己把持住，她怕自己会激动得晕倒，她太在乎这个结果了。

接下来女人就听到了砰的一声。她很清楚，这声很重的砰声来自屋外。男人家的外面是一个岔口，这个该死的岔口，经常有冷不丁的响声砸进来。汽车太快了，行人太不小心了，砰，汽车撞上了行人，行人腾飞了起来，像鹞子一样轻轻上去，又像石头一样重重地下来。她走到阳台上，远远地望着那个岔口，这并没什么，这是常有的事，每一次，当砰的一声响起，她都会忍不住出来看看。她看见岔口那里斜着一辆车，地上躺着黑黑的人体，有爱管闲事的人从四处拍马赶来，岔口周围，一下子就混乱了。

男人这时候正不紧不慢地走在温金大道上。男人觉得今天的天气非常好，这样的气温最适合散步，正好控制在不出汗又有点小小的温热，这是散步的最佳效果。他现在已经走了一站了，他有心来估量一下，他这样不大不小的迈步正好是两千次。一辆公交车悄悄地靠近了身边的站头，车里嗡嗡地说，五医到了，五医到了，下车请当心，上车请往里边走。他下意识地看了一眼五医，急诊室的灯光在幽幽地闪烁，这灯光像是激励了他，他很兴奋地继续走起来。

他当然要走下去。往日，他心情不好的时候也会偷工减料，他走过五医就想折回来，不过，他都会为自己找到原谅的理由，他走得太急了，他用了力了，气候也有点湿热，腿脚都出汗了，不好走。今天他心情很好，今天的晚餐很合他胃口，那种软壳的蝤蛑他也是第一次吃到，是女人特地托人从乐清带来的，而且要带得快，慢了软壳就硬了，就吃出吱啦吱啦的沙感了。软壳蝤蛑真是鲜美至极，他吃了很多，特别是蘸着日本的海鲜芥末，他的浑身上下是一阵的通透，垃圾都吃出了一大堆。这些丰富的营养要通过散步把它消化掉，然后吸收到身体的每一个角落、每一个细胞里。

他走上了东瓯大桥，这个盘旋得有点像中国结的大桥，使他心情舒畅。这是他计划中的第二站，他走得很轻松，从来没有过的轻松，不知不觉就到了。桥上有一丝风，是从远处的塘河那边吹来的，真是凉爽。他突然想起医生的嘱咐，要时刻有警觉意识，不能对舒适有贪恋之心。这话的意思也就是"适可而止"，想到这些，他就很自觉地收敛了自己，准备往回走了，心想，只是稍稍有点不够尽兴啊。

桥下有一个网吧。这里原来是个停车场，几天不注意，居然开出网吧了。其实，他也是很少散步到大桥的，他今天心情好，才有了这个新的发现。他对网络一窍不通，也懒得去学，这都跟他的身体有关，身体不好，什么兴致都是索然的。但今天他突然想进去看看，他不知道里面是什么样的，也不知道网吧的规矩，也不知道进去了该做什么，许多的不知道使他站在门口有些犹豫。这时候，他听见网吧里有人叫他，宋江宋江。这个名字让其他人都伸头探望，是啊，这是个叫人浮想联翩的名字，其实更像是网上虚拟的名字。他觉得自己影响到别人了，唯一的办法就是进去，赶紧坐下。

叫他的是绰号叫老鼠的朋友，老鼠在网上，正与一位叫"刀小妖"的网友聊天。老鼠的网名叫巨无霸，他想，网络确实是个虚拟的空间，老鼠都可以称自己是巨无霸，那个刀小妖，就不知道是男还是女，是少女还是老妪了。他坐在老鼠身边，看老鼠在键盘上不停地动作。屏幕上的刀小妖最近怀疑老鼠瞄上别的女人了，说他说话吞吞吐吐，明显在闪烁其词。刀小妖吃醋了。他觉得挺有趣，挺好玩，就对老鼠说，我做一回巨无霸怎样？老鼠说，好啊。他说，我不会搞这个。老鼠说，没事，你说，我录。

突然面对另一个世界，男人也有点不知所措，他不知从何说起，那边的刀小妖已经在拼命呼叫了，巨无霸，你怎么啦？巨无霸，你闪了吗？巨无霸，你不要走啊。他终于接上了话，不知道怎么说就实话实说，他说，我生病了。刀小妖说，怪不得，不过，生病没关系，也是一种美。他在嘴里骂道，他妈的，女人就是矫情，生病也是美的，男人生病就没戏了，牌子就烧了。老鼠说，这个也录进去吗？他说，录进去。刀小妖说，你生病还找女朋友啊？他说，我已经没办法了。刀小妖有些妒忌，说，你需要对她负责任吗？你是不是和她有一腿啊？他不懂有一腿是什么意思，问老鼠，老鼠说，问你上过床吗，有没有性关系？他说，那我不仅仅是一条腿，应该有好几腿。老鼠嘎嘎嘎笑，说，没你这么说的，这样说人家听不懂。他说，那应该怎么说呢？老鼠笑着说，我现在是有心耕田无力使犁啊。他说，这句话好。老鼠就向刀小妖重复了一下。

男人觉得这样说话很有意思，既不暴露自己，也不知道对方，完全可以胡来。就算一时接不上什么话，也不尴尬，就是说过了头，也不会有麻烦。男人想，今天不错，走得很舒畅，玩得也很开心。他看了看电脑上方闪动的时间，已经是二十一点了，他应该回家了。

这时间太长了，男人往日的散步一般只要一个小时，女人开始有点心慌意乱。她做好了家务，又做些无聊中没事找事的事情，她在做事中慢慢等待，现在等得有些焦急了。男人毕竟是个病人，不是运动员，他散步的目的是调节，不是健身。想到这，女人身上立马就燥热起来，她怪自己前面有些大意，没有及时提醒，她不得不电话催男人了。电话在床头柜上，女人坐在床边着急地拨起来，男人的手机号是1390666××××，号码刚一拨完，一个声音就从床上响了出来，吓了她一跳，她回头一看，原来是男人的手机丢在床上。女人突然觉得一点办法也没有了，她发现原来自己跟男人的联系很简单，很脆弱，仅仅是一个电话的维系。

　　无奈之下，女人只能把男人散步的路线设想一下，这条路没什么呀，这是温金大道，不是商业区五马街。这边过去，一溜的民房，再就是一个晚上不开放的体育场，再就是五医，还有就是菜篮子工程的屠宰场，这些，都是没什么好看的，他也是不怎么关心的。就算是男人累了，在大桥上坐一坐，就算是走得慢了，那也该回来了。

　　女人在想不明白的时候，就在脑子里把男人的路线改了一下，她想，如果这天男人心情很好，他心血来潮，他跨过了马路，要到对面的黄龙新区去，黄龙最近新开出一个"好又多量贩"，男人会不会想到那里去看看呢？量贩是个什么东西？男人曾经这样问过她。这个设想还没有完全演绎好，女人就后悔了。跨过马路！跨过马路！！跨过马路！！！女人不由自主地想起了那个岔口，想起那个砰的一声的车祸，那个躺在路上的黑衣男人，这会不会就是她的男人？男人就是穿了件圣洛朗T恤，黑色的。那阵子，女人只知道在阳台上看热闹，她怎么就没有想到自己的男人呢？

　　这个叫许爱的女人这时候真的是慌了神了，她跑下楼，跑到那个岔口，岔口早已恢复了平静，汽车依旧来来往往，她好几次想蹲下来看看地上的血迹。女人想，血迹是很能说明问题的，血迹多说明伤得重，血迹少也许就是擦破点皮，血迹还能帮助她确立接下来的思维定向，不过，这只是个伤的概念。如果没有血迹呢？她听人说过，没有血迹的伤是最最致命的，外面看上去清清爽爽，里面已破得一塌糊涂，血已经不在血管里，而全部都流在内脏里了。这一想可不得了，女人连走回家的气力都没有了。

　　女人感到孤立无援。她在无措中又打了男人的手机，床上的手机又呜呜地鸣叫起来，她真是昏了头了，会犯这样低级的错误。女人后来想起那些溺水捞了一把稻草的、大火中把马桶抢出来的、病急去问神问佛的，这样想着，女人觉得自己的行为也并不奇怪。

她重新回到那个岔口，等，肯定不是办法。她做了最坏的打算，暂且估计车祸的受害者就是男人，那么不管他伤得怎样，最近的去处应该就是五医。想到这一点，她很激动，好像一下子解决了思维的方向，她看了看五医的位置，其实并不远，走路，也不过一站路的距离，但她当机立断，在马路上举手截车，她打的去了。

五医的急诊室里空无一人，这种景况叫她有些狐疑。她看到一个医生正在全神贯注地看书，另一个医生也许感觉到了她的进来，一边抬头看她一边还打了一个哈欠。这是城市边缘的一个医院，如果不是非常紧急的情况，很少有病人会到这里来。但她不得不询问男人的情况，她的询问让值班医生感到了困惑，而医生的困惑又弄得她不知所措。无奈，她重新退回到医院门口，困惑，挫伤了她的积极性，她不知如何是好了，她又一次陷入了茫然。有一个问题突然刺激了她的灵感，假如男人遭遇了车祸，伤得很重呢？伤及的不是皮肉和躯壳，而直接伤及了腰椎以及大脑？那完全就是另一回事了。这样的想象和女人前面看到的车祸很吻合，那个一动不动的黑衣男人啊。想到这里，女人的脑筋稍稍一弯，就弯到专治截瘫和脑外伤的附属二医去了，于是，她又聚集起力气和情绪，毫不犹豫地朝完全相反的方向跑去。

男人觉得非常有意思。他吃了女人的软壳蟛蜞，他的感觉是前所未有的好，感觉好带来精神好，精神好使得散步也很充分，他连东瓯大桥的桥底下也没放过，他切切实实有一种完成任务后的满足，他有好长时间没有这样的感觉了。自从男人身体不好，他经常自觉地为自己的行为打了折扣，他习惯于宽容自己，今天可不一样，今天他超水平发挥了。他发现自己很正常，他的潜能依旧，他还饶有兴致地玩了玩网吧，上去神聊了一回，虽然不很懂，但也是很有收获。这东西他过去没接触，以为很难很难，以为是小青年的兴趣，其实不然，主要还是自己身体不好，身体不好了，什么事都提不起精神，学什么都没劲。现在看来，还是情绪最要紧，只要情绪好，状态就依旧。世界上怕就怕"情绪"二字，情绪好，什么都可以调节，什么都可以提升。

他感觉肚子有点饿了，这也是前所未有的，散步散得猛了，肚子就饿得快。其实上网也是很动脑筋的，动脑虽然不比用力，但也很费神，费神就消耗大，怪不得我们把棋手也称为运动员。关键是他是第一次有了饥饿的感觉，这说明他的机能回来了，机能是基础，特别是对于他这样的病人，机能就是克敌制胜的法宝，是迎刃而解的动力，他觉得自己现在完全可以恢复到往日的质量。他想吃些点心，他想女人一定会很高兴的，他能吃，想吃，这是个好兆头。也许女人暂时还要辛苦一下，但最终，是他来宣告女人的解脱，女人辛苦的结束。

女人不在家，男人觉得很诧异，她怎么能够出去呢，她应该惦挂着他，她应该在家里静候他的"佳音"，男人今天想吃点心了，这不是佳音是什么。男人今天想吃点纱面汤，像细纱一样的面，配了很好的高汤，吃爽但不让人觉得饱，放点虾米、紫菜、香菇、蛋丝、葱花，赤橙黄绿青蓝紫，还要多放点黄酒，酒味是纱面汤的特色。他知道纱面汤的所有细节，但他只会说，不会做，这种面因为细，最讲究火候，生一点粘牙，熟一点混沌，过与不过就在汤水的几个滚之间，这些只有女人能掌握好，女人不在，他就只好耐着性子等。他有点生气，他觉得女人辜负了他的要求，他的享受应该是及时的，是女人让他久等了。

他以为女人去隔壁聊天了。他后来看到的女人，是一副惊慌失措、失魂落魄的样子，他心底的火噌地就蹿了上来，他劈头问，你去哪里啦你？！女人反问，你去哪里啦你？！他觉得女人今天的态度有点硬，不像往常那样迁就他、顺从他，但他是理直气壮。男人说，我去散步啊。女人说，你散到几点钟？连个音讯也没有，你想把人急死啊。男人说，你又不是不知道，有什么好急的，走走，坐坐，有新鲜的就看看，又不是不回来。男人说得轻描淡写，女人的委屈就涌了上来。女人说起那个车祸，说起自己的担心，说起男人恼人的手机，说起五医和附二。男人听都不要听，他粗暴地打断女人的话，我他妈的有这么老吗？老得连走路都不会走啦？你他妈的什么不好想，就想到死上面去了！话说到这个程度，就没什么好说的了，那个叫许爱的女人狠狠心，把话和情绪都咽了回去。

在后来的日子里，女人一如既往地做着一切，对男人的伺候，对生活的安排，一切仍旧以男人为中心，只是，她已经没有心绪了。她也特别容易累，没有心绪的出力就容易累，她知道自己这是在敷衍。

她再也没有打男人的手机，以前有事没事的时候她老打，她想知道男人的动向，想知道他的状况，知道了，她的心里就踏实了。但她现在不打了，好像这个手机是个可怕的梦魇，一触及，就会有什么不幸显现出来。她不再惦记他，有时候她自己忙，就会把他忘了，她甚至想，忘了就忘了吧。

倒是那个叫宋江的男人念念不忘，他会经常提起那个车祸，在朋友的聚会上，在亲戚的家宴上，作为女人的缺点被提了起来，作为奚落女人的把柄被提了起来，好像他很是委屈，好像被女人猜坏了运气，好像这猜测伤害了他的身体。他说女人的良心大大地坏，说女人开口就没有什么好话，想的尽是些不吉利的事情。女人也不与他争辩，女人知道争辩也没有用，争辩了，不仅没有人支持，还可能会被人拦截，说，算了，你怎么和他计较呢，他是病人嘛。

他们的生活还是有一些变化的，特别是晚饭后，男人还照常散步，爱上哪儿上哪儿。女人草草地收拾好盘碗，就躺下歇息了，翻翻书，或随意地摁摁电视。楼下的那个岔口，有时候也有砰的声音响起，但不再影响女人，女人也不关心它，她只关心书，关心电视，不管好看不好看她都看，看着看着就睡着了。男人什么时候散步回来，什么时候进的房间，什么时候躺下睡觉，她都不知道。

只有房事没有多大变化，其实也是有些微妙变化的。他们原来是一月一次，这都是为了考虑男人的身体，现在她不去考虑了，她不再把房事作为检测男人身体和心理的手段，不再作为生活的调节，也不再刻意地安排它。他什么时候有这个要求，她都不拒绝，这个不拒绝，完全是他们作为夫妻的义务，其实一点也不上心。微妙的变化还在于，他们的房事简陋了，生硬了，这一点男人也感觉到了。每一次，他都会用手先试探一下，确信她没有反对，他才会慢慢地爬上来。但是，她马上会从枕底下抽出一个东西递给他。她以前不是这样的，以前她会扶助他，控制他，进而去引导他。她现在任由他，任由就是不管不顾，就是随他的便，但他得把那个东西套上去。他只得摸摸索索地重新下来，她还不是马上把东西给他，她会当着他的面试吹一下，像吹气球一样，在确切证实没有漏洞了，才让他套起来，好像生怕他身上的病菌会通过漏洞跑到她身上来。然后男人开始在她的上面蠕动，像一条胖乎乎的蛆。他非常地卖力，但没有得到回应，他好像不是在她的身体里，而是虚浮在空气上，他试图去感应她，但他没办法做到。他于是打开床头的台灯，想看看她的表情。他想，哪怕是痛苦，也应该有点痛苦的表情，但他看到了一片空白，她没有表情，也没有眼神，她虽然是睁着眼睛，但她并不在看他，她的眼睛斜视着旁边，他只得也看看旁边，旁边却空无一物。然后，他在那里迟疑了一下，然后，他小心翼翼地爬下了女人的身体。

原载《江南》杂志 2003 年第 3 期

双莲桥

现在的双莲桥，变化是非常地大了。

从府前街下来，就是双莲桥，右边是巴黎春天、甜蜜蜜、在水一方、云里人间；左边是玉指轩、六六茗、中华清池、一杯小酒店。即使是白天，这里也是一派灯红酒绿的好景象。过去很有特色的双莲桥被填平了，连影也没有了。桥名成了路名，车流一闪而过。最最空落的是，桥下的那条小河也消失了。本来，它从温瑞塘河那边弯过来，成了城里一条著名的支汊，沿途有许多大大小小的埠头，双莲桥，像凿出来一样跨在上面……

那年夏天，我开始在这条路上走来走去。这里俗称小南门外，虽然没有具象的门，但门的感觉却非常浓厚。在城里体会不出，出了外好像突然变了颜色，变得黄灰暗旧，车也破了，房子也矮了，灰尘也多了起来。路的右边是缸店、白铁店、畚扫堆店和一个像驿站一样的邮局；左边是碗店、花圈店、煤球店、南货杂店，连一个干净一点的去处都没有。再下来就是双莲桥。双莲桥好像是这条路上的一个界限，一条河从桥下钻过来，就像画了一条线，犹像了人们的脚步。城里人送丧，也到此为止，把讣告撕成纸末，往河里一撒，算是自己尽心了，对死者有交代了。再接下去一段叫烊头下，听名字就觉得是郊区了。

我去的地方还要往下，要拐个弯，进入水心，那其实就是乡下。路上有狗，有鸡鸭，有大堆的牛粪，我的厂就在这里。如果我要抄近路，得走几百米的田岸。我的工作是父母通过关系搞来的，他们觉得来之不易，所以，每天早早地就逼我出门，他们说，年轻人多做点事不是为别人做。他们巴不得我没事也去厂里加班。而事实上，我的厂里僧多粥少，我只是做半天班，中午十二点开始。这样，我差不多要一个上午待在小南门一带游荡，一会儿看敲白铁，一会儿看捣煤球，一会儿看画花圈，无聊啊，当然，双莲桥是我停留最久的地方。

这里有一个小小的埠头，不是起卸货物的埠头，是清洗的埠头，好像还分了阶段，早上一阵洗马桶，中午前洗菜，下午有路人过来洗手洗脚。大部分时间，我就坐在埠头的台阶上，看河水流进桥洞，看桥边盛开的莲花。这条河向内通向温州城里，九曲十八弯，风情万种；向外可以乘小驳轮抵达瑞安、鳌江、平阳。但莲花只有这座桥下独有，还都是并蒂莲，姿色都不一样。后来，我在一部科教片里看到对并蒂莲的解释，说如何如何地稀罕，十万枝才出现一枝，简直是无稽之谈，双莲桥下面长的都是并蒂莲。

我毫无表情地看河上的景致，纯粹是在挨时间，看吱呀吱呀划过的小船，一般都是些缸船，是城里运到乡下卖的；还有就是瓜船，是乡下送上来收购的。我坐着最多的是看莲花，数数它们是不是比昨天少了，数数哪个位子上又长出一个蒂来，数乱了，补上一遍，又乱了，就从头再来。然后就是看莲花的样子，和人一样，有矫情的、浓烈的、羞涩的、拘谨的、随随便便的、邋里邋遢的。然后，慢慢把酸了的脚拔起来，把屁股拍了拍，往厂里走去。

这条路很偏僻，过了中午，就像发了一个危险的信号，人就突地少了下来。到了下班的时候，路也整个地黑了。我们都是瞄着很远的灯光走路，如同受航标指引，如果没有灯，我们简直是在黑暗里摸索。这条路上有两个奇怪的现象——打劫和展示身体。打劫还好理解，月黑风高夜，不打劫才怪呢，当然，劫者一般是很少有什么收获。他们在黑暗里叫我们站住，叫我们举起手，我们非常坦然，因为我们身上没有钱，我们一个月工资才二十六块，像命一样，谁还会把它带在身边呢？不要命啦？我们一般只会带几两粮票、几角毛钱，是留着万一肚饿时吃点心用的。于是，他们就骂骂咧咧，装作自己手气很晦的样子，顺便把女工的乳房摸一下去。也许这才是他们打劫的真正目的。展示身体就有点另类了。这条路上有几个"露阳癖"，他们每天晚上都会像田螺一样现出来，依在路边的角落里，表面看他们像是身披大衣，其实里面都光着身子，而且积蓄着歹念。等下班的女工一点点走近，他们会突然打开大衣，像蝙蝠展翅一样，把自己的身体裸露出来，动作热烈，景象可观，吓得女工们抱头鼠窜。所以，我们下了班都要等起来一起走。我们厂男工不多，身体好的男工则更少，我算比较好的，因此，我在晚上下班的时候就特别骄傲，许多女工都会刻意地巴结我，我也会无偿地吃到她们省出来给我的东西，两块香糕或者半个芝麻饼。

我愿意充当这样的角色，护送女工夜班回家，每次平安，我都有一种顺利通过封锁线一样的快感。

应该说，我是幸福的。因为我有工作，有一个每天按时、固定的去处，许多年龄和我相仿的人都在游荡，他们故意穿着工作服、回力鞋，时刻准备着，目的就是去斗殴。社会很混乱，经常看到一大队人马哗啦啦跑过去，又稀稀拉拉地跑回来，我知道，那个方向的某户人家又要遭殃了，玻璃被砸啦，灶台被扒啦，来不及逃走的人被一刀捅死啦。人死了就像狗死了一样，没有人会想到报警，从来没听说过什么事要通过派出所解决的。没有派出所，就有许多人站出来充当派出所的角色。有黄京吧、龙海生、唐一刀、笑一笑，这些名字听起来就气象很大，被人请来请去，也确实能解决一些实际问题。

我知道这些名字是怎么起来的，到了人人景仰或闻风丧胆的地步。我想，他们开始也一定是打架起家的。打架光凭力气是打不出什么局面的，肯定有什么杀手锏。我也根据自己对打架的理解做了一件武器。关公为什么使刀？吕布为什么使戟？马超为什么使枪？每个人理解不同，都觉得自己使的武器是最科学的。我也做了一把带柄的、可以握在手心的、有短锥从指缝间钻出的器物，我叫它"钉拳"，握在手里藏而不露，打出去没准就是雷霆万钧。

有了这件器物带在身上，我的胆子就大了许多，碰上贴身肉搏，说不定还能迎合一下。当然，碰到砍刀、鱼叉、火药枪之类，那就是另外一回事了。

我生活的精彩内容都发生在上午，我一点也没有想到，我每天在双莲桥台阶上的傻坐，会最终成就一番事业。这事业开始还不是"钉拳"打开的，"钉拳"只是巩固了一下。它当时还静静地躺在我的裤兜里，把我的裤子磨得发白，工友们都以为我兜里塞着一串钥匙什么的，我父母也这样问过我，我说就是钥匙，我们家钥匙太多了，只有我自己知道那是一件什么东西，一把武器，不过是没开荤而已。其实，我也是不愿意它开荤的，开荤有什么好呢？开荤就意味着伤人，伤人这还得了？辱骂、动粗、伤人这类事，和我的家教格格不入。我父母说，那都是流氓二流子干的。是啊是啊。只是社会太混乱了，我带一件武器给自己壮壮胆、防防身，未尝不可吧。我是懦弱的，这从我做的"钉拳"就可以看出来，"钉拳"是隔靴搔痒，一般不会要人性命，顶多是伤及皮肉，我要是不怕死人，要是张扬，我就会做一把匕首，带血槽的匕首，白刀子进红刀子出。我要真是这样的人，我父母会被我活活气死，他们会觉得很倒霉，无法向自己交代，也无法向别人交代。他们觉得我是非常本分的，每天上班下班，至于打架的事，他们觉得，我会不会捏拳头都是个问题。

温州的夏天是清爽的，没有骄阳，也不会酷热，桥边尤其阴凉，还有沁人心脾的莲花的芬芳，这也使得我的坐看能持续下去。一天上午，就在我看莲花看得眼睛发直的时候，一条小船朝我划了过来。一般经过的小船都是吱呀吱呀地直线过去，这条小船的方向已斜了过来，它肯定在这一带犹豫很久了。这是一条满载了田瓜的小船，一筐筐生津得非常诱人。船上有两个老大。一个轻轻地梢着桨，一个护着声音隔远地问我，老司，这埠头能上来吗？埠头怎么不能上来呢？我随口应道，可以啊。他又支吾着问，上了没关系吧？上了有什么关系呢？你上就是了。我的干脆让他们产生了怀疑，他又不放心地问，你不会骗我们吧？我说，废话，上个船有什么好骗的。我的话是诚恳的，真的没有陷阱，他们又仔细看了看我，也许有一些因素让他们感到踏实，比如我的身材，有点偏粗，乍一看像蓄着力气；还有我的口气，三块板两条缝，不容置疑，像能够担当的样子。他们就偷偷交换了一下眼色，心里藏着暗喜，把船轻轻地靠了过来。

这一带有几个这样的埠头，都是让小船卸货的。土产公司门口有一个，内河客运站门口有一个，还有就是三角城头那边有一个，都是在河的开阔地带，河与河交汇的关头，船要是梢着桨退出来，掉头就可以划到县里去。那几个埠头位置好，上岸就有正经的路，因此，送瓜和接瓜的都喜欢堵在那里。但那几个埠头有埠霸，什么瓜都得经他们验一验，雁过拔毛，说一不二。你若不肯，你若有异议，你若觉得吃亏，马上把你的船凿漏凿沉。但经过埠霸那么一拔也有一好，就是他签的单算数，城里那些南货店、果行、摊点是认账的，他说这筐瓜一百斤，接受的下家就不敢说九十九斤。当然，麻烦也是有的，就是那几个埠头太挤，船像水荷一样泊着，密密匝匝，等一个个把瓜清了，眼见着日头就暗了下来，再把船拼命地打回家，已是半夜了。

我开始是不知道这些的，后来别人总结我，也是这样说的。显然，我当时是被错当成埠霸了。凡事都有个开头，我的开头就是这么简单。他们的瓜要从双莲桥的埠头上，我正好又坐在双莲桥的埠头。他们把一筐筐的田瓜搬上来，我也帮他们在岸上接接手。我这样做纯粹是一种劳动的习惯，一种家教养成的本能，他们在用力，我是空闲的，我肯定要帮他们一把，而且，有人递有人接，也是一幅很美的劳动景象。但对于他们来说就不是这么回事了，他们简直是受宠若惊。他们赶紧停下活把我劝住，老司啊，你是什么人我们是什么人啊，怎么能叫你动手呢？我说，我站着也是站着，动一动又用不了多少力，有什么关系呢？他们说，你一点也不用动，你只用站着，你站着就是招牌，站着我们就踏实。你一定要动也可以，你只用动动你的眼，把我们的田瓜看一看，你看好了，给我们一句话，我们就有了保障了。他们这样说，我也不知道是什么意思，也许是生分，也许是怕我掺和，我只好懵懵懂懂地端起架子，耸起肩袖手旁观。

他们的瓜都是一百斤一百斤称好的。埠头上也站起了接瓜的人。大概是我前面做得比较亲和吧，他们就斗了胆和我"讨价还价"，要我少压一点，说一百斤当九十斤行不行。他愿意短斤缺两，和我有什么关系，我当即就同意了。那些接瓜的也不失时机地纠缠，问我每百斤收一毛钱可以吗。行啊，多少都是你自己给的，又不是我逼的、要挟的！双方就这样成交得很顺利，就拼命给我敬烟。我不会抽，我忸怩着他们也不肯，他们就把烟放在台阶上，有的则塞在边上的石缝里，好像这里的每一寸地方都是我的，放在这里就像放在我的仓库里。

后来我知道，这些送瓜的乡下人都要受到埠霸的拔毛，就像收租院里大斗进小斗出，心狠手辣，克扣得很厉害。他们克扣了送家，反过来肯定要讹诈一下接家，埠霸是坐吃两头的。我现在都由他们自己说，他说九没有掉到八的，他们自然就很高兴。都说我心平，说心平能做大事业。我当时以为是给他们当一下中间人，作一个见证。这事没什么难的，我就做了。

事情完了之后他们又要我签单，意思是说这批货我已经认可了。我说我签有什么用，我的字狗屁不值，签了也是白签。他们坚持说你的字就是钱，你签了，我们才能算数，你签了别人才不会争议，就会照你的意思走。我还想推三阻四，说自己没带笔。他们就到处找笔。我又说自己没有纸。他们就撕了烟壳，用了好几个烟壳，有飞马，也有红金，裁成一条条的，一筐一条。我说烟壳怎么行，不三不四的。他们说烟壳就烟壳，不在乎什么纸，关键是你的字。我想想这其实也无所谓，签就签吧。我读书到高中肄业，字肯定比他们好，我就郑重其事地写下"双莲桥埠头乌钢"几个字。我的名字叫乌钢。他们一边看着我写，一边就不停地感慨，啊乌钢，啊乌钢。说这个名字好，听起来入耳。听他们的意思，我这名字也很有气象，像个埠霸的名字。

我就这样做了埠霸。埠霸不用哪一级政府批准，他们觉得我是，我也就是了。

我的双莲桥埠头生意一般，原因是人家吃不准我的底细，他们那些埠头都有些年头了，在社会上已有了名号，我的埠头没什么历史，有些人怕得不到保证。还有就是远了点，偏了点，船要一直划到里面来，上货的路也不好走，就是原先知道的几只船过来，但每天也有几千斤瓜果的交易，也有两三块钱的收入，一个月就是七八十块，比我当干部的父母强多了。我在厂里的工资都如数交给家里，我父母很高兴，说我孝顺，懂事，没有白养，是他们教育的结果。为了麻痹他们，我也会向他们要回一些点心钱，一般以一天一毛计。我父母觉得这是非常合理的要求，人是铁饭是钢，特别是点心，有时候比饭还要紧。他们就会返还我几块钱，一般还会多给些余地，四块或者五块。

父母对我的工作是非常关心的，我当然也很争气，没有辜负他们的期望，也没有给他们丢脸。

我工作的单位叫竹筷合作社，顾名思义就是削筷子的。我的具体工种就是切竹爿，把竹爿切成筷子一般长短，而削则是女工的任务。我的工种没什么技术含量，就是挑挑竹子的长度、竹子是不是直，歪的竹子是不能做筷子的，只能做一些饭蒸、水勺、衣架，或者当柴烧。尽管这样，我也会挑一些话题让父母高兴。我跟他们说，你们知道我最近在做什么吗？他们说，我们也不指望你能做出什么惊天动地的大事来，你就把你的竹爿切切好，我们已经欢天喜地了。我说，你们怎么要求这么低啊，你们就满足于我这样简单地切切竹爿？我告诉他们，竹爿是当然要切好的，但也要有进取心，我最近就在为厂里设计一种新产品。我母亲脑子比较简单，一下子就相信了。我父亲则将信将疑，他说，你不要吹牛了，我还不知道你是什么料？你切切竹爿倒也绰绰有余，搞什么新产品，你痴心妄想，你又不是技术员。我也不跟他们争辩，我告诉他们我发现和设计新产品的过程。食堂里那台烧饭的鼓风机坏了，厂长叫我给它检查一下，是马达的接触不好，还是里面的线圈烧了？我读过高中，在学校里学过一些稀奇古怪的课，什么工业、农业、军体，工业课里就说到电机，所以，全厂也只有我敢于拆开这个小马达。其他工人，由于没多少文化，马达对他们来说，不是石头，就是泥巴。我拆开马达，毛病没发现，倒发现了线圈旁边插着的槽楔，竹的，半圆的，长短大概根据马达的意思，这使我心里为之一振。我把这些槽楔拿给厂长看，厂长立刻把马达的毛病丢在了脑后，像发现新大陆一样对槽楔产生了兴趣。在厂长的放手支持下，厂里成立了以我为核心的槽楔攻关小组，主要是解决槽楔的绝缘问题。我平时在家里喜欢炒菜，油锅经常会发生炸锅现象，油锅为什么会炸？就是因为锅里有水，等油把水炸光了，油也就平静了。我就是根据这个原理把槽楔放在油里煎，煎走了槽楔上的水分，达到了绝缘的效果。后来，厂里的供销拿了我试制的槽楔，在福建等一些电机基地接到了不少槽楔业务，大大充实了厂里的生产。在我的叙述下，我哪里只是一名竹片切手，简直就是一个科研工作者，而我所做的试验，也不仅仅是什么油锅炸水，简直就是一场工业革命，把我们厂的筷子生产一下子提升到为重工业配套的层次。我父母听我说着，嘴巴也慢慢咧开了，露出了粉红的牙龈，他们都笑得合不拢嘴了。

这些事都是真的，但我并不用心，是无意而为。我用心的还是双莲桥埠头，这是我的副业，收入也不错，我得好好培养它。我在埠头的声音越来越响了，每天固定有瓜果从这里上来，那些瓜船吱呀吱呀地划过来，我可以想象，前面土产公司埠头的那些人，盯着这些船是多么地眼红，肺都气炸了。本来他们是最后一关，他们要把河里的这些船一网打尽，现在后面还有我在收网，他们心里肯定像生了虱子一样，奇痒得不行。

我清楚地记得，那是 1975 年 9 月 18 日，那天上午，有两个人从上面的埠头向我走来，他们和我差不多年纪，但比我清瘦，双手插在裤兜里，装作一副无所谓的样子。我知道他们为争埠头的地盘而来，但我也知道他们只是喽啰，是来吓唬吓唬的，解决不了什么问题。喽啰有什么好怕的？喽啰离声名鹊起还远着呢，离如雷贯耳就更不用说了。尽管这样，我也并不想和他们起争端。我在家一向中规中矩，从来没有和邻居红过脸，我父母和同事介绍时，都说我是个老实人。况且，这埠头又不是天生是我的，也不是我拼了老命打下来的，我只是每天在这里坐一坐，至于司司秤，那是鼻涕流从嘴里过，顺路，也不是非做不可的。我还有正式工作，自从油煎槽楔之后，厂长就把我当人才了，准备提拔重用。这样，埠头守不守，我真是无所谓，我何必为一件无所谓的事情与人结怨呢？这是我真实的想法，我真想告诉那两个喽啰，我正做得不耐烦呢，你们要你们就拿去吧。但我身体里好像不是这个意思，好像有另一种声音在挣扎、在呐喊，这声音来自我不错的身体，来自我血气方刚的年龄，来自我兜里的武器——"钉拳"，它们迅速交织在一起，在心里不断地叱责我：你要是就这样退出来你就太窝囊了！我当然不能窝囊，于是，冲出我口中的话，就完全是另外一种意思了。我说，埠头又不是你们的，你们好占，我也好占，你们占你们的埠头，我占我的埠头，我碍你什么了吗？我说，那些船又不是我叫来的，是他们自己要来的，他们把瓜送到我这里来，我有什么办法，你有本事你把他们叫去好了。我还说，你有你的名号，我也有我的名号，你的名号别人认，我的名号别人也认，别人要是不认我，我一个屁也不敢放，我再大的本事也守不住这个摊。我还说，有钱大家分点赚赚嘛，你一定要赚我这份钱，你也把道理甩过来看看。我说的大致就是这些意思，但当时说得肯定是杂乱无章的，也许声音很高，也许样子很凶，也许还夹杂着很多粗口，总之气势很大，那两个喽啰根本接不上嘴。他们站在离我几米远的地方，勾着头斜眼看我，一边还猛烈地抽烟，烟从他们的嘴里不断地喷出来，看得出他们气愤难平。他们最后相互看了一眼，用拇指和食指撮着摘掉烟，扔到地上，这像是一个暗号，一般都会有什么剧烈动作，我也以为他们会突然冲过来，会合力把我放倒。我不由得后退一步，右手紧张地伸进裤兜，拼命握紧我的“钉拳”。我从来没打过架，我也不会打架，都说想打还捏不及拳头？我就是怕捏不及拳头，所以我得提前准备。但是，他们却耷着肩掉头走了。

事情到了这一步已经不可收拾了。我知道我把话说大了，我等于是下了一道挑战书。他们不是理屈，也不是词穷，不是被我的慷慨陈词所震慑，他们是去搬救兵去了。很快，那边又来了两个人，加上跟在屁股后的两个喽啰，一共是四个。这两个可能是“中层干部”，来势也比喽啰汹汹，他们的手不是插在裤兜里，而是做出膨胀的样子夸张地撑在身体旁，像一些动物着急时的示威，有点解决问题的派头。他们径直走到我身边。我其实早就准备好了，我只是装作懵懂而已。我虽然没有打过架，但我读过书，知道出其不意的效果。别看我眼睛望着别处，武器已紧握手中。我的武器本来就很隐蔽，不像其他武器那么惹眼，它虽然握在我的手心里，但锋芒已在我指间虎视眈眈。那两个“中层干部”当然也是小看我了，他们也许学过散打，也许还记着师傅的提醒，师傅说，看一个人出手主要先看他的肩膀，手动肩膀首先要动，没有一个人手动而肩膀不动的，也没有一个人手比肩膀动得还要快的。他们错了，他们太拘泥于师傅的教导了，我就是一个手动而肩膀不动的人，我就要破掉这个规矩。我倒是一直盯着他们的肩膀，我不声不响，头不移位，目不侧视，等他们的肩膀稍微一动，我就给他一下，像毒蛇攻击一样迅猛。我使的是“钉拳”，拳在明处，钉在暗里，不出血，不伤内，但结结实实落在肋骨上，那个人一下子就弯下了身。他闭着气，有点怀疑这种疼痛，他撩起衣服查看，一看却更加疑惑。另一个同伴不相信他会这么不堪一击，想上来帮忙，但他的肩膀动得太厉害了，也许他只是想拿好架势，但我的"钉拳"早击了出去，这一次，我打的是他的脸颊，他连声音都没有出，就捂着脸蹲了下去。另外两个喽啰喊一声"皇天"，撒腿就跑。

这事到此为止，没有继续发挥下去。一是真的被我的"钉拳"吓着了，以为我身怀什么绝技，谁也不想再以身试拳。还有一种可能是，土产公司埠头的埠霸，也和我差不多，是只外强中干的纸老虎。有一点可以肯定，埠霸都不是真正的大拿。大拿有大拿的做法，大拿才看不上埠头的这些瓜果，大拿要做就做大事情，摆赌庄、办采砂场、开运输线路。埠头称瓜的都是些小拿，小拿我就没什么必要太怕的。

埠头上开始传扬起我的名声，人们惊叹我的功夫，见到我就指指点点，说"钉拳钉拳"，甚至把我解决那两个"中层干部"的过程说得神乎其神，说就像做四则运算一样，先乘除后加减，干净利落。还有人说我以前杀过人。这种说法连我自己都吓了一跳，我什么时候杀过人了？但他们传得像真的一样，像看见了一样，连细节都有。这些传说对我在埠头上工作很有好处，无形中帮了我的大忙，使我在埠头的地位更加牢固，杀人最能体现胆量，反正也没有人去细究，我也就不去否认它。后来听说，制造我杀人传说的是双莲桥边上的一户人家，他们家有个女儿叫吴茉莉，我也不知道他们说这个是什么动机。

许多人也因此说我是黑社会。这个名字我觉得还比较好听。他们不说我是流氓，流氓好像专指偷鸡摸狗之类，我比这类人要阳刚许多。黑社会就是另一个社会，这个社会有另外一套秩序，另外一套做法，但我对自己不这么看。我对自己的评价还是客观的，我很畏惧父母，遵循家教，每天正常上班下班，在厂里表现也不错。埠头的事，我一般也是以维护秩序为主，我不敲杠别人，不轻易杀斤两，也不漫天要价，一般都是尊重他们自己的意思，自愿自给。我其实起着一种维护利益和保障供给的作用，如果没有我，埠头就会乱套，斤两就会存在欺诈，价格就会乱砍，没个准则。没有规矩就不能成方圆，要流通到市面上就更糟。现在，我们几个埠头之间都相安无事。有了我，整个埠头的吞吐量大了，集散快了，也繁荣了，一派平和安宁的好气象。

天气渐渐凉了，石头也一点点变冷了，桥边的石头就显得更冷更硬，坐在埠头上，一会儿就觉得冰到了骨头，一会儿就觉得石头硌人。但我又没有别的地方好去，去厂里太早，埠头又有事情，我只得在桥边逛来逛去，有时候在栏杆上靠一靠，有时候就想，要是有张椅子坐坐就好了。这样想的时候，桥边的那户人家，他们的女儿吴茉莉就送过来一张椅子，还是张竹椅，虽然已经旧得发红，许多伤裂的地方还扎了布条，但坐起来还是有一点埠霸的味道。吴茉莉还给我端来了茶水，一次一大缸，放在埠头的台阶上，足足够我喝一个上午。我平时不抽烟，尽管那些送瓜的人都及时向我递烟，我的台阶上、石缝里随便伸一伸手都可以摸出一根烟来，但我不抽，我觉得抽烟不好看，我父母也这么说，他们不说抽烟有害健康，他们说抽烟像坏人，他们会举出一些电影里坏人抽烟的例子，有地主、特务、狗腿子，确实抽得都很难看，我就对抽烟恨之入骨。我问吴茉莉家里有没有人抽烟。她说她爸爸抽烟，但抽得很差，八分钱一包的雄师。她说你这些都是好烟啊，我父亲一辈子都没有抽过。我就把这些烟收拾起来给她，作为和她端椅子泡茶的交换。

吴茉莉是个和我差不多年纪的姑娘，黑黑的，油光油光，胸脯特别高，比一般人要高，我从来没见过这么高的胸脯，从脖子上下来就没有过渡，直接就耸了起来。她看上去很健康，尤其是嘴唇和头发，很有力量，我总觉得她像印度美人。她有个特点，身上容易长疮，一会儿脖子上一个圈，一会儿手背上一个圈，我原来以为这是蓬勃的关系，身体蓬勃了，总会有一些东西长出来，后来才知道，她可能是不太卫生的缘故。我对吴茉莉和我的接触没有觉得异样，她住在桥边，我也每天待在这里，一来二往，我们就熟了，熟了就随便了。她后来还叫我中饭在她家吃，我也就吃了。我也没觉得什么不妥，反而觉得这样挺好，挺方便。我本来中午要赶到厂里吃，挺突兀的，常常被工友取笑，因为我做的是下午班。现在好了，我可以稳稳当当地吃了饭，候准了时间再去上班。当然，我也不会白吃他们家的饭，我会给他们捎上一些瓜果，都是那些运瓜的农民伺奉我的，是最大最好的，比如田瓜，是那种长得均匀漂亮的，颜色瓷白玉质的，小屁股紧凑的，瓜蒂下打着黄圈圈的，都是上品。

吴茉莉的母亲是个家庭妇女，我总觉得她身体有病，但又看不出她到底什么病，嘴唇黑黑的，她对我的到来表示出极大的热情，每次我带什么东西去，她都会马上洗了切好摆在桌上，叫我吃吃吃。她自己并没有什么东西招待我，她只是用语言招待我，用客气招待我。对于我上她家吃饭，她说得也很到位——客来多双箸。我很少看到吴茉莉的父亲，吴茉莉说，他在一个仓库里守门。有一次在她家看到他，他正好伏在桌子上吃饭，挺不错的一个人嘛，但站起来才知道，一边肩膀上的一只手是挂着晃的，像棚架上的丝瓜，没用。吴茉莉说，是叫机器轧的。

吴茉莉家的条件一般，这从她家吃的菜就可以看出来，尽管每一顿都摆了四盘，但很少有荤的，花样倒是很多的，比如咸菜豆板、单单咸菜、单单豆板，还有咸菜豆板汤。这是开玩笑，反正就这个意思。不过，有一点比我们家好，马桶没有放在房间里，是放在房间外的天井里，用破木板隔着，用一块发黄的布遮着，人要是进出马桶间，就像进出于舞台，要用手撩一下那布，那一撩，老叫人有一种哼两句的欲望。

有一天我从马桶间出来，看见天井里蹲了一个男人，在伺弄屋檐下的花草，我以为是吴茉莉的父亲，仔细一看，拿剪刀剪花的手又好又有力，正在纳闷间，吴茉莉母亲无声地把我招了进去。我进了她们家卧室，吴茉莉也站在那里严阵以待，她们掩了门向我介绍这个男人：他住在隔壁院子，窗户却开在我们家天井里，这个人强横得很，说屋檐下的滴水地是他家的，就把自己的花摆进了我们的天井里。吴茉莉母亲说，单是摆个花我们也无所谓，我们的天井白白多了几盆花也不是不可以，但摆了花就要种，就要梳理，就要浇水，他就要翻身到我们的天井里，比到他自己家还随便，这就不舒服。吴茉莉也说，我一看他翻窗过来的样子我就烦，好像翻自己家的墙头一样，好像在自己家的天井里。她母亲说，他看自己身体好，看我们家老公身体残疾，欺负我们女人。我说，他做什么的？吴茉莉说，好像是大学毕业，有什么了不起！她母亲说，也不知道在什么单位工作，力气倒是挺大的，每天在家里练吊环，还有拿一张长凳，上面下面地爬着打滚，看样子也是用力的，一般人爬不起来。吴茉莉说，他就是看自己有力才这样老三老四。她母亲说，我老公身手不好，我自己心脏也不好，你看我嘴唇都是乌黑的，我又只有一个女儿，眼看着别人蹲进了我们家天井，也要他不得。吴茉莉这时候靠过来，拉了拉我的手，有点忸怩地说，乌大哥，你都是埠霸了，你一拳打去，一个差一点躺倒，一拳打去，另一个一屁股蹲下，别的埠头的人都不敢惹你，你一定本事很大。她母亲说，听说你还杀过人。我拼命辩解，我什么时候杀过人，你们不要乱说。吴茉莉说，你没有杀过人也没关系，你的"钉拳"比杀过人更可怕，你能帮我唬唬他吗？我这时候知道什么叫"吃人家嘴软"了。我在学校时很少吃人家的，对这句话不很明白，现在突然明白了。想想这母女也挺有计谋的，她们是在攀附我，目的是为她们家送瘟神。特别是吴茉莉，手那么一拉，大哥那么一叫，我心里咯噔一下，就推不掉了。我说，我只能试试看。

我硬着头皮走出她们家卧室，我觉得自己的身体慢慢地膨胀起来。我已经被她们母女俩鼓动得豪情万丈，什么埠霸，什么"钉拳"，什么杀过人，我突然觉得自己像一个打手了；我摇头晃脑，像一个无事生非的流氓；我脸上的肉都横了开来，像一个无恶不作的恶人。但我心里非常明白，我不是一个恶人，我也不是真强大，我不能像那些无赖一样无缘无故地打人，我家里也不是这样教我的。我只能装装看。我坐在吴茉莉家的饭桌前，对面就是天井里的那个男人，男人还兴致勃勃地在摆弄他的花草，好像真是在自己的院子里，这点我也不舒服了。我说，喂喂喂，弄花的！男人慢慢地站起身，转过头来。我说，你站的是什么地方你知道吗？他说，天井啊。我说，是你家的天井？他说，那不是，我家在窗里边。我说，那你怎么站在窗外边了？你还本事不小。他说，你是谁？这和你有关系吗？我觉得这男人有点"横"，还真以为自己练了吊环，爬了长凳，这样的男人要先给点颜色看看。我就装作漫不经心地踱出来，手已经在裤兜里握紧了"钉拳"，我到了他面前晃了晃拳头，我明里是拳，暗里却藏着"钉"，我把"钉拳"狠狠地打在一处墙壁上，年老的墙壁哗啦啦就散下一些砖来。我这样一打男人就惊了一惊，毕竟能把墙壁打得哗啦响的也是不多的，他的脚头也不自觉地动了一动，嘴巴僵一僵，精神好像已退缩到窗边了。我说，当然有关系，我是吴茉莉的表哥，我行不改姓坐不改名我叫乌钢，你若不知道我再告诉你，我在双莲桥埠头司秤定价。那可是一个社会职称啊，男人也应该知道怎么去尊重它。我就乘胜追击，你要为这件事打一场，我奉陪到底，你要不想它出人命，你就识相点。这个男人被我唬住了，他跨栏一样唰的一下，身体从窗口越了回去。我最后说，你这就叫作神不清，上了凳还要上桌，上了桌还想上灶台角！我当然也是说说，我知道牛有多少力马也有多少力的道理，他天天练吊环，爬长凳，真要是动起手来，我也许根本就不是他的对手，说不定被他三下五除二了都有可能。但世上英雄很少有真刀真枪拼出来的，大部分都是瞎起哄，人抬人，就像《水浒》里的宋江。

后来，听吴茉莉说，隔壁的男人把原来的大花盆都搬回去了，换了三盆小的，都缩在滴水地里面。我说，这就好了嘛。吴茉莉说，三盆好像都是茉莉花，挺懒养的，不用怎么护理，他再也没有翻窗过来。我说，这不就达到目的了？茉莉花在你家天井里还可以白白香你。吴茉莉笑了一下，说，还有件事更好笑，你猜他现在怎么浇花？他拿个针筒，像打吊针一样，站在窗里面滋一下滋一下。我说，他是怕弄湿了你的天井。我又说，这就行啦，得饶人处且饶人。这句话吴茉莉没听懂，她程度有限。

帮吴茉莉家解决了一件事情，我在她家的待遇就更高了，原来还只是吃顿饭，现在还可以躺在她家床上休息一下。我说过，我是下午上班，太早去厂里也没意思。这样躺一躺不仅可以挨时间，还多了一项内容，和吴茉莉玩。吴茉莉家显然是很困难的，床上连枕头也没有，我在心里想，没有枕头怎么睡啊？不是把眼睛都睡肿了？吴茉莉说，没有枕头睡了不会头晕。她这是精神胜利法，是苦了说甜话。没有枕头，我躺着就很难受，侧着仰着都不是。吴茉莉说，你躺着难受就枕我的大腿吧。她就真的坐过来，把大腿给我当枕头，我也就不客气地躺了上去。也许她是想讨好我，她没有其他什么奉献我，只有大腿。也许我这是居功自傲，觉得对她家有功，就可以心安理得地受点禄。

吴茉莉的身体真是蓬勃啊。她的大腿就很粗，我枕着她的大腿，就好像枕在大磅的米袋上。我还能感受到她的胸大，她的胸，像两座山峰尽力突出在我的头顶，让我有躲在岩石下的安全感。这样一对诱人的胸脯，我真想伸手摸她一下，我想，她也肯定会让我摸的。但我知道，这是个雷区，不能摸。摸一摸就不好交代了，就得把她娶过来。我不是地痞流氓，摸了就摸了，摸了就不要了。我要是摸了又不要了，谁还会要她呢？再说了，她家的条件和文明程度跟我家也不好比，门不当户不对，我要是把这样的姑娘娶回来，我父母就会当场晕倒，我能让父母难过吗？不会。所以，我不用动其他心思，就装作心如止水地睡一觉，休息好了去上班。

　　埠头上的事，一切照旧，而且越做越有秩序。比如签单，就是瓜筐上那张证明斤两的字条，现在就固定下来用烟壳纸，有什么用什么，有时候是飞马，有时候是红金，烟壳纸发出的货，就是双莲桥埠头的，就是有信用的。还有那个签名，原来是写"双莲桥埠头乌钢"，那么多字，多么麻烦啊，随着名气的增大，现在只用写一个"乌"字，或者写一个"钢"，就像钢印盖出来一样确凿。后来嫌"钢"字笔画多，就只剩一个"乌"了。有时候，那些没脑的人会把烟壳纸弄丢了，提着裤子尿紧一样跑过来补签，我都会马上满足他，只是写得潦草，写的"乌"有点像"5"，或看上去像"8"，但都像我们厂长签在工资表上的字，有用！我父母说了，与人方便是我们的快乐。换了其他埠头，肯定还会向他们收钱，再拔一次毛。

　　就是司秤的形式也和别的埠头不一样，我由着他们自己称，哪一方带秤都可以，或干脆称好了过来。我这是人性化管理，靠大家自觉。我不可能像其他埠头那样在现场摆张磅秤，称一筐，吆喝一筐，称的喊一百斤，吆喝的接八十斤，当场就扣掉二十斤，搞得像真的埠霸一样，这样心太狠。都是自己的兄弟姐妹，都是劳动人民的血汗哪。况且，我还要赶去上班呢，难道我把这张秤每天这样扛来扛去？从家里扛出来，再扛到厂里去？不可能。

在厂里，我又有了一个发挥的机会。我们厂那个供销像得了宝贝一样接到了一批梯形槽楔的订单，回到厂里被厂长骂了一顿，说，你是抢荒鬼啊，好像我们厂马上要饿死一样。还说，圆刀削削我们的技术还吃得消，你弄来一个梯形的，对我们来说就是原子弹嘛，哭也哭不起来。供销被厂长骂了，像吃错了药一样难受，好几天都头虚眉低，见人一闪而过。后来厂长又想到了我，把我叫到办公室，把自己的位子腾出来给我坐，还给我泡了茶，说，你要是把这个搞出来，给你加半级工资。半级工资三块钱，但也像在我屁股上抽了一鞭，激励了我。我看了看实物，说，明天我去买个量角器来，把角度量出来再说。量角器厂长听都没听说过，张了张嘴，半天还傻在那里。我们这个厂是合作社，是近郊一带的竹篾小组打拢的，人员不是文盲，就是低小，个别城里加盟的工人，也都是蒸笼里发不起来的黄馒头，我算是厂里最大的知识分子。第二天我用三分钱买了一片塑料的量角器，用一块钱剪了一段中碳钢，到隔壁厂里借了一支什锦锉，量出角度，画出样子，锉出模坯。在这个过程中，厂长的眼睛一直像探照灯一样亮着，一眨也没眨，口水也咽得咕咕响。我把做好的模坯往台钳上一夹，前面竹子敲进去，后面把它拉出来，一根梯形槽楔就这样诞生了。厂长奔走相告，全厂欢欣鼓舞，都对我佩服得不得了。当时市场上有胶木压铸的绝缘槽楔，但成本要比竹槽楔高七八倍，所以，我们厂的前景是相当灿烂的。

这是我的喜事。我父母很快也知道了，逢人便说。在他们溢于言表的得意里，好像我已经成了把理论和实践结合得最好的"华罗庚第二"。为表彰我的贡献，厂里真的给我加了工资，叫新招工一级半，每月二十九块，外加两块半米贴。

不久，吴茉莉家也传来了一件喜讯，她告诉我，隔壁那个男人把那几株茉莉花也拿走了，吴茉莉说，现在的天井里真舒服。她母亲说，就跟烫了虱子一样。

这真是一段非常气魄、非常充实、非常富足、非常美好的好时光，可惜好景不长。据说，从外地调过来的一个新领导，强势得不得了。在我们生活的局部，在我们个体身上，我们都觉得很好，很自由，很舒服，但在很多人眼里，这个社会很糟糕，没有秩序，没有公道，没有安全感。那个领导向市民许下诺言，第一件事就是要把四毛钱一斤的咸菜降下来，减至两毛；第二件事就是让每人每月半斤肉的计划得以兑现，确实能吃到油星；第三件事就是刮"台风"。温州地处东南沿海，平时台风频繁，有时候风夹雨，有时候海水倒灌，我们都习以为常了。但现在刮的是"政治台风"，确切点说，是打击刑事犯罪的"台风"。这条路上的那几个露阳癖被抓起来了，说是流氓，被判了刑；有一个抢劫犯刺了女人一刀，被毙了，叫"专刺女人大腿"，大腿有时候也泛指下身，专刺那儿还得了，就是死有余辜。那些唐一刀、笑一笑、黄京吧、龙海生之类，也都被枪毙了，他们的名气太大了，从来不出门的人都知道，那还不死定了，他们的罪行叫"地下公安局"，就是说公安局不能处理的事情他们都能处理，这多么招人。他们都毙在我们厂附近，枪声我们都听到了，有一次也去看了。这地方原来叫三脚门外，老人们都叫"棺材坦"。

杀鸡教猴子，我一听到风声就不做埠霸了，做埠霸本来也只是业余爱好，又不是任命的，非做不可。至于那个"钉拳"，早被我用力扔到河里了，挖泥船就是把河床挖了个底朝天，也不一定能挖出它半点影子来。"钉拳"虽然算不上凶器，但这个时候带着，等于找死。

我还是老老实实地上班去。

中午，我仍旧在吴茉莉家里吃，我已经吃惯了。但她母亲渐渐流露出一些不耐烦来，这我都知道，她把碗放得重了，她炒菜老是叮叮当当地敲，吃饭的时候，她会说自己有事，不和我一起吃，想冷落我，给我难堪。当初她们家力邀我吃饭，是想借我的名头赶走隔壁的男人，现在大功告成了，就不要我了，就觉得我是个累赘，甚至觉得我揩油。我就是揩油怎么啦？我在她家，没有功劳也有苦劳，没有苦劳也有疲劳，她怎么能过河拆桥，吃水忘了掘井人呢？她说自己心脏不好，我看她的"脏"好得很，就是"心"有点问题。她既然把我招之即来，我就要让她挥之不去，我偏偏吃，反正我也不看她眼色，反正吴茉莉喜欢我。

其他埠头的那些人，听说也抓的抓了，判的判了。他们以为"台风"一阵刮过，马上就天清气朗，他们以为自己是鼓楼下的鸟儿，都吓出经验来了，所以，他们只在家里草草地伏了几天，又蚂蚱一样蹦出来了，一把被政府逮了个正着。这叫不会看风头。这段时间的"台风"是刮给中央看的，是新来的领导治理地方的排头炮。排头炮一定得轰得山崩地裂，一定要达到震慑和摧毁的作用，接下来还要冲锋。他们就是没脑，埠霸什么的，那都是旧社会的丑恶现象，新社会怎么会让这些东西沉渣泛起？所以，他们被抓进去，被判了刑，有些民愤大的被枪毙了，都是必然的。风头霉头两隔壁嘛。

不爱惜生活、不要命的人是没有的，他们如果有机会想一想，就会觉得生活是多么美好，生命比什么都重要。他们没有想到这一点，为所欲为，最终被剥夺自由，被终结生命，就没有什么好可惜的了。因为他们的生命还没有注入内容和思想，而没有内容和思想的生命，当然就是行尸走肉。从这一角度看，我还是很感谢我父母的，他们的家教、他们的叮嘱、他们浅显的道理和要求，多少会让我掂量，使我时刻小心、犹豫，思前想后，适可而止，这才使我有了今天。

我听说，公安局也曾经暗暗地调查过我。公安先到机关里找到我父母，问他们我的情况。我父母说他很好啊，很听话，每天按时上班，还都去得特别早，为厂里做了不少好事。公安又问他们，知道双莲桥埠头吗？我父母说知道啊，好像都是些流氓恶势力在那里欺行霸市。公安说，你儿子很可能是他们其中的一员。我父母脸色立刻就白了，冷汗马上就布满了额头，好像看到了我被押赴刑场的情景。我父母语无伦次地说，不会，不会，这些事他哪里学来的呢？这些事你叫他吃，他也不敢夹。父母都以为自己对儿女了如指掌，其实，他们仅知道自己设想的一点点，蒙在鼓里的就是他们。公安没有跟他们废话。公安是对的。而我，既然是"钉拳"，我就会把自己隐藏好。

公安当然也去了双莲桥埠头走访。找了一些送瓜和接瓜的人，大家几乎异口同声，说我是无为而治，只是做个见证，根本没有欺压行为。再接触了一些诸如吴茉莉此类的居民，更是有口皆碑。说因为有了乌钢，邻里之间的龃龉少了，许多矛盾都及时化解在萌芽之中。在他们的叙述里，我俨然一个"人民调解员"。

公安最后还去了我们厂。在厂里，他们继续听到了对我的赞美，我怎么遵守纪律，怎么埋头苦干，怎么搞技术革新，怎么苦干加巧干。另外还说到，在晚上恶劣的条件下，自告奋勇送女工回家的都是我。单位原先还想提拔我，要我当什么技术攻关组长，假如我们厂是个公司或集团，那我这个职位就是部长或主任，我谦虚地把这些都推掉了。组织的意见非常要紧，组织的意见就是权威，组织说好，那才真的叫作好。组织可以把一个人打进监狱，也可以把一个人捧上天。

我最终没事。我想，这样的事在当时肯定是很多的，记也记不过来，说老实话，也没人记。时间一久，也就不了了之了。

没有我，双莲桥埠头也就不复存在。那些瓜船，吱呀吱呀地摇过来，歇不是，上也不是，都吃不准，像没有人指引方向一样，没有了着落。那些接瓜的下家，他们到底接不接？接过来会不会受到质疑？心里一点也没有底。于是，埠头很快就萧条了，冷清了，人影也没有了。有一天在路上碰到一个往日送瓜的，手上扎了绷带，夹了木板，弯曲着吊在颈上。我问他现在瓜送到哪里。他开了一句粗口，把母亲骂了一句，说，现在还种瓜呀？早就不种了，种了也没用。自己吃，吃多了肚荒。送上来，又没有人收。主要是斤两价格说不下，没有人说了算。他说，没有秩序和规则，怎么做生意呢？天天像论战！你看，还为这事打了起来，手也打断了，像《红灯记》里的王连举，已经三个月了。他口口声声怀念我当埠霸的那些日子，说我心平、公道，信誉硬码。其他人，人打倒了不说，还再咬一口睾丸去，心狠。

这样过去了几年。小南门外还是依旧灰黄的样子，那些老店也依旧没有什么起色，双莲桥下的并蒂莲到了季节也依旧开放不止，我也依旧在这条路上走来走去。去，就是到下面的厂里去上班，工作着是美丽的；来，就是下班回家，还时不时给父母带一点高兴的话题。父母正当英年，还轮不到我去孝顺，好的话题，让他们高兴的话题，就是孝顺，就是敬重。

年轻的时候，大家都没有工作，我有这么一个工作，算有出息了。几年过去，还待在这个厂里，就奇怪了。这样的厂，作为走向社会的跳板，过渡一下，锻炼锻炼是可以的。把前途光阴都耗在这里，肯定是有问题的。父母开始动用他们的关系为我跑工作，在他们心里，有点机械性质的工厂，才是好工厂，像冶金、渔械、拖拉机等等，即使重工不行，一轻二轻也是最起码的。竹筷合作社算什么呢？充其量是个手工作坊。父母对别人说，我儿子是一个很正式的人啊，勤劳，肯动脑子，会搞技术，更新了厂里不少产品。别人也拼命应答，好好好，嗯嗯嗯，现在的社会，这样的后生已经很少见了。说归说，就是没见动作要我。

为了外出接业务方便，我们厂也因势利导地改了名字，改为"竹制品厂"，产品也扩大了许多，工业用的有各类电机槽楔，民用的有竹椅、竹茶几、竹床板，竹筷倒是没做了，太小，看不上眼。但不管大小，我还是原来的我，原地踏步。

这段时间，和我年龄相仿的同学、邻居都陆续结婚了，有的还生了儿女，眼见着自己飞速地走向大龄，心里也慌了起来。我曾经也说过几个，公园也玩过，电影也看过，自己也觉得没什么不得体的地方，但糊里糊涂地就停了。我想起吴茉莉。后来虽因其他原因不在她家吃饭了，但有了前面的事情，感情应该不会断吧。她现在一定长得愈发益然了吧？她比我小那么一二岁，也有二十三四了吧？我想，她家的条件，一下子也发不起来，我就找她吧。过去是我看不上她，送到嘴边的肉，我都不屑去吃，现在我降了一个等级，她应该欢天喜地了。我就去了吴茉莉家。她对我还是挺客气的，但我能感觉出来，这种客气有拘谨的成分，也有敬而远之的味道。过去她说"你睡觉就枕着我的大腿吧"，现在我做梦都不用想了。这样的基础在于迎合，她现在根本就不设计这样的机会。我坐在床边，她就远退到对面的凳上。说话也有了狡猾的技巧，说我妈到隔壁借东西去了，说我爸今天休息在买菜，言下之意是——他们等会儿就会破门而入，你老实点，或是你快走吧！我出来的时候，她会迅速地把门打开，先把自己站到门口，门口，大庭广众，我能做什么呢？动一个手指头都不可能。我只能君子地微笑一下，点头离去。

我父母好像知道了个中的缘由，他们想起那次公安的询问。他们是过来人，经历过"三反五反""社教四清"，又在险恶丛生的机关里工作，深知有些东西的可怕。他们想到了"调查"和"档案"，文章都做在深处和背后，他们一下子就老了。

　　我前面说过，组织就是"捏命"的，组织专门在暗处使力。在我的问题上，我们厂是一级组织，这个组织曾经袒护了我。但公安局就是一个大组织，还有更大的一个组织，那就是社会。这些大的组织好像在背后签发了一个神秘的文件，文件里写着我的名字，名字上打了一个大大的问号，我就被这么一个问号挂了起来。经过组织多年的工作，这个文件已散发得又深又广，越是深入人心，我就越像个潜伏的危险分子。只要一提起我，谁都会立刻想起我的斑斑劣迹来……

　　现在的双莲桥，比过去当然是热闹多了。

　　现在有多少人知道过去呢？要问，谁都会说自己不知道、没听说。其实，他们全知道，而且清楚得很。有句话叫"就怕谁惦记"，他们都惦记着呢！在他们看来，那个双莲桥埠头的乌钢就是傻，非常地傻。他应该隐蔽，隐蔽了，也许什么事也没有。因为真正的经营者是不会抛头露面的。如果说，双莲桥下面还是一条河，一条生意的河，一条繁荣的河，那有些人就是二层河，是暗流，极其迅猛和凶险。就说路边那些招牌吧，不用进去看，就知道是什么地方，酒店、茶室、足穴、美体、咖啡吧、桑拿浴，生意不得了。明白的人都知道，这些店要开得牢，要红火，都是有相当背景的，都得有人撑腰，力挽狂澜，不是政府就是公安。否则，连一天也开不下去，光是各种各样的检查，就可以把你查死。

原载《人民文学》杂志 2005 年第 5 期

火车上唱歌的姑娘

每年的五月，宇文都要去上海一次。

五月是一年中最舒服的月份，黏糊的霉季已经结束，天渐渐高了，风也吹得远了，气温就像是刻意调节了一样，设置在半件衬衣和一条汗衫之间。如果在晚上，那也是最有意境的"线毯"程度，隐约，又不累赘。

五月是宇文在心里定下的。说是定，其实也没有什么特别的表示。一年的许多时间，他都是这样忙而不碌，他不会觉得月份之间有什么两样，或者说，他对月份本来就不怎么敏感，有时甚至是昏昏庸庸的。但临近五月了就不一样，他会对日子突然警觉起来，常常在暗地里提醒自己一句，噢，再过几天，就是五月了。于是，心里记挂着，小心地、不动声色地在五月的日子里匀出两天……

宇文去上海是为了去看小雨。一直以来，他想着能和小雨睡上一觉。

有一段时间，宇文在自己的小城里是焦灼的。这个小城有许多民间私拟的竞赛内容，比如青年比才、中年比富、老年比子女，这些项目像鞭子一样抽打着那些仁人志士，激励着他们奋力拼搏。宇文自忖，自己的"而立"已经过去，他尽显才华了吗？自己的"不惑"即将开始，他有富裕的迹象了吗？子女那是后事，暂且按下不表。对于前面两项，宇文的回答是，马马虎虎，不尽如人意。尽管这样，宇文还是喜欢这类竞赛的，怎么说它也有积极向上的一面。

这个小城是富裕的。白天在单位，宇文感觉不出它的富裕，他觉得这些和自己无关。他沾沾自喜自己的安逸和优越。他的窗外，是一个叫吟潭的公园，他可以在自己的座位上，呆呆地看上半天树叶。他可以花很多心思，去选择和收集自己品抿的茶种。遇上有把握的求事者，他也可以不用担心地接纳一套小小的皮具。工资，现在都打到卡里了，透支了也不要紧。最不用操心的就是奖金，头儿们总会挖空心思地弄出些招儿，给大家凑个心境平和的数字。但是，到了晚上，宇文的感觉就不那么自在了。那些情调暧昧的茶座，那些灯火隐约的浴室，都弄得他鼻子痒痒的，喷嚏连天。还有，这个小城是禁鸣喇叭的，那些香车宝马总会像蛇一样悄没声息地在他身边匍匐过来，冷不丁地吓他一跳。这个时候，宇文才感觉到，自己心底的不满原来是那么明显。他突然不喜欢这个小城了，尤其不喜欢它完全分离的实质内容。就说那些竞赛吧，白天和晚上，职业和阶层，人和人，都有着大相径庭的标准和要求：第一，要想办法赚点钱，没有钱，在外没身份，在家没地位；第二，有了钱要先购置下一套好房，什么是好的房子？老城区商业街一带的房子；第三，有了好的房子还要安顿好一个家，家是安身立命之本，居无定所颠沛流离不是一个好生活，同样，仅能遮风挡雨，却家徒四壁，肯定也不是一个好人家；第四，光有一个好家还不够，还要有一个好女人，这当然不是指自己的爱人，爱人是感情的一部分，但不是感情的全部，是全部，这个人生就"抑欲寡欢"了。人的感情是丰富的，丰富的感情和单一的生活是不和谐的，要让丰富的感情不至于倾斜，就要有一个外在的因素来平衡它。这四则完全做到，宇文觉得有点难，但努力努力，突破个一二，还是有些把握的。

他就是在这个时候碰到小雨的。有了小雨，宇文心里平静了许多，至少和别人比起来，是不那么落后了。他可以自我安慰地换一种说法：凡事是不能十全十美的，能力也是有所侧重的，堤外损失堤内补嘛，他用小雨来弥补其他。

宇文和小雨是默契的，这种默契不仅仅体现在关系上，还体现在一些细节上。为什么一定要搞得那么清楚呢？他们都这么想。于是，他们的交往就没有负担了。曾经有一次，宇文试探性地问小雨，我能去上海看看你吗？小雨说，行啊，虽说是两个地方，其实也挺近的，交通很方便。宇文进一步说，我若去上海，你是陪我玩呢，还是真的只是见上一面？站在某个标志性建筑下面，隔靴搔痒地拥抱一下？小雨浅浅地一笑，你真会制造意境。又说，白天如果抽不出身，晚上应该有空吧。宇文故作惊讶地说，那不是得留下来过上一夜？小雨说，你计划不在这儿过夜的，就那么蜻蜓点水一下？还是顺其自然吧。这是个接纳和很有余地的信号。本来，宇文还想问得再具体点，比如这一夜在哪里过，在宾馆，还是在家里？后来想想，真是不能太计划了，大方向解决了，细枝末节应该都会是一路绿灯的。

小雨说，你来的那个站叫梅陇。

开始的时候，宇文觉得小雨一定在耍什么花招。比如说自己正在梅陇办事，不方便，然后草草地在路边见上一面，在快餐店里坐一坐，充其量捏个手，尽管情调也有，但宇文觉得，那不是他所期待的。事实上，小雨是诚心的。梅陇是铁路沿线的一个分站，在上海的西南角，出口在虹梅路地铁，距认真的上海站，地图上看，还有一掌，路还不短，在梅陇下只是为了方便，没别的意思。上海是一个"省份"，而梅陇，就像是一个"县级市"。

小雨还说，你来的话，给我带个手机吧，我那个老的被人偷了。宇文爽朗地应了下来，问，你要好点的，还是一般的？小雨说，就那种千八九的红三星吧，我用它已经习惯了。宇文说，那你就自己买一个嘛，我把钱刷到你卡里就是。一个手机，宇文这一趟上海之行就更有理由了。

宇文是晚上七点到达梅陇的。他和小雨约好在地铁的楼上等。这个时候，下班的高峰已经过去，地铁也开得慢条斯理了，站在空荡的地铁楼上，灯光惨淡，等的意味就浓重了起来。宇文知道，也许哪趟地铁过后，小雨就会从电步梯上缓缓上来，然后，笑吟吟意味深长地朝他走来。

小雨还没有来，宇文一时无所事事，楼上还开着的就剩一间音像店了。他对音像有点兴趣，他本来可以进去看看，边看边等，时间就过得快。也许是他滞留在空荡的楼上很突兀吧，店里那个样子前卫的女孩瞄着他看，这样，他再进入音像店就有点别扭了，他只得做出另外一个选择，踱步到那张线路图前，作寻找方向状。在梅陇，他肯定是个过客，东南西北也搞不清楚，但站在线路图前，他还是和谐的，就像线路图里的一个箭头。

他记得小雨说过，她住的地方叫什么庄。他顺着线路找，就找到了一个莘庄，对，就是莘庄。莘庄是这条线路的一个站头，宇文数了数，从梅陇过去还有四站路，这个距离不算远，坐地铁二十分钟，走路也不过一个半小时，也就是说，就算接下来这段时间他有些仓促，拼命在酝酿，到了夜前，也应该有个火候了。

有人像纸一样飘到他身边，碰了他一下，他回头一看，小雨俏皮地向他噘了一下嘴，他顺势就撸过来她的腰，小雨也像模像样地贴上了他。这是宇文第一次来上海，他暗暗有些吃惊，自己怎么做得如此顺风顺水，一点也不生硬，连那个偷偷盯着他看的音像店女孩也觉得无趣了，她本来猜揣，这个鬼鬼祟祟的男人一定有什么精彩，这会儿，她像是突然遭到了枪击，脸上没劲地木然起来。在这之前，宇文和小雨只见过几面，都是在小城，在某个场合。宇文觉得，熟悉的地方总会有一些障碍的；就说程度，仔细分析起来，也只是心仪而已。在上海居然能放得很开，根本不用考虑和准备。宇文感慨，陌生的地方，陌生的环境，就好。

小雨说，现在，你想怎么玩？宇文也装作挺有玩兴的，客随主便吧。小雨说，那我们先去上海影城吧，你看过《花样年华》吗？宇文摇摇头。小雨说，那去看吧，你不会后悔的，就算你闭着眼睛去听听音乐，那个琴也拉得……宇文心想，不就是一个半小时吗？去就去吧。小雨接着说，然后，我们去一个陶吧；然后，我们再去吃个夜宵……小雨又说，你平时有熬夜的习惯吗？宇文勉强附和着，还行。心里却在嘀咕，别再弄出个什么项目，把时间安排到天明。

一辆地铁咣当咣当地响了过来。表面上，宇文也装得兴致勃勃，仔细一体会，自己的脚步有点情绪，不那么欢快。他在进地铁时又下意识地看了看那张线路图，隔远在心里把这条路默走了一下。往西走，就是那个莘庄，虽然只有四站路，但现在和他没什么关系。他们走的是往东的方向，意向是那个上海影城。

上海影城在淮海路附近。在上海，宇文像一只无头的苍蝇，所有的方向都是小雨给的。

《花样年华》确实不错，那条石板路非常有意境，那些旗袍也非常符合情调，那段反反复复起来的音乐，就像小雨渲染的，差点把人给拉死了。

两个小时后，他们又去了隔壁的一个陶吧。做了碗，做了盘，又做了罐，时间在一分一秒地过去。宇文想起自己原先的打算，这些时间，本来都是他在酝酿的过程，现在看来，原先的想法不很实际。在上海，他得听凭小雨的调遣，小雨不主动，还不想归巢，他就是热血沸腾了也没有用。他暗暗嘱咐自己，慢慢走着瞧吧。

从陶吧出来已经快十二点了，这会儿，宇文怎么也不想再吃夜宵了。他没说自己困了，他不能有太明显的"睡"意，好像他来上海就是为了熬夜。宇文说，我没吃夜宵的习惯。他还说，其实，吃夜宵一点也不卫生。他指的是生活卫生。小雨说，我发现你们这个年纪的人特别讲究规律。宇文说，那是身不由己啊，我们要保持好自己的身体是不是？小雨笑了一下，那我们早点休息吧。宇文暗想，现在，她的行为指向才步入他的思想轨道。他还想到了另外一个问题，他们接下来会是怎样的一种形式呢？他对如何开始感兴趣。

地铁早没有了。如果就这样走回去，也是挺有情调的。小雨哇了一声，你以为这是你们小城啊？我给你举个例子吧，我在上海工作生活了两年，从没有在逛街的时候碰到过同事，你说这地方大不大？宇文点点头，表示相信这个说法。

他们拦了辆的士，驰去。小雨用上海话轻巧地指点司机怎么走，宇文听得不是很懂，但他知道，不管怎么走，那都是往莘庄的方向，去小雨家，他的心开始踏实下来。

这是一间真正的斗室，一间单身女人宿舍。与宇文在小城的家相比，这里是缺了很多内容的，硬件上就差了很多，比如差像模像样的客厅，甚至差两张坐着说说话的椅子，或者说能让人端着形象、正襟危坐的椅子。他们只能够坐在床上，靠着一堆枕头垫子之类的东西。开始的时候，他们也是坐着的，但坐在床上太认真，感觉更别扭，于是，在不知不觉中他们过渡到半躺半靠，这样就让人舒服多了。同时，他们也给自己铺起了想入非非的土壤。宇文想起小雨那句"顺其自然"的话，一般意义上讲，这句话表现得很有风度，很有亲和力，实质上，这句话反而让人拘谨了。顺其自然其实是叫人不自然，因为它把目的点出来了。任何人的相处都一样，有了目的，就浅薄了。假如没有这句话，他们最终也会走到故事里去，但那个性质不一样，那是瞬间擦出的火花，火花属于意外和突发，不是人能够控制得了的。

曾经有一下，宇文的手碰到了小雨的手，他停了一下，他没有惊乍着把手抽回来，他那时候不知要做什么，尖起自己的手指，在小雨的手心上画了几画，他肯定这不是暗示，他也说不清这是什么内容，但这一下像把小雨贴了符咒，她的身体温暖起来。她先是把另一只手也递到他手里，她特地张开眼看了看他，好像是征得了他的同意，或者是得到了什么鼓励，她放开身体，像蛇一样匍匐过来，游到他身上。这时候，宇文要是再停留在她手上，就坏事了，就要呆滞了。他把自己的手抽出来，在她的背上轻抚了一下。他相信，对某些人来说，抚背也能唤起她的"性趣"，于是，他听见她一声很轻的、不易察觉的呻吟。

她说，今天对不起了。宇文不解地问，你说什么？小雨把脸转过来，迎着他，现在，她差不多就躺在他怀里，她说，真不凑巧，我不知道你会今天来。宇文说，这话怎么讲的？小雨说，我今天出大事了……

宇文愣了愣，但马上就笑了起来。宇文听说过许多这事的别称，有说"老朋友来了"，也有说"打包袱了"，小雨又是一种新的说法。他怎么办？他只能表示遗憾。日子是他自己精心挑的，他只能怪自己挑得不是时候，他不能对这个耿耿于怀。既然这个晚上被大事搅了，何不顺水推舟做个姿态？他调侃着说，你的老朋友故意和我作对。小雨轻打了他一下，我可没叫它不尊重客人啊。又说，要不我们不理它？这句话叫宇文很难回答，他能对一个姑娘说，我们我行我素吧，我们管自己快活吧，他能这样说吗？不能。这样，他就显得很粗鲁，不文明，他只能是一种选择，他说，我到上海来难道就为了这事？我没那么猥琐吧？

气氛一下子就愉快了。他们很快进入了"睡觉日程"，也就是说，他们可以在一起躺着，但做爱，一时半会儿得搁置一下。小雨是率先躺进床里的。都到了这个时候，稍稍的主动她还是要表示的，她不躺下，宇文就躺不下，这个道理她应该懂。像宇文设想的那样，一条线毯裹住了她，像一条鱼一样。

五月的气候就是好，应该说，选择这个季节是没错的，人和人挨着，就像人和绸缎挨着，爽滑至极。有这样的环境，宇文的手就情不自禁包抄了过去。他发现了一个秘密，什么时候，小雨把自己的内衣也脱了。是刚才他在床边摸索等待的时候？她这是什么意思？是表明他们应有的程度？还是对大事这个不速之客的抱歉？还是对他特地造访的补偿？不管它！这样想着，他的手就顺利地摸住了她的乳房。这真是一对年轻的乳房，虽然不很挺拔，但也是年轻的乳房。十几年前，宇文也亲历过年轻的乳房，但那时候他不知道去体会，后来想体会了，乳房也老了。今天他是特意来经历年轻的，真是久违了的年轻，本来想好好地重温一下，但这样的情境，他不能停留得太久，手停留在乳房上太久，是很失风度的，也很可笑。宇文对自己说，还是老老实实地睡觉吧。至于其他地方，像所有非常聪明的手一样，不摸，它也知道，它知道她下面穿着端端正正的短裤，里面是严严实实的一条绵巾，这是第一次，它得尊重这条绵巾是不是？

如果不是小雨，如果是个年龄相仿的女人，宇文也许早就把她做了。他会千方百计地说服她，告诉她大事和做爱没有关系，并不可怕。但对于小雨，他不能这样，他得照顾她的情绪和身份。她是个知识分子，讲究文明生活和卫生习惯，而他也不是俗人，他得体现自己行为背后的涵养，以及从一开始就持续至今的稳重，他要迎合她金枝玉叶般的小资情调，这样她才会觉得很有自尊。

宇文是在一个车展上认识小雨的。小城是个充满活力的地方，新近落成了一个会展中心，第一个亮相的项目就是国际名车展。宇文暂时还没有买车的实力，但他喜欢看车，他喜欢汽车那种雍容华贵的样子。他那天还特地做了头发，他的头发有点天生的相间白，他觉得这样的场合是要装扮一下的，他是去看车，不是去逛地摊。像他这种年龄，这样的头发最容易被人误解，平时可能无所谓，松懈一下也显得自由散漫。但车展上不行，到处都是绅士靓女，他不能有碍观瞻是不是？这样的场合，头发不做，除了不和谐，人家想到的就是劳碌，没有人会提及风度和气质，而做了呢，效果就不一样了，人家很可能就想到了"个性"这个词。

宇文的头发不是很长，形象的说法叫杨梅头，小城也有人说得比较文化的，叫游泳头。宇文用妻子的摩丝刷了头发，然后，把头发做成刺猬状，看上去有点尖锐。就在早一天，香港天王张学友在红磡体育场开个人演唱会，张学友原本以深情著称，但那个晚上，他把头发和胡子都刷成了花白，一下子沧桑了，叫人心酸扼腕。宇文也就是顶着类似这样的头发去看车展的，立刻引起了一阵小小的骚动。那些看车的人扭着头不看车看他了，那些卖车的人置车于不顾也看他了，没有出声的，就用目光跟踪他，忍不住议论的，就扑哧扑哧乱响。宇文知道，他们在议论他的头发，在猜测他的身份，他们当然不会把他当作什么天王，但他们觉得这个人可能会有什么讲究。于是，走在车展上的宇文也不由自主地气宇轩昂起来。

宇文就是在这个时候看见小雨的。

车展大厅里最引人注目的其实并不是汽车，而是花枝招展的车模，但这些车模单薄得很，她们除了脸蛋和身材，内心空洞无物，理解根本就谈不上。宇文来到通用的展位旁，通用别克是上海的一款新车，车体并不十分漂亮，但那个车模却非常别致，她不像其他车模那样满脸的职业微笑，不像其他车模那样搔首弄姿，她静得像一座雕塑，但又能让人感觉出她的内秀，尤其是她的眼睛，半掩不遮的，目光停留在身前的一米距离。宇文觉得，她这个尺度掌握得非常好，她懂得自己和车的关系，她不是在招惹人家，不想阻挠和掩盖，而是让人家由她而生兴趣，最后越过她，将目光落入后面的车中。

宇文后来对小雨说，你知道自己和其他车模哪儿不一样吗？小雨说，哪儿不一样？你好像自己眼睛很毒似的？宇文说，真的，你的眼睛就是和她们不一样。你的眼睛不张扬，不张扬不等于自卑，我倒觉得它反而有东西支撑着。小雨莞尔一笑，我也觉得你和其他观众不一样。你的头发有点招摇，但头发里有不甘寂寞的色彩，是故意的吧？宇文说，很多人都在看我头发的笑话，你却看出了我的一点小情绪。小雨说，你敢说你没有情绪？宇文说，我当然有情绪，我的情绪就是寂寞。小雨又问，能告诉我你做什么职业吗？宇文觉得，在姑娘面前，坦白一点比较好，就说，我具体在机关做行政，闲来嘛，也写点小说。小雨说，我也觉得你应该是个有想法的人。

在那次谈话中，小雨也诚实地告诉宇文，她在上海的一个理工大学教书，学校的课时是阶段性的，不忙的时候就去通用公司做做汽车导购，车模是因地制宜因身而宜吧，兼它一把。

宇文在心里思忖，这还是个有志青年哩。

现在，宇文又在筹划第二次去上海。其实，他也是喜欢在路上的感觉，如果都没有什么心思，悠悠的，一定也是很快活的。但人这个东西就是怪，总要在事情上加点想法，还衍生出一些目的。因此，宇文觉得，上海这一趟，要有分寸，分寸掌握好了，就很温馨，分寸过了度，就是龌龊了。

宇文继续选择了五月，他对五月情有独钟，他觉得五月都是好日子，当然，上次那天例外。他当时只想到可能和过程，没想到细节，这样的细节就像买彩票，而宇文不幸摘走了大奖。

这一回宇文去的不是梅陇，而是上海。票是同事买的，他逢着一个勉强去上海的机会，他不能因为小雨的原因说自己去梅陇是不是？上海就上海吧，坐在火车上，也只是多滑行了一段距离，反正时间还早。

小雨如约在站旁的一个饭庄里等候，他们上次未竟的夜宵，这次以正餐的名义把它实施了起来。这是一个地道的新疆料理，小雨喜欢吃有些渊源的风味小吃，酸辣凉皮，椒盐牛排，加芝兰的烧烤羊肉，还要了新疆人自酿的青稞酒，酒里泡了些不知名的虫子，挺让人敬畏的。宇文本来只想喝点啤酒，一路坐车，他觉得身上有点燥，他想着啤酒能够淋漓一下。但小雨坚决反对啤酒，说啤酒总让人有懒惰和混日子的感觉，是酒中最没有个性的。她坚持要了青稞，理由是，青稞加前面那几样东西下来，喉咙就会像唱歌一样欢快。宇文没有再强调主观，微笑着体会唱歌一样的感觉，心里却在想，今晚，她会怎样安排呢？

小雨这时候还没有想这个问题，她现在只对宇文的行为性质感兴趣，她说，你不是说自己很忙吗？你来上海，单位里怎样安排的？宇文说，这一次，我是奉旨的，单位有个材料要送到上海。小雨说，现在还有什么材料需要送的？传真，电子邮件，瞬间就到上海了。宇文勉强地说，当然还有几句话要交代一下。小雨说，就是单线联系的特务，打个电话也清楚了。真是宜将剩勇追穷寇。宇文说，你是真不知道，还是假懵懂啊？我不就是想和你见见面吗？小雨咯咯咯笑起来，说，我就是想听你这句话，还要你当面说出来。宇文想，今晚一定顺利。

这天晚上，小雨真的不做其他安排。辣膳和青稞酒使他们都有些微醺，都觉得懒洋洋的。那就坐地铁回家吧。地铁里很冷清，多余的人一个也没有。如果要给他们这时候摆一个合乎情理的造型，那就是小雨依偎在宇文身上。其实，他们一坐下就这样做了。小雨枕着宇文的肩膀假装入睡，宇文也是一副任劳任怨的样子，但耳朵却在听嗡嗡的报站。他们从火车站出发，一个站过去，又一个站过去，大部分站他是不熟悉的，有几个站他只是稍稍地留意了一下，那是上海影城和梅陇。他们这样过了十几个站，路途颇远。和上次相比，宇文的心情是愉快的，因为方向和心情是符合的，目的地，直指莘庄。

但他们的抵达出现了意外。在临近莘庄时，宇文感觉到小雨还继续靠在他肩膀上，而且越靠越重。他小心地耸了耸她，她艰难地站了一下，又坐了回去。她的头发好像突然散了，脸上也一下子极端起来，她说，我可能醉了。

醉了也要把她弄回家。对于这种尴尬，男人一般是不会束手无策的，一般会全身都是灵感，办法和手段有的是。他连搀带扶，连牵带引，他很高兴与她身体的各个部位接触。这是在路上，他的创造性还压抑着没有发挥出来。等到了小雨住的那幢公寓，他立马就放下了架子，身子一弯，双手一抄，就把小雨椅子一样抱在胸前。他一步一步抱她上楼，有些吃力，有时候也抑扬顿挫了一下，但心底响彻了《婚礼奏鸣曲》的乐章。再看小雨，她钻在他的怀里，早已一塌糊涂。他想，今晚，小雨这道美味佳肴，他能用筷子品尝的，就决不会用刀叉。

但是，他碰到了另外的困难。先是小雨不停地呕吐，她躺在床上，一会儿嘴里满出一些东西，一会儿要喝水，一会儿叫擦脸，宇文有点疲于忙碌。难道青稞酒对她这么有力度？这种酒口感极好，好过口的酒往往后劲汹涌。难道是酒里的虫子在作怪？

据说，少数民族地区的一些虫子，死了还会咬人。他知道有些人能像牛一样反刍，喉咙短，胃位高，酒多了就反，反了再喝，是斗酒的高手，但那得借助厕所臭味的刺激。小雨不会也是在反刍吧？反刍仅仅是为了迷惑和对付他？

后来，小雨就不省人事了。不省人事就谈不上品尝，更谈不上刀筷。他只得装作怜香惜玉的样子，自认倒霉地守在小雨身边。毕竟壮志未酬啊。本来，他觉得这次是铁板钉钉的事了，他吸取了上次的教训，把小雨的日子作了严谨的推算，加来减去，连余地都考虑进去了，应该都在自己的运筹帷幄之中。现在看来，日子倒是算得没有问题，但半路杀出喝酒这个"程咬金"，他没有料到，真是防不胜防啊。

他听人说，独自欣赏也是别有一番意味的。他有个医生朋友就喜欢这样，睡前用药把老婆弄迷糊了，自得其乐。宇文想，试试看吧。他试图把小雨的衣服褪下来。这时候的小雨，沉得像婴儿一样，那是一种完全没有意识的姿势，应该说，得手没有问题。但试了几次，发现根本就没有可能。他的企图总是在紧要关头被她"识破"，要么翻身移位，要么手脚弯曲得很坚决。关键是，他自己的感觉很不好，有点像盗墓！这样想着，他立刻就放弃了。他安慰自己，既然吃粽吃不着，那就舔箬算了……

第二天，小雨有课。尽管看上去病歪歪的，但坚持要送宇文到梅陇车站。她目送宇文上了车，自己并没有回去，一脸歉意地等在站台上，要看着宇文缓缓离去。这样的场景宇文在电影里见过，什么叫依依惜别？这就是。

一切不计。这时候的宇文，又无怨无悔地在设想明年五月的日子。

梅陇到宇文住的小城有四个小时的路程，中间有许多小站。

这是一趟对开的旅游列车，车上大多是上海人，他们是来上坟的，清明前后，细雨绵绸，五月开始明媚，上海人就倾巢而出。上海缺山和田地，这一带，就像是上海人的后方公墓。

在车上，宇文情不自禁地琢磨起小雨的角色。怎样去评价这么一种人呢？应该说，社会还是需要的，至少他现在就需要她。他找小雨，不是瞎子鸡啄虫，有没有都是一下，他是有选择的。他非常了解这种人，别看她表面上正儿八经的，骨子里还是喜欢自由和释放的。他们能搭上话，能延续下去，就是证明。但释放不等于放肆，她的心底还是收敛的，所以她在选择上比较小心，她喜欢冷静的人、要求不高的人、容易满足的人，这些他都符合。同时她也是比较强调自主的，她反感被人包起来，她不想依赖。她的目的很明确，自己的能力是有限的，当自己寂寞的时候，当自己拮据的时候，当自己无助的时候，她能够信手掂过一个人来，向他提一个不算过分的要求，解一下自己的燃眉之急。只要她不是要挟，一般都会得到很好的回应。她是很忌讳苛刻的，苛刻了，别人就会有负担，而最终受危害的却是自己。她的方针是对的，少索取多奉献，这样，别人才会保护她，爱惜她，大家才能相安无事。

宇文想，也许小雨也是这样在揣度他的。她一定在心里感慨，这个男人真可怜啊，到这个年纪了还想找女人。这个时候，他的家庭已非常稳定，他的生活也非常平静，当然，他找她不是为了寻求刺激，他的目的也不是占有，就像有些人说的，他这类人，喜新而不厌旧，保守又蠢蠢欲动。都是岁月惹的祸。青春离他太远太久了，过去的美好现在只会像夜游一样在他的梦中出现，他想留住这些，想借她来追忆和怀旧。他做这些也不是毫无顾忌，他是有考虑的，有考虑他才不至于乱搞。他既考虑自己的形象，又考虑别人的感受，最主要还是考虑影响。这都是他的身份决定的。像他这个年纪，如果不是很糟糕，应该都有个一官半职，这也给他的活动提供了方便，他跑到上海来，不是很冠冕堂皇吗？至于她可能会向他索取，这个他应该有思想准备，他也应该清楚，世界上没有无缘无故的爱，一切都是需要。他的态度她知道，只要不过分，他还是比较乐意的。他这种人，大钱可能没有，小钱应该是有一些的，而且他觉得，适量的付出，对稳定关系有好处，没有坏处。

这是那种双层的旅游列车，宇文正好坐在上下层的接连处，这个地方很少有人经过，也不大有人坐，这便于他思考。但此刻，宇文的思维被一种声音打断了。这声音在他的周围嗡嗡着，在列车上撞来撞去，他起先不注意，以为是列车的广播在响。但这个声音却在顽强地荡漾，而且越来越清晰，宇文不得不停下自己的思路，眼睛像雷达一样搜索左右。

他的周围什么也没有，座位空空的，后面的小卖部也没有人影，只有不远处的车门旁，一个姑娘亭亭而立。她什么时候站在那里的？他怎么没注意到？她站在那里做什么？在看门外的风景？明媚的自然，多么美妙，太阳多辉煌，原野含笑，千枝复万柯哟，百花怒放，丛林草莽间，万籁俱唱，人人的胸怀哟，奔腾雀跃……这当然不是姑娘在吟诵，这是一首宇文小时候就烂熟在心的诗。那么，她是在唱歌？她的嘴一张一合的，肩膀在有节奏地起伏，她的胸腔在里面打开、扩张，腹部在收缩、控制，她的架势像在唱美声，那声音是她发出来的吗？她是音乐学院的学生，还是一般的音乐爱好者？不管是学生还是爱好者，在列车上唱歌就让人浮想联翩。她这样噢噢啊啊地唱了一会儿，突然收了声停顿下来，她大概想起了什么，转身朝上层自己的座位走去。

噢，她想起了自己忘在座位上的挎包。她是个勤勉而抓紧的人，她想唱歌了，就跑到下层来，车门旁是个好地方，一块空地，没有磕绊，就像学院里的练声房，她可以无拘无束地尽情发挥，而列车的轰鸣声，正好作为伴奏训练了她。也许，她的老师就是这样跟她说的：你的声音如果超越了嘈杂，没有被淹没，能够独立出来，那声音就开始有品质了。但她得先把挎包拎回来，不然，她会心神不定的。

她重新回到车门旁。她的肩上多了一个挎包，但仍旧挺胸收腹地歌唱。她这个样子很有趣，宇文想，这肯定是绝无仅有的，就像一个小说的题目。她唱的果然是美声，咿咿呀呀的，美声和其他杂七杂八的声音是完全不同的，它们不在一个音域，不是一种品质，不管怎么混，美声很容易就突现出来，就像浮在水面上的油，明明白白。

根据她的样子和节奏，宇文断定她是在唱咏叹调。在这个回家的路途上，有一种内容让他猜猜，是非常有意思的，他也热情高涨，乐此不疲。咏叹调是美声中的皇冠，现在虽然也有不少人在学美声，但那都是小儿科《举杯吧朋友》，谁敢不知好歹地触摸咏叹调，没有身体和力气，唱破了肺都不知道。她是去哪里考试吗？一路上她都舍不得休息。和小雨一样，她也是个有志青年。宇文喜欢这样的姑娘。

列车到了一个小站，姑娘不得不停了下来，有三三两两的人从她的身边经过，但这并不影响她，宇文看见，她很自觉地把自己分离出那个环境，很专注地给别人打手机。她是给男友打电话吗？这一点好像毫无疑问，因为她的表情里有撒娇的成分。她会说些什么呢？说自己忘词，记不住，怎么背也没用？她在埋怨男友，说他一点也不体谅她？夜里好几次吵她，弄得她头昏脑涨的？宇文笑了起来，他们也像他和小雨吗？也那样欲罢不能？也是意犹未尽？宇文想，不能尽兴的夜晚是最折腾人的。

列车继续南下。这时候，姑娘从包里拿出了歌谱，也许，她的男友告诉她，记不住就看歌谱唱嘛。宇文觉得，她手捧歌谱引颈高歌的样子，就是美声的风范。这样想着，她的美声就像金属敲击一样，清晰华丽起来。

远远地，宇文看见姑娘手中的歌谱一节一节的，疏密有致，像细浪一样向前澎湃，只有五线谱才有这样的韵律。那些音符像顽皮的小蝌蚪欢快地游动，有几下，弄得姑娘嗡嗡地唱不上去。姑娘把胸腹调整了一下，好像给喉咙打开了另一扇通道，好像给声音来了一个助跑，她的声音便颤悠着翻飞上去。她唱得很漂亮。

但姑娘忍不住又在下一站给男友打电话了。这一回，宇文又把他们的通话猜了猜。像他和小雨一样，他们也去贪吃了一把新疆烧烤，享受的时候是不会想到节制的，当时只叫爽，现在上火了，与喉咙计较了，在她关键的时候声音有点干。她要男友赔她嗓子，男友爽快地问她怎么赔，是赔她一百个吻，再烧她一把，还是赔她一百个冰激凌，把热火降下来？宇文看见姑娘暗笑着关了手机，在心里感叹，年轻真幸福啊！

再次启动列车的时候，已经是中午了。宇文感觉到了肚饿，就在身后的小卖部里拿了一盒方便面，他要的是多多妙海鲜，这种面稍稍地清淡一些。姑娘也过来要方便面，小卖部剩下的就是康师傅香辣，她犹豫着。服务员说，要么，你去问问那位师傅看，不知他愿不愿意跟你换？服务员说的师傅，就是宇文。宇文没有回头，耳朵和心里却准备着，坐等唱歌姑娘过来换面。宇文想，与人接触总是有很多契机的。对于唱歌姑娘，他是有很多好奇的。

师傅，我能和你换一盒面吗？宇文果然等来了姑娘，他故意说，可以啊，不过，你能说说你的理由吗？姑娘不好意思地说，我的嗓子坏了，我还要到一个地方去唱歌，我怕砸了事情。宇文怜惜地噢了一声，说，这个理由倒是不能拒绝的。而我的喉咙，就像阴沟一样，又有什么要紧呢。姑娘笑着谢了一下。宇文又说，你唱的歌我听着不一样，你唱的是什么歌？姑娘说，是赞美诗，基督的赞美诗，海宁晚上有个唱诗会，我是去那里演出的。这事宇文觉得新鲜。

海宁是下一站的一个小镇，宇文知道，这地方以生产皮具闻名，但信奉基督他没有听说过，而且还不是偷偷地信，还大张旗鼓地举办唱诗会，有年轻的姑娘从各地赶来，心里满载着奉献和虔诚！真是每人有每人自己的活法，每人都活在自己的世界里，在自己的世界里，谁不是活得有滋有味呢。

面条吃起来的时候，宇文和姑娘已经很熟了。姑娘问宇文，你能陪我去海宁吗？宇文问，去干吗？姑娘说，陪我呀，我的那些伙伴都有人陪，我只身一人，我觉得很别扭。宇文说，我怎么陪呀？姑娘说，怎么陪都行，你就算我的男友吧。宇文笑了一下，犹如得到了恩惠。这句话宇文没有深究，他觉得这个姑娘有意思，事儿多。他还发现，自己的喉咙里咕咕了两下，好像有一个声音在对他说，去，去，干吗不去？

宇文决定陪下来，跟姑娘去一趟海宁，反正已经出来了，多一天少一天不影响他的安排。他喜欢这样出来走走，心里存着一个目的，愉悦都在路上，这样的境界属于内心世界比较丰富的人。当然，开始的时候，他也是没有什么目的的，目的是逐渐逐渐才清晰起来的。这都怪事情发展的方向和趋势。后来，宇文在审视自己的行为时觉得，虽然跟姑娘去海宁有点突兀，但也是因为有了前面的一些挫折，他希望自己有一次完美的行走。他想，原来自己的行为依据就在这里。

在海宁，宇文扮演着姑娘男友的角色，他是个有灵气的人，比较容易进入角色。和在上海相比，宇文觉得，还是在海宁更踏实一些，这是因为他在海宁肩负着任务，任务完成得好，也就意味着姑娘欠了他一份情，至于这份情他能回报到什么，现在还不好说。他为姑娘拎包，给姑娘递水，和其他来自各地的男友们一起，在座位上津津有味地议论在台上走台的姑娘，他做得不露声色。在海宁，此项信仰有着不错的群众基础，教堂的规模也很上档次，眼下，宇文还看不出这个舞台的辉煌，但宇文相信，到了晚上，它的气氛一定像公元前那个平安夜一样温馨。

晚饭是组织者安排的，宇文很自然地被编入了姑娘一桌。对于适应角色，宇文还是得心应手的，最经典的细节是：当姑娘夹菜时，宇文伸手去刹住桌中的转盘；还有，悄悄地俯身耳语，提醒姑娘那盘萝卜条不能吃，你看它的颜色白得异常，一定是用药水速泡而制的。旁边的同伴说宇文，你这样会宠死她的。姑娘拿眼睛瞄了一下宇文，会心一笑。

有了宇文的姑娘心也安定了下来，她唱歌不再用歌谱了，这使得她晚上的演唱非常干净。舞台上，灯光像树林里的太阳斜射了过来，在管风琴呜呜啊啊的过门中，姑娘一身素色长裙，双手掭着裙裾，像天使扇着翅膀，飘然而至。只有这时候，宇文才真正欣赏到姑娘唱歌的样子，她的胸腹收束得很精致，她的肩颈摆放得很松弛，嘴巴张得很美，发音很圆润，那是能够穿透墙壁的美声，宇文觉得，如果声音能看得见，它这会儿一定在夜幕和云层里飘舞——

> 压伤的芦苇他不折断，
> 将残的灯火他不吹灭，
> 他倾其所有体恤我们，
> 他是我们的恩主……

我平时当靠救主，
遇难时求主保护，
我信心虽还不足，
我主会给我领路……

这是非常精美的短句，宇文白天在列车上看到的就是这些。白天他和姑娘的距离较远，他以为这么有规律的排序就是五线谱，但姑娘唱的美声是毫无疑问的。夜渐渐深了，时间在一步步挨近，宇文觉得自己的目的越来越清晰了。如果是小雨，可能还比较清醒，这个唱歌的姑娘，只会越唱越糊涂，越唱越离谱。宇文一直不明白，还会有痴迷于这种行为的姑娘，他接着姑娘的唱词在心里说，这么黑的天，我就是明灯，我能拯救你，我给你领路。

住宿在海宁宾馆，这也是组织者安排的，这地方对举办这样的活动很舍得花钱，一人一间豪华客房，噢不，是一对一间，像接待贵宾结婚度蜜月一般。宇文在大厅里远远地看着他们，那些来海宁唱歌的人在服务台争先恐后地拿房卡，他们兴高采烈，眼睛和嘴巴都意味深长。有几个先拿到房卡的，在走向房间的通道时已亲热了起来，还没进入房间就按捺不住扭打咬嘴了。宇文再看姑娘的神色，看不出高兴，也看不出慌乱，就是突然安静了。接着，姑娘和宇文也拿着房卡向房间走去，气氛有些别样。

宇文倒要看看姑娘会怎样表现。他觉得自己的表现还是可以的，她应该感激他。但姑娘一进房间就抢占了洗手间。这样，宇文只得坐在沙发上静等她出来，他听到姑娘在里面用厕的声音，听到了洗手的声音，听到了漱口刷牙的声音，听到了反复搓擦毛巾的声音，他想，她出来后会怎么样呢？但她就是不出来，后来一点声音也没有了，她还是没出来。宇文奇怪起来，蹑手蹑脚过去，勾起手敲门，里面立刻像遭了劫一样，呼天抢地的一声。

宇文说，你怎么啦？姑娘说，啊，我肚子疼。宇文说，怎么突然就肚子疼了？姑娘说，以前也经常这样。宇文说，需要我帮忙吗？姑娘说，噢，不不。宇文说，是不是给你找个医生看看？姑娘说，不用不用。宇文停了停，说，那你早点休息吧，我出去另外开个房间。这一下，姑娘没有声响，好像这正是她想说的意思。

　　宇文轻轻带上门，叭嗒一声，自己把自己关在了门外。他沿着通道往外走，突然觉得，在这个五月的行走中，实际上他已经完成了使命，他应该结束了，他要是不结束，自己都会笑话自己。他走到大厅，没有去服务台另开房间，当然也没有去找医生。他相信，这会儿姑娘的肚子已不医自愈，她已经从洗手间里溜出来，正躲在房间里得意地窃笑。

　　宇文径直朝宾馆门口走去，几辆出租车像鲨鱼一样包抄过来，他走向最先抵达的那一辆，他告诉司机他要到他居住的那个小城。截上一个长途让司机轻易露出了兴奋，司机说，本来要一百的，现在，八十吧。宇文说，你当我是乡下人啊，六十。司机说，你要是白天，我五十也开，我可以在那边截一个回来，可现在是晚上，我截鬼啊，我要白白放一个空趟。宇文没有再说下去，他拉开车门钻了进去。车子开起来，外面黑咕隆咚的，没有什么景致再吸引宇文，神一下子就挺不住了。他疲惫地闭上眼睛，在心里问自己：

　　明年五月，还要不要出来？

原载《当代》杂志 2004 年第 1 期

软　肋

　　大概是 1982 年秋天，我母亲再也忍受不了我在她面前晃来晃去的样子，她决定退休让我顶替。我当时已经有二十五六岁了，这样的年纪才有了一份工作，应该算很迟很迟的了，但我顶的是国营单位，名称和内容都不错，我还是很高兴的。

　　我清楚地记得，我母亲退休时头发已经全白，她五十岁都还差许多，怎么会有那么多的白发呢？有人说，她是为我愁的，可怜天下父母心，儿子不肖，母亲她怎能安生？也有人说，她是被厂里的某个人打的，打中了什么穴道，头发就早早地白掉了。我母亲在厂里当厂长兼管人事，人事多是非，我相信她会被人打的，过去的年代，打人的事是经常发生的，但有没有把头发打白了的穴道？我到现在也没有听说过。

　　我们那个厂是做牛奶的，就是把新鲜的牛奶浓缩了，做成一定稠度的炼乳。我母亲一贯思想比较好，她对新厂长说，不能给我有什么特权，要把我放到最差的工种上。比如锅炉房，又脏又累；比如收奶站，专门做下夜班。母亲毕竟当过领导，她的话下面的人都会认真领会，我就被安排进了"听间"，就是把铁皮做成装炼乳的容器的车间。听间重，听间脏，听间容易受伤，但听间有营养费。我后来知道，那个重、脏、受伤是下面人敷衍我母亲的，而营养费则是特地为了照顾我的。

作为学徒，听间所有的工种我都要锻炼锻炼。运铁皮，老司就关照我要注意腰，腰是男人的半条命，一辈子的事情；剪铁皮，老司就提醒我别把工作服割了，说半年才能发一套；冲铁皮，老司就教我如何保护手指，别弄成了九个半，我们没法向你母亲交代。这些老司都是好人，他们买我母亲的账，同时也把积累的经验教给我。

　　有一个老司也一直想"指点"我，他叫李龙大，比我大那么十多岁，人长得粗黑，像他的名字一样有一股凶相。他不知是哪个工种的，印象里他什么都做，要做什么全凭他自己的兴致，踢一下别人的凳，别人就拼命站起来，不敢不让他。车间主任和工友都拿白眼看他。我母亲离厂时也嘱咐过我，这个人你别惹他。母亲还说，他在厂里有盟兄弟。意思是说他有势力。母亲的教导我铭记在心，我是来上班的，不是来招惹是非的。有一天，李龙大把我叫出了车间，对我说，你回家告诉你母亲，有些事叫她别放在心上，说我对不起她。我觉得奇怪，说，你为什么对不起她？他没有回答我的话，顾自说，我父亲也对不起她。我说，你父亲又是怎么回事呢？他说，我父亲在她游街的时候踢掉了她的鞋。噢，这个我有印象。我小时候经常在路上游荡，一天看见我母亲被人揪着头发游街，她的鞋掉了一只，走路一瘸一瘸的。游街时最怕掉鞋，穿一双最好，都不穿也马马虎虎，穿一只就像用刑一样痛苦。原来这件事是他父亲干的！也真坏！我咬着牙齿说，那么你呢？他说，我打了她一拳。狗生的，我母亲怎么经得起他来打！说不定真的打准了什么穴道，把头发给打白了。但这些事毕竟过去了许多年，再追究也没有什么太大的意思，我顿了顿，想起许多江湖的话，什么冤家宜解不宜结，什么得饶人处且饶人，等等，我就重重地搭了他一下肩，说，这事就到此为止吧。

我前面说过，我曾经不肖，我母亲整日里为我提心吊胆。我以前在西山的一个建筑队打工，是那一带有名的刀不怕，我身上有十三处刀伤，有大刀砍的，也有军刺扎的，也有为平息一场斗殴，要人家给个面子，自己拿匕首拉的。我在西山的货运埠头还有自己的地盘，靠上缴的保护费买酒喝买烟抽。我只要在西山，就不用走路，那些过往的拖拉机见了我，都会自觉地停下来，捎我一程。后来有人说，要是有外地的信件寄给我，漏写了地址也没关系，只要姓名还在，邮差就会把它送到西山来。不过，这都是说得好听，我从来也没有收到过外地的来信。我现在不这样了，我看见母亲的头发越白越多，越白越浓，我就决定金盆洗手了。按我母亲的说法，我是在外面疯够了，浪子回头了。所以，尽管李龙大"血债累累"，我也不想把他怎么样了。

我答应过我母亲，不再做那些劝架受降的事了。都说人在江湖身不由己，其实在厂里我也是身不由己的，许多知道我底细的人还是会找上门来，我就像一个无奈的司机，再谨慎驾驶，人家一定要撞我，我也没有办法。当然，找我的都是李龙大的事。

李龙大这段时间在闹着调车间，这件事弄得车间主任非常难过。谁都知道，调动是一件"水往低处流"的事，就好比上海调崇明好调，农村调城市就是"吃倒水"，难。听间本来就是厂里最差的工种，他往哪里调？李龙大又是个"劣迹斑斑"的人，在听间，他做成型，废品的箭头就嗖嗖往上蹿，他做落料，这个月的节约奖就泡汤了，这样一个拖后腿的人，谁会捉个虱子放自己身上痒呢？偏偏李龙大还不按套路出招，他坚决要求调牧场，这等于"自己明明有洋房还一定要住在别人的食堂里"。主任怕引起麻烦，想打消他的念头，说，牧场是家属厂，你调不合算的。李龙大说，我关系不迁。主任又说，他们是自收自支的，没有福利待遇。李龙大说，我工资和营养费还在听间拿。这些话叫主任瞪大了眼睛，张了张嘴，从肺里想出一句话，你这是拿教授的薪水，干门卫的事情，这事我做不了主，你找厂长吧。李龙大什么时候怕过什么，说，找就找！

我知道牧场，有一天我在厂后边的河里洗澡，看见远处的对岸有一爿半岛，半岛上有丛生的杂草，有简易的棚屋，有几头牛在拙拙地走动。一起洗澡的工友说，这就是牧场，是厂里养牛的地方，厂里用的牛奶，有一些就来自那里。牧场是厂里的一个附属部门，职工都是厂里的家属，家属工没有指标，连工资也很难保障，有时候挤不起奶，工资就少了，有时候刚买了饲料，工资就停一停，欠一欠。这时候，如果牧场里生了牛犊，牛犊又是雄的，雄的养起来还费饲料，又挤不了奶，就把它杀了分了，各人拿几斤肉算领了工资了。就是这么个地方，李龙大要去干什么呢？

李龙大风风火火地去找厂长，身后还跟了几个盟兄弟，在厂里，他算是一个小头目，他声音一高，就有人呐喊接应。事后主任跟我说，他知道自己失言闯祸，就拼命给厂长打电话报信，说李龙大可能找你。厂长原来是搞技术的，我母亲退了后他才上来，他没有经历过这些事情，听主任说得这么凶猛，也慌了手脚，在原地转了几个圈，最后拿了几张草纸跑厕所去了。

李龙大一拨人冲到厂部的时候，正好在楼梯口碰上了厂长，厂长故作惊讶地问，这么多人来找谁？有事吗？李龙大说，找你，有事。厂长把手里的草纸晃了晃，说，对不起，你们先坐一坐，我去去就来。就是上厕所不能阻拦，李龙大暂且让开，塌下屁股在厂长室里等。等了两支烟工夫，感觉情况不对，他说，大便怎么拉出吃饭的时间了呢？就一边骂一边朝厕所走去。在厕所，情绪推动着李龙大，他依次搞着坑门，有的是空的，有的慌张地一应，但不是厂长的声音。李龙大觉得自己被厂长耍了，情绪立刻变成了火，烧了起来。他站在厕所里停顿了一会儿，臭气也鼓动了他，他在寻找发泄的目标。他最先看到的是洗手的龙头，他上去把它扳了；接着他看到了一个垃圾屋，虽然是水泥浇的，他推了几下，也把它推倒了；食堂的工友刚刚泡来一瓶水，立在厂长室门口，李龙大顺势就把它踢飞起来，铁壳咕噜噜翻滚，瓶胆碎了一地。

回到厂长室的李龙大第一件事就是把窗门砸了，玻璃哗啦啦从楼上响到楼下，把楼里其他办公室都惊醒了，工会的门开了，技术科的门开了，劳动工资的门开了，一个个都探出头来看。有人看，盟兄弟也开始"人来疯"起来，他们在气氛中表现积极，作阻拦和拉扯状。李龙大显然也是配合有素，好像非常地怒不可遏，好像要从阻拦和拉扯中挣脱出来，再找个东西砸砸。后来那些看热闹的人说，盟兄弟实际上是在使暗劲，在推波助澜，其实有一下，李龙大因为厂长不在已经觉得无趣了，想放弃这种没有对应的表演，一个盟兄弟说，厂长这样做就是看不起我们，不能就这么算。犹如浇了一勺油，李龙大心里的火又猛了起来。混乱中，他们没忘记趁火打劫，厂长室墙上的地图就是他们故意撕的，厂长下车间穿的高统雨靴也是他们偷偷拎走的。

最先听到玻璃响的肯定是我的主任，当李龙大犟着头摇着身要去找厂长，他的耳朵就竖着没有放下过，现在他知道了，他那句不负责任的推却有结果了，他白了脸，像尿紧一样跑来叫我，说，会死会死，你帮帮忙去把他叫回来吧。叫李龙大？要我去叫？我其实不想出头露面的。自从我顶替进了厂，我就一直是一副非常老实的低调，我不想重提江湖旧事，我也不想掺和厂里的新事。我故作懵懂地说，这关我什么事啊，我有什么能耐把他叫回来啊？主任苦着脸说，现在是关键时刻，你别开玩笑好不好，我家就住在西山，过去别人传谁谁翻手为云覆手是雨，我原来不知道是你，现在我知道了，你就算帮我个忙。主任这样说了，我就不好意思再找什么借口了，也不能装傻充愣了，我不能驳一个长辈的面子是不是？再说，这种事和我过去的血雨腥风比起来，简直就是小菜一碟。

谁也不会想到我会突然出现在厂长室里的，没有想到，就有效果。当时他们正在吵闹的兴头上，我的突然出现让他们大吃一惊。我是个新人，那个场合认识我的人不多，也只有李龙大知道我，我就撇开众人径直走到他面前，我搭住了他的肩，他看看我，扭了扭身，疑惑地问，你这手怎么这么重？我嬉皮笑脸地说，手重有什么关系，你到外面我和你说句话。就这么简单，我就这样把李龙大搭了出来。我想，如果把这件事做成电影，那么，剪成慢镜头的就是在这个瞬间。

围观的人起先连一句话也不敢说，这时候，他们欢呼雀跃似的、以最快的速度传递着他们的惊叹。我知道，当我把李龙大搭出厂部的时候，煤场里、厂区道上、外面的车间、露天洗衣池边，隐蔽的或公开的，多少双眼睛在看着我们。他们在想什么？他们奇怪死了，他们在心里疑问，这个人是谁？这么大胆，可以搭着李龙大从容地走路？而身边的那个李龙大，他平日在厂里作威作福，今天怎么像猫一样老实成这样？后来，有关我在厂里的美丽传说，有人见了我低头哈腰，就是从这时候开始的。

我虽然把李龙大搭离了厂长室，但根本的问题还没有解决，我只是暂时缓解了厂长的燃眉之急，而李龙大，还是擅自跑到牧场那边上班去了。什么叫无赖？无赖就是把没有道理的事情说成有道理的。他说，都是厂里的活，我在哪里干不是干啊？

李龙大去了牧场，听间的人无不欢欣鼓舞，班组也好像解放了一般，按主任的话说，就像虱子烫了一样，好过！听间也不失时机地掀起了比学赶帮超的新热潮，最关键的几个指标，天天在往上翻，成型的合格率上去了，落料的也拿到了节约奖，车间也因此受到了厂部的表扬。

有人欢喜有人愁。这时候的牧场正在叫苦连天。牧场场长当然也久闻李龙大大名，他原来想，我不安排他具体工作，他要待就待吧，待腻了总会回去的。事情哪里有这么简单！牧场养的都是奶牛，奶牛就不是一般的牛，奶牛就相当于我们家里的孕妇，是宝贝，是正宫娘娘。它的吃，是有时间规定、有严格要求的；它的营养，也都是参照了食谱，特地搭配好了的；几点吃干草，几点吃黄豆，几点吃大头菜，一切都是从牛的胃口出发，胃口好，奶才会好，吃得多，奶才会多。李龙大哪里懂得这些，他要是懂得这些，就是技术员了，就受人欢迎爱戴了。他是当做不做，不做偏偏做，根本不考虑牛的饮食习惯和思想情绪，本来应该吃草的，他给了黄豆，应该吃黄豆的，他送去了大头菜，他把牛的饲料弄乱了，混乱了，牛就没有了胃口，不吃，生物钟还失灵，生活就乱了规律，牛就生病了。还有罄竹难书的，他好像对牛的乳袋特别感兴趣。起先大家想，难道他家里没有老婆？尤其是大乳袋，饱满的乳袋，他特别喜欢摸。这头牛摸摸，那头牛摸摸。牛的乳袋怎么能乱摸呢？人的乳房也不能乱摸啊，这是一样的道理。乳袋谁来摸怎么摸牛心里都一清二楚，李龙大的手一伸，牛就知道这是一只陌生人的手，一只不熟悉的手，这只手皮厚，不柔软，没有安抚过程，是一只居心不良的手，牛心里马上就紧张起来。一紧张，奶就少了，原来三十斤的，减至二十，原来二十的，就变得像龙头漏水，滴滴答答的。有的牛还因此胀了奶，胀了奶也会痛，跟人一样，硬挤就挤出一朵朵奶渣，把奶渣都挤出来了，那牛肯定痛。而这样的奶，怎么能做炼乳呢？就是废奶。

牧场把这些状告到了厂长那里，厂长也一筹莫展，你叫他再研制一个麦乳精，不在话下，但叫他拿人，他没有办法，他只能在办公室里一次次地转圈。还是足智多谋的工会主席替他出了主意。工会主席一般都不是文弱之人，他原来在厂里拉板车，手把有力，曾经得过厂里的掰手力冠军。他对厂长说，我以前也听说过他的故事，有一天想邀他掰手力，我们就两个人，关起门。他起先怎么也不肯，说自己没力气，甘拜下风。我说，我们不作比试，叫切磋，无论结果怎样，都到此为止，不要传出去。他好像很不好意思地让我捉住了手，你猜怎么样？我捉了他的手后大吃一惊，我当时就失态地叫了一声，马上把他的手放了。我说，你这是化骨为绵嘛！他的手就像棉花一样柔软，一个这么粗大的人，能把手练到这个程度，不是一般的内功。怪不得他那天搭着李龙大就像点了他的穴道一样。厂长被说得一愣一愣的，说，你说的这个人我知道啦，你就说你有什么招吧？工会主席说，派他到牧场当小组长。说，当小组长是假，镇李龙大是真。他去，等于叫猫儿守住了鼠洞。还说，这是个秘密武器，就是在关键的时候用的。厂长说，小组长这件事不成立，他是听间的学徒嘛。工会主席说，特殊人才特殊使用嘛，过去经常有"突击入党""突击提干"的，这时候不提更待何时？厂长说，既然是秘密武器，是特殊人才，何必放屁脱裤呢？就三粒板两条缝，也不镇李龙大了，就直接让他把他叫回来！和工会主席不一样，厂长布置任务的理由是搬出了我母亲，厂长对我说，你就当你母亲还在厂里，现在你母亲要你去牧场叫他回来，你去不去？这倒也是，如果我母亲还在厂里，如果她的安全、她的工作受到了威胁，我肯定会挺身而出的，不会坐视不管的。我原来想淡出西山的，"小隐隐于厂"，现在看来是不以我的意志为转移了，我又渐渐成了厂里的"保正"了。

李龙大能叫回来吗，而且是无条件的？这当然是没有问题的。为什么？以我在江湖的经验，还是那句话，真有本事的人，是不事张扬的；蹦得厉害的，都是些三脚猫。在我看来，李龙大的做派就是三脚猫，他都是做些小动作，不是真正的胆大妄为。我到牧场找到李龙大，我正要搭他的肩，他拼命避了过去，他说，你别搭我的肩好不好？你的手搭着难过。我说你知道难过就好。我也不和他说什么影响生产影响别人之类的废话，我只说三句话：第一，我来叫你，是看得起你，你别不识相；第二，人都是靠人抬着的，我给你个人样，你别不自爱；第三，我现在站在台上，还没下来，你得给我个面子，要拿张梯子让我下来，别不识好歹。社会有社会的规矩，不管他懂不懂，都得敬畏几分。这三句话其实是三层意思，有示好，有交易，有威胁，我不知道李龙大身上有多少社会习气，如果他聪明，他应该能够听话听音。他问，现在就走吗？我能不能等一下我女儿？看来他不是个"愣头青"，他听懂了我的话。我说，你回去和你女儿有什么关系？他也不回避，说，我要我女儿每天下课后来牧场喝杯奶。我噢了一下，好啊李龙大，你到牧场就是为了假公济私啊。他说，我们家不是困难嘛。我说，别人家女儿都还面黄肌瘦呢，你女儿好歹也喝了一个月了，差不多了吧？李龙大嬉皮笑脸地嘿嘿了两下。

有句话叫作"一个人的好是天生的，一个人的坏都是被诱发的"，我起先不理解，捱了半天，现在有一点点懂了，比如我的好就是天生的，因为我母亲好，我的本质也就是好。那么，话搁到李龙大身上，他的坏就是被诱发的。

这年的气候有点异常，冬天来得特别地早，刚过了国庆节，一个冷空气就下来了，来了又不走，冬天就这么巩固住了。本地人说，来得早的冬天会格外地冷，这话一点不假，天沉了几日，本来不怎么下的雪，也认认真真地下了起来。这些冷，和生产炼乳直接有关的车间，还有铺了消毒管道的车间是感受不到的，因为工人们会借助消毒的名义把蒸汽打开来，热气马上就笼罩了车间，他们的门上还封了厚厚的棉被帘子，因此，他们的车间就像春天里还晒着太阳，暖洋洋的。听间本来就没有保暖措施，听间又是和铁器打交道，机器是冷的，铁也是冰的，整个听间都是冰冷冰冷的，就像是一个冰窟窿。

听间的冷冷冷传到了厂长的耳朵里，厂长就亲自来听间走了走，待了待，觉得确实冷得厉害，就及时调整了原来的劳保供给，允许听间的职工每月增加两双棉手套，棉手套戴在布手套里面，摸起铁来就会不那么冷了。对于这项改进，大家都说好好好，觉得厂长也挺体恤的，但就是李龙大有意见……

李龙大知道和主任说了也没用，就直接去找厂长了，他的意见是：他不要布手套，也不要棉手套，他要全部换成纱手套。李龙大和厂长具体怎么交涉我不知道，我估计厂长也想和他拉拉关系，一个厂长，老是躲着这么个人也不是办法。再说了，李龙大不就是要几双纱手套吗？他又不是要金手套。厂长无非是做做样子，听听他的理由，不管是什么理由，厂长都会顺水推舟地答应他。

李龙大拿了厂长的指示到车间来领纱手套，而且要一次性领走半年份，仓库员听都没听说过这样的事。仓库员是个刚从工校里分配过来的小青年，涉世不深，只会照书读，他说，别人都是以旧换新，从来也没有你这样的先例。李龙大本来还站在仓库的窗外，一听这话，飞身跃入到仓库里面，第一把，像老鹰抓小鸡一样抓过小青年的衣领，第二把，像武松打虎一样把他掐在角落里，说，你这厮，是不是饭不要吃了？！小青年哪里见过这样的阵势，脸一下就白了，屎也差一点松在裤裆里。后来还是主任来打了圆场，对小青年说，你怎么都不会看形势呢？

有人悄悄找到我，还请我喝了酒，要我把李龙大叫出来揍一顿。这时候，我的社会身份已渐渐公开，说话也开始稍稍放肆了，我说，打还不容易吗？摁在角落里打一顿，他肯定老实了。但打不是办法，他毕竟不是社会无赖，无赖打了也就打了，打了也碰不着。但他是工友啊，打了怎么办？抬头就相见，走路都踢脚，不难为情吗？再说了，我要是真的打了他，你们以后反过来像怕他一样怕我了，是不是？那不是又多了一个李龙大？我又说，我答应我母亲要好好工作的，你们没看见我母亲的白头发吗？那都是被我气的。他们说，那是被李龙大打中了什么穴道。厂子不大，我母亲的白发不是秘密，他们都知道它的来龙去脉。我说，那我就更不能打他了，否则别人会说我公报私仇，子报母仇，我如何做人？教训李龙大的事，最后还是没说下来。

李龙大为什么要纱手套？为什么一下子要这么多？这是个谜。有人偷偷长了心眼，惦记着他的"手套使用情况"，他们发现一个惊人的秘密：李龙大根本就没有戴过纱手套，他戴的是布手套，而且还都是老的、旧的、破的。也有人发现，他有些手套是别人忘在机台上，他趁人不备顺手牵羊搂的。还有人更有心，像特务一样潜入到他家里打探情况，发现他老婆在织纱线衫，就是把纱手套找了线头拆开，再一针针编织起来，给他女儿穿。原来如此！那个"侦察员"还和他老婆交流过，他老婆说，女儿已经初三了，每天要补习，添一条纱衫晚上出去要暖和些。他老婆边说手上的竹针编织得飞快，她织的是鲤鱼嘴花样。侦察员说，纱衫有多少暖呢？他老婆说，总要暖和一些，就是有股气味，手套纱都是再生的，一股灰尘味，但灰尘味有什么关系呢，多一件纱衫总比没有纱衫要好。

侦察员把这些情报反馈到车间，大家都唏嘘不已，感叹李龙大真会动脑筋啊。后来一说起手套，眼一闭，大家的脑子里都会叠映出这样的情形：李龙大女儿走在晚间去补习的路上，她因为身上多了件纱衫，走路的样子都要比别人从容和骄傲。

李龙大的女儿先前我见过，就是上次她来牧场的时候，很清秀很文静，她来牧场是为了喝奶，她对我说，我也觉得这样不好，但我拗不过我父亲。她很机警，一眼就看出我和她父亲之间的微妙。这时候，李龙大拿了个口杯挤牛奶去了。她就问我，你是厂里保卫科的吧？你是不是来处理他这件事？我说，不是，我是他工友，一个车间的，车间有困难，主任让我来请他回去救急。她又说，他在厂里是不是特别"横"？我也老说他，不要这样。我说，没有啊，我刚来不久，不是很清楚，我觉得他挺好的。善意的谎言，随口而出。人和人之间都是这样抬举的，尤其在子女面前，不能说坏了形象。我们说这些话的时候就那么远远地看着李龙大。他叉着脚大摇大摆地朝棚屋走去，然后一头头地挑牛，他挑的都是精神爽朗体格健壮的牛，那些牛的乳袋都特别大。我们看见他根本就不会挤奶，挤奶好的人动作都是很优美很柔和的，像抚琴一样。他的动作就很生硬，像在拉扯，像在拔草，他的手肯定像锉刀一样，又糙又冷，因为他摸住牛的乳袋的时候牛就浑身哆嗦了一下，像被冷不丁地戳了一刀，恨不得把自己的屁股都缩起来。有一下，他肯定还弄疼了牛，牛突兀地哞了一声，尾巴短促地乱甩，还用力踢了他一脚，当然是没踢着。

一会儿，李龙大兴高采烈地端了牛奶回来，他先是客气地叫我喝，他说，这是正宗的鲜牛奶，一点也没有掺假的。我当然不会喝。他就把牛奶端给了女儿，女儿不好意思地看看我，我笑笑，示意她尽管喝。他女儿就抿了嘴慢慢地喝起来，一边喝一边说，爸，鲜奶中的油脂本来是要分离的。李龙大说，是啊，这要看你肚子里有没有油，你现在肚子里很干燥，吸收都不够，就在你肚子里分离吧。女儿又说,书上说了,生牛奶里会有些寄生虫,容易造成人的肠胃疾病。李龙大耐心地说,寄生虫到处都有,不是都会致病的,有些就是无害的,就看你适应能力怎么样。

那天下午,我是和李龙大及女儿一起回来的,一路上我知道了一些他们家的情况。他老婆没有工作,李龙大说,正托了人在找,过几天可能要去一个工地看夜门,估计没几个钱,拿几个多几个吧。李龙大的女儿在七中读书,七中是一所很一般的中学,在城郊接合部,校风很差,学校只培养合格的中学生,从来不指望学生能考上高中的,但李龙大好像对女儿寄予了厚望,他希望女儿能考上重点一中,现在只剩下半个学期了。

李龙大每天晚上要去补习的地方接女儿回家,夜路难走,李龙大风雨无阻,雷打不动。这年的冬天也许真是冷,往年的冷只是冷得皮肤僵硬,这年的冷是冷得骨头发痛。对于一些人来说,冷有时候也是一种灾难,李龙大就经历了这样一次灾难。那天中午,我和李龙大一起吃饭,我们面对面而坐。我其实看不起这个人,尤其不喜欢他分裂和反差很大的样子,他看似强横,实际上局量很小。我只是奉了主任之命和他接触,不是讨好他,而是为了更好地控制他,达到修理的目的。我发现他那天吃饭很困难,像牛反刍一样翻来覆去,仔细一看,他的嘴根本就不听话。我又等了一会儿,想看看他喝汤的样子,其实他的嘴已经是一个"破畚斗"了,嘴一动汤就漏了出来。我就问李龙大,你的嘴怎么啦?他说,我也不知道怎么了,早上起来刷牙,水都搅不动了。我说,你一定是被晚上的冷风吹了。他说,我昨晚就觉得腮帮子冷,硬硬的。我肯定地说,你这叫面瘫。他疑惑地问,面瘫会怎么样呢?我说,面瘫就是脸神经坏了,神经控制不了嘴巴了,就歪嘴了。我们说话的时候,他的嘴其实还是勉强坚持着,听我这么一说,他想调整一下嘴,不想,整个嘴就无可奈何地歪过去了，像橡皮筋失去了弹性，差点没歪到了耳朵后。

李龙大的嘴歪了，大家都很高兴，他歪了嘴，面目狰狞的，意味着他不会来上班了，意味着车间里又"虱子烫了一样"。他不来，大家精神舒畅，他不来，大家情愿多干点活。厂里工资给不给他，大家不管，工资是厂里的，心情可是自己的。有人说，他歪嘴是他人做得不好。有人说，他是便宜吃多了才把嘴吃歪了。有人说，这等于替我们扇了他一个大嘴巴，最好直接把他给扇残废了，他就不用来上班了。当然也有人一分为二，客观地说，这个人还是有优点的，恋家，对女儿宝贝一样。说起他女儿，大家的羡慕就由衷出来，说，这女儿还真生得着，喜美人相，也懂事，学习又好，都不用大人操心的。

车间里没有了李龙大，突然就空落落了，这种体会我们主任最深。听间和别的车间不一样，别人的主任主要抓生产，我们的主任主要抓防范。李龙大在哪里，主任就像影子一样盯到哪里，最低限度地减少李龙大带来的损失。现在，李龙大没有来，其他工友又都长期养成了自觉的习惯，没有人让主任着急，他也变得无所事事了。他叫我抽空去看看李龙大，看他的嘴好点了没有。主任说，我去，他会觉得我们在笑话他，你和他不熟，他不会想太多的。主任还说，要是他的嘴真的正不过来了，他也许就办病退了，这样，我们就很难见到他了，我们在一起也有些年头了，毕竟都是工友嘛。

去李龙大家我准备了一些"礼物"，其实也是车间里大家一起凑的，是心意。有寻医的，说天雷巷有个针灸医生，扎歪嘴最灵，扎几针就好；有问药的，说教场头有个草药摊子，撮几服煎了喝几天，就有感觉的；还有人抄来偏方，用新鲜的鸡屎睡前敷脸，说不定醒来嘴就收拢了。当然，我带的不是实物，带的是"知识产权"。李龙大看上去萎缩了许多，人是最怕精神打击的。我还差点认不出他来，因为他脸上已涂满了鸡屎，像画了"曹操"的脸谱妆，看来我的"礼物"用不上了。尽管这样，对于我的到来，他仍然很吃惊很感动，他望着我，情不自禁地忘了招呼，愣了半天，才含糊不清地说了句费解的话：全厂，我最佩服你！

古历年底的时候，车间里又发生了两件事，一件是欢喜的事，一件是悲伤和痛心的事。欢喜的事和李龙大有关，他女儿提前考上一中了。一中是省里的重点中学，也是市里最好的中学，不仅设施好，关键是教学质量好。一中上一本的比率是百分之六十，二本也有百分之四十，等于是全部上，所以大家说，考上了一中，等于一只脚已跨进大学的校门了。不仅如此，李龙大女儿考上的还是数理班，这个班只招四十人，考上数理班有些什么好呢？明年六月的中考就可以免了。一中本来就叫数学家的摇篮，出了很多有名的数学家，像苏步青、姜立夫、谷超豪，都是一中出来的，那么，数理班就是摇篮的摇篮，前途无量。考上数理班还有一个好，有机会参加全国竞赛，要是得了奖，大学直接就收走了。即便不是马上走，也都是做了记号，等大学考完了，优先让你挑。那些天，车间里都在议论这件事，都说李龙大的狗皮癣还长得真是正，当然，主要是说他女儿好，真好真好，真真好。

悲伤痛心的事其实也和李龙大有关。年底了，市里下了工资，人人有资格评，四个人一级。这是好事，车间里立即成立了领导小组，做了方案，抓阄摸份分组，背靠背评议淘汰。这时候，李龙大已过来上班，他的面瘫经过针灸、吃草药、涂鸡屎，稍微好了一点，但一直没有全好，嘴角耷拉着，好像无时无刻不在不满和生气，在和人过不去。车间的工友本来就和他有些距离，现在看他就更不顺眼了。按理，李龙大这次的工资是没有资格评的，工友们扳着指头数落他的"罪状"，他擅自离开车间，他擅自去了牧场，他请了这么长歪嘴的病假，证据至今还确凿哪。大家的意见是要剔除他，在这关键的时刻，少一个好一个。但这种意见就像阴沟里的流水，一直响在暗处，就没有反映到明的地方来。这样的意见，谁有胆量去和李龙大说呢？主任没胆，厂长也没胆。不仅是这次工资他照样参评，他还不讲道理地要拿走半级，他说，凭我家里的条件，我拿一级也不过分，我现在拿半级已经是客气和贡献了。大家都忍气吞声，不敢怒也不敢言，只暗暗嘱咐自己，晚上不行房事，白天少吃不拉，别让不净的手摸到和李龙大一组。

这次的工资，我也有资格评，但我母亲叫我让了，说我刚上班不久，没做多少事情，来日方长；还说，她是行政十九级，退了休还有七十三块，家里不缺钱用。其实，母亲就是不说，我也准备让，我想表现得好一点；再说，我还有额外收入，我虽然不在西山了，但西山是我打下的地盘，埠头的保护费我还坐着一份，他们会定期给我送来。可惜，我不在李龙大那一组，让也白让，没起到什么用处。

和李龙大一组的是三个女工，他拿走了半级，这组的形势就陡然严峻起来，等于三个人要争另外半级，于是，这半级工资就越发显得像性命一样，谁都苦大仇深了。经过几个钟头的奋力搏杀，其他小组都陆陆续续交上了名单，就是这一组原封不动，死水一样，主任也神情怏怏地过来看过，见三个人都把自己坐成了雕塑，一句话不说，不说好也不说坏，好像不是在评工资，而是在举行什么耐力比赛，比赛中还夹杂着一股危险的情绪。后来熬到下半夜，一个擦起眼睛打起了哈欠，一个索性叫老公拿了被裹在身上，一个绞着脚实在憋不住了，飞奔至厕所撒了一泡尿。这泡尿其实也只是刚撒了一半，就拼命往回跑，但情况骤变，格局已定，半级工资已被另外两位"选手"握手言和了，她们各分了四分之一级。撒尿的那位当场晕倒。

第二天，撒尿的那位在水处理车间吊死了，这里管子多，有的是系绳的地方。可怜这位女工，她的眼光也太短浅了，心房也太小了。我想，她其实不完全是因为钱，她是因为那泡尿，半级工资就毁在一泡尿上，自己想想都觉得窝囊，回家更没法交代。说来说去，也怪她自己准备不充分。据事后另外两位讲，一个早三天就不喝水了；另一个提前还洗了肠，并且都准备了饼干和糖果，以防自己在对峙中体力不支。这是塌了天的大事，最后当然由厂部处理，这里就不再啰嗦了。

这一次，听闻的人被激怒了，大家同仇敌忾。但李龙大好像看不出有多少内疚，照样心安理得地吊儿郎当。在他看来，那女工是自己要死，和他没有因果关系，什么叫自寻短见？就是因为短见，而且是自己寻的。如果真要怪，也只能怪那两个一起瓜分的家伙。也许，他觉得自己有盟兄弟撑腰，对于大家的情绪，根本不值得放在心里。

有人再一次找到我，又提起教训的话题。那个被李龙大掐过脖子的仓库员还自告奋勇地说，我就是一个鸡蛋，也要和他这块石头碰一碰。大家都用期待的眼光看着我，希望我能拿出个像"点穴"一样有力的主意。我还是那个意思，打不是办法，打必定结怨，冤冤相报何时了，而且我知道，江湖上，没有一个人是被打服的。再想想李龙大，他还是有些分寸的，看什么人开什么门，站什么山头唱什么歌，他对我就没有惹麻烦，相反，他还主动提出过向我母亲道歉，还忍受着让我搭来搭去，挺给面子的。反正我是不会揍他的，江湖上称这个是"留一个尺寸地"。

我问大家，李龙大有没有什么精神上的弱点？比如丑闻、劣迹，什么事最能让他蒙羞，让他没有脸面？我们就用这个来制服他。有人说，他偷过厂里的白糖。我问，什么时候？他父亲退休他顶替不久的时候。别人知道吗？怎么不知道？全厂人都知道。白糖装在尼龙袋里，用帽子戴在头上，想带出去，结果走到传达室门口，白糖从帽子里"漏"了出来，被保卫科的人当场捉贼捉赃。我想了想，说，这事稍稍老了点，翻旧账没什么意思，只能试试看，看这个贼字能不能把他打倒，他如果爱面子，也许就打倒了。即便打不倒，能让他收敛一点也是好的。这样，任务就布置了下来，叫大家有事没事常议"白糖"，把那个贼字强调起来，甚至可以故意让他听见，让他觉得有人还惦记着白糖的事，让他觉得丑事传千里，起到敲山震虎的作用。

好像李龙大也在揣摩着这件事情。有一天他跟我说，他们好像在说我的过去？他还说，白糖是偷，牛奶也是偷，我现在知道了，我不带回家，就不是偷。这就叫"躺在草地上让蛇咬"，换了今天的话叫"我是流氓我怕谁"，他不以为耻，我们就一点办法也没有。

大家又动脑筋。有人说，我们不等他觉悟，我们主动羞辱他怎样？我们给他起外号，叫他歪嘴。说这些话的是以仓库员为代表的那些小青年，这些小儿科的做法，年纪大的工友不赞成，但小青年们坚持要做，他们说，我们触及不了他的灵魂，搞搞他难过也好。还说，就是气不死他，我们也自己出出气。小青年毕竟是胆小的，正面较量他们还不敢，他们决定躲在背地里叫，就像放冷箭。于是，那些天，"歪嘴歪嘴"的叫声，像狗吠一样在各种场合各个时间里冷不丁地响起，有时候在厕所里刹锣一样响一句，有时候在车间外鞭炮一样炸那么两下。叫声一起，大家就会下意识地朝李龙大脸上看，即使不看，也会意味深长地嘿嘿一笑。叫声一响，李龙大就会警觉地耸起头来，判断是谁的声音，判断声音从哪里发出来。更多的时候，李龙大的骂声也同时响起，然后拔脚赶出来，想追住那个叫声，当然这都是徒劳的。这样的时候，大家更是屏着气笑，笑得肩膀都索索地抖动。这事只能说达到了骚扰的效果，骚扰和征服还是有很大距离的。李龙大的嘴巴，也因此被气得更歪了、更狰狞了，看上去更吓人了。

一般人认为，江湖一定是一塌糊涂的，其实江湖也并存着策略和计谋。工厂也是一个社会，是社会就会有社会现象。我在西山退去的威风，在厂里又重新抖了起来，身边也跟起了一些喽啰，说话吆喝也有人捧场和响应了。我后来出了一个主意，我说，我们为李龙大女儿开个庆功会怎样？庆贺她考上一中，再发她一些奖金，以示鼓励。我的想法得到了我们主任的支持，他说，看不出，你小子还会逆向思维呢。不过，他对奖金提出了质疑，担心没有人集资。我说，大家尽力凑吧，凑多少算多少，不够的我出。主任说，如果这事也流产了，花出的钱打了水漂漂，我和你一起分摊。有主任的支持，我操作起来就有信心了。当然，为了稳妥起见，集资的理由我稍稍作了掩护，说，买药除四害用。食品企业本来四害就多，这理由还说得过去，漏洞不是很大。当然也有人怀疑，说除四害怎么叫我们掏钱，应该是厂里统筹安排的。也有人明知故问，什么四害啊？苍蝇还是老鼠？开玩笑的话，马上有人胡诌，臭虫臭虫！总之，有主任在一旁兜着，集资的事还算顺利。我们车间一共有三十二人，有出一块的，出五毛的也不少，总共集了二十四块，我再出一点，凑足了三十块作为奖金。我另外还买了个双肩包，是当时比较奢侈的东西，花了五块六吧。

庆功会在车间里举行，准备不是难事，到工会要了张红纸包了奖金，书包也先藏起来，到紧要关头搞个意外的效果，主题等最后再写到抄产量的黑板上，都不能事先公开，公开了也许就

　　　　　　　　　　　　飞／翔／的／骡／子

做不成了。难就难在怎么跟工友们说，许多人不理解，说给李龙大开会啊？我们都还想咬他一块肉呢！最难的是去请李龙大的女儿，派谁去？怎么说？怎么说了她才会来？这是重中之重，要做到万无一失，她不来，再好的会也没有主角，开起来没意思。说到给李龙大女儿开会，大家心里还是愿意的，就争先去做工作。大家是由衷地觉得这个女儿好、优秀、难得、不简单。

庆功会的气氛我一下子也表述不好，反正是又热闹又有点怪怪的。大家用掌声把李龙大女儿请上来，由主任把包了红纸的奖金颁给她，又变戏法一样让她打开面前的工具箱，一个双肩背书包！她一把抱在怀里，眼泪就掉了下来。

她在会上也说了几句话，很乖巧的样子，说得也很得体，她说，感谢大家的厚爱，我不会辜负大家的。感谢我的父母，他们在艰难的条件下为我吃了不少苦，为我付出了很多。说到这里，她抬头想看看她的父亲，找了一下没找到，她就接着说，我今天非常高兴，但我要说一句抱歉的话，我知道我父亲在厂里表现不好，做了一些对不起大家的事，大家还能这么包容他，我真的很感激，我替我父亲向大家鞠个躬，谢谢大家。

后面这段话大家没有想到，一下子都愣在了那里，掌也忘了鼓了。

李龙大那天和我坐在最后，他也没想到有这么一个会，会是在非常保密的情况下临时开的，我也是临时搭了他的肩过来，有那么点控制他"发飙"的意思。起先只想借这个会缓解一下大家的关系，会开成这样，开出了这么层意思，我也没有料到。李龙大自始至终低着头，手指在地上画来画去，像一个非常木讷老实的人，有一下他还用手捂住了脸，我想他一定是鼻子酸了。

接下来的事大家肯定都猜到了，李龙大像重新投了一次胎，换了一个人。值得一提的是，他持续很长时间不正不歪的嘴巴，突然好了。许多人都说这件事和我有关，其实不是和我有关，是和江湖有关。有些事，放在规章和措施上，都是解决不好的，一旦染上了江湖的色彩，就不一样了，就有了另外一套程序，简单起来非常简单。

我母亲会经常地问起李龙大，这个人怎么样？你少给我和他来往啊！

我说，我不和他接触，我看见他敬而远之。

过了一段时间，母亲又会问起他，这人有四十边上了吧？在厂里还那么冲？

我说，他现在好多了，也许真的是年纪大了吧。

我母亲说，人其实也是老实人，是屋底大，窝里横，本质还是好的。

最后母亲还忘不了向我督促几句，你呢？你最近表现得怎么样？

我看了看母亲的白头发，中规中矩地回答，您放心，我懂得"猪肚吃多了会吃出屎来"的道理。

至于那些盟兄弟，就不用说了吧，有句话叫擒什么什么王的？所以，泥鳅根本就翻不起大浪。

原载《收获》杂志 2006 年第 4 期

买匹马怎样

有一天，李回珍郑重其事地对王勃说，我们去买辆车吧。

王勃那时候正在阳台上津津有味地看花，他抬起头瞥了李回珍一眼，说，买车？买什么车？电瓶车还是山地车？

李回珍说，我买那些车干什么？我还骑不够这些车吗？

王勃狐疑地说，那你要买什么车？你还有什么车可以买的？

李回珍说，我说的是买汽车，汽车汽车，你听清楚了吗？

王勃愣了愣，踱回到房间里，在沙发上坐定，一副认真地聆听下属汇报的派头。

李回珍显然把这件事想了很久了，她说要买车其实也是有道理的。第一，她戴眼镜。眼下正是温州的冷春，阴雨蒙蒙的，这种毛雨很奇怪，看似烟尘一样，积起来却相当地可观，特别容易粘眼镜，擦也擦不尽。第二，从上个月开始，车牌号改叫标为投暗标了。叫标会让人头脑发热，叫的结果也往往是"女儿大于娘"，比如，汽车八万，牌号反而投出了十万，暗标就冷静多了，一般"斧头不会把柄剁了"，要运气好，投五十都可能蒙上。第三，她已经加入了浩浩荡荡的学车大军。要知道，有了驾照而没有车开，那是很可怕的，就好像欲望很强的人没了力量。第四，她现在还在骑车。骑车多不方便呀，刮风下雨太阳晒，关键是现在机关里谁还骑车啊？最见不得的是机关门口的那些保安，他们像长了鸡盲眼似的，对汽车、摩托车视而不见，对她的自行车却格外关注，每次骑过去都断喝一声：自行车自觉下车！李回珍说，就为这，她也要买辆小轿车。

王勃说，那好吧，我们先买辆碰碰车吧。

李回珍不解地说，买碰碰车干吗？

王勃说，都说新手上路难免碰来碰去，你要是新车，碰了多可惜啊。

李回珍不高兴地说，你放屁，你不会说得吉利一点啊。

王勃说，我说的都是实话，就算你小心，你不碰人家，但人家不熟练，碰你怎么办？你如果技术差点，你一慌，你避之不及，你还是会和人家碰。

李回珍无趣地说，这倒是真的，那就先买辆碰碰车吧。

碰碰车就是二手车，买来专门给自己练的，等练得转弯抹角都能过去了，停车入库都能稳妥了，靠边倒车都能自如了，再坐下来谈买新车也不迟。按照他们现在的经济状况，就是二手车，也只能买国产的，具体到品种，就是老型的桑塔纳之类。

一般人买车都有个逐渐的过程。比如，先是骑一辆自行车，然后是不用脚踏的电瓶车，再就是摩托车，最后才是小轿车。他们是一下子飞跃到汽车这个层面的，他们想通了，想到了享受，想到了风光，想到了养生，开汽车多好啊，尤其对女人，风吹雨打都不怕，衣服整天清清爽爽的，皮肤眼见着越开越白，越开越细，关键是他们有能力承受这样的消费。李回珍在机关大院里工作，去年底套了一个工资；王勃虽然不在机关，但谋的是一份文化差事，工作性质就是东看西看，吃别人的多，用自己的少；这些都给他们买车打下了殷实的基础。一个居无定所、食不果腹的人，是不可能有其他好高骛远的想法的。况且，像王勃这样的人，还有些难能可贵的长处，有超凡的口才，有研究的爱好，有比较的方式方法，这都是单位培养出来的。买车不是一件小事，这些本领正好发挥作用。

说干就干，王勃就开始做起了收集信息的工作。他的工作性质给他带来了许多方便，交往的人多，也就注意攒起了汽车经销商的名片；上班比较悠闲，有空就打打汽车咨询电话；东走西走，顺便也跑跑汽车介绍所；下班前是最最无聊的时候，那就翻翻晚报中缝的汽车资讯吧；回家的路上，他尤其注意汽车的型号；遇上有人停车，便不失时机地冲上去搭讪，你这汽车怎样？有兴趣卖吗？像生了病一样。

但是，具体到拿钱买车，王勃还是蒙了一蒙。他们尽管生活充裕，吃喝不愁，但要一下子拿出七万八万，还是有点困难的，尽管李回珍套上的工资也算不错，但那是细水长流，稀疏的腋毛集成了裘，还要有一个过程的。最最现实的事情还在后头，他们的女儿下半年就要读书了，他们现在住在新区，新区按以前的叫法就是城郊接合部，这里的小学叫山前小学，学生都是近郊农民的子女，他们舍得自己的女儿在这里读书吗？他们肯定要把女儿送到市区的实验小学，进实验小学就得捐资费，说不定他们还得在附近租房陪读，那可是相当相当可观的。王勃把这些问题一一摆给李回珍听，李回珍当然也傻了一傻。傻过之后，李回珍问，那照你这么一说，汽车我们不买了？王勃说，我说过不买的话了吗？我只是觉得买车还有点小小的困难，但我们有另外的购买对象啊。李回珍狐疑地皱起了眉头，脑子里不断涌出问号。王勃嬉皮笑脸地嘿了嘿，在说出自己的想法之前，他要先扭转李回珍的观念，他有"请君入瓮"的本事。他问李回珍，你说，我们为什么要买车？李回珍说，改善条件呀，我都骑了一辈子自行车了，累了，我想舒适一下。王勃说，这是一方面，还有呢？李回

买匹马怎样

珍说，给家里添置一件财物啊，有点成就感吧。王勃点点头，这也是一点，还有呢？李回珍想了想，还有就是不至于落伍啊，人无我有，人有我优，心里平衡些。王勃顺势接了过去，对呀，说白了就是一份虚荣，就是为了体面，就是要争一个面子，该出手时就出手。话说到了轨道上，滑翔起来就顺利了。他的眼睛闪闪发亮，声音压得低低的，我觉得买车这个想法一般化，不够大胆，也不够刺激，没有创造性。就出风头而言，有一样东西肯定叫谁都目瞪口呆。他停了停，看着李回珍，说，我们买马吧！买匹马怎样？李回珍身体明显地向后挫了一下，惊讶着说，买马？怎么买马？买马做什么？王勃很有信心地说，没想到吧，没听说过吧，就是买马！温州的汽车太多了，比狗还多，狗已经开始禁了，汽车也会慢慢受到限制，现在有些规则就是针对汽车的，什么"单行道"，什么"高峰禁入"，什么"禁止左转弯"，都是因为走不过车呀。李回珍觉得也是。王勃继续着自己的兴奋，话题由阐述转为试问，你说，桑塔纳多吗？富康多吗？奇瑞多吗？好一点的，尼桑多吗？本田多吗？奥迪多吗？就是奔驰和保时捷也不少，不稀奇啦。但马，别人没有吧？漂亮的马，英姿飒爽的马，走路嘀笃嘀笃富有韵律的马，有吗？见都没见过！李回珍摇摇头，被一连串的问话堵得没了主张。王勃乘胜追击说，现在汽车已经不风光了，骑马才另类，才神气，才威风凛凛。汽车别人可以不屑一顾，漂亮的马嘀笃嘀笃地走在你身边，不吓你一跳、不为之一惊那才叫怪呢，除非他是个聋子瞎子。李回珍点点头，但她还是有点疑惑，那我们会骑马吗？我们骑上去它会听话吗？会驮着我们东走西走吗？王勃嗨了一声，怎么不会？你知道大连的女骑警吗？还是大连的一道亮丽风景呢，去大连的人都争先恐后地与她们照相。大连的女人能骑马，我们的胯下又不是伸展不开，我们敢为天下先，特别能吃苦的温州女人肯定会骑得更好。

这话太鼓动李回珍了，想想自己在机关里也不算笨，身手也敏捷，午休时打打乒乓球，基本上也是打遍科室无敌手。再说了，她骑自行车本来也就像游鱼一样，穿梭在人缝里活里滑脱的，骑行关键在于平衡，她有平衡的能力，相信一旦和马建立了感情，驾驭它应该没有问题。此刻的李回珍，已经被王勃说得晕头转向，已经被新鲜腐蚀了，对于新鲜事物，她还是愿意尝试的。她点点头说，好吧，买马就买马吧，骑马试试看，也许还真的挺过瘾的，嘻嘻。

王勃准备去内蒙古走一趟。

他不是要买马吗？买马去内蒙古最好。温州本地也有马，但温州的马和温州人不一样，温州人勤劳勇敢，温州马就有点养尊处优。温州的气候舒适，温州的食物鲜美，温州的农活又轻又简单，所以，温州的马就不像燕赵大地的马，什么活都干。温州的马大多数是那种挤马奶子的马，这种马一天到晚由马夫牵着，步履蹒跚的，大腹便便的，老实巴交毫无表情的，这种马能骑吗？骑上去总觉得有虐待和欺负的嫌疑。

王勃也是做了充分的调查研究后才打上马的主意的。他曾经跟一个朋友去办过汽车手续，首先要缴一个消费调节金，其次是汽车购置附加税，如果你没有车库证明，那么你再缴一个道路占用费。接下来才是建档、保险、验车、拍照、喷字、上牌，要在公管处和车管所之间发疯一样来跑。这些东西要顶真起来都涉及行政干预和行业垄断。但李回珍没往这上面想，她只说了一句温州土话：我自己裤衩都没得穿呢，哪还有布料给他做伞袋？这才横下心来决定买马。买马不用跟别人调节吧？买马不用缴税吧？买马没要求一定得有座马厩吧？总之，买马都没有这些麻烦。

现在的问题是要买什么样的马，当然是要买精神抖擞的马，眼睛闪闪发亮非常睿智的马，腰板挺拔力量内敛的马，烦躁时会刨蹄、激动时会嘶鸣、走路铿锵有力的马，这样的马，只能到内蒙古去找。

王勃知道内蒙古怎么走。他正好逮着一个出差的机会，他们这些人都是利用机会的行家里手，作为政协文史委的成员，受山西政协之邀，他要去参观"太原建城两千五百年"活动。他是这样打算的：山西的行程可以偷工减料一些，瞅准机会顺便溜内蒙古一趟。他看过山西方面的安排，有五台山、悬空寺、应县木塔、云冈石窟，还有晋祠、平遥、什么什么大院，都是好地方啊，但山西的地面文物占全国的百分之七十五，他看得过来吗？也就是说，反正会有遗漏之憾，看多看少就无所谓了。王勃觉得"看"以后还有机会，他的当务之急是借这个"看"济一下"私"，这个"私"就是去内蒙古，就是去看马。山西去内蒙古有一条捷径，就像游击队熟悉当地的地形，他打听过，大同有一些私人中巴专驶这条道，你只用迷迷糊糊九分钟，再睁开眼，就已经是内蒙古境里了。

他就搭上了这样的中巴。

北方的马，王勃以前也有过接触。有一年去哈尔滨，他就见过北方的马，那真叫高头大马啊，一律的栗色，毛发茁壮，站在零下三十来度的低温下巍然不动。但这些马太高大了，和秀气的南方女人在一起，一点也不协调。骑马的目的是好看，如果骑马像骑在大象上，人就会被弄得很木讷，风光也就无从谈起。王勃有这样的感觉，李回珍想必更是。王勃想，李回珍恐怕爬都爬不上去，即使爬上去了，腿肯定也不够拿，骑马像压腿一样张着脚，那是很难看的。买马主要是为了她，要让她骑得舒服，骑得有形象，所以，得找一匹身材相对匀称的、和李回珍比较般配的马。

三月的内蒙古，没有浓绿的草地，没有触眼的野花，当然也没有飞沙走石。这里是山西和内蒙古两个郊区的接合部，一切都显得有点简陋，但场面还是有的，惊心动魄的山脉从眼前立起来，无休止地铺展过去，也足够叫人感慨一番。近处的路边，偶尔会闪现一两株枯树，枯树旁立着一两个马影，马影是静止的，只有尾巴的剧烈飘动，让人感觉到外面的风在自由地肆虐。王勃知道，眼前的这些马，就是正宗的蒙古马。但他没有激动，他坐在车子里，呆呆地望着窗外。经过一段时间的准备，他在心里不断地在温习着马，树立着马，所以，马的好坏一点也瞒不过他，他的眼睛是刁钻的，他要买的是能和汽车相媲美的马，而不是一般意义上的牲口。他发现蒙古马其实并不漂亮，个头还马马虎虎，但搭配上确实不怎么样，具体到部位就是头有点大，尤其是它的脚，太粗了，简直像温州人说的"咸菜桶"！脚粗就走不好，脚粗又特别惹眼，这好比妖媚的姑娘长了一双大脚，不美。旁边热心的同路告诉他，你要的那不是蒙古马，又要体形漂亮，又要走得好看，那可是土耳其的汗血宝马。王勃像是讥讽又像是自嘲地说，我要是买得起汗血宝马，我跑这里来干什么？不就是为了价廉物美吗？同路又说，要这样的话，我告诉你一个秘密，你可以到乌兹别克跑一趟。显然，同路比王勃更谙此道。王勃赶紧问，此话怎讲？同路说，乌兹别克专出赛马，不是说一方水土养一方人吗？乌兹别克的水土就养赛马。那里的马体形好，意志品质坚强，特别能吃苦，特别能战斗，就像你们温州人。王勃被说得有点激动，心里不由自主地抖了一下。但是，同路继续说，赛马你也是消受不起的，这个，你听听它们的名字就知道，什么恺撒大帝，什么骄傲的公主，价钱一点也不比汽车差。这不是伤你的积极性，你可以退而求其次呀，你可以买那些退下来的赛马。王勃说，这些马行吗？同路说，怎么不行？无非是不在一线比赛了而已，只是跑慢了一点而已，就像我们机关里那些

买匹马怎样

"五十七八的干部"，就像电视机失水，正宗时装换季，价钱一般不会太高。不过，做做样子，出出风头，驮着你东走西走，应该没什么问题。

乌兹别克就得另外走了，得取道新疆，从喀什那里出去，也是这样差不多的一条捷径。王勃想，新疆就再想办法吧，只要放在心上，不怕没有机会。现在，先玩玩山西剩下的吧。

王勃感慨：马真是有讲究，要分析起来，比汽车还要复杂。

回到家里的王勃，把在山西的收获说了，他说的不是山西的景观和文物，而是内蒙古之行，虽然无功而返，但李回珍还是理解的。她善解人意地说了一大堆有关稳妥意义的话，什么三思而后行，什么小心没大错，什么有比较才有鉴别等等，这等于是在鼓励王勃，王勃就忍不住把刚刚炒来的"乌兹别克的赛马"拿出来卖了一通。那时候，他们正关灯熄火躺在床上，黑暗没有削弱王勃绘声绘色的描述，他的描述使李回珍看到了"奥运"赛场上的"盛装马步"：那些额前梳着整齐刘海的马，那些颈后扎着蝴蝶发髻的马，那些体形标致细脚圆臀的马，那些踏步轻灵毓秀音乐感很强的马……王勃对李回珍说，你要是骑上这样的马，嘀笃嘀笃地走在温州的大街上，走过时尚的府前街，走过古老的五马街，走进喧闹的环城路，走过文化气很浓的公园路，再配上一套真皮骑服，戴不戴帽子无所谓，完全地就是英国皇室的贴身侍卫，大连女骑警跟你怎么好比！

按理说，长途跋涉后是不宜行房事的，但这天晚上，他们美美地做了一回，他们高兴啊。王勃记得什么书上有这样一段话：当家庭的困难被力克之后，一次优良的性生活是最好的庆贺。他们当然不是遇到了什么困难，也不是攻克了什么难题，他们是达成了一个共识，为某一件事情取得了高度的一致，他们觉得由衷地舒畅。

关于马，王勃在工作之余涉猎了不少内容，其实马已经成了他的工作，他整天都在研究马，从思想到依据，从依据到物质，从物质到技术。别人不知道，还以为他最近工作很带劲。他把自己的研究成果说给李回珍听，她心里就更加有谱了，明白了他们为什么这么做，这么做有什么好处。最大的好处就是让李回珍厌恶了汽车，而对马有了好感，心里不知不觉生出了一匹"假想马"。国家出台了这么多交通法规，像《道路交通管理条例》《交通事故处理办法》《交通违章记分办法》《交通管理当场处罚决定》《法律对交通肇事刑事案件的解释》等等，都是针对汽车的，甚至《治安管理处罚条例》第二十七、二十八条，也是冲着驾驶来的，这些条例和办法都非常苛刻，你要是不把它当回事，没儿天就把你驾照上的点扣完了，你得重新学习、考证；你要是太认真了，将它烂熟于心，以它为指南，那你根本就用不着开车了，步行好了。王勃问李回珍，你能做到这些吗？李回珍拨浪鼓一样拼命摇头。王勃斩钉截铁地说，但是，你放心，没有人会找一匹马的麻烦，你见过约束马的红头文件吗？李回珍回答，没有。王勃又说，你见过有谁胆敢对马进行讨伐吗？李回珍哑口无言。看着李回珍不知所措的样子，王勃掀起了诉说的高潮，过去温州人喜欢养鸡养鸭，后来组织学生穷追猛打，绝了；现在虽然还有养猫养狗的，但强制的手段不少，领证、打针、定期体检，纪律非常铁。就是对马听之任之，可见马不是一般的畜生，是有身价地位的，人们对马还是很敬畏的。更何况一匹作为交通工具的马，为人民服务的马，不是"寄生虫"的马。谁要是打马的主意，见了马眼红，和马过不去，找马的茬，谁就没有道理。

可以想象，每天早上，李回珍一身马装牵着马出来是多么地惹眼。邻居们都带着惊讶和羡慕的眼光望着她，又想问问这事，又不敢和她招呼，毕竟拥有一匹马是非同凡响的，一言半语也问不清楚的，他们呆呆地看着她从自己的身边嘀笃嘀笃地走过，看着她和马的一举一动，看着她轻轻地拍了拍马首，看着她摸摸马有力的脖子，看着她和马耳语几句，然后翻身上马，一耸一耸地朝单位走去。乌兹别克的马就是有灵性，它懂得人的意思，所以，人一骑就会。乌兹别克的马个头也正正好，李回珍骑上去，马背和她的屁股就像是一副和合得非常融洽的模具，非常舒服。警察是不用予以理睬的，他们根本就没有管马的权力，也没什么驾驶证行驶证好查；一些对汽车来说非常麻烦的标志，对马一窍不通，一概没用；禁鸣喇叭也奈何不了马的嘶鸣；光这几点，就活活把汽车气死。李回珍曾经担心，马要是发起脾气来不驮我了怎么办？王勃说，这有什么关系，不驮你就牵着它走几步，这比光着手散步还多一个境界，像你这样的装束，人家一准认定你就是赛马手，而绝不会把你当作是挤马奶的。再说了，牵着马也不会很吃力，你走它走；汽车要是抛锚了，你推也推不动，扛又扛不了，只能打双闪落了锁停在路边，这多么麻烦。李回珍频频点头称是。

　　到了机关，那些保安还敢另眼相看吗？这个问题李回珍现在想都不去想。她现在是骑马，不是骑自行车，脑子想想清楚。他们看她从广场路那边拐过来，广场路每天都堵得一塌糊涂，但堵车不影响马的骑行，马只用在车头车尾的缝隙里调整一下，就居高临下地昂首挺胸耸着过来了。他们听见马蹄敲击路面的声音，眼早就看傻了。他们什么时候见过骑马的派头，嘴僵在那里，气也不敢出，就这工夫，李回珍双腿一夹，马心领神会，嗖的一下就飞奔过去，直到她单位的楼下，她才吁的一声把马稳住。

　　停马肯定也不是什么问题，机关里有的是安马的地方。就是随随便便往什么地方一拴，也非常保险。就算它有一点点妨碍了

　　　　　　　　　　　　　　飞／翔／的／骡／子

别人，别人打交通110，也拿它没有办法。"抄牌"？它没牌可抄；"拖车"？没有非常熟悉的口令，"马自岿然不动"。有同事因此想到了晚上，问晚上怎么办。晚上照样停在路边呀，难道有谁还想冒犯一下马不成？汽车要是停在路边，担心马上就滋生出来，担心车身被划了，担心玻璃被砸了，担心行李厢被撬了，总之，只要汽车不在身边，担心就无所不在。马根本就不用担心。马是夜游神，马从来不睡，你见过马躺在地上、四脚朝天、盖了被子呼呼大睡吗？没有吧？不睡，人就拿它没办法。就是有人想偷它，也没有下手的机会。不是有句话叫"马屁拍在马蹄上，会被它踢死的"，可见，马蹄子是很厉害的，等于随身带着自卫的武器，看哪个不知好歹的家伙敢"以身试蹄"？

这样一来，李回珍就很自豪啰。不信你问，在温州，在交通工具方面，什么人最神气、最风光、最威风凛凛，甚至最经济、最时髦、最具想象力？那大家肯定会说，就是机关大院里那个女的，那个骑着马，耸着肩，每天嘀嗒嘀嗒上班下班，东走西走的人。

现在，有关马的知识已经深入李回珍内心，她现在和同事们在一起，话题多了，单是说说马，她都可以拿得起放得下。这些她都是从王勃那里学的。

近来，机关里面的话题很多，说话也就等于工作，如果说工作日理万机，还不如说话题贯彻始终，停不下来。有工资幅度、干部住房、双扣牌子、麻将输赢、学驾汽车、党员下乡、效能革命，在李回珍这个部门还多了一个"马"的话题。马不仅影响了李回珍，也影响了她的同事，大家在李回珍的灌输下，也觉得马很好，至少比汽车要好。有句话叫"樱桃好吃树难栽"，这句话后来成了翻造类似话意的母版，搁到汽车上就有"买车容易养车难"等等。汽车有几项费用是逃不掉的，比如养路费、年审费、停车费、汽油费、保险费，光这些费用一年就要一万五，还不包括那些节外生枝的、撞人家和被人家撞的费用。马有什么费用呢？一天到晚就是吃几株草。前段时间温州柑橘泛滥，没有人要，农民摘都懒得摘，有些乡镇急中生智，搞起了"橘园一日游"，十块钱吃饱带足，像这种情况，这匹马就是想换换口味，想吃吃温州的柑橘，也可以承受。就算这是匹娇生惯养的马，它要入乡随俗，要吃温州的海鲜，也没有问题，肯定比养汽车便宜。

就是马的大便稍稍地麻烦一点。同事说。毕竟是在城市，不是在乡下，它不能想拉就拉，一堆一堆摊在路上是不是？过去马粪晒干了还可以当柴，现在煤炉子都成文物了，谁还烧这类东西？除非马粪是中药，相当于"人中黄"，也许还有人要。这确实是个问题，但李回珍在王勃的教导下，根本不会束手无策，早已在心里迎刃而解了。李回珍说，所谓人无完人，马当然也无完马，既然没有完马，我们就要下功夫教嘛。猫狗都可以教起来拉屎撒尿，马这么聪明，就更加可以啦。我们自己也借此机会改变一下一些不良习惯，比如早上赖床、大便没规律等等。

李回珍说，我把它教起来大清早第一件事就是上洗手间，强迫它大便，它如果觉得抽水马桶坐不惯，也可以给它改蹲坑嘛，反正它有的是脚力。养成习惯后，就和人没什么区别了。只要它不是吃多了海鲜，吃坏了肚子，对付一天，应该没有问题。这不仅省了我们的事，它自己也干净利落，它何乐而不为呢？它肯定会配合我们的。

李回珍趁热打铁说，世上无难事，只要肯登攀，还有一个办法更绝。说到"绝"，李回珍忍不住叽叽地笑了起来，声音激动得像拉琴一样。同事都露出了渴望的目光，情不自禁地张着嘴，恨不得把李回珍飞溅出来的唾沫也接了过去。李回珍说，你们知道世界发明史吗？同事一个个面面相觑。李回珍接着说，在世界一百个未被人类接受的发明中，有一个就叫"马产橡胶"，让马吃一些特殊的树叶，经过马的消化系统，拉出来的就是橡胶。这项发明厂房、设备、资金、人员都不用，本低利高，只是效益太差，跟不上需求的速度，最后未被推广开来。但我们可以从中得到启示呀，我们把马的伙食稍稍调整一下，让它吃一些黏性的树叶或草类，那么，它拉出来的就是贴墙纸的胶水了。近来新房装修热火朝天，胶水肯定供不应求，贴墙纸用的、贴地板缝用的、刮屋顶粘灰用的，甚至做家具的工厂贴宝丽板用的，用途非常广泛，特别是我们这种无毒无味的绿色胶水，肯定倍受人们青睐。

　　这样一来，李回珍每天骑马出来就不用为马的大便发愁了，她只须多带几个背心袋，这种袋子叠起来也不占什么位子，关键是要有点小心意识，走着走着，用腿去感受马的肚子，马如果脚步迟缓了，走路犹豫了，那它就是想大便了。有备无患，有背心袋呢，李回珍现在一点也不紧张，甚至抱着积极的态度去迎合它，说句不好听的话，还有点暗暗高兴，说明她这天不仅在路上骑马风光，还有生意上的收获。她要是拎了一大袋东西进机关，同事一定会叽叽喳喳，说她今天赚了外快了，还会缠着她请客。机关里最羡慕的就是那些暗中谋个第二职业的人。是啊，机关的工作再稳定，机关的工资再正常，那也是细水长流，只能小康，不能富裕。人不能只靠一条水养着，要有好几条水灌进来，才能活泛。这样，李回珍从马屁股下接过来的小便，就是胶水；大便，就是胶水的原料；都是财富啊。下班的时候，她就特地去小南门那里拐一拐，反正骑马也方便，小南门是一个装饰材料市场，她把胶水送到那些店里去。一手交货一手拿钱最好，先记账年终再结算也行。

买匹马怎样

同事们听了都目瞪口呆，继而哈哈大笑，说，李回珍，真有你的，你这些办法是从肺里想出来的啊！

　　王勃又在心里筹划着新疆之行了。这么远的路，叫他自己出钱是不可能的，他现在正在怂恿一家报社的老总，是不是搞一次"西部采风"，他也作为成员之一。当然，他的意向很明确，醉翁之意不在酒，在于乌兹别克，在于他的马，李回珍的马。

　　尽管李回珍现在的马仍是虚设，但理想的马早已根植她心，比拥有一匹真正的马还要具体，有了这样的感情，李回珍在马的问题上肯定是非常认真的。当李回珍津津有味地演绎着骑马的时候，有一天，一个问题把她心里的马推翻了，她没有办法去解决这个问题，也怕这个问题给王勃带来伤害，让王勃难堪，他们都沉浸在马的欢乐中，他们不能因马而扫兴，因此，她要等一个好氛围，把问题提出来，与王勃"共勉"。

　　和这个故事刚开始叙述时有点两样，这天晚上，王勃正躺在床上聚精会神地看报，他看得非常专注，就连李回珍宽衣上床，像一张椅子一样紧叠在他的身后，他都没有理会。李回珍知道王勃看的是《温州游报》，这家报纸虽然不大，但题目常常有惊人之举，像"这厮毙了过年""神舟四号上有温州电器""克林顿没饭吃，到温州拍广告"等等，都比较经典。今天有什么新闻呢？李回珍伸过头去，她看到了这样一行字："黎明不再静悄悄，伊拉克战争今天打响"！看来，要想把王勃从战争中拉出来，有点困难。李回珍无趣地自言自语，好像自己在伊拉克有很多商铺似的。

　　这天夜里，李回珍迷迷糊糊地上厕所，在门口被什么绊了一跤。这一跤摔得重摔得远，李回珍索性坐在地上哭起来，边哭边喊，王勃，我们的马死了，我被马绊倒了，马摔了我一跤。王勃被李回珍的哭声唤醒了，云里雾里地打开灯，说，什么马死了马摔了？马呢！？李回珍继续哭诉，就是马死了嘛，马横在我们门口，冷不丁地绊了我一脚，我就骨碌碌地摔到这里来了。王勃认真地看了看，知道李回珍是在梦游中被门口的垫子绊了一跤，就大喝一声，李回珍，你是在做梦吧！你给我醒来看看清楚！李回珍揉了半天眼睛，惺忪地环顾了一下左右，似乎清醒了一些，噢，这么说，我是日有所思夜有所梦啊。虽然还是一句胡话，但李回珍的话说得蹊跷，王勃不得不警觉起来，你刚才说什么？你说马死了？李回珍说，是的，我都急死了，晚上我就想问问你这个问题，马死了怎么办？王勃明显有一个倒吸冷气的动作，他慢慢蹲下身，摸摸李回珍的脸，真的，我们怎么都没有考虑到马死了的问题？李回珍说，听说马是很难养的，你看马那个样子，每天都修饰一新的，说不定比人还要娇贵。王勃说，那是肯定的，你听说过养人需要职称的吗？没有。但是在英国，养马师是有等级的，还有爵士头衔的养马师呢。这时候的李回珍，已完全回过神来，她说，我们想到了汽车的缺点、马的优点，想到了汽车的繁琐、马的简便，还想利用马出风头、做生意。我们的"近忧"都有了，就是没有想到"远虑"。汽车不开了，停在那里还是汽车，即使报废了，还可以顶个牌照。马要是养死了，就什么也没有了。它要是死在山野里，一会儿就剩一堆骨头了；它要是死在大街上，你想想，那一定是非常可怕的场景，谁去处理这样的事情；它要是死在我们家里，就像今天夜里这样绊我们一脚，那怎么办，岂不是更糟糕，这么大一个东西，我们拖都拖不动，要肢解了才能弄出来，我们又不是外科医生，我们会肢解吗？肢解了送哪里去？这完全是王勃腔调的翻版，经过"马"的锻炼，李回珍也变得伶牙俐齿了。

这确实是个严峻的问题。王勃说，是啊，我们怎么会养马呢？我们是坐机关的呀！李回珍担心地说，别人会不会说我们一直都在废话呢？王勃说，废话倒没有什么好怕的，我们平时不都在废话？我们就生活在废话里，关键看我们的废话有没有说出水平，有水平我们就不用怕。李回珍说，但是，马一死我们的废话就站不住脚了。王勃说，那，我们就回到前面的话题上去嘛。李回珍马上接了过去，我们重新买汽车？我跟你说啊，这一回，碰碰车我是不要的啊。就是夏利、捷达我都觉得很塌神气，别人会说我们是"醋碟子里开荤"，说我们是"乞丐过年"，多难听啊。我们买车干什么？不就是为了风光吗？王勃说，是啊是啊，其实，像买车这样的事，本来就应该一步到位，买汽车又不是买衣服，不可能经常换呀是不是？李回珍也说，是啊，起码也得是广州本田和上海别克，不能让别人闲话。

　　现在，王勃和李回珍不再去考虑马的问题。从碰碰车到马，从马到广本、别克，这中间有一个很大的距离，他们不是那种钱多得没处花的人，他们需要有一个长远的计划去筹备，得慢慢来。但他们前面营造的"马环境"仍意境氤氲，马被他们周围的人也活学活用起来，别人把王勃改了姓马，叫他马勃。叫王勃的时候，别人顶多只想起某个古代文人，叫马勃就不同了，别人一般都会微笑一下，然后想到一幅壮观的景象。如果此时马勃正在说话，别人就会说这是"马说"，马说就上了理论高度了。如果他的话还有点味道，被别人记住或引用了，那就成了"马语"了，马语可不得了，是得过诺贝尔奖的。别人还惊讶地发现，李回珍的腿慢慢地罗圈了，特别是她单位的同事，感觉特别明显，他们说，这就是骑马骑的，以前没有的，骑马什么都好，就是会罗圈。有一次，一个来李回珍单位办事的人盯着她看，说，你以前当过兵吗？李回珍一头雾水，我当兵？没有啊，废什么话。一旁的同事忍着笑，一本正经地说，她当过，当的是骑兵，她就是

124　　　　　　　　　　　　　　　　　　飞／翔／的／骡／子

复员安置过来的。那人更狐疑了，说，骑兵很少有女的呀。同事们嘎嘎嘎嘎，倒了好几个。那人当然没想到，现在城市里还有骑马的人。

原载《作家》杂志 2005 年第 5 期

推销员为什么失踪

现在做生意是一定要有手段的。就拿我母亲做的这个行当来说，别看它做的人比较多，做起来也容易，但真正做得好的人是少之又少，大部分都是"空打喊"。空打喊是什么意思呢？换了北京话就是"赚吆喝"。我曾经替母亲做过这方面的调查，十个里面有两个是亏的，有三个是空忙保本的，有三个只混个吃的，剩下的两个才是赚的。赚的那两个还一定得有手段。

手段基本上有两种。一是家里有人吃得住劲，或有件衣穿的，公安、工商、税务，税务还分国税和地税，最差的就是开发区里的保安也行。说我家什么人做什么生意，要厂家给个面子，也不叫厂家吃亏，反正你也要到别处买的，那就买我家什么人的吧，怎么样？厂家这还不给面子吗？不给，除非他自己也不要饭吃了。

还有个手段就是，虽然不是穿什么衣的，但身居某某显赫部门，比如我父亲，在市里文化部门工作，能呼风唤雨，要操作个什么动静，一句话的事情。这手段更厉害，让厂家觉得你有能量，搬得动人。父亲曾经叫报社给母亲做过采访，报纸登了一版，也曾经叫电视台做过专题，访谈了一下。母亲说，后来在市场上出入，背后都有人指着看，扑哧扑哧的。还说，来店里看货的人也突然多了起来，不一定都做成什么生意，但人气旺了。

母亲做的是弹力片生意，弹力片是做鞋的辅助材料，做鞋的主打材料是牛皮和鞋底，但弹力片也很要紧，鞋头鞋跟要挺拔，靠的就是弹力片。所以，弹力片虽然是辅助材料，但也是不可替代的，换了另外的话说就是，竞争同样激烈，甚至残酷。

　　前段时间，市场上突然出现了一种新弹力片，质地又细又韧，还省时省电，也就是说，衬到鞋子里面，烘干的时间短，厂家很喜欢。市场上有新产品，有那么多优点，这是好事。本来，这件事和母亲没关系，桥归桥，路归路，母亲眼红不来，心急也没用，但是它冲击着母亲挂钩的厂家。

　　母亲做的是中档的弹力片，母亲的心比较平，想自己做做中档的已经不错了，够吃够用了，她不贪发展。但现在，母亲危机四伏，前有荆棘，后有追兵。

　　那些厂家见了母亲就说，你有这个吗？这个东西好，我们换做这个。厂家拿着新弹力片的样品给母亲看，确实像油糕一样细，像橡胶一样韧，这不能怪厂家三心二意。母亲摇摇头。

　　厂家又说，我们是老关系了，你若有这个，我们还照样做，我们做生意也不是一天两天了，面子总是有的。母亲密密点头。

　　但是，厂家强调说，你若没有这个，我们就只好对不起啦，我们也要与时俱进，我们总不能面子大于质量是不是？母亲就像束手就擒一样，只好说是是是。

　　那些天，母亲心里就像油煎一样难受。她手里也拿着新弹力片样品，进出于生产弹力片的厂家，进出于使用弹力片的厂家。她焦急地问，你知道这种弹力片是谁做的吗？听者愕然，他们也没有见过这种弹力片。你们知道是谁在推销这种东西吗？问话让使用的厂家也感到茫然，但他们提供了一条有价值的线索，说，是一个生人拿过来的，没多少时间。

　　生人？什么样的生人？不是市场里的生意人？要是市场里的

生意人，母亲闭着眼睛也能数出个大概。看来，这行里杀进来一个生猛的新人了，搅得狼烟四起，惊扰了平静的秩序。

过后的几天，母亲布置的眼线不断地报回信来：这个人专门在夜间出来活动，挑的都是月黑风高的天气……又说，这个人不走厂长路线，专攻下面的车间管理……还说，这个人来去无踪，没根没底，既不办厂，也不开店。也就是说，没有线索能牵扯到这个人，他也和现有的"体系"没什么瓜葛。

这哪是什么推销员，简直是昼伏夜出的特务。这些报信非但没有给母亲减轻压力，反而更乱了母亲的阵脚。

母亲没魂的时候就会拿父亲出气，说，你就看别人裤裆下也不拉一把？这是句本地粗话，在这里，我理解是：关键的时候也不帮她一把。

父亲其实是个没有办法的人，他的工作性质决定了他只会出谋划策，而具体到找人找东西，这不是他的强项。他唯一能做的也就是上上网，找找这东西的出处。依他的思路，无风不起浪，市场上横空出世这么一个东西，推销有动静，使用有过程，不会像飞碟光顾那样悄没声息吧。那时候，父母都没为这件事找过我，怕影响我学习。

父亲上网的水平其实很有限，无非是找找雅虎，顶多再进一下百度，他的手段也很低劣，把"弹力"输进去，跳出几百条信息，再把"片"查一查，查出解释无数，就是没有两者合二为一的、用来做鞋的东西。这样弄了半天，满头大汗的父亲自嘲地说，别的什么更先进的技术我还来不及掌握，到目前为止，我已经尽力了。

但是有一天，母亲蓬头散发地回到家，挂着门框说，我找到了，我终于找到他了！那正是情境浓郁的傍晚时分，天渐渐地暗了，对面的楼群里已逐个掌起了温馨的灯光，父亲已烧好了饭菜，满房间都洋溢着酒店一样的荤香，这会儿，正坐在沙发上等母亲回来。父亲开玩笑说，同志，你辛苦了，我代表组织谢谢你。这是电影里的腔调。

父亲的幽默也影响了母亲，她夸张地疾走几步，样子像失散的战士找到了部队，就差没有瘫倒，给我水，我要水。喝过水之后的母亲稳定住情绪，然后说，他叫张国粮，都是他干的好事，他害得我们好苦啊。

张国粮是谁？近郊农民是也。从名字上看，还是个渴望温饱的农民。这是我的理解。

情况是一点点明朗起来的：张国粮原先种田，嫌劳作辛苦，一心想扔掉锄头。后来开始做钉，农民就这一点好，限制和约束较少，在自己家里放两台机器，就是工厂了，就从农业过渡到工业了。做着做着，又嫌工业肮脏，嫌不太好看，想做商业了，觉得商业有谱，商业精神。具体就是做推销，就是把别人的东西拿过来转手倒卖，赚个中间差。偏偏做的是弹力片，这就威胁到母亲了。

母亲说，农民进城我们不是不欢迎。母亲的意思是：市场是个大熔炉，欢迎一起来炼炼。

父亲毕竟是文化部门出来的，看出了其中的可怕，说，农民想扔掉锄头，就是个危险的信号。农民如果连工业也看不上了，说明身体和思想都解放了，要革命了。

母亲说，我只是怕他一个古怪的说法，就是把生意和养猪相提并论。他说，我就当自己是在养猪，不着急。养猪是什么概念？说白了就是不在乎赚钱，平时不计时间，也不想回报，细水长流，到时候有几斤肉就可以了。有这样的想法和心理，我们的生意还做得过他的？

推销员为什么失踪　　　　　　　　　　　　　129

没有张国粮的时候，母亲的生活是很有规律的。她一般七点半起床，吃好父亲烧的早饭，碗筷往桌上一推，说声走了啊，就笃笃地出门了。这时候，父亲总会站在窗前，看母亲从楼下的花径里走过，看她走入斜对面的车库，然后等着，听汽车发动引擎的声音，听汽车倒车的声音，听汽车的轮胎有力地咬着锯齿形坡度上来的声音，等汽车哗啦啦地钻出车库，父亲会说，应该打一下转向灯，然后，微笑着看母亲的小车朝小区门口驶去。

没有张国粮的时候，母亲的生意也很有秩序。每天上午，她先是在店里停留一下，扫一扫并无垃圾的地，擦一擦干净的桌子，然后，在十点左右的光景打电话约人，厂长在呀，那我过去了啊。一切都是那样地优雅而放松。她从来没有仓促地去见一个厂家，碰不着人又尴尬地回来，那样她会觉得很狼狈。她要的是一份从容和沉稳。

母亲就为数不多的几套衣服，不好，但非常得体，她很有计划地穿着，穿出了一种新鲜。厂家经常会发出这样的感叹，你怎么每天一个样子啊。母亲觉得，这时候的衣着，不仅仅是一个装束，而是她作为城里人的品质、修养、公信度。

在我们家还不很富裕的时候，父亲去贷款买了辆车，不好不坏的"广本"。车是专门为母亲买的，有了车，母亲又多了一分微妙的感觉。她开着车去那些厂家，沙沙沙的，还没等她在门口轻按喇叭，传达室的门，就像自动似的，悄没声息地开了。

不仅仅是传达室，母亲觉得那些厂长也是这样，他们对车有笑脸，对车有好感。确实，对于一个生意人来说，车是生意稳定的象征，是生意做得好的象征，是有足够的收入养足够的开销的象征。因此，很多的时候，母亲觉得，那些厂长是冲着她的车和她谈生意的。

前面说张国粮像"特务"一样，我们是完全可以想象的。

白天，张国粮的拖拉机不能上路，像一堆废铁。午夜过后，他的拖拉机才渐渐地有了生命，可以爬出来了。

这时候的开发区，喧闹了一天的厂房都已疲惫；宽敞的马路也像水洗了一样冷清；入口处的"鹰眼"，自动跳了闸，瞎了；困顿的保安也开始哈欠连天，到处找睡。这时候，如果有一辆拖拉机冒着黑烟，蓬蓬蓬地匍匐蜗行，那就是张国粮，他躲过检查，趁着夜深人静，送货来了。

送完货的张国粮并不急着回家，他躺在拖拉机里，以臂枕头，仰望星空。天是那么地冷，风是那么地紧，我们想象着，就算张国粮是在休息，他也是辛苦的、不安的，因为他还有重要的任务还没完成。

凌晨，那些加班加点的车间才会真正停歇下来，那些管理累了一天了，这会儿才放风一样出来，伸腰，撒尿。黑暗里，张国粮不失时机地迎了上去，他要请这些管理喝酒。

他把他们带到过境路上，那里有各式各样的排档帐篷，样子很诱人，他们迫不及待地钻了进去，烫黄酒，吃海鲜。这些农村来的车间管理啊，在家时都是有一餐没一顿的，到了我们这里才刚刚学会了三餐的习惯，是张国粮又让他们养起了宵夜的毛病。他们很愿意做享受的俘虏。他们吃了张国粮的夜宵，屁股就坐到张国粮那边去了，他们异口同声地诋毁母亲的东西，众口一词地说张国粮的东西好。生产要紧，质量是第一位的，耳软的厂长就会考虑，是不是先把母亲的东西缓一缓、放一放？

现在我们知道了，张国粮不是在光明磊落地做生意，而是在暗中使劲，在小处上下功夫。他综合了农民的狡猾和吃苦精神，很好地运用在新时期的生意实践中，程度比母亲厉害，但手段确实有点龌龊。

还是父亲有思路，他说，以身份的代价去赢得市场是不合算的。他主张不要与张国粮正面交锋。应该曲径通幽，追根溯源，从张国粮的新弹力片入手，打蛇打七寸，只要找到那东西的出处，凭我们的智慧，生意还怕做不过张国粮？父亲说的智慧，包括母亲的市场形象，以及他可以影响别人的手段。不过，父亲也说，《红灯记》里有一句话，一个共产党员藏起来的东西，就是一万个人也找不到的。换一个句式就是，一个聪明的农民搞到的东西，肯定也是非常难找的。

这次，父亲把任务交给了我。我现在在学校读大三，理解这些应该没什么问题。弹力片的原理主要是：棉花布是主体，热熔胶是化学反应，快速成型是它的效果。而弹力片是我们市场的习惯土话。我就把"棉花布快速热熔胶"输进电脑，立刻有信息跳了出来——这东西产于广西，发明于日本，原来是用来做箱包的，现在有人用于做鞋。广西的经济不很活跃，广西的劳动力也很便宜，所以它占尽了成本和质地上的优势，一来就把母亲的东西打倒了。

做箱包和做鞋是什么样的一个概念？父亲打比喻说，一个是广西的北海，一个是我们这里的东海，不可同日而语，北海充其量是个内湖，而东海，那可是汪洋大海啊。

方向有了，接下来就是父母去广西攻关了。

父亲操作这类事是驾轻就熟的。他给自己安排了两天年休，再匀上一个双休日，这样就有了四天时间，别说是去会一个企业老板，就是去会一下自治区主席也绰绰有余了。关键是父亲利用职权和我们驻广西的商会接上了头，商会也愿意拉文化部门这个关系，在电话里就领导领导地叫开了。由他们出面接待，等于走了好多捷径。

我们这里去广西有一趟火车，隔天一班，是夕发朝至的，车次设计得非常合理，这一路都是大山和隧道，没什么好看的风景，上车睡觉是再好不过的安排了。

父亲上车后发了一会儿短信，短信是发给我的："我们在外面你要自己照顾好自己噢。"又说："注意学习噢，你看，这次就是你的知识派上用场了。"又发了一条："你妈太上心，太沉重，我怕她垮了。"后来又发了一条："你有空给你妈灌输些思想，比如，人生一世，草木一秋；比如，生意诚可贵，生活价更高。"前面那两条我都回了"嗯嗯"，后面的最后一句，我觉得父亲有所指，就回了"你是不是和母亲不和谐？"，我说的是他们的"私生活"。母亲牵挂着生意，有些事肯定会疏忽的，甚至是荒废的。这一次父亲没有回，等了半天还没有回，他大概是不想说得太细，或者是睡着了。

母亲睡不着，她一路听着火车铿锵有力的声音，一会儿过桥了，一会儿进隧道了，车厢里有灯光照进的时候，母亲知道，是一个小站到了。她就这样一路听过去，一路判断过去，倒也不觉得累。

有一阵，母亲突然慌得很，就推了推熟睡的父亲，说，你那边应该都安排好了吧？母亲放不下这件事。父亲惊醒过来，但神魂还在梦里，嘴巴莫名其妙地张着，盯着车厢顶看了半天，才说，噢，没问题，等会儿你就知道了。

到了广西，母亲才知道，父亲的胸有成竹是有道理的。来接站的就是我们在当地的商会会长，这个五十多岁的男人还带了一个可人的小姑娘，是个大学生。父亲小声地对母亲说，名义上是秘书，实际是小老婆，你看，弄得像真的一样。不知为什么，母亲并没有觉得反感，反而从他们的做派中看到了会长的能量和魄力。

商会在当地俨然一个小政府，这个小政府给当地带来了市场，带来了活力，带来了就业指标，带来了三产的发展，因此，商会要宴请父母的时候，当地的一位副市长也积极要求作陪。他们把父亲当作巡视的领导，把母亲当作投资的大老板，毕恭毕敬的，这个架势，也影响了同时请来的做弹力片的厂长，把他吓得不轻，拼命说，是会长的领导，那也是我的领导。一句话，心意和倾向都在里面了。

有副市长在，母亲提要求的口气也大了。酒过三巡，脸耳开始发热，借着这个劲，母亲对那个厂长说，我一个月给你做一百万，你把张国粮断了怎么样？厂长只顾笑着，含糊地说了一句戏剧里的话，手心手背都是肉。又说，我有张国粮，还只是一只手，现在我有了你，等于有了左右手。父亲装作劝解母亲，大度地说，断的事以后再说吧。父亲的话外音是：到时候我们把张国粮灭了让你看看！

事情办得异常顺利，父亲想把多出的几天玩掉，会长和厂长也都做了安排，桂林的漓江，南宁的溶洞，柳州的柳公祠，北海就不用说了……但母亲的兴奋使她想快快赶回家。

在回来的火车上，父母买的是"软卧"，广西到我们这里的人不多，软卧更是像专列一样，一车厢就父母两个人。也许是环境的诱发，也许是高兴的驱使，父亲突然想起了做爱，他已经有好长时间没有做爱了，今天真是天时地利人和。他站起来关上门，还吧嗒一下把门锁拧上。母亲猜出了父亲的心思，惊诧地看着他，说，在这里？你昏了头了！父亲嘿嘿笑着，说了句只有母亲才能听懂的话。母亲又说，躺在被窝里不觉得冷，你倒是心宽。

这话，算是拒绝了。

母亲的话里有责备的意思。父亲是安乐的，而母亲是劳碌和辛苦的。要是在家里，这样的时候，父亲就会怏怏地来到客厅，抽一支烟，有时候抽两支，让自己的尴尬在烟雾里慢慢消解。但现在是在车厢，父亲只能待在里面，他一声不响地表示着自己的生气，无奈地和母亲一起，听火车咣当咣当的声音，看窗外的一切在黑暗里退去。

从广西回来的母亲明显底气足了。在这个行当里，母亲具备了许多优势，她作为城里人的自信，她拥有众多的供货厂家，现在又有了新弹力片，就像一个会武功的人再插起了双枪，连脚指头都威风凛凛了。

现在，她见了那些厂长会说，我把你做的东西换掉怎样？我现在有个好东西，换了，你的鞋就会再提高一个品质。过了一段时间，母亲又会对厂长说，我又有个新东西了，东西绝对好，但价格会稍稍地高一点点，这种东西不多，我先拿给你试试。母亲的话很诚恳，即便是有一点点涨价的嫌疑，也早就被她的诚恳掩盖了。

厂长们听了都非常舒服，觉得母亲看得起他，好东西先介绍给他，给他留着，不会把一些烂货便宜货推销给他。企业到了想吃便宜货的时候，这个企业也开始往下垮了。

这是母亲的诀窍，话往高里说，往好里说，她要让厂家觉得她是做品牌的，不仅在信誉上有品牌，东西上也有品牌，她的东西一分钱一分货，从不掉价。不像张国粮那种短命的做法，人家给你多少，我再打个折给你，这不是做生意，这是搬起石头砸自己的脚，自己掐自己的脖子。

一切都在悄没声息中进行。母亲有她的如意算盘，她手头有自己的五十个厂家，她先把他们做好，夯实自己的基础再说。为此，她还更换了自己的运货车，把原来那种敞篷的小四轮换成了厢式的东风小霸王，这个感觉好，就像运海关货物，像运集装箱，她的东西就这样隐蔽地源源不断地运往她的厂家。

她这种隐蔽的做法主要是想麻痹张国粮，让他以为只有他有这种东西，以为自己是独家，让他在得意中松懈，在满足中高枕，我们已经找到了"聪明农民找到的东西"，等他醒来，母亲的播种已经完成，早就遍地开花了，那时候，他就哭吧。

那个张国粮，据我所知，他其实也没有松懈。他不知道自己在这个市场上占了多少份额，应该占多少份额，多少份额才是他力所能及的程度。他不会算，也不去算。他只知道做生意就是不择手段，就是不断地扩张，初涉生意的亢奋让他像日本侵略者一样到处扫荡。

为了能跟得上自己的节奏，张国粮也把自己的拖拉机换了，换成载货量大的农用车，就是三只轮的、开起来震天响的那种。不是我们笑他，这种农用车除了有个车样子之外，其实还是拖拉机的本质，说得难听点，它连自身的平衡都成问题。有一次张国粮心狠，东西装多了，它就像马嘶一样前脚打跳，把驾驶室里的张国粮摔了个狗吃屎。还有一次，它右边的一个轮胎爆了，整个车顷刻侧翻，差点没把一旁的张国粮压死。只是，这种车还是不能走白天，所以，张国粮虽然有了一点点进步，但还是做着偷偷摸摸的勾当。

张国粮走的是基层，母亲走的是高层，高层有决策权，但也架不住基层造反。他照样在深夜里出来活动，请那些外地管理宵夜。现在，张国粮的夜宵也在不断地花样翻新，他现在请他们洗脚。其实，他们那些脚，洗和不洗有什么两样呢？但他们愿意尝试。

我们这个地方的人有个特征，就像资料上说的"龙的传人的眼睑是不一样的"，我们这里的人脚小，男的很少有超过四十的，女的一般也在三十六码以内，因此，我们这里的洗脚屋盆小。那些管理从小到大在田园里奔走，他们的脚又粗又大，又大又硬。但他们说，泡泡就会软的，泡泡也挺舒服的。他们的大脚往脚盆里一放，药水就漫出来跑地，这样，他们一次只能泡一只脚，而另一只脚要在外面等一等，这样看上去就很别扭，好像他们不是在洗脚，而是在疗伤。

就是"疗伤"也要洗，这不是效果的问题，而是待遇的问题。张国粮给他们待遇高，也许以后还会高，请他们异性按摩，捉一只廉价的鸡给他们吃吃。我们很快发现，母亲手下的一些厂家已渐渐倒戈，被张国粮蚕食了。

听说张国粮还在钻研会计业务，他对母亲的库存感兴趣。他从广西方面了解母亲的进货情况，从管理那里结算出母亲的销售情况，母亲的仓库就好像张国粮自己的仓库，一点点风吹草动都在他的掌控之中。当母亲的东西接济不上，当广西方面的货还在途中，当厂家的需求频频告急，张国粮就会像牛皮糖一样黏上那些厂家，恬不知耻地说，你不是急需这些东西吗？我有。这些厂家，正急得团团转，正嗷嗷地等米下锅，你叫他们怎么办，肯定都是"有奶便是娘"的。

生意人有好多种，为什么做生意也不尽相同。像母亲，她是下岗了走投无路才做的生意，从生意初始就身负压力，生活的压力，经济的压力，所以她会心急，她经不起时间的煎熬。她的目的是赚钱，而不是热身。

张国粮不一样，他做生意是为了改变身份，他的起点本来就低，又有农民的底线稳定着身心，所以，他的出发点就不同，除了学习生意，他的任务是进入圈内，赚钱不是他的当务之急。

就像我们地方上的一句话，好汉怕赖汉。母亲显然是条好汉，她端着架子，循规蹈矩；而张国粮无疑是条赖汉，没有框框，天不怕地不怕。

坐以待毙肯定是不行的，母亲想尝试一下斗争。她首先选择的是"文斗"。

文斗就是打广告，打广告就得用钱，母亲不相信，用钱压不垮张国粮。

广告是父亲帮助策划的，口号要叫得响，语句要动听，把自己的身价和规模亮出来，告诉厂家我是"市场第一"。关键是在报纸上持续，这证明了我们的实力。为此，父亲发短信给报社的头儿，开了门地说，我老婆要打广告，请酌情照顾。

酌情是父亲客气，要的还是照顾，报纸就给了他很大的意思意思，比如名片大那么一块，给别人一千，给母亲三百，母亲想都没想，说，打一个月再说。她要把开发区炸得家喻户晓。

张国粮也学着母亲打广告，不过，他打在协会的"资讯"上，语句也写得土头土脑，什么好消息、大削价，等等。母亲不屑地笑笑。

这些资讯母亲最清楚了，在上面打广告的都是些小打小闹的厂家，报纸舍不得打，在资讯上过过瘾，和自慰差不多。这种免费的资讯像苍蝇一样在开发区乱飞，飞得到处都是，越是这样，人家越瞧不起它。而我们家、母亲店里、仓库里，大家都知道这些资讯的用处，只要它飞进来，要么把它当垃圾扫地出门，要么当场把它裁了，折成纸盒，当吃饭的"骨盘"用！

说起吃饭，父母都吃得不如意，都是为了张国粮。等不到一起，就吃不到一块去；等得晚了，吃得就冷冷冰冰。看着母亲味同嚼蜡的样子，父亲心疼了，说，你不和他一般见识不行吗？你就是少做一个厂家又怎么样？母亲潸然泪下，说，你气死我了！

许多来过我家的人都说，我们家有一股鞋味，鞋味挥洒不去，又浓郁又顽固。他们开玩笑说，卖鱼人家里有腥味还马马虎虎，你们家有鞋味没有道理啊。我知道这是母亲的杰作。曾经有个厂家积压了几千双鞋子，愁得满头白发。母亲想拉他的关系，就谎称有亲戚在俄罗斯开店，狠了狠心，统吃了他的鞋子。厂家像死里获救一样，和母亲结下了友谊，但我们家却多了几千双鞋子。这些鞋子被母亲运回家，锁进了父亲的书房里。这是秘密，一般不说，说起来有点泄气。

父亲也曾经帮过一个大忙，这些忙又转换成厂家的情谊，落到了母亲头上。事情是这样的，一个厂家的保险箱被贼撬了，厂家去报了警，渴望尽快破案。不知从什么时候开始，公安有了这样一个规定，除打击犯罪外，对没有做好防范措施的单位也要进行处罚。这话听起来有点别扭，但道理是对的。为什么这类案件屡屡发生？为什么犯罪分子能轻易得手？就是因为你们脑子里没有警钟长鸣，没有防范意识，又没有必要的保障，才导致这样。那段时间，正是抓典型抓落实的风头，这个厂家就被列为典型进行试点。整改、培训、罚款、验收，厂家头都大了，后悔报警了，他们的生产也停了起来。母亲把这个消息带回家，问父亲能不能帮忙。父亲说，你再等几天看看，等他们忍无可忍了，想跳楼自杀了，问你公安有没有熟人时，你再见机行事。父亲这样说了，母亲就知道有把握，就去把厂家的要求应了下来。后来，父亲找了他的县处班同学，那是个公安分局长，就说这失窃的厂家是自己的亲戚，叫他们睁只眼闭只眼算了，不处理算了，不当典型算了。一句话，就当没报警行不？自认倒霉行不？保险箱白撬了行不？有父亲的面子，这当然行啦。厂家感激母亲的帮忙，对母亲说，你以后有什么东西就尽管送过来好了。母亲高兴得哎哎哎。

这就是母亲和厂家的关系，字字血声声泪，都有一本血泪账。

寒假的时候，我每天待在母亲店里，这是父亲的命令，他让我帮母亲做点事，比如，汇总一下库存，到工商交涉一些事情，去银行办理承兑汇票，倒不是说母亲店里人手不够，而主要是陪母亲说说话，让母亲身心放松开来。

有一天在店里，见母亲站在远处与一位青年说话。母亲是那样地精致，而青年则有点邋遢，他的头发又乱又长，身上是看似很重的"牛仔"，具体长什么样看不清。这是非常和谐的一幕，精致与邋遢，年长与年轻，女性与男性，在市场纷乱的背景里，他们这样站着就很生动。他们的身边车来车往，有车来，他们就让一让，偶尔也有人走到他们面前，也许是熟人，他们会点头致意一下。他们在说着什么我听不见，但他们身后经常会响起点心吆喝的声音、汽车喇叭的声音，这也很和谐，是交响的和谐。母亲和青年说得很投入，他们有说有笑，有严肃也有松弛，有停顿也有延续，身边的这些嘈杂没有影响他们，他们顾自继续着说话。有几次，母亲的手机进来了电话，母亲侧着身接听，身旁的青年在一边等，他们这样的造型也很和谐，动与静的和谐，动作与声音的和谐，身形与站位的和谐。他们在说着什么？有这么多的话说？好像这个市场就是他们说话的地方……

　　后来，母亲回到店里，我问母亲这人是谁，母亲说，这就是张国粮。就是这个人啊！你跟他说什么呢？母亲说，我告诉他某某厂是我做的，生意不能抢，这是规矩，就好像朋友的妻不能欺一样。我跟他说市场的秩序，说秩序不能乱，乱了谁都不好做，稳定了大家才有饭吃。

　　我看看母亲，觉得母亲真伟大。她有市场观念，她追求生意的和谐，她不喜欢在血雨腥风中去拼得一分商机，那不是她的理想。她一定也看到了张国粮的辛苦，同时也看到了他的勤奋，她一定是欣赏他的意志，把他当个"对手"，才给他一个面子，和他客气地说话。

　　但是我也发现，母亲在说起张国粮的时候神色有拘谨，眼里有惊恐。母亲说，她心里没有底，她和他说不清道理，她不知道张国粮会做出什么。

张国粮并不把母亲的忠告放在眼里。他从农村来，他是近郊农民，他自由散漫惯了，他不喜欢约束，他视秩序和规矩如粪土。这段时间，他心火正旺，热血沸腾，夜里拼命地送货，白天还出来踩点，他的破坏非但没有收敛，反而在不断地升级。

现在，张国粮像个特务一样盯梢在母亲的仓库门口，他知道，只要盯住了母亲的仓库，母亲的厂家就等于一览无余，他就可以各个击破。反正盯梢也不用什么本事，农民出身的张国粮完全可以自学成才。没有盯梢跟踪的工具怎么办？这也难不倒张国粮，他早就准备好了，他消费不起"的士"，但"摩的"他还是坐得起的。这会儿，被他雇来的摩的就停在他的身边，甚至已发动了引擎，蓄势待发。他在等母亲仓库的动静。仓库的货车开出来，张国粮就像听到了发令枪，也马上会随之亢奋起来。他跨上摩的，像电影里演的那样，对摩的下达命令：前面那辆车，保持距离，跟着它……

这场"战争"母亲打得很吃力，因为与她较量的不是"黄埔"出来的校友，就像正规军碰上了游击队，他们不是力量和装备上的较量，而是意识形态和思维逻辑上的较量。

现在好了，母亲想通了，她不想忍了，她觉得自己已经仁至义尽，她要"先礼后兵"，要"教育"一下看看。

教育分两个层面，一是深入灵魂，二就是触及皮肤，一般认为，触及皮肤是最直接的，也是最为有效的。

有一点可以肯定，母亲说的"先礼"不是礼节的礼、礼貌的礼、礼仪的礼，更不是礼品的礼。当然，这些"礼"母亲是一直在奉行的，并始终贯穿在自己的生意中。但这些礼对张国粮没有用。母亲说的"先礼后兵"实际上就是"先轻后重"。"轻"，就是教训他一顿。

推销员为什么失踪

现在母亲清楚了，为什么张国粮不开店？为什么张国粮不租仓库？他就是怕有人找他，就是怕挨揍。他在乡下多好啊，狡兔三窟，如鱼得水，乡下就是他的根据地，到处都是他们的人，他就像游击队一样神出鬼没，母亲就是想找他算账，想揍他，总不能跑到乡下去找他吧，跑去也找不到。但这件事母亲上心了，张国粮就难逃"法网"了。

那些天，母亲派出的"杀手"一直在开发区里巡逻。月黑风高夜，杀手们夜行打扮，黑衣皂靴，青纱蒙面。第一次没找到，张国粮也许窝在乡下没出来。第二次也扑了空，张国粮送完东西凯旋了。第三次，杀手们在一个厂家门口发现了农用车，这是张国粮的标志性装备，杀手就猫在农用车旁边等。其间，杀手轮流去买了一些点心，轮流去撒了一泡尿。后来张国粮出来了，蒙头蒙脑的，杀手就一哄而上，拳脚淋雨一样下来。打得张国粮抱头鼠窜，鬼哭狼嚎，老大，你们为什么打我啊？我有什么地方做错了啊？我有错你们可以告诉我啊，我会改的啊！这就是我们说的"赖汉"，赖皮赖脸的赖汉，死猪不怕烫的赖汉，一打就求饶，一打就露出一副可怜相，这样的人，打根本就起不了作用。

对于打，父亲不是很赞成。父亲有时候会心生恻隐，说，他也只能这样，你叫他光明正大地做生意，在你的地盘里，他做得过你们城里人吗？母亲就是这样气父亲，说，白白在机关待傻了，待得是非分不清了！

母亲后来又给了张国粮一次机会。她请来了广西上家。他们同为上家的左右手，左右手不能自己把自己的手砍了是不是？但这只手能不能砍，她得听听主人的意见。

她请上家到自己的店里看看，到仓库里看看。这段时间，母亲努力地推销，做下了辉煌的业绩，有些是靠过去的友谊延续下来的局面，有些则是在张国粮的逼迫下，拳打脚踢新发展起来

飞／翔／的／骡／子

的，总之，母亲的家底谷满屯粮满仓，一派兴旺富足的景象。

母亲在燕风楼摆下酒席，一方面是为广西的上家接风，另一方面也是请张国粮，她要上家主持公道，做个见证，把她和张国粮的事情处理好。上家说，你们这有点像板门店谈判。母亲说，不是。板门店是停战谈判，我们还没到"敌我"的性质，我们是行业内部调解，或者叫协商。协商的目的只有一个，是维持秩序，不要恶意突破，更不要抢占，不是为了谁称雄谁要灭。当然，新的资源，各人可以凭能力共享。

但是，张国粮那天没有来，他甚至拒绝母亲的提议，他想一头黑到底，谁的面子也不吃。他还给广西上家打来电话，说了一句没头没脑的话——命长做得了皇帝！上家一头雾水，狐疑地问母亲，他这话什么意思？母亲说，我怎么知道他什么意思，他本来就是一本天书，一般人读不懂。

对于张国粮，上家是无奈的。对于母亲，上家也爱莫能助。为什么这么说呢，农民张国粮，这段时间的打拼还是卓有成效的，他已经占据了这里市场的一小半份额，上家抱歉地说，这只手，他剁不下来。

母亲当然知道张国粮那句话的意思，她只是不愿意在上家面前说起罢了。这是对母亲的宣战，是在向母亲挑衅。母亲今年也有四十五六岁了，张国粮才二十七八，他占着年轻的优势，占着体力和精力的资本，他要跟母亲耗，市场是年轻人的天下，他的意思是"看谁能耗得过谁"，他在等母亲自行淘汰，他是最终的市场皇帝。母亲愤怒了。张国粮可以不懂规矩，可以不守秩序，但他不能没有大小，不能没有礼貌！

现在，母亲真的要"后兵"了。前面说的"轻"，母亲是煞费苦心的，从轻、轻柔、轻松、轻描淡写、能轻则轻，只触及皮肤，不深入灵魂。但张国粮不吃母亲的"轻"，母亲就只好"后兵"了。兵反倒不是动武，不是兵戎、兵谏、兵临城下、刀兵相见，而是"先轻后重"的"重"，与轻正相反，是严重、沉重、出重拳、施重典。当然也和兵有关，是兵法的兵，兵不厌诈的兵。

要把一个同行变成敌人也是痛苦的。母亲找到了一个朋友，这个人可以利用。

这件事梳理起来有点困难。

有一天母亲找到张国粮，说什么型号的东西接济不上，要在他那儿先进点货。

张国粮很高兴，他看到的是母亲在挣扎之后的妥协，他接受母亲的示好。他在心里说，投降吧，缴枪不杀。

母亲进了一些货之后向张国粮提出了要降低进价的要求，这合情合理。母亲不是厂家，母亲是转手，还要点利润是不是？

张国粮同意了，他得意地说，你就当我的二道贩吧。他开给母亲的收据是每件两百元。

母亲想到的那个朋友叫龙海生，名义上是"飞阿达"的老总，暗地里大家知道他的社会兼职，叫他"黑社会军师"。母亲和他的生意始于他初涉鞋业的时候，他老是来母亲店里拿东西，老是赊账。母亲起先很难受，父亲开导说，你就当花钱买一个朋友嘛。现在龙海生当然是财大气粗了，他也念母亲的情，他的生意，母亲都是一个电话的，根本不用费什么口舌。

龙海生说话很随便，他说，他就喜欢母亲那种矜持素面的样子，好像随时都准备宁死不屈似的。母亲也是的，对别人笑得很亲和，对龙海生却确实有点冷，保持着一定的距离，不知为什么。有一次龙海生对母亲说，我和你都做了这么多生意了，就没看见你真心地笑过一次，都是些职业的微笑，皮笑肉不笑。当时母亲正押了一车东西到他厂里，听他这么一说，转身就把东西拉

144

了回来。母亲的意思是，生意是正常的社会供需，大家都是靠资源生存着，不存在谁乞讨谁恩赐。父亲开玩笑说，他这种人就那样，他要是想睡个谁，还不是问一个肯一个，他是欣赏你的气质，他没有花你的意思。

那些天，母亲故意不给"飞阿达"送货，龙海生催，她就说没有，库存就缺这个型号，广西那边也是"十八个捣臼还在岩里"。母亲有意把"飞阿达"让开一条缝。这是母亲腌下的一块咸肉，故意把它腌臭了，无孔不入的张国粮果然像苍蝇一样叮了上去。

张国粮兴奋地把东西送到了"飞阿达"，而且是源源不断的。其间，他去结了一次账，他开给龙海生的价格是每件两百六。这时候，母亲把那张每件两百元的收据送给了龙海生。这张收据表明，张国粮心狠，他欺到龙海生头上去了，打倒了人还咬去了睾丸。龙海生看着收据，咬牙切齿地说，这狗生的，他饭不要吃了。

张国粮再次去龙海生那里的时候，龙海生就没有好脸色了。他待人接客有好几种形式，一般做生意的，就坐在沙发上；他喜欢的人，像我母亲，他就请到办公桌前的软椅里；还有就是站着，三言两语打发走；还有就是放狗咬他。龙海生让张国粮站着，他要看看张国粮的表现。

张国粮站着还在抖脚，他不计较站着还是坐着。在他心里，送货结账是天经地义的事。但他不知道，在龙海生这里，惹火了不给钱也是天经地义的事。

两个人像上次那样谈到了价格。龙海生之所以还和他谈，是想让他诚实一点，编出个中听顺耳的理由，小孩子毕竟不懂事。但张国粮显然辜负了龙海生，他还把话往大里说。他说，给你的价格是最便宜了，给别人都是两百八，给你和给开店的一个价，都放到底了，放得血流满地。龙海生失望地叹口气，看看压在记事板上的母亲的那张收据。

龙海生说，你在蒙我，你把我当傻瓜了，你让我在同行面前出丑了，你把我的神气塌大了。龙海生的声音嗡嗡的，像阴天天边滚动的闷雷。

龙海生说，我告诉你，叔叔很生气，后果很严重。

龙海生又说，你现在不用问我要钱，你问问我门口的柱子肯不肯。

张国粮莫名其妙，我问柱子干吗？柱子关我什么事？说是这样说，但他的脚已经站不稳了，心也突然慌乱起来，他似乎看到了自己连本带利泡汤的前景。

"飞阿达"的门口有两根柱子，一高一矮，用花岗岩砌的，有三人抱那么粗。不知道的人会觉得这两根柱子破坏了大门的整体形象，但圈内人知道，这是一种特殊的象征，表明这家厂是黑道开的。这些人过去都曾叱咤风云，在社会上说一不二，脑袋系在裤腰上，大刀插在背脊上，是"打出少林的和尚"。现在他们年纪大了，收心养性了，办一个厂给自己玩玩，养养老，但他们的威风还在，尊严尚存，哪容得张国粮这些小孩胡作非为。

张国粮当然不知道柱子的典故。他后来还心怀侥幸，三八廿八，又跑了几趟"飞阿达"，想要回他的货款，但到了门口都被里面的狼狗给镇住了。狼狗吐着长长的舌头，舌头血红血红的，冒着热气，狼狗的喉咙在酝酿着咆哮，在积蓄着力量，好像马上会扑上来，也好像在说，张国粮，你给我滚远点，你要是再让我看见，见一次咬你一次！

父亲心底里是支持母亲的。在亲情面前，认识是可以打折扣的，是非也是可以打折扣的。现在，父亲也把张国粮的事提到了斗争的高度。他说，不守规矩，不懂礼貌，敬酒不吃，说和也不干，他还想做什么？他这是自绝于人民啊。父亲还说，由此看来，张国粮是个喜欢斗争的人，尤其喜欢和母亲斗，那我们肯定要同心协力地和他斗。很多人是喜欢斗争哲学的，比如希特勒，比如萨达姆，这没有办法，斗争的血在他们血管里流着，但这些人的结局都不好。我们被他立为了对立面，也是注定要和他斗的，不斗不解决问题。

但张国粮也是要正确看待他的，这个我们要实事求是。有张国粮，我们才知道市场还有空间；有张国粮，市场才不会死气沉沉；有张国粮，才暴露了母亲生意上的一些不足；有张国粮，母亲才有了对手，从某种意义上说，才更有意义，才会有进步。

现在，我们都摩拳擦掌，严阵以待，期待着张国粮出现破绽，我们好迅速歼灭他。

一天，父亲在吃饭时突然兴奋地欢呼起来，说，天助我也，天助我也。我们都纳闷不解，难道这饭桌上还有什么"战机"？原来，父亲在吃饭吐垃圾时发现了"骨盘"里的秘密。就是市场里到处乱飞的"资讯"，那上面有一则张国粮的新广告——张氏辅料厂，投巨资引进德国设备，生产红灯牌鞋用弹力片，真棉材料，化学配制，现代化科技加工……

红灯牌就是广西上家的注册商标，还是个驰名产品。

父亲哈哈大笑，说，他这牛吹大了。

母亲说，还说自己投巨资引进设备，他说自己是中外合资多好。

父亲说，吹牛也要有常识的，德国怎么会做制鞋设备呢？做海得堡印刷设备还差不多。

母亲说，他本事还不小，还不做一般的东西，专做名牌产品。

父亲说，这就是他致命的地方，做生意也得有素质和文化啊。

母亲说，我们现在怎么做？

推销员为什么失踪　　　　　　　　　　　　　　147

父亲狡黠地说，我们现在什么都不用做。

父亲说的"什么都不做"指的是不用"大动干戈"，他只是叫母亲到市场去再收集一些"张国粮的资讯"过来，他把这些东西装上信封贴上邮票，写上广西上家的地址，寄了出去。而我，则把资讯扫描下来，做成邮件，发到广西上家的网址上。这不用匿名，当然也不是实名，也不算举报，这是我们一家三口出于公心，真实地反映情况。

接下来的事情非常简单，不是我说得简单，而是事实本身就这么简单。据说，张国粮一天就接到好几个上家的电话，他还不知道，以为是上家和他亲近，实际上是上家在取证，说不定还在电话里录了音。后来，上家就直截了当地告诉张国粮，他们已经起诉，法院也启动了司法程序，过几天传票就会到他手里了。

他们说，他们这个产品是国家扶持项目，创这个品牌花了他们几代人的心血，张国粮现在在侵权，在扰乱视听，他们将向他进行巨额索赔。

张国粮本来就被龙海生黑得伤了元气，现在又有法律在追打他。法律是什么？法律可不是市场秩序，不是生意规则，不是人际关系，法律是陌生、你想不到的东西，法律是石头，你撞不过它，它可以砸死你，所以张国粮很害怕，他选择了逃跑。

曾经有人说，父母这样的搭配是最合理的，一个公务员，一个做生意，一个立志，一个安邦。以前母亲总说，父亲只适合于纸上谈兵，其实，他要是冲锋陷阵了，也是很威猛的。

说话间，母亲也有很长时间没看见张国粮了，按母亲的话说，就像虱子烫了一样舒服。她从来没有像现在这样踏实，在市场踏实，去厂家踏实，自己开车踏实，送货出去踏实，店里踏实，仓库里踏实，她只需按照自己的意图去安排生意，不用再担心有人惦记她、盯梢她、算计她。

母亲最终是胜利者，其实，前面一段时间，母亲也只是在一些小小的战役上受了一点挫，从大的战略上讲，张国粮是注定要失败的。张国粮是什么？一个农村刚进城的愣头青，他还真以为自己天不怕地不怕呢，他不知道自己面对的是一个什么样的对手——勤劳勇敢的母亲，有能耐的父亲，也算半个知识分子的我，还有母亲后面强大的社会关系，我们不和他计较也就算了，我们要联起手来，就像那句话说的：再狡猾的什么也斗不过我们这样的好猎手。

父亲一直感慨着生活，自从母亲做了生意，他已经很久没有和母亲做爱了，至少没有酣畅淋漓地做过爱。他支持母亲的生意，但不希望母亲把生意带回家，来影响他们的生活。但母亲太投入了，继而被生意束缚了，有了张国粮之后更是活在他的阴影里。现在好了，拨开云雾见天日，站在山头唱山歌，父亲和母亲的亲热应该是顺风顺水了吧。

但母亲的身体已经不听话了，不听父亲的话，也不听自己的话。她的身体顺从着父亲，眼睛则看着别处，好像她的身体在做一件事，而她的脑袋却游离出来，在做着另外一件事。

母亲说，你说，张国粮现在在哪儿？父亲说，你怎么老是念念不忘？你不提他不行吗？还嫌他不够闹吗？母亲继续着自己的思路，说，听说他在山西挖煤，也有人说他在大庆打油，也有人说在哪儿看见他在讨饭。父亲说，你管他是讨饭还是当皇帝。母亲说，他像一枚楔子一样打入了我的脑子，有他，我就睡不着，没有他，我也睡不着。父亲生气地说，看来你也是条斗争的命，你闲着难受是吧，你独孤求败是吧，你求他来和你斗吧，斗烦你，斗死你。

父亲放开母亲。黑暗里，他迅速穿好衣服，用力地开门，又用力地关门。他又坐在客厅里吸烟了。我想，我必须和父亲交流一下，他虽然是我父亲，但有些事他还真的不一定懂。

我踱出自己的房间，微笑着和父亲打招呼，我说，母亲是不是不会做了？父亲看了我一眼，说，你说什么呢？又说，小孩子不知道的事，别吵。我告诉父亲一则我看到的资料：一个人被妻子瞧不起，被妻子抛弃了，他咽不下这口气，发誓要做一件事让妻子看看。他把自己的心血都花在培养子女上，一心一意，没其他丝毫杂念。后来他熬出了头，子女也出息辉煌了，他想着讨个老婆弥补一下自己，却发现自己没有欲念了，什么也不会做了。我对父亲说，你得体谅母亲。父亲笑笑说，慢慢来吧，会好起来的。突然，父亲好像意识到什么，对我说，你在学校不能乱来啊。我告诉父亲，我们同学倒是挺随便的，想睡就睡，不过，我把这件事看得挺重的。

母亲当然也为这件事内疚，她想和父亲沟通一下，但张开嘴，蹦出喉咙的又是那些生意上的事。母亲说，张国粮在的那半年，我们被刺激起来，拼命跑，拼命奋斗，寸土不让，寸土必争，我们虽然辛苦，但收获还是挺大的，我们赚了四十万。这半年没有了张国粮，身心安逸，生意也好做，我们就像独家经销一样，等客上门，不怕没生意，没有危机感，但我们满打满算，应收款都算进去，也才赚了三十万，你说这是为什么？

父亲听了也愣在那里，他皱起了眉头，好像在自言自语，怎么还有这样的事？

原载《人民文学》杂志 2007 年第 5 期

照　片

　　我们朋友里面有两个人一直都是大家议论的焦点，一个是倪莉莉，一个就是柳絮儿。很有趣，说倪莉莉的一般都是溢美之词，而说柳絮儿的，则都是笑话。

　　倪莉莉有很好的点子才华，另外，她还有叫人心悦诚服的调解能力。我们曾叫她摆平过一件事情。就是，我们曾经答应过一个亲戚到公司来当部门经理，年薪十五万，但使用过后觉得这人不值，这事牵涉到亲戚关系，改口有点难，怎么办？我们请来了倪莉莉，给了个主管会计的"头衔"，让她和亲戚谈一谈。倪莉莉问，你亲戚识字吗？我们说，读书到大专。倪莉莉又问，脾气犟不犟？我们说，道理讲得通，还是听的。倪莉莉说，这就好，最怕就是胡大海。"胡大海"是个名词，在我们这里还兼了不少意思，有莽撞、愣头青、无理讲，等等。倪莉莉谈话的大意是：十五万只是个意向，不是个公约。要完成这个意向，需要有一个公式来成立它，规范它，这样才科学，即股份比例加完成绩效加基础工资，满打满算，才是这么个数。这说法乍一听有个噱头，就是我们在乎了亲戚这个关系，愿意接纳他为股东了，其实这是温柔一刀。也就是说，原先承诺的性质已发生了变化，固定的年薪已不知不觉地变为不固定的分红了。假如入股，风险是明摆着的。假如不投资，或者说投资由公司代出，那就要扣回股金的利息了。这投资和扣回就是手脚，而效益也是可以有很多手脚的。这是个有章可循的说法，同时也把球踢给了亲戚，让亲戚去接这个烫手的山芋吧，除非亲戚说，这碗饭我吃不了。那好，那正合我们意思。

柳絮儿和老公也办了一个厂，实际是个作坊，做出口文具，也就是三角板铅笔刨之类，气象不好。气象不好有产品的原因，也有夫妻经常吵架的原因。经常吵架并不是都有什么事情，是习惯了，是也吵，不是就更吵。吵架还有个原因是猜疑，老公这些天为什么嗜睡啊？老公怎么特别留意起手机啦？怎么突然车油也用大啦？等等。一切的猜疑都指向老公外面有人。有一天夫妻吵架，吵得莫名其妙，说的是接电话的态度，说老公与别人电话时细声细语，耐心又周到；说与她电话时就像发电报，短促而简单。老公说，细声的耐心的那是客户，客户总不能打拳一样吧？而你我，老夫老妻了，性格和脾气本来就粗，突然说温柔了，怕把你吓着。这话似乎没有说服力，有点诡辩性质，于是就继续吵。老公被吵得晕头转向，想想认输最大，不吵最大，回避最大，于是轰了一声门，出去了。柳絮儿对此又有自己的想法，你看，理亏了吧，一枪打中了吧，去找情人诉苦了吧。就悄悄尾随老公，看是不是真的掉进了她的话里。

其实，老公哪里有什么地方好去啊？他只是想到厂里坐一坐，静一静，歇一口气。这天是星期天，厂里休息，冤生孽结，巧事成书，年轻的女会计在往来的账目上有三毛钱轧不拢来，正偷偷在厂里加班返工呢。这还不是野鸳鸯吗？这还不叫野合吗？这还不是什么捉奸捉双吗？熊熊怒火燃烧着柳絮儿的胸膛，她呼天抢地地撞进去，抓住那个会计就打了起来。

笑话吧。这事也是倪莉莉调解的。

柳絮儿自己的婚姻混混沌沌，但媒却做过不少，喜欢撮合别人，不过，大多数无功而返。主要原因是柳絮儿没眼力，明明频道不对的，也要勉强地说说看说说看。当然也有成功的，女的矜持，男的内向，以为是性格对路，但很快还是分了。为什么？后来才知道，女的是冷阴，男的有"断背"的倾向。

柳絮儿最近又说了一对。女方是柳絮儿的朋友，男方是间接的朋友，说得很顺。很顺不是柳絮儿看得准，而是两个人都是二婚。二婚就少了许多废话，双方心里都急迫，很快就进入议事日程，策划去宁夏旅游了。

朋友邀柳絮儿和老公一起去，说，这样气氛宽松一点，我也自然一点。柳絮儿问老公的意思，老公说，我怎么走得开啊？你也不看看，我们又不是全自动的，要走你走。柳絮儿就只好一个人去了。她没有别的想法，就是想去陪陪朋友，朋友初识对象，过程中肯定有很多不便的，有了她，就好像飞机的跑道上有了缓冲地带，多了一些安全系数。

但是在机场，柳絮儿还是傻了一傻。她见到了一起去旅游的其他人，朋友和对象就不用说了，还有朋友的姐姐和姐夫，还有朋友的对象的男伴！加上她！开始的时候，柳絮儿并没有觉出什么，她哈哈哈的很开心，是啊，旅游多有趣啊，人众多热闹啊，三男三女多和谐啊。但是突然，柳絮儿想到了各人的关系，想到了进进出出的处境，想到了晚上的住宿，她在心里乱下了一通棋，感到了不妙和别扭。但她已经没有退路了，她不能煞风景是不是？大家都在高兴的氛围里，高兴淹没了她的情绪，高兴捆绑了她，也推搡着她一点点地往前走。

宁夏是个好地方，柳絮儿以前只是在想象里去过。她对旅游的记忆，是有一次老公带她去扬州，个园的清幽，瘦西湖的妩媚，她觉得这个地方漂亮，最适宜人居住。宁夏却是个截然不同的风格，大漠孤烟，戈壁荆棘，有点像异域，柳絮儿不叫异域，叫番邦。番邦就是不一样，明长城多气魄啊，沙坡头多雄奇啊，西夏陵多神秘啊……这些，柳絮儿都一一拍了很多照片。

柳絮儿没有感觉出先前的担心和别扭，那些担心和别扭好像也挺小心的，始终绕着走，始终没有露面。在那些旅游的情境里，他们散淡，漫不经心，柳絮儿和朋友走在一起，朋友的对象和男伴走在一起，姐姐和姐夫走在一起，但姐姐和姐夫多了一份心思，一会儿穿针引线，一会儿插科打诨，像温度计一样调节着气氛，没有不方便的。想想也是，能有什么不方便呢？大家是出来玩的，又不是出来睡觉的。就是睡觉也不是什么洪水猛兽，很好解决的，姐姐和姐夫睡，她和朋友睡，朋友的对象和男伴睡，正好。就算她的朋友等不及了，要和对象睡，也没有什么大不了的，反正她总不能和那个男伴睡吧，再开个房间就是了，难道活人还会被尿憋死不成？

接下去，大家像奇袭一样插到内蒙古。感觉上内蒙古应该在遥远的边陲，其实，从宁夏拍马过去，也就是两个小时。这次，他们要深入沙漠腹地，去看一看有着美丽传说的月亮湖。他们换乘了一种由大马力吉普改装的沙漠车，有点像装甲车，里面包了厚厚的海绵，装了许多让人抓握的把手，也就是说，空间小了，坐的人少了，连副驾带后座只能坐三个人。怎么办？包三个吉普？没必要！贵！这话是柳絮儿说的，她没说她可能会和谁坐到了一起，她想的是两个人坐一辆好像太奢侈了吧。那么，包两个车就出现了"夹生"的问题。这时候，姐姐和姐夫表现出了理解和大度，说，我们无所谓，搭谁都可以。朋友却及时地抓住了柳絮儿的手，意思是显而易见的。柳絮儿也想，让朋友在对象和男伴的包围之中，显然也是不合适的。她抢先说，我就陪陪新人吧。这样，就把男伴推给了姐姐和姐夫。其实也没有什么，大家高兴地各就各位。

沙漠车开起来了。为了体现出旅游的特质，驾车的故意往刺激里开，一会儿爬上"峭壁"，一会儿又冲下"悬崖"，当然都是沙漠的悬崖和峭壁，掉下去也是摔不着的。驾车的还开出许多杂技花样，不是在沙漠的谷底里开，也不是开在沙漠的背脊上，他要在沙漠的腹壁上开，车和人都完全倾斜了，这就要求开得快，刺激立刻就升腾起来。柳絮儿在副驾上哇啦哇啦地乱叫，她以叫来陪衬刺激，以叫来抵挡害怕。后座的朋友和对象也哇啦哇啦地乱叫，听得出，朋友的叫里有矫情的成分，而她的对象，则有点瞎起哄，他好像巴不得这样呢。在整个乘车的过程中，柳絮儿一直被颠簸得翻来倒去，身不由己，但她尽力控制着，用手死死地抓住把手，因为她坐在司机的身边，她不能倒得太夸张了，让司机也心生奇怪。她的朋友显然是完全放开了，真正叫颠三倒四，不仅在随波逐流，甚至是顺水推舟。而她的对象，看似不动声色，其实心里是很高兴的，一直在笑纳。柳絮儿想，如果让她把男伴换到这辆车上，朋友还会有这么开心吗？那肯定没有，肯定是很拘谨的。而在她面前，朋友才不用任何顾忌呢，柳絮儿像做了好事一样舒服和高兴。

在月亮湖，大家又拍了很多照片，还骑了骆驼。骆驼可不是随便能骑到的，那种骆驼把人背起来的感觉真叫妙，先是尽力地往前一倾，再是尽力地往后一仰，这才坐平稳了，大家陶醉在悠扬的驼铃里，在沙漠深处一耸一耸地走，大家都说，这一趟宁夏之旅走得值。

回到家里的柳絮儿第一件事就是把照片洗印了出来，照片很多，好在都是刚刚经历过的，不至于搞得一塌糊涂。她把照片摆在客厅的茶几上，一沓沓的，为了防止日后混乱，她想在每一处的景点上都注上说明，这样，如果有人问起，她就可以像讲解员一样介绍得清晰自如。她按照自己的意思编排着照片，水洞沟遗址，永宁纳家户，沙湖，中卫高庙，青铜峡一百零八塔，镇北堡，贺兰山，阿拉善旗……其间有两个地方她询问了一下老公，一个是镇北"堡"的堡，明明写的是堡，为什么大家都读"铺"呢？老公说，这话你在家里问问还可以，出去可千万别问，会被别人笑掉大牙的，知道吗，堡在有些地名上就读铺。另一个地方是阿拉善旗，是哪个阿哪个拉哪个善？柳絮儿问的时候老公就觉得奇怪，耸起头，说，那是在内蒙古啊，你们怎么跑到那边去啦？老公还开玩笑说，那里的腾格里沙漠一望无际，你要像彭加木那样走，可以一直走到新疆。说着，老公就走过来看柳絮儿的照片，一看，就出问题了。

老公说，怎么有这么多人的？我以为就是你陪他们两个。于是，老公就指着照片上的人，挨个问过来，这两个是谁？柳絮儿说，就是介绍的那对。这两个呢？是朋友的姐姐和姐夫。那么这个呢？柳絮儿犹豫了一下，小声地说，是朋友的对象的男伴。老公说，那他算什么呢？姐姐和姐夫一对，朋友和对象一对，这么说他是和你一对？话说到了这个点上就不好回答了。老公也不要柳絮儿回答，他站起身，把手里的照片往茶几上一扔，照片溜滑，有好几张照片直接从茶几的另一头奔了出去，扑到地上。

柳絮儿想哭的情绪都有了。她知道，老公这么一站，扔下的潜台词是很多的：我看你怎么编理由吧！你赶紧找那些人串供吧！你还写什么照片说明，你还是把照片上那个人写写清楚吧！柳絮儿完全没有意识到照片里原来还暗藏了这许多危机，她这个人没心没肺，笑话多多，只有别人给她制造危机，她哪里还会危机到别人呢？

　　　　　　　　　　　　　　飞／翔／的／骡／子

这件事后来也是倪莉莉去调解的。

倪莉莉怎么说服了柳絮儿老公我们不知道，我们相信倪莉莉的智慧，相信她的口才，这事确实是摆平了，因为我们看到，柳絮儿和老公的小厂还在办，而且越办越好，他们做的文具，原先只出口到俄罗斯，现在要出口捷克和匈牙利了。

倪莉莉后来当着我们的面奚落了柳絮儿，说柳絮儿啊，你这人啊，就是笨，这种微妙的旅游怎么能去呢？去了肯定是有麻烦的嘛。又说，你其实是有很多借口可以开溜的：一，你完全可以借机上一趟厕所，出来时说自己摔了一跤，说脚不能走了，瘸子装好脚的难装，好脚装瘸子还不容易吗？脚瘸了还怎么去旅游呢？二，你在换登机牌的时候也可以惊呼，说自己机票忘家里了，或身份证也可以，这种疏忽的发生一点也不奇怪，换了谁都有可能，谁还一定要怀疑你呢，把你的兜兜翻了个底朝天？然后你就装作慌里慌张地搭车回家拿，完了再说自己赶不上了，只好不去。三，去了也就去了，玩了也就玩了，回来把照片删掉也不是什么难事，还摊开来写什么说明，这不是自己给自己做套吗？自己念自己的紧箍咒吗？我们也乘机奚落柳絮儿，说我们就知道你百分百会去宁夏的，你不是担心谁跟谁的关系和谐或别扭吗，你才想不到这些呢，你是舍不得那张机票吧？柳絮儿啊，你啊，就是笨就是笨。

另外我们还感慨，这就是倪莉莉啊，只有倪莉莉的肚子，才会有这么多的点子。

现在倪莉莉和柳絮儿仍旧是我们朋友之间的谈资和话题，我们曾经断言，倪莉莉这么能干，她老公一定被她捏得像个粽子一样，她要是红杏出墙，她老公连个屁也不敢放。我们还说，柳絮儿是迟早要离婚的，说她和她的老公差距太大了，她老公就是退一万步，退退退退退，碰到的女人也都会比柳絮儿强。这说法大家都认可。

但是有一天，柳絮儿带来了一个惊天大秘密，说倪莉莉早就被她老公离掉了。她老公好了一个开鞋店的女人，那女人要他，要带他到外地去开店。她把他当宝贝一样。具体的事还是那女人出面和倪莉莉谈的，问倪莉莉有什么条件。倪莉莉根本就没有一点思想准备，她在心里说了两句，笑话！笑话！但羞愧马上就袭上心来，她居然是被她老公离掉的！居然是她老公先提出来的！居然还让这个女人来和她谈！不过，倪莉莉不愧为倪莉莉，她瞬间作出了一个反应，她要捉弄一下这个女人，她笑笑说，我把话跟你说清楚啊，这个人是一点用也没有的啊，你要是想拿去，你自己掂量好。那女人说，这个我认了。倪莉莉再笑一笑，说那好，那你拿五十万来，我马上就把他让给你。柳絮儿神秘兮兮地说，你们猜接下来怎么着？那女人转身到车上拎了五十万出来，扔给倪莉莉就走。

柳絮儿还说，她那天还说我傻，还说了我一二三，我今天也要说说她一二三。你们想想看，倪莉莉其实是有很多疑点的：一，最近的几年，你们见过她老公吗？二，最近的几年，她邀过我们去她家吗？三，最近的几年，她主动和我们说起过她的家庭吗？就是她儿子考上了一中，请我们吃饭，也把我们安排到包厢里，闷在里头，根本见不到人，我们见过她老公吗？我们回想了一下，微微点头，但嘴里不知说什么好。

柳絮儿又说，其实，我们私下里说说啊，和她这样的人在一起是非常可怕的，是不是？

原载《作家》杂志 2008 年第 1 期

飞／翔／的／骡／子

飞翔的骡子

我一直想有机会能赚点外快，特别是最近，这种愿望尤为强烈。最近怎么啦？最近我的房子搬远了，搬远了女儿的读书就得择校，搬远了上班和出行就要小车，生活立刻就捉襟见肘起来。而偏偏我工作的单位不是职能部门，没有管辖和制裁的权力，也就是说，工作不能转换为好处，不能和外快挂起钩来。

有一天，一个朋友对我说，你其实也可以有很多外快的，你的专业还是挺吃香。你可以参与一些工程，替别人把把关，就像搭一份技术股。朋友说，反正你们设计院也没什么事情，在不在单位也无所谓，你就到外面赚一把吧。又说，像你这个专业，细水长流的事是没有的，要做就是"砸大锤"，砸得朗砸得重。朋友的话我懂，这也是我这个专业的特性，"朗"就是要间隔开一段时间，"重"就是有质量有分量。我也是这么想的，铅角子我是不会去捡的，要死也要吊到大树上去。我还想，我们知识分子赚钱不是乱赚的，是要有原则和底线的，比如，黑钱不赚，昧良心的钱不赚，歪门邪道的钱不赚，说不过去的钱不赚。最好是钱也赚了，顺便把善事也给做了。这样，即便这个钱来得大了一点，心里面还是安宁的。我就对朋友说，你帮我留意留意看，有这样的业务你就拉我一把。我还告诉朋友，我有项目测算和工程监理的特长。

我还算比较有财运的，正好有这么一件事情，就是造一座佛殿，朋友帮我联系起来，我就去了。地方不远，就在我们市里的翠华山，这座山没什么特色，但长得还行，山顶像一个"凹"字，围着的如沙发的靠背，那凹进去的一面正好对着302国道。佛殿就建在这"凹"字里。有了佛殿的翠华山就不是一般的山了，它有了风景的意思，从国道上望过去，苍松翠柏中佛殿巍巍，晨钟暮鼓下香烟缭绕，旅游的前景是非常看好的。

　　佛殿可不是那么简单的，我的意思是佛殿不同于一般的建筑，得把很多事情摆摆平，得受到很多方面的关照，土地、园林、计委、宗教、规划等等都要拿下来。规划还有很多讲究，红线画在哪里，殿高多少，山墙怎么立，甚至窗有几扇、门怎么做都有要求，关键是还要领导喜欢，现在的事，领导喜欢是第一要素，领导的态度仅仅是暧昧还不够，还要明朗，别到时候砖啊瓦啊都起来了，又来个强制拆除，则什么什么的都打水漂了。

　　我把这个担心传递给投资的老板时，他想都没想，咧着嘴说，你就把心放到肚子里去吧！又说，你只管把你的事情做好！说心里话，这个老板我还是喜欢的，许多老板有了钱就是吃喝嫖赌，就是包二奶，他还是想做点善事的，心里和我不谋而合，不容易。

　　老板名叫巫金龙，原来是个拳师，摆过拳坛，后来做鞋。这样的人容易发迹。他是怎么发迹的，我们就不去管他了，"窝里横"也好，"白道黑道"也好，反正他现在修心养性了，要做善事了，我们就支持他。他说，钱多有什么用？吃不过一口，睡不占七尺。这话有点"躺着说话不腰疼"，但话还是对的。他又说，赚了钱干什么呢？就是要回报社会。这话就更对了，我赚钱也正是这个意思。据说，这个佛殿就是他一个人投资的，他准备白白做一年的鞋，就把那些鞋做给这座佛殿了。

老板要我做的事是一份预算方案。这时候，我发现他习惯说两句话，而两句话又包含了两个意思，显得口气很大，思路很广。他说，你别搞你们专业那一套，那没用，我们来实际的，让我看得懂就行。又说，我喜欢体制内待过的人，没有社会气，做事中规中矩。我就中规中矩地搞了一个一目了然的预算，有别于我们行内要求的预算，如下：

我们这是在"螺蛳壳里做道场"，一切从实用出发。

我们起的是一座两层的佛殿，占地约 200 平方米，建筑面积为 260 平方米。要挖一个半层的地下室。一层为钢筋混凝土结构，高 4.2 米；二层为砖木结构，高 3.8 米。坡屋顶，高 2.8 米。双翘檐，采用明清风格，样式朴素。

我们现在的山体为强风化烂岩山，为防止山岩塌落，佛殿周围的山体要做一下护坡。

山高海拔 60 米，以坡度延伸山路的规律类推，山脚到山顶的山路约 1000 米，这就意味着材料要增加二次运输，即外面运到山脚库房一次，库房再运到山顶一次。

工程预计 6 个月完工。造价 300 万至 350 万，具体明细见当时实物报表。

其中：混凝土 50—60 万；木材 100—110 万，木材通常用进口门格拉斯、铁木、菠萝格等，建议用南美菠萝格，密度韧度均佳；石材 40—50 万，包括青石条和花岗岩；圆钢和螺纹钢 10 万；装饰部分 20 万；其他费用包括修护坡、二次运输等 60—70 万。

问题一：钢筋、木材、青石条、花岗岩等大件的运输？要挑一处理想的坡度用卷扬机拉上来，由于手段繁复和速度缓慢，要考虑机器、人工、时间等因素。问题二：水泥、石粒、沙子等散件的运输？这是个庞大的数量，如一方混凝土约 2.8 吨重量，工

飞翔的骡子

程用200方混凝土就是560吨重量，必须依靠山间小路驮运，要考虑牲口和马锅头因素……

我的"预算"和"问题"老板很满意，说，你很有才，能领会我的意图，一看就懂。又说，你们体制内出来的人素质就好，我放心。老板的口气我觉得不舒服，弄得自己像领袖一样，但他毕竟是出钱的老板，我也想在他手里赚点钱，领袖就领袖吧，勉强凑合吧。最后他又说了两层意思：一、你的钱我半分也不会少你，你不用开价，开价就显得生分了。我相信你的实力，你也相信我的诚意。第二个意思他说得有点诡秘，说，你不是担心这事成不成吗？我告诉你，你一百个放心好了。一般佛殿门口都会有两棵香樟树是吧，一则显得气派，二则显示风水，美观就不用说了。你知道这两棵树是谁送的吗？我们区长送的，你说这事成不成呢？我拼命点头，说成成成。

做鞋的老板都有抓要点的本事。比如做一双鞋要几十种材料，但主要的是皮和底；再比如，做一双鞋要十几道工序，但最重要的工序就是车包，因为车包关系到样和形；如果要说说硬度和牢度，那么胶水的质量和温度的控制又是不能忽视的。所以，做鞋不管怎么复杂，做鞋的老板都会掂量出重要和分量。像这个工程，老板一下子就梳理出来，觉得驮东西上山的牲口是重中之重。

当然，隔行如隔山，具体到牲口的细节，老板就不知道了。比如，他就以为我们这里的牲口很多，弄几头驮驮东西不是问题。其实，我们这里是没有驮东西的牲口的。江南多水田，又没有连绵的大山，因此，靠牲口劳作和驮东西的情况较少。比如马，我们这里就只有那种卖马奶子的马，这种马等于是个坐月子的妇人，白白净净的，整天养尊处优，根本不能胜任万水千山忍

　　　　　　　　　　　　飞／翔／的／骡／子

辱负重的运输任务。而我们这里的牛，基本上都是水牛。水牛是最能迷惑人的牲口，看起来体态庞大、敦实强悍、钢盔铁甲的样子，其实一点力气也没有，整天泡在水里悠哉悠哉，骨头从小开始就养软了。尤其是水牛的肚子，鼓鼓囊囊的，不是屎就是气，这样的肚子，它能自己把自己挪挪动，已经是奇迹了，还驮什么东西上山呢，根本就无从说起。

我给老板出主意，说干山路运输这活儿，骡子最好。老板激动地问，哪里有骡子？我说，山西和云南都有。山西的骡子驮煤，小时候练就的童子功，力气大韧性足。云南的骡子是多面手，什么货都驮，有什么驮什么，适应性强。关键是云南的气候和我们这里差不多，不用倒"时差"就能进入角色。而山西的骡子，我怕它们在山西天寒地冻的冷惯了，到了这里大汗淋淋气喘吁吁的，到时候什么也干不了。

老板觉得我说得有趣，呵呵地笑起来，问，骡子和我们的马奶子相比，哪个贵？毕竟是办厂出身的，考虑的就是成本核算。我说，我们的马是什么马呀，是奶妈子，当然我们的贵。这使得老板心里有数了，手一拍，说，那就多买些骡子来，这点钱我们还是出得起的！

我准备去一趟云南。为了节省时间，我也不盲目地寻访。造佛殿的材料已按部就班地采集过来，有一些已运抵我们山脚的库房，只等骡子一到，就把水泥、石粒、沙子往山上运，佛殿的基座、地下室等等，用得着混凝土的地方，就可以动工了。

我去的是云南迪庆藏族自治州的德钦县，在那条著名的滇藏公路上，据说，这条路走到底就可以进入真正的西藏。这不是我的目的地，以后再说吧。我联系的带路人叫老八，具体叫什么名我不知道，大家都叫他老八，是一位专门带人徒步旅行的向导，一个藏族青年。前年春天，他曾经带领我们去看过明永冰川。

飞翔的骡子   163

明永冰川在海拔四千来米的山上，空气稀薄，我们就是有再好的体力，也不敢上去，我们要靠骡子驮上去。骡子是老八叫来的，那里的藏民一般每家都养了骡子，就像我们这里的鞋店每家都备了小四轮一样。那次老八去找了十头骡子，有老的，也有少的，有强壮的，也有体弱的。为了公平起见，老八把骡子编了号，又做了阄让我们抓，抓到几号坐几号。骡子的主人都是心疼自己的牲口的，抓到了小个子，笑容立刻咧到了耳朵后。抓到了大个子，尤其是大胖子，主人的心就揪了起来，好像这胖子骑在了自己头上。当时我们那支徒步游行团里没有胖子，但糟糕的是团里有两个外国人，又高又大，起码有两百斤，偏偏抓阄又抓到了瘦小的骡子，有一头好像还有点腿疾。外国人怕自己有欺负之嫌，想把自己的骡子跟其他强壮的换换，其他主人就拼命摇头，连连后退，不同意。也难怪，骡子就像自己的孩子，而冰川这条路又窄又陡，谁舍得啊。

骡子是很有灵性的动物，驮了个小个子，也会很高兴，好像吃到了什么便宜，在山上就走得昂首挺胸，不亦乐乎。驮了外国人的那两头骡子就很郁闷，有一头故意在山崖边蹒跚，想吓唬吓唬外国人，因为外面就是百丈深渊；而另一头本来就腿有残疾，一瘸一瘸的，有意无意地往山崖上蹭，把外国人的小腿都蹭出几道血印子。外国人被两头骡子的调皮弄得忍俊不禁，他们后来自觉地跳下骡子，一人一头，牵着骡子一起登上了明永冰川。

这一次，老八帮我买到了八头骡子。对于骡子，我也只是了解个大概，很多知识还是从传闻中得来的，比如骡子是马和驴杂交的产物；比如骡子的身体比驴大，尾巴比马的短；比如力气大，韧劲足；比如骡子的脸和眼跟马和驴不一样，驴子木讷，马精神，骡子却像画了脸谱一样，漂亮；比如骡子的最长寿命是四十岁，十六七岁的骡子体力最好，是干活的正劳力。

我买的骡子有四头看上去还是青少年，因为它们的胡须还是嫩嫩的；有三头年龄偏大；有一头明显地老了，眼睛都有了白翳，牙齿也长了垢。一般说来，云南人的骡子是不卖的，也不知这里面有什么蹊跷，是骡子有先天性心脏病？是年轻时劳作闪过腰？还是不小心断过腿崴过脚？还是老八做了什么耐心细致的思想工作？还是我付的四千一头的价格起了作用？对于这些，我们老板可没有多想，他说，不卖也叫他卖，打也要把它打过来，不就是三万块钱嘛。又说，佛殿是今年要做的硬件，岂能让骡子的事拖了我们的后腿？

　　所以，这次去云南，我也是志在必得。

　　半个月后，老八把骡子从山里赶了出来，包了个栏车，就是那种运猪的栏车，一路带足了草料和玉米，运到了我们工地。他还顺便给我带来了一个水烟筒，我还以为是老八送给我的礼物。老八说，比礼物更重要。我好奇地看看那个水烟筒，不是崭新的那种，是有些年头了，烟筒已摸得发红，裂了还打了篾箍，还附带了一些云南特制的生晒烟。老八说，骡子虽然是牲口，也会耍脾气，也会水土不服，到时候给它们烧一筒烟，让它们闻一闻，它们的情绪才会稳定下来，才会有精神。我笑笑，觉得老八有点故弄玄虚、言过其实了。

　　这边的工地也开始招人了，进场了。

　　以前以为，有钱招人做工是没有问题的。现在不是，现在的工人难招，现在的工人思想觉悟提高很快，他们不是在找工作而是在挑拣工作，不是来投靠老板而是在挑剔老板。他们知道自己和工程相辅相成的关系，知道工程是老板的命，老板的命捏在他们手里。他们觉得这个工程之所以能够发展是因为有了他们的努力，没有他们，工程肯定会原地踏步，甚至后退，因此，他们

飞翔的骡子　　　　　　　　　　　　　　　　　165

有理由和老板讨价还价，理直气壮地提意见提要求。比如工资要多少多少，工作时间要严格按照规定，劳动强度要人性化、合理化，具体到运石料运木头，他们觉得要避免原始野蛮的劳作方式。

让人做的事我们肯定要以人为本。我们为什么迁就人，就因为人是有思想的，人会罢工，人会制造事端，会影响到我们的工程，所以，我们一直在做人的工作。我们挑了一块比较平整的坡地，角度不大不小，植被也比较好，我们还打了许多残枝败叶铺在上面，以减少阻力，制造出润滑的效果。我们还在坡地的上方安装了几台卷扬机，为了拉得省力，我们还多安了几个小滑轮，把东西的重量分解掉，减少到最低程度。我们还从库房到坡地造了一条便道，东西先由小车运到坡底，再由卷扬机从坡底拉上来。都这样轻松了，人还有情绪，说自己的手都成了水泡手了。还说，我们这样好像是被秦始皇逼着去修长城，我们有一百个老婆也哭死了。

还有一些工人，我们也是下了不少功夫的，我们笑称他们是"技工"，就是负责牵骡子的工人，一对一服务。他们除了要安排运输任务，主要是要调教骡子，要使骡子始终保持在工作状态里，这就要看他们的本事了。我们的原则是，要招曾经养过骡子的，起码也是熟悉骡子的，最好还是云南那边出来的。但事情就是这样奇怪，在我们这里打工的，江西人最多，湖南安徽的也不少，就是没有云南的。如果要硬碰硬技术对口的，则更难找。最后，我们只好降低招人标准，退而求其次，招一些我们这里乡下的"技工"，就是原来在家里放过牛的，再没有，养过猪的也行。

骡子就不用这么费劲费脑筋了。

开始的时候，骡子很老实，一声不响，纹丝不动，陌生人根本近不了它，走近它就要拿脚踢你，不知吃错了什么药，估计是"人生地不熟"的关系，骡子闹情绪了。这事老八是说过的，老八说，骡子要是不声不响了，就要小心，说明它有不如意的地方，就要由着它点，让着它点。但我们的"技工"有自己的看法，他们说，根本就不用理它，就是不能迁就它，迁就了它，还以为我们好通融呢。就让它一动不动好了，骡子还想怎样，它是来驮东西的，又不是来作威作福耍大牌的。这有点像冷暴力，就是要让它孤独，要冷落它，让它在冷漠中忘掉云南，忘掉家乡，让它懂得入乡随俗的道理，从而死心塌地地投靠这里。让它知道到了工地就是要干活的，不干活是没有饭吃的，是死路一条的。

　　听老八说，骡子是只听方言的。云南的骡子，只听云南的方言。这说法有一定的道理，它们从小在云南的吆喝声中长大，它们听到乡音就感到亲切，感到温暖，因而也就有了力量。但我们的"技工"说，就是要改变它们这种不良的陋习，现在人都在外面到处打工，骡子还不能打工？它们既然来到了这里，就要服从这里的命令，难道还要我们去学说云南话来配合它？再说了，我们这里的方言也是很有特色的，是标志性的非物质文化遗产。于是，我们的"技工"就用我们的方言朝骡子喊话，他们今后要统治它们，控制它们，就是要向骡子灌输自己的意志，就得强迫它们听懂。他们先是喊劳动劳动，喊的同时把一袋袋水泥、石粒、沙子摆在骡子面前，告诉它们不要心存幻想，今后就是与这些东西为伍。骡子的身体还是一动不动，表情也更加僵硬。他们也不气馁，再把草料和大头菜摆在骡子面前，像摆上一桌丰盛的大餐，刺激它们，引诱它们，向它们施加生理压力。骡子的耳朵还是坚持着，直愣愣的，但脸上分明是有了一点点松弛。它们的松弛很有特色，好像是在笑，好像在献媚，这就好，这说明它们心里的防线有了一点瓦解，它们会"回心转意"的。

　　有一天，哈，骡子终于顶不住了，它们妥协了。那头老骡，它转了一下耳朵，把话听进去了，它第一个从队列里走了出来。

飞翔的骡子　　　　　　　　　　　　　　　　　　　　167

它尝试着吃了一下草料，又吃了一下大头菜。我们知道，这也许不怎么可口，它们最好的食物应该是玉米，但老八为它们准备的玉米早就吃光了，我们南方又没有什么玉米，我们这里只有大头菜，我们那些卖马奶子的马也只是吃吃大头菜，已经很不错了，我们不可能破例地去为它们搞些玉米来。那头老骡吃着吃着也许悟进了一些道理，也许是认命了，它的头向后转了转，似乎在向其他等待观望的骡子打招呼，发出了服从的信号，其他骡子也就犹豫了一下，最后都乖乖地跟了出来。肚子饿慌了，什么方言它都得听，都得服从。

现在，这些经过调教的骡子已完全改掉了身上的毛病，从云南带过来的毛病，语言、生活、吃喝拉撒睡都彻底融入了，它们干得挺好。

当然，我们的"技工"也配合得很出色，他们把那些水泥、石粒、沙子呀，两袋两袋地扎成一络，等骡子过来了，嗨哟一声，把这些东西抬到骡子的腰上去，快快地运到山上的工地里。骡子的腰就是好，骡子的腰就是硬，骡子的腰就是能负重，换了人的腰，哪怕像双筒猎枪一样的双排腰也早就压断了。那些络子往骡子腰上一挂，我们明显看见骡子的身体矮了一下，我们都能听到骡子屏气的声音，有些骡子还会不由自主地倒退几步，浑身哆嗦一下。它们以前哪里驮过这么重的东西啊，它们以前的驮，是意思意思的驮，是驮个漂亮，驮个样子，驮盐巴、驮香油、驮普洱茶，那叫什么驮呀，是小儿科，骡子的腰根本就没有挖潜，都没有利用起来，白白浪费了这么宝贵的资源。只有在这里，在这样的工地里，骡子的腰才能真正地得到发挥。据说，骡子最重只能驮三百斤，年少的三百还驮不了，像水泥，我们一般是让它驮四包，一包一百，四包就是四百，重是重了点，但也没办法，都是这样的包装，如果我们让它驮两包，岂不是更浪费？

　　　　　　　　　　　飞／翔／的／骡／子

前面说过，这个工程要浇铸200立方的混凝土，每立方2.8吨的重量，如果多用些石粒，则更重。这就牵涉到运输的次数，运输的速度，直接关系到工程的进度。骡子啊骡子，你有驮东西的本事这很好，就是驮得太少了，你能驮一千斤就好了，那我们整个进度就有保障了。

那头老骡，它真是老了，它也许真有四十岁了，它虽然勉强能驮三百斤，但走得太慢了。它走一千米的山路要一个小时，空着腰走回来也快不到哪里去，加上装装卸卸的，一天满打满算也干不出什么名堂。

那些小骡，也许还不到十岁，它们属于骡子的少年，也许还处在身体的生长期，本来应该在老家吃饱睡足，打打基础的，但它们过早地步入了社会，我们也没有办法，就算我们能体谅它们，这么多东西能体谅我们吗？我们只好把这些东西转嫁给它们了。这些东西压在它们稚嫩的腰上，太重了，它们因此也走得很慢。

那些"技工"倒是很积极，他们巴不得早点做完手头的事情，好早点拿到工钱。他们在库房装水泥，装石粒，装沙子，他们干得很欢畅，不亦悦乎。他们吆喝着把东西抬上骡子的腰，吆喝着把骡子赶上山，吆喝着卸货。还没等骡子歇口气，又吆喝着把骡子赶下来，把东西又抬了上去。

山顶的那些工人似乎更加卖力，他们是一群搅拌混凝土的工人，他们的工作需要一左一右一上一下的配合，因此，他们用唱歌的形式来支持着自己的劳动，支撑着自己的劲头，节奏也更加欢快了。他们甚至有和骡子比赛的兴趣，决心要把骡子比下去，看是骡子驮得快，还是他们拌得快，骡子好不容易驮上来的东西，刚刚卸下，他们三下五除二就给拌完了，他们的兴奋像浪潮

飞翔的骡子

一样一浪高过一浪，他们在劳动中嘲笑骡子，但他们又不得不经常停下来，因为骡子驮的东西实在跟不上他们的节奏。

这样做做停停真不爽快，从技术上说也是不合格的，这可不是修佛殿的态度，修佛殿第一要心诚，第二要保证质量。停顿让工人们觉得扫兴，他们要等骡子把东西驮得多了，屯得多了，才能够尽兴地干一阵子。于是，他们以对佛殿心诚的名义，提出要突击，会战，加班加点。

那些"技工"就劈开了菠萝格，这种做栋梁做门窗的进口木料又硬又油，烧得又旺又久，做火把最好。天渐渐暗了，弯曲的山路也看不见了，不怕，"技工"手里的火把已点了起来。火把将山路照得蜿蜒向前，如果用慢速度来拍照，火把会画出一条条美丽的弧线。在近处，我们看不出火把的壮观，我们甚至看不见身边的骡子，因为我们在火把下面的阴影里，我们的眼睛被火把照花了。如果我们站在远处，我们立刻会发现山上的火焰像红绸，在呼啦啦地飘舞，一团一团地连成一片。在这片热火朝天的劳动中，我们一次次地催促着骡子，骡子也不断地往返于山上山下。白天，我们还看不出骡子有多少吃力，到了晚上，骡子好像突然地衰退了，东西往它腰上一挂，它的屁股就拼命地紧夹一下，好像它不夹一夹屁股，就会吃不住劲，就会被东西压趴下。

骡子出汗了。那头老骡，它一直在带头干，由于用力过猛，它现在已大汗淋淋。那些小骡也浑身汗津津的。老八吩咐过，骡子要是出了汗，那真是累了，到极限了。这不，再一次抬东西给它们的时候，它们又"老实"了，不动了，推也不动打也不动，像雕塑一样。骡子老实了，就说明它有名堂。前面的老实，是因为生疏、胆怯、摸不着头脑，现在的老实是劳累所致，是在挣扎，是在抵抗，已到了垮的边缘。没关系，给它点吃的。给点草料，骡子不吃；给点大头菜，骡子也不吃；再给点青豆，这可是

飞 / 翔 / 的 / 骡 / 子

又香又耐嚼的好东西，这里的马奶妈要出奶，就给它吃青豆，但骡子看都不看，闻都不闻，它好像连吃的力气也没有了。

正在束手无策之际，我突然想起老八的话，不知是不是真的像他说的那么灵。我就对那些"技工"说，给它点泡烟试试看。"技工"惊诧地说，骡子也抽烟啊？这是什么骡子呀？我说，即便不能让它们恢复体力，提提精神也好。这样，老八送来的那个水烟筒就被拿了出来，那些特殊的生晒烟也派上了用场。"技工"们轮番在老实的骡子面前抽烟，喷云吐雾，把烟吐到骡子脸上，吐到它的眼睛里。骡子也许是个老烟鬼，烟熏根本不起作用，眼睛没有流泪，脸上也没有不适和抵触的表情。不要紧，不要停，继续用烟来攻击它。特殊的烟带着特殊的香味在骡子脑边弥漫，发酵，慢慢腐蚀着骡子的精神。烟里有云南的景象，有家乡的信息，有七彩的云，有梅里的雪，有滇池的水，有普洱茶香，骡子脑子里幻象迭出，以为自己在云南老家，以为有乡音在召唤着它，它又升腾起了对生活和劳动的渴望。仔细想想，这一招其实是很阴损很歹毒的，无异于威逼利诱，就像我们挟持了一个人，要他投降，要他屈服，就拿他妻儿的照片给他看，要挟他，告诉他你妻儿在我们手里，你自己看着办吧。我们发现那头老骡的耳朵真的就转了一下，接着身子也动了一下，再后来就完全地妥协了，露出了一副愿意效劳的可怜相。这就是它的命，它就是个驮东西的命，它的命不好，我们有什么办法。那些"技工"见状也哈哈大笑，说，"狐狸"再狡猾，也斗不过我们这些好猎手啊。

那个老板都会在关键的时候来一下工地，佛殿是他近段时间里工作的重中之重，他具体的行善就体现在这里。开动员大会的时候他来过，做山体护坡的时候他也来过，现在浇混凝土了，他更要来了。他是个会笼络人心的老板，每次来都会带来一些实

飞翔的骡子

惠，带些钱分分，或把人马拉到国道旁的映山楼酒家撮一顿，弄得大家心里暖洋洋的。他这次带给我5万块钱，根据工程的进度，我测算出自己的收入，我有测算方面的特长，这个项目一完成，我可以拿到30万左右的收入，还是不错的，比我心里打算的"外快"要好。

是老板发现了骡子背上的皮破了，肉烂了。其实我们也早早地发现了，但我们无所谓，我们觉得这个挺正常的，我们铁锹拿多了手也会起泡是不是，我们感觉不出这对工程有什么影响。开始的时候，我们看见骡子背上硌着的地方毛掉了，露出光秃秃的皮，后来是皮破了，露出了血淋淋的肉。骡子好像也没什么感觉，我们也就睁只眼闭只眼了。但老板知道这到了什么程度，他是做鞋的，他对皮有研究，他给我们分析皮的构成和质地，他说起皮来就津津有味。他说，一般马类牛类的皮都有三层，第一层可以做鞋面，就是光溜溜硬邦邦的那种；第二层也可以做鞋面，就是有些毛绒的那种，也叫反皮；第三层可以做鞋的里衬、鞋的烫底。这么厚的皮都磨破了，可见伤得多深，伤有多重。但今天的老板不是为骡皮而来的，不是心疼，也不是关心，他是顺便发挥一下皮的知识。他关心的还是佛殿这件大事。就像前几次来时一样，他最后都要发表一下讲话，一般也都是两句，既简明扼要，又显示力度。一句是，你们要注意天气。第二句是，区长送的那两棵树，要给我弄好喽。

天气指的是烂冬，还有雨季。我们这里的冬天有些特别，不像北方的冬天那样风高气爽。冬至前后，天就开始阴了，间歇地会下些毛雨，然后，地就抑制不住地烂起来，且越来越烂，没有干燥的迹象。山路就更不用说了，畜生也无法走。接着就是雨季，淅淅沥沥地要下三个月，直下得屋子发霉，人体长毛。老板的意思是，要赶在烂冬之前把有些事尽快结束掉。

那两棵树当然是老板的心肝宝贝，那是区长送的树，象征着荣誉和友谊，象征着支持和关心，要好好呵护它。老板坚决不让用卷扬机把树拉上山，那样的话，树肯定会被拉得一塌糊涂，到时候被拉得只剩个躯干，佛殿面前怎么矗立？要是正好碰上区长来参观或者剪彩，问树怎么弄成这样了，怎么回话是好？所以，一定要小心翼翼、完好无损地扛上山。这事人是做不了的，没办法，又只能落在骡子的肩上了。

香樟树还不是很大，但样子不错，香气也已经出来了。我们把树捆扎好，绑在三头骡子的身上。那头老骡自觉地站在了最后，它总是以身作则，后面是最吃力的位置，是需要往前推的位置，是需要时刻顶住的位置。一路上，三头骡子走得歪歪扭扭，有时候，前面的骡子吃不住劲了，会向后挫几步，后面的老骡就夹紧屁股，弯一弯腿，拼命地顶住，不让队伍后退。直路还好，走得马马虎虎，绑在一起的骡子，无非是走慢一点。碰到弯路，树弯不过来，那就只能是骡子弯了，骡子身体扭在那里，脚也扭在那里，后面的老骡就扭得更厉害了。为了不让前面的骡子走偏，不让队伍弯下山路，它要死撑着让队伍保持平衡，因此，它的扭是反常规的，是反机械的，都扭到了极致。当然，"技工"们也在旁边帮扶着，他们起的是向导和舵手的作用，但力还是要骡子出。

这两棵树驮得很漂亮，可以说是完好无损，有损也只是损失几片叶子，叶子么，等冬天一过，春天一来，它又会很快地长出许多。老板很高兴，咧着嘴哈哈哈哈。但我发现，那头老骡有点不对，走路缓慢了，身体扭在那里，腰也塌了，不挺拔了，一定是俗话说的"椎间盘突出"了。椎间盘最怕扭，最怕受力不匀，突出了就压迫神经，就无法指挥自己走路。都说椎间盘突出会腰痛，会腿痛，而且是神经放射痛，从上痛到下，但骡子不会说

飞翔的骡子　　　　　　　　　　　　　　　　173

痛，它甚至不会像狗一样汪汪乱叫，我们也就不知道它到底痛不痛了。

老板着急了。老骡是骡子的头，它要是使不上劲就会影响工程。接下来还有很多东西要驮，定做的雕花门窗要驮，易破易碎的琉璃瓦要驮，还有很多后期的装饰等等等等要驮。老板说，要懂得舍弃，才能做得成大事！又说，是骡要紧还是佛殿要紧？他的意思是，要尽快再招些骡子扩充进来。这些会干活的骡子，我们能花钱买得到，就是我们的福气。有些东西，你就是花再多的钱想买，也未必能买得到！

我奉命又要去一次云南，去采购骡子，因为那边我熟，我有老八这个朋友。关键是这关系到我的大局，我的工作能力，以及我完工后可以拿到的可观的收入，我也愿意去。

我平时都是两头兼顾的，工地跑跑，单位跑跑，且把单位的工作干得比以往更好，这样，同事就不会有意见，而领导呢，对赚外快本来也就见怪不怪，一般也都会理解和支持的。但出远门就不同了，就得请假，和上次一样，我安排了几个公休日，这也是体制内的好处。

这次我没有去找老八，我知道云南人和骡子的感情，这种感情我们这里的人是体会不到的。我不能告诉老八，说骡子在我们工地干这样的重活，我也不能让老八知道我这么快就把这些骡子给糟蹋完了。我得另辟蹊径。好在云南有的是骡子，只不过这次要吸取经验，要货比三家，挑一些真正身强力壮的、最好在十六周岁左右的骡子。

我先是去了中甸，就是叫香格里拉的那个地方。我找不到骡子。偶尔看见人家门口拴了一头，上去问，云南人一脸的惊诧，都瞪大了眼睛，好像我要买的是他们的孩子。我现在知道了，上次在德钦，上次买的骡子，其实是老八在帮我暗中操作，撒开花的钱不说，也许还是老八连哄带骗骗出来的。

一天在丽江，我接到了老板的电话。他平时说话都是两句形式，性质像语录，铿锵有力，这次却有点拖沓和啰嗦。他说，有一头小骡不会动了，不是原先那样站着不动，是跪着不动，什么办法也赶它不起。还有那头老骡，就是你说它是队长的那头，什么以身作则呀，什么"学科的带头人"啊，这家伙根本就不负责任，它不仅没带好它的部下，甚至连自己也没有管好，更没有完成好任务。这几天雨小，没影响工程，但它的脑子肯定是进水了。它把东西驮到山上，放下来，也不歇息，也不招呼，径直就朝山下跳了下去。它把我们吓了一跳，我们愣了一下，好好的，你说它跳什么崖啊。它把其他骡子也吓坏了，有两头当场就吓出屎来，都吓瘫了。这事现在十万火急，你赶快给我找骡子，要有，就多买些回来，不要怕用钱……

与此同时，我正好看到了一支骡队，就在丽江，在古城四方街的外面，是早上九点钟光景，阳光斜照在那些老屋的墙壁上、屋檐头、流水里，把那石板路照得特别光滑，一支骡队就这样的的笃笃叮叮当当地走了过来。马锅头们都是一副"行者"打扮，礼帽、马夹、筒靴、挎包和水壶，还有从头到脚的一身尘土。骡子们更是神采奕奕地"全副武装"，背上特制的箩筐上插着啦啦作响的彩旗，里面是大包小包，透着悠扬的酥油香和普洱茶香。远处是湛蓝的天空，下面是白云，再下面是连绵不断的大山，不知是玉龙雪山，还是白马雪山，还是梅里雪山。这就是传说中美丽的马帮吗？远去的这条道，就是神秘的茶马古道吗？

我跟着骡队，我跟了它们三天，我不知道他们要把这些东西驮到哪里去，抑或他们就是在演绎？演绎历史，演绎文明，他们是走着玩的，就为了告诉现在的人们这些东西的存在？我真想问

飞翔的骡子

问骡队的马锅头，这样走下去有什么意思呢？还不如把这些骡子卖给我算了，我可以出很高很高的价钱，我们有很重要的事等着它们去做。但我怎么也说不出口。

那些天的夜里，我都会梦见工地上的骡子。那头小骡，它不是跪着，而是已经趴下了。骡子趴下了意味着什么呢？意味着死！谁见过骡子趴着的，它连睡觉都是站着的，它趴下了，说明它再也站不起来了！那头老骡，它为什么跳崖，绝不是意外失足，情绪失控，它一定是受不了我们带给它的苦役。它的跳崖一定是很痛苦的，也许样子也很难看，但在我的梦里，它完全是一种飞翔起来的姿态，昂首、翘尾、四肢张开，像风筝一样，在风的护送下慢慢飘远，慢慢飘落。它是自我毁灭？还是追求圆满？还是用最后一点力气尽量再美丽一下？还是在警示我们人类？

老板的电话接连不断，每一次都是那两句话，找到骡子了吗？还有，没有骡子，马和驴也行！我后来索性把手机关了，我不想再理老板了，我不想再做他的帮凶了。我最终也离开了那支骡队，我不能再纠缠它们。让它们去吧，不管它们是去向哪里，不管它们要走多久，都是它们的正事，那才是它们的荣耀，它们本来的精神面貌。它们应该与文明同在，驮着盐巴、驮着香油、驮着普洱茶，走在茶马古道或茶马新道上，缓缓地、继续地、悠扬地走向未来……

我现在只想在丽江好好地待上几天，这是个能让人心净的地方，在旅店门口写个牌子，"AA制找人喝酒"或"约个外国姑娘去爬玉龙雪山"。我甚至都不想回到工地上去了，至于什么外快，我得好好再想想这个问题。

原载《人民文学》杂志 2007 年第 8 期

为一位不知名的老人送行

吃过晚饭，李凤娇就翻箱倒柜地找衣服，她要找一件白衬衫，而且是长袖的。她说，明天早上的事，白衬衫是少不了的。郭子仪看她翻得乱七八糟的，就说，不就是白衣服吗？那边肯定会有的，再说了，自己带的白衬衫，穿了也不像，还不如不穿呢。李凤娇说，不穿肯定是不行的，不穿我们心里过不去，人家也会说我们是外人。郭子仪说，那我也要穿吗？李凤娇说，你当然要穿了，不穿你就不要去了。郭子仪说，我没有不去的意思，我是说，我要是穿起来，是不是不合适？李凤娇说，这有什么不合适的？你是说你是干部吗？干部就不是人啦？是人就是要讲良心，就是要穿的。郭子仪连忙说，好了好了，我穿就是了。李凤娇后来也善解人意地说，场面肯定是很乱的，没人会认得你，而且是那么早，你趁天还是黑的，意思意思就算了。李凤娇说的那个情形郭子仪完全可以想象得到，他觉得这样也好。

明天早上的事非常非常要紧，无论从形式上还是意义上，都要认真对待。今晚要早点睡，明天要起个大早。因为要紧，李凤娇还把在郊区工作的儿子唤了回来。李凤娇和郭子仪说，先不跟儿子说是什么事，把他蒙到那边再说，不然，他要是不肯去，这事就泡汤了。也就是说，明早的这件事，是和儿子有关的。郭子仪说，这类事年轻人都是不屑的，甚至轻蔑。他同意先把事情瞒起来。

儿子现在是很大了，很健康，也很帅气。他大学读的是计算机，这是门需要精神和眼力的学科，毕业后应聘在移动公司总部。总部设在郊区，开始的时候，儿子每天要去挤公共汽车，后来怕麻烦，就在总部附近租了个房子，再后来，李凤娇和郭子仪咬咬牙，给儿子买了辆小车，尽管不是什么靓车，但他们觉得儿子有了车以后是不一样的，不完全是让他回家方便，有了车，儿子就会意气风发，就会在心里有优越感，进而在工作上就会有自信。他们所做的一切，都是为了儿子。

现在，李凤娇轻轻地推开儿子的房间，儿子的房间像一个洞穴，没点灯，有点乱，只有电脑前透出的那点光，把儿子照得神采奕奕。李凤娇照样是那种程式化的关照，今天早点睡啊，不要玩得太迟啊。儿子的回答也是一如既往的，快了，知道了，马上就好了。后来儿子抬起头问李凤娇，明天到底是什么事啊？催命一样把我催回来。李凤娇说，我们要去赶一个早场，要紧，你有车，就送我们一送。李凤娇又故意问，你没问题吧？不会嫌麻烦吧？儿子爽快地回答，那怎么会呢，平时送别人都送，送你们能不送吗？李凤娇笑一笑，为自己的机智喜悦，也庆幸自己没有"漏嘴"。

突然地早早歇下，让李凤娇和郭子仪都很不习惯。李凤娇装模作样地养精蓄锐，郭子仪则躺在床上看五频道。这段时间，斯诺克激战正酣，这玩意以前并不热闹，因为有了丁俊晖，转播也多了。他发现，原来这种赛事也挺频繁的，可惜他不怎么喜欢。他只是觉得那些人把白球控制得比较好，走位很漂亮，至于所谓的"斯诺克"，他觉得有点损，不那么干脆，像娘娘腔。看了一会儿，没意思了，郭子仪突然有了想抱抱李凤娇的念头，就一把撸过去。李凤娇像被蛇咬住一样拼命抵抗，说，今天不行，明天的事要紧，今天要保持手净。郭子仪不禁笑了起来，觉得李凤娇有点小题大做，上纲上线，但他还是尊重李凤娇的虔诚。虔诚有什么不好呢？虔诚是一种品德，现在虔诚的人是越来越少了，而李凤娇的虔诚又是这么可爱。郭子仪把手抽回来，打了个假哈欠说，好吧，睡吧。

其实，郭子仪和李凤娇都没有睡，都睡不着。睡觉是要有睡意的，他们今晚没有睡意。

明早的事，和儿子的身体有关，他们不由自主地回忆起来。

李凤娇说，那个时候的儿子，是三天两头地病，老是发烧。郭子仪说，是啊，那是我们最最辛苦的一段日子，去医院都成了我们的家常便饭。李凤娇说，医生看熟了都成了朋友了。郭子仪说，你说的是那个老中医，叫谢昌仲，用的却都是西医的办法，打针，吃药粉，效果是快，就是伤身。

李凤娇说，后来儿子咳嗽了，老中医就没有办法了。郭子仪说，这不能怪他，俗话也是这么说的，老医生也只怕咳嗽，可见咳嗽的顽固、难治。李凤娇说，为了儿子的咳嗽，我们弄过多少偏方啊，什么莲子炖百合，什么冰糖哈士蟆，都没用。郭子仪说，我还掏过鸟窝呢，用未开眼的雏鸟在瓦当上烧成灰，煎汤喝服。盲目啊，找不到办法啊。

李凤娇说，儿子稍大一点，发烧和咳嗽是少了，但又多了一个名堂，不吃饭。郭子仪说，不吃饭就是湿阻，舌苔厚得像石板一样。李凤娇说，这个老中医有办法，中药一喝，舌苔退去，吃饭又好了。郭子仪说，我至今还会背那个退舌苔的药方：杏仁十克、薏苡仁三十克、半夏十克、厚朴九克、通草三克、茯苓十克、苍术十克、佩兰六克，关键是蔻仁四克。李凤娇说，你都可以当医生了。郭子仪说，体会太深了，刻骨铭心啊。李凤娇说，

为一位不知名的老人送行　　　　　　　　　　179

现在好了，儿子长大了，这些事一去不复返了。郭子仪说，不知道我们的儿子还记不记得？

凌晨三点半的时候，闹钟响起。半睡半醒的李凤娇第一下就惊醒了，第二下，郭子仪也翻了个身打滚起来。他们计划用半小时把一切收拾好，四点钟出发，四点半到达目的地。

李凤娇轻手轻脚地来到卫生间，忍着劲小心翼翼开始洗漱。要是在往常，她刷牙的时候都会干呕几声，呕声像玻璃一样砸在地上，很犀利，呕了就很舒服。但今天，她尽力控制住呕声，不让呕声萌芽起来，因为，他们的儿子还在睡，她不想吵醒他，她想让他多睡一会儿。都说凌晨的觉是睡补的，像在吃补品，一觉顶两觉用，那就让儿子再补一补。

郭子仪的洗漱就简陋多了，他是在厨房里解决的，漱漱口，抹把脸。他的任务是快速地弄好早餐，其实他昨晚就准备好了，也是遵循了急事急办的原则，买了南方大包和一鸣蛋奶。早上匆忙，不可能按部就班地吃饭。现在，大包已热在锅里，蛋奶也已温在开水里了，只等儿子把眼睛一张，伸嘴就可以吃起来。今天早上，他们的任务就是让儿子舒服，只有儿子舒服了，才有好心情去参与这件事。而这件事，只有儿子参与了，才能算真正完成了。

大概是四点差五分的光景，李凤娇才非常舍不得地把儿子叫了起来。儿子说，真的要这么早啊，我还以为你们是说着玩的呢。李凤娇的口气有点讨好，说，就一次，早是早了点，但真的要这么早。儿子的眼前，李凤娇已为他放好了洗脸水，郭子仪也已拿着大包和蛋奶等着了，看着这阵势，儿子笑了一下，非常给面子地走进卫生间。郭子仪和李凤娇相互点了点头，好像在说，看来今天顺利。

他们去的是靠近过境公路的一个小区，天还是完全黑的，他们看不清小区的面貌和规模，因此，当他们的小车悄悄地进入时，连他们自己都觉得有点鬼鬼祟祟。

事实上，这个地方李凤娇和郭子仪是很熟的，不知来过了多少次，谁有空谁来，一次也没有落下，每一次来都承载着儿子的平安、顺利。后来，儿子渐渐长大，他们的行为也不再沉重了，慢慢轻松了，但心还和从前一样虔诚，心愿也纯如当初。他们觉得这地方关系到儿子的成长，他们到这里来也应该是一辈子的事情，"做人"就是要这样。

他们的车慢慢前行着。慢慢地他们也看到了许多车，这些车也和他们的一样，也是来参加这件事的。他们又看见了许多人，三三两两的，一直绵延到里面，越是往里面去，就越是密密麻麻。后来，他们听到了一阵军乐声，这时候的军乐声是一个信号，好像在告诉他们，他们来迟了，里面已经动起来了。他们赶紧把小车停好，慌慌张张地往里面赶。

这是一个为人送丧的现场。儿子就是要给这个人送终。

儿子问，这是谁啊？李凤娇说，一位不知名的老人。儿子说，我也要进去吗？郭子仪说，你当然要进去啦，主要是你要进去，我们是陪你来的。儿子抓了一下头，脸上狐疑起来。李凤娇说，也不是什么难事，就是把这个老人送一送。郭子仪说，那不是的，送人也是要带感情的，要由衷的，乱送有什么意义呢。儿子越发觉得好奇，有一点探究的欲望。李凤娇说，你就跟着人家做吧，人家怎么做，你也怎么做，又不叫你自主创新。儿子说，那我要搞搞清楚的。把儿子蒙到了这里，郭子仪的态度也稍稍硬了起来，就说，算你半个亲人吧。李凤娇也在推波助澜，说，你这才第一次来嘛。他们一个唱红脸，一个唱白脸，目的只有一

为一位不知名的老人送行

个，把儿子弄进去送丧！而儿子，这时候已经没有退路了，尽管还有点莫名其妙，但也感觉到这事的重要。

一家人显然是来迟了。在他们拼命深入到里面的过程中，李凤娇也在不断地碰到熟人，这些熟人都是在这里认识的，大家过去来这里祈求什么，现在来送这个"最后一程"。熟人说，你怎么才来啊？都快要出发啦。又有熟人说，快去报到吧，等会儿来不及了。有人递给他们白花，有人递给他们红绸，白花是用来送丧的，红绸是祈福回家的。这些李凤娇都要，但李凤娇还想要一样东西，就是她在家里想准备的，最能代表她心里程度的——白衣。

在这个深入的过程中，李凤娇和郭子仪也生出了许多后悔，后悔把时间算得这么死，后悔这时候才来报到，他们应该提前一小时来，甚至可以在这里值个夜，再一起帮忙做些准备工作，最好。比如，让大家当早点的馒头，李凤娇就会做；再比如，郭子仪的字虽然一般，但毕竟是坐机关的，写写挽联还是绰绰有余的。他们怎么就没有想到这一点呢？都没有想到要来做志愿者呢？真是疏忽大意了。

他们终于来到了中心地带，这里有几张桌子，摆放着各式各样的孝衣，就像郭子仪说的，孝衣有的是。这也是他们最想表达心意的方式，挑一件孝衣穿上，作为有最亲关系的人，最后送一送老人。孝衣有麻的、布的，白色的、米色的，有的是新做的，有的则是从别处贡献过来的。李凤娇挑了一件白大褂穿起来，这是件正宗的护士服，比她在家里要找的白衬衫神气多了，可惜她的腰有点粗，身体也有点松，看上去没那么精致，像个老护士长。李凤娇又挑了件麻的给儿子，披麻戴孝嘛，儿子的身份应该就是穿麻的。儿子惊讶地退了一步，看着李凤娇，说，要我穿？我穿这个？我为什么要穿这个？李凤娇一如既往地以劝导为主，你看大家都穿了，他们都和你一样，有什么呀，穿了没错。郭子仪这会儿已完全是一副家长的派头，居高临下的，既然把儿子蒙来了，就由不得他了，就没有什么好客气的，他说，叫你穿你就穿，没有理由的，我们都替你穿了，你还不穿？既然说到了具体，儿子也顶真起来，说，他跟你们有什么关系我不管，你们要穿就穿，但我不知道他是什么人，我凭什么穿呀？郭子仪说，就凭他是你的"亲爷"，"亲爷"知道吗"亲爷"。儿子说，笑话，他是我"亲爷"，那你是什么？郭子仪说，我是你的生身父亲，他是你精神上的父亲，行了吧？儿子不响了，但头还是犟着，好像在说，荒唐，莫名其妙。李凤娇连忙打着圆场说，不就是穿件衣服吗？又不是叫你登月，穿了，送一送，大家皆大欢喜，不就好了？郭子仪还想摆事实讲道理，说，实话实说吧，你小时候命贵，我们养不了你，我们把你托给了他，拜他为亲爷，是他在暗中保佑你。你读书到大学，精神层面的东西应该知道吧，外国人叫教父，外地人也有叫干爹的，我们这里叫"亲爷"。儿子说，我怎么从来没听说过这件事啊？李凤娇说，我们是要你好啊，我们还会骗你吗？郭子仪明显有点不耐烦了，说，你穿不穿？不穿拉倒，不穿你给我滚一边去，在外面等着！

郭子仪也拿了条白大褂穿起来，形式有时候也体现了意义，他觉得这也是很要紧的。他长得本来清爽，又在机关里养尊处优，现在白大褂一穿，活像一位有年头的医生，还不是一般的医生，是主任级的，他自己也忍俊不禁。李凤娇说，现在天还是黑的，你先穿着，等一会儿天亮了，你就随意，毕竟你是在机关工作，让人看见了不好。郭子仪谦虚地说，其实也没什么，说白了也是人之常情嘛。有人悄悄问李凤娇，你儿子怎么没来？今天的场合，都是为孩子来的。是啊，没有孩子就显得有点点突兀。李凤娇犹豫了一下，撒了个谎，说儿子今天上班，在县里，一下子来不了。那人炫耀着说，我儿子来了，他在南京读书，乘夜车刚刚赶到。这样一说，李凤娇就觉得心里不安起来，像被人甩了个大嘴巴。郭子仪也有点尴尬，这反映了一个很浅显的问题，他们的"做人"没有到位，或者说他们的教育很失败。李凤娇着急地问那人，人没有来，有什么办法补救吗？那人说，你就捧一套衣服吧，来不了也是正常的。郭子仪问，这有用吗？那人说，心到了，"亲爷"也会知道了。这个建议好，李凤娇就认真地挑了一套麻衣麻帽，小心地捧在手里，替代没有进来的、缺席的儿子。郭子仪还去撕了一张纸，掏笔写好："我儿工作忙，未能赶上送终，请'亲爷'原谅！"他把这张纸恭恭敬敬地夹在麻衣中。

　　这时候，军乐声又响了起来，这一次是开拔的信号，送丧开始了。

　　这完全是一场自发的送丧仪式，出于感激和报答，出于虔诚和信念。说自发是因为"亲爷"是一个孤老头，没有子女，也没有亲戚，现在汇集起了大队人马，肯定都是自发的。还有个情况说明是自发的，就是送丧队伍里的很多内容是重复的，说明不是统一安排的。比如军乐队，一套是专门吹丧事的，吹的是"赞美诗"或"世界是你们的"；另一支则服装正规，设备齐全，乐曲也出口不凡，一听就知道训练有素，有《义勇军进行曲》《在希望的田野上》，甚至还会《拉德斯基》这样很难配合的曲子，据说是专门为政府吹庆典仪式的。再比如民乐，也有两队，一队以唢呐为主，一队以鼓板为主。唢呐为主的是某某居委会拉来的，是草台班；打鼓板的那队，则肯定是京剧团的。

　　李凤娇和郭子仪站在"亲属"的队列里，他们手捧"儿子"，他们觉得儿子和"亲爷"亲密，觉得"亲爷"对他们帮助大，没有"亲爷"，他们的儿子肯定没这么好。一班人拉拉杂杂向小区外面的方向走去。

　　这是李凤娇和郭子仪参加过的最庞大的一次送丧。他们走在前面，虽然不知道有多大的队伍，但他们觉得前前后后应该有很多方阵，有彩旗方阵，有花圈方阵，有腰鼓方阵，有民乐和军乐方阵，有自备车方阵，断后的还有中巴方阵。这么重要的场合，他们庆幸自己没有缺席，要不他们不会原谅自己的。

　　队伍走出小区，慢慢往过境公路方向移动。队伍还要完成一个仪式，这个仪式的完成，小区的空间自然是太小的，一般的马路也是太小的，只有过境公路上有一段还可以马虎对付。

　　李凤娇捧着"儿子"踽踽而行。人很多很杂，没有人会知道她是谁。但因为心虚，李凤娇总觉得有人在注意她。那个说自己儿子从南京赶来的人就很骄傲，时不时地朝她看看，好像在质疑她。还有个人也老是问，你儿子好吗？他怎么没有来？李凤娇真想把郭子仪写的那张纸从麻衣里拿出来，让他们看个明白，她儿子是有事，脱不开身，不是偷懒，更不是别的什么！她端端正正地捧着"儿子"，虽然没多少"分量"，但因为专注，因为紧张，她的手很快就酸了、麻了、僵硬了，这使她想起年轻时抱儿子去医院看病的情形，抱儿子排队挂号，抱儿子等医生，抱儿子抓药打针，等到把儿子抱回家，她的手就像断了一样，没了知觉，当然，为儿子的付出，她是欢喜的，心甘情愿的，包括今天来送丧。

　　严格意义上说，送丧与李凤娇和郭子仪是没有关系的。但"亲爷"和他们的儿子有过一层关系，他们就要记住他，做人嘛，应该这样，知恩图报。让李凤娇痛心的是儿子的态度。如果儿子忙、身在外地，真的来不了，倒也情有可原。可他来了，冷漠，不认账，觉得与自己无关而躲开了，这有点不近人情。好在李凤娇身边也有许多捧着"孝衣"的人，她可以轻而易举地把"儿子"混在其中，也可以随心所欲地编出儿子"有事"的借口，还不至于有多少尴尬。那些捧着孝衣的人，捧着大孝衣小孝衣，捧着麻孝衣布孝衣，分量不同，程度也不同。李凤娇知道，他们的孩子都是事出有因：有的还太小，不便早起；有的住校读书，今天要考试；有的出差去了；有的有重要的接待任务……有了这些孩子，这些理由，因而也显得她的儿子并不是那么"不孝"。但有一对父母还是让李凤娇震惊和心痛的：他们的孩子已经死了，是病死的，但他们还是要捧着"孩子"来送一送，说好歹也是"关系"一场。面对他们，面对他们手里的"孩子"，李凤娇就觉得自己很惭愧。

天渐渐亮了，一些路人也认出了队伍中的"死者"，说这不是那个孤老头吗，他还有这么崇高的"职业"？"亲爷"可不是随便让人当的，也不是谁谁都能当的，要"星辰"大，要扛得住，要把别人的不顺和不祥担过来，所以他是在以自己的生命之轻来承受别人的生命之重。人生多舛，谁家没有个磕磕绊绊？有家人生病的，有生活困难的，有遇事不顺的，有小孩不听话的，为什么会这样？为什么不是一样的？人们找不到答案。人们无力和命运抗争，只能找一个心理依赖，把一些东西排解掉，所以就找了个"亲爷"，把自己的祈求寄托于他。这不是迷信，不是需求和供给这样简单的表述能解释清楚的。

天渐渐亮了，李凤娇和郭子仪也慢慢看清了自己的形象，都会心地笑了，他们原来都高估了自己了。李凤娇根本就不像个什么护士长，顶多像一个馒头店里的营业员；而郭子仪也好不到哪里去，不用说不像个医生，像公园门口摆地摊卖假药的还差不多。穿衣服真是很有讲究，不合适的身份，穿什么都不像。李凤娇对郭子仪说，你赶紧把衣服脱了吧，你穿得的确不像，太惹人眼睛了，人家马上会认出你，说这不是机关的老郭吗，影响多不好。郭子仪也开玩笑说，我也过了这个瘾了，衣也穿了，丧也送了，心也到了，现在"亲爷"不会骂我们吧？

天渐渐亮了，周围的一切也看清楚了，开始还冷清的过境公路像是一下子宽敞起来，车也慢慢多了，景致也慢慢明朗了。送丧的队伍走过啤酒厂，走过消防支队，走过粮食加工厂，走过车辆管理所，走过造纸厂的草料场，现在右转弯了，地方更空旷了。有一阵，队伍停下来吹一段乐曲，打一阵腰鼓，这没有什么计划，也不是什么要求，完全是大家自愿的，大家只想多停留一下，再"缅怀"一会儿。队伍要去的地方是过境公路上的"仓储"，仓储门口每天有很多车进进出出，每天有很多车在这里装货卸货，这样大的空地才能够举行最重要的仪式——围丧，围丧后，送行的人们就地解散，而"亲爷"，则还要送到火葬场去。

突然，李凤娇发现儿子并没有走。他们送得很投入，早忘了不配合的儿子，原来，儿子并没有擅自离开，他开着车，跟着队伍，与他们平行的位置，在公路的对面。李凤娇心里一阵暖，一阵高兴，觉得儿子这样做是在表示什么。表示什么呢？是后悔了？是想弥补？还是理亏了想留下陪陪父母？不管怎样，儿子总算还是在送丧的气氛里。李凤娇朝儿子挥挥手，向儿子举了举手中的孝衣，好像在说，你已经在送了，等会儿再表现得好一点。她心里想，如果到了仓储门口，儿子能够参与着一起围丧，一家人手拉手地向"亲爷"告别，还不算晚，还有药可救，一定可以既往不咎的。郭子仪也看出了李凤娇的心思，他自告奋勇地要过去和儿子谈谈，再做做思想工作，把儿子争取过来。

郭子仪横过马路坐进了儿子的小车。他们的谈话从儿子很小的时候切入，要说渊源，说逝去的岁月，说花掉的心血，不能只

为一位不知名的老人送行　　　　　　　　　187

取个横断面，横断面会让年轻人有阻隔感，没有说服力。郭子仪说起儿子的发烧和咳嗽，说起李凤娇和他的辛苦，说起会开西药的老中医，说起那帖冲蔻仁的药剂，儿子侧着头望着郭子仪，露出好笑的神情，说，有这样的事吗？儿子不相信，他觉得自己现在这个样子，人高马大，智慧英俊，怎么也联系不到那个弱不禁风的小病孩。他觉得郭子仪在编故事。

郭子仪又说起一件往事，那是儿子小学二年级的时候，似懂非懂的阶段。他们解决不了儿子的生病问题，到一个先生那里问来了一张纸，先生是研究《易经》的，说儿子"与父硬"，怪不得儿子这么多事，原来是和郭子仪"过不去"，要是郭子仪的命比儿子的更硬，那儿子就"吃不消"了，就体弱多病了。有什么办法吗？有，民间就有现成的经验，要打击一下郭子仪的自信心，不叫郭子仪爸爸，叫"大大"。还有人出主意，说大大还太近，要彻底破掉这个"硬"，把"硬"软下来，就得在关系上疏远，越远越好，叫"表叔"。那段时间，儿子被弄得无所适从，无所适从的结果是拒绝配合，什么也不叫，弄得郭子仪也很不是滋味。

对于这个"说法"，儿子更是一脸的不屑，说，我怎么一点也想不起来？什么都不叫，这怎么可能呢？又说，你这样说起来好像神话一样，根本就没有科学依据。儿子甚至取笑郭子仪说，这些话如果出自母亲之口，还马马虎虎，你身为国家干部，怎么也这样愚昧呢？这话郭子仪不要听，他立刻和儿子顶了起来。他们的声音高了，引得路过的行人纷纷注目，他们也觉得不自然，停了停，扭着头，作互不搭理状。后来，还是郭子仪耐下性子，迂回了一下，说，你们年轻人就是这一点不好，无视历史，怀疑一切。自从儿子上了大学，郭子仪和儿子之间的争论时有发生，他是个开明的人，没有觉得争论抹杀了他的脸面，没有什么难堪让他下不了台，相反，他觉得能够据理力争，说明儿子有自主意识，是身心健康的表现。但这件事，郭子仪觉得不能用科学或愚昧来概括，这里面有苦难的铺垫，有心疼的程度，有亲情在作用，有心血在努力，任何人都不能回避这一点，否则就不是实事求是。

谈话继续进行。

前面的事没有结果，有人又介绍了一个办法，为儿子拜一个"亲爷"。这个办法好，有点"嫁祸于人"的意思，也就是说，把发生在他们家庭的"苦难"，都让这个"亲爷"背着。这办法解决了"与父硬"的问题，解决了这个问题，儿子的病也就"迎刃而解"了。从那时起，李凤娇和郭子仪逢年过节都要到"亲爷"那里去拜一拜，可以带一些钱，不计多少；可以送一些实物，不论轻重；可以只是一句感激的话，只要心诚就行。而"亲爷"，其实他也说不上什么科学的话，也帮不上什么具体的忙，但他会准备一份礼物让你带回家：半斤米、一个苹果、两根火腿肠，相当于信心和期望。这些东西说起来都是吃平安、吃顺利、吃聪明的，毫不含糊地吃了，像吃药一样虔诚，儿子就是吃了这些东西，才茁壮成长，才有了今天这样的前途。因为涉及吃，有具体的感受，而且持续的时间又比较长，儿子想起来了，说，这事倒是有的。我也一直觉得奇怪，想问问这是怎么回事，什么意思。儿子又问，今天就是来送他吗？郭子仪觉得谈话有起色了，他的叙述出效果了，儿子有了觉悟的迹象，他高兴地说，对，今天就是来送他。他是个好人，不是一般的好人。据说，拜"亲爷"一般只接受一个两个，拜多了会折寿，但他舍自己而不顾，有求必应，所以才拜起了这么多人。现在他死了，我们感谢他，来送他最后一程，不应该吗？儿子慢慢地摇下了车窗，下意识地望着窗外，窗外，是行进中的送丧队伍……

为一位不知名的老人送行

尽管这样，儿子对事情的作用还是持怀疑态度的。他说，你要是说"亲爷"大公无私，精神可嘉，我也承认。你要是说我是因为吃了那些东西，才长大的，才有了出息，这也太牵强了，不搭界的。这样说起来我好像就是一个傻瓜蛋。郭子仪对儿子的"反悔"感到不爽，他说，你现在当然觉得自己不是个傻瓜蛋，可你当时就是一个傻瓜蛋，我们无能为力，走投无路，我们相信他，我们就是把他作为救命的稻草。儿子说，其实你心里是非常清楚的，这根本就没什么用！这是自欺欺人。撇开了感情和意义，两代人的分歧又显而易见起来，而且越来越大。郭子仪有点气急败坏，他真想问问儿子去还是不去！干脆点。但想起自己的使命，想起要争取儿子，他还是把态度萎了下来，他说，人总是要怀旧和感恩的，你不承认他的作用，那你承认这种关系吗？儿子轻描淡写地说，关系其实也是无从谈起的，我从来也没有见过他，哪来的情感？怎么感恩？儿子还振振有辞地说，没办法，有些事就是强调关系的，革命先烈离我们太远，我们去缅怀去扫墓就是麻木的。他把恩赐给了你们，报答也应该由你们去完成，我肯定是没有感觉的。郭子仪突然觉得胸口疼痛，像有一口血要往上涌，他要儿子停车，快停车，他怒气冲冲地摔门下去。

　　远处，行进中的李凤娇一直在关心郭子仪的谈话，她在心里为他打气，甚至在暗中助他智慧。现在，她看见郭子仪下车的样子，看见他走路脚又得很大，她知道，他们的努力失败了。

　　在仓储门口的那块空地上，最重要的仪式——围丧开始了。先是打了一通腰鼓，接着是吹了一曲军乐，再就是闹哄哄的民乐，都不是很合适。倒是最后的那个鼓板都敲在了点子上，就像京剧里的人物亮相，的笃的笃的，参加围丧的人一个个手拉手，鱼贯入场。

围丧就是把死者的遗体摆在当中，"亲属"们围成圈作最后的告别，顺三圈，倒三圈。因为人多，这个圈子围得很大，像水涟漪一样漾开来，而且不断地有人加入，圈子就越扩越大。圈子太大了，把过境公路也阻断了，过往的司机有的慢下车谨慎地通过，有的索性停下来张着嘴观望，他们在心里想，这是谁呀？送的人怎么这么多啊？

　　李凤娇和郭子仪也走在圈子里，他们转啊转啊，没有儿子，他们也要把围丧完成好。他们转着，情感里都是儿子，行为里也都是儿子，转到能看见儿子的地方，他们都会不约而同地看一眼，儿子在等他们，儿子的车就停在对面。他们第一次转过来的时候，儿子正在擦车玻璃，早上湿气重，玻璃上蒙上了一层雾；第二次转过来，儿子好像在打哈欠，侧着头在听音乐，他一定是等得单调了，无聊了；第三次再转过来，他们看见儿子靠在座位上睡着了，头仰得高高的，嘴巴张得很大，也许还流出了口水。他们想，今天起得早，儿子一定是太困了。他们的心也揪了起来。

　　李凤娇对郭子仪说，他一定想睡死了，他本来就很会睡的，他一直就是个睡睡宝。郭子仪愣了愣，说，这倒也是，今天太早了，不是说凌晨的觉是睡补的吗，他今天等于还没有补，所以才会累。李凤娇说，其实他还是很听话的，他能够被我们蒙了来，能够陪到现在，已经很不错了。郭子仪也说，主要是我们想做得更好，对他的要求高，那些没有到场的，谁知道他们什么原因啊？是真是假啊？也许根本就没有事，和他们相比，我们儿子总还是到了现场的。李凤娇说，要不你去看看他，叫他先回去，他要是睡不好，晚上上班都上不好。他们一边议论着儿子，一边为儿子心疼，他们巴望着围丧快一点结束。

　　围丧终于完毕了，但围丧的人意犹未尽，很多人提议再跟"亲爷"到火葬场去，李凤娇也心动了。她和郭子仪商量，我们是不是也去一下火葬场？郭子仪说，我单位还没请假呢，不知道机关里面有没有事。李凤娇说，你单位又没有很硬的事，没关系的，跟他们说一声。又说，我们的儿子没来送，总觉得心里不踏实，还是去吧，我们再送一程，也弥补一下儿子。这个理由郭子仪马上就接受了，他说，也好，好事做到底，做到底了，别说别人没有闲话，我们自己心里也好交代了。说着，郭子仪要李凤娇先等等，自己就小跑着横过公路，他要和儿子说一声，把儿子安顿好。

仓储的对面有一个汽车旅馆，是专门给那些司机准备的，据说，装潢比较简单，卫生还可以，是国外的一个连锁品牌，叫"锐思特"，有一个像太阳一样的标志。郭子仪毫不犹豫地就开了一个房间，开了半天房，不就是几块钱嘛！他把儿子从车上叫起来，催进旅馆，踏踏实实地睡一觉。此去家里还要半个多小时，回单位的时间要更长，关键是迷迷糊糊的就不能开车，不安全，睡一觉再说。儿子问，那你们呢？郭子仪说，我们没关系，我和你妈再去一下火葬场，那边有中巴接送，你就安心地睡吧。儿子说，那我就睡啦，我想睡死了。郭子仪忙说，睡吧睡吧。

儿子就真的去睡了。

安顿好儿子，李凤娇和郭子仪的心情一下子松弛了，他们全身心地投入到"亲爷"的火化阶段。他们先是和大家一起为"亲爷"排队，今天火化的人也特别多。等排到了火炉旁，他们又来到休息室，看"亲爷"火化。休息室里有好多台视频，他们一眼就挑准了"亲爷"的那块窗，他们看见"亲爷"被推进炉子，看见炉子里喷出了火焰，他们知道，那是"亲爷"被浇上了油，再过几十分钟，"亲爷"就真的"烟消云散"了。他们继续等。他们无所事事的时候又想起了他们和"亲爷"的关系，儿子和"亲爷"的关系，有多少年了？他们记得是儿子四五岁的时候拜的"亲爷"，一晃二十年过去了。二十年了，他们在"亲爷"那里来来回回地走；二十年了，雨露滋润禾苗壮；二十年了，随着儿子的长大，疾病消失，健康也是自然而然的事，但他们不能过桥拔桥板，不能把"亲爷"否定掉……

后来，李凤娇和郭子仪决定再跟着队伍送"亲爷"到山上去，尽管这个队伍越来越小，他们想，反正已经出来了，就送送到底吧。在山上，入土有一个仪式，封门也还有一个仪式，特别是封门的仪式，要等到一个特定的时辰。李凤娇和郭子仪继续等着，他们又想起了儿子。儿子在睡吗？睡得好吗？会不会因为惦记着他们睡了个囫囵觉又醒了？那不是睡得不三不四了？那可比没有睡更加难受。他们不安了，郭子仪就掏出手机，打电话肯定不行，说不定正好把儿子吵醒了，他决定给儿子发个短信，李凤娇也钻过头来在一旁帮着编辑："儿子，我们把'亲爷'送上山了，还没好，还要过一段时间，你如果醒了就先回去吧，记得给自己弄点吃的，记得车慢慢开，机场路那个环岛车比较多，要小心……"

回来的中巴车上，李凤娇突然发现自己还穿着白大衣，郭子仪的白大衣也还拿在手里，奇怪，白大衣应该在围丧后就可以脱了的，或者在火葬场也应该脱了烧掉的，他们今天怎么啦？都是被儿子的事弄的，弄昏了头了，到现在还穿着白大衣，真像一对傻瓜蛋。他们相互对视了一下，吐了一下舌头，然后不动声色地把白大衣弄下来，偷偷地塞到座位底下。

这天晚上，按惯例大家要一起吃一顿"白喜事"的酒，这也是大家自发的，在这之前就已经准备好了，都出了钱，李凤娇出了三百，她把郭子仪和儿子都算了进去。听说有六十来桌，但他们没有去。他们本来是打算去的，如果儿子在送丧和围丧的环节上表现得好，那他们是肯定会去的，而且是张扬着去。但他们的儿子表现得不大好，他们就不舒服，怕"亲爷"不高兴，怕别人多嘴问，他们怕这样那样的难回话，索性就不去了。

这天晚上，郭子仪和李凤娇在家里吃，因为白天忙，因为心情也不好，郭子仪也懒得弄什么，就简单地弄了个蛋炒饭，简单地弄了个汤，草草地吃了。他们吃饭的时候又说起了儿子，儿子一直就是他们心中的话题。他们说，儿子在那个汽车旅馆不知睡得好不好？不知睡到几点钟？不知有没有看到他们的短信？不知有没有弄点吃的？去单位的路上是不是顺利？当然，他们最后都一一地肯定了下来，他们的儿子是优秀的，能随遇而安的，生活能自理的，能很好地照顾好自己的，能安排好一切的，现在肯定早已在单位上班了，坐在单位的电脑前，眼睛闪闪发亮，一副吃饱睡足的样子……唯一让郭子仪感到如刺鲠喉的是，儿子没有给他们来一个电话，睡醒了没有来电话，看到短信后也没有来电话，走了也没有来电话，他应该来电话告知一下他的动向，不管怎么样，他是应该这么做的。李凤娇顿了顿，也说，是啊，他应该来一个电话的。

原载《山花》杂志 2008 年第 6 期

飞／翔／的／骡／子

西洋景

　　有一天，肖小丽狡黠地对崔子节说，我们去新世纪那边看电影哦。崔子节也诡异地看了她一眼，说，那边有什么讲究的吗？肖小丽用肩膀撞了他一下说，那边有一个像迷宫一样的地下车库。崔子节意味深长地笑了一下，说，看把你得意的。这句话还有个潜台词——真有你的。

　　他们是一对喜欢看电影的男女，他们以前都是在解放或红太阳看，这是两个老牌的电影院，分别在老城区的东边和南边。老城区的电影院怎样是可想而知的，没有暗默的车库，没有隐蔽的去处，身边的人影撞来撞去，说不定就冒出张熟脸来，他们要想在电影放映前亲热一会儿，就只能在电影院楼下的麦当劳，或对面的"去茶去"，而这些地方，似乎身边都布满了警察，一点也不能尽兴。

　　这样说起来就非常明白了，他们是涉险出来的，属于野合的一对。但他们又是有些情趣的野合，喜欢看电影。他们并不热衷那种"抄后路""摸哨"似的做爱，其实也没有那个机会，因为他们都有着貌似和谐温馨的家庭，他们可以"捉漏"的时间非常有限，也只有中午一点点的空隙——说是在单位里午休，其实是溜出来看电影去了。

　　他们的层次也是适合去看场电影，一个是银行的职员，一个是证券公司的高管，他们也不是乱看电影的，陈凯歌的《梅兰芳》、冯小刚的《天下无贼》、张艺谋的《千里走单骑》，他们都能说出个不尽如人意的地方，比如陈凯歌的那个，就是半部好戏；冯小刚的那个，也太有点想当然了；而张艺谋的，压根儿就没有想好故事，就是搬来了高仓健也救不了场。

其实，他们看电影是有名堂的，不是真要看什么电影，而是喜欢电影院里的那个环境，那种隐隐约约的黑暗，如无人之境，大家都翘首仰视前方，他们就争分夺秒地做自己的事情：隔着衣服摩挲身体；把舌头伸进对方嘴里；如果她穿着裙子，他就有意无意地轻抚她的大腿，心里感慨，像绸缎一样的皮肤啊……

崔子节喜欢肖小丽这样的女人，主动，热烈。还有就是丰腴，像糯米一样香腻。也许在别人看来她并不漂亮，但他有感觉，每次在一起，哪怕仅仅是抱一抱，那种肉感也都很激励他。喜欢有时候是没有道理的，不以好坏论，也不以美丑论，比如他老婆是纤弱的，他也许就倾心于魁梧强大的，仅此。

他们这次要看的电影叫《黑皮书》，去的就是"新世纪"。《黑皮书》是一部类似于"卧底"执行任务的影片，有蹩脚的比喻称它为外国的《色·戒》。这使得肖小丽心里怦怦乱跳，因为她看过《色·戒》，确实也为里面的情节激动，记得还特地去看了"港版"的。她真佩服"王佳芝"啊，佩服她的大胆和付出，只是王佳芝的身体单薄了一些，少了一点点冲击的力度。她听同事说，《黑皮书》的女主角那才叫漂亮呢，身材又好，但电影的过程里明显有许多"留白"和"突兀"，这些留白和突兀就值得深究。她曾在网上搜索过《黑皮书》，好像是故意给人们制造期待，网上只有片花，没有全剧。这样，肖小丽就约了崔子节去"新世纪"，说先看看删节本，权当临时解渴吧。

他们一般去看中午十二点的那一场，看完电影还能赶上下午的上班。这样，崔子节就得早一点出来，把肖小丽接上，而肖小丽则提前准备了"中饭"。他们比夫妻还亲密地坐在车里，崔子节一边开车，一边接受着肖小丽的喂食，他们吃三明治，吃辣鸡翅，喝可口可乐，有时候她先咬一口，再塞给他咬一口，说好吃哦好吃哦；有时候，她把自己擦过的纸巾也在他嘴上抹几下。他们就这样边吃边喝着到了新世纪的地下车库。

新世纪的地下车库有好几个开口，最好的开口要数市府路那边的那个，那里离电影院远一些，但开口外宽敞，看见的人不多，车驶到附近，冷不丁地钻了进去，哗啦啦就下去了。

这真是一个非常好非常隐秘的去处，真大啊，上面是时代广场、联华超市、海星湾酒家、吉利家具中心，下面就有相应的面积。萤火灯光，幽深的车道，像遁入了迷宫，事实上，他们刚进入到地下，眼前还没有完全适应，肖小丽就扑到了崔子节身上，像啄木鸟一样啄他了，好像她前面憋得很久很苦似的，这会儿终于出现机会了。这样的情境也激励着崔子节，性欲从腰间蹿了上来，身上一下子就硬邦邦起来。但他还暂时不敢松懈，他得搜寻那些车道。他盯着车道上方的那些灯箱，那都是上面的单位自己做的，没一个统一的，他看见时代广场、联华超市，看见了海星湾酒家、吉利家具中心，都不是他们要去的地方，他们都一一拐了过去。他们终于看到新世纪电影院的灯箱了！他们慢慢地摸索着准备停车，他们的身边有一些凌乱的电影海报，他们也看到了通往电影院的电梯，显然，这里还没有装饰好，或者根本就没有考虑到装饰，像一个无人管辖的"自由区"。

他们把车子停了下来，他们仍旧在黑暗的包围中，这样的地方也让肖小丽放肆起来，她马上把崔子节扳了过去，咬住了嘴。这样的地方也让崔子节胆大起来，他在咬住肖小丽的同时，手也像蛇一样游了过去，游进了肖小丽的衣服里。肖小丽杂乱无章地说，我找的地方怎么样？嗯？崔子节故意懵懂着说，什么地方怎么样？什么嗯？肖小丽说，你这个家伙，你要装是吧？你不想要了是吧？崔子节赶紧说，要要要，想想想，我也恨不得脱了你呢，但现在不是要看电影吗？是啊，电影是有时间的，他们只得勉强打住，悻悻地从车里钻出来，环顾一下四周，相互拉了拉衣服，肖小丽说，怎么没有人看车啊？崔子节说，说不定躲哪里尿尿去了。肖小丽说，那我们蹭一下便宜吧。说着，他们像兔子一样跳进了电影院的电梯里。

看电影，他们喜欢讨论。他们不仅要完成形式，还要把它弄懂。外国片大部分是可以讨论的，这部《黑皮书》尤是。《黑皮书》的精彩使得他们没有心思在座位上"乱来"，况且，观众也挺多的，前后左右都是耳朵和眼睛，尽管他们是坐在"情侣座"上，但仍然感觉到像被监视了一样。肖小丽说，好看的电影就是这一点不好，人多。他们在黑暗里白白眼，做了个鬼脸。

他们的讨论从电影院里就开始了。他们讨论技术问题：胰岛素打多了，吃巧克力真的能稀解吗？那些倒在艾丽丝身上的"粪"是真的吗？也讨论情节：医生一开始有没有和艾丽丝发生关系？蒙茨后来为什么要被枪毙？他们也讨论男女：艾丽丝有点像军妓噢？艾丽丝和蒙茨是在真搞吗？要是真搞，他们家人看了会怎么想？听说他们两个是真的一对噢！但在电影里真搞也是挺难为情的噢？王佳芝都没有难为情，他们干吗要难为情啊？

他们就这样窸窸窣窣地讨论着，直到电影结束意犹未尽。从电影院出来到长长的过道，他们似挽似抚跌跌撞撞，他们撞进了电梯，又撞到了地下车库，他们还在讨论，尤其是艾丽丝和蒙茨做爱的镜头，像点穴一样点中了他们，弄得他们身上热气腾腾的。等到他们找到了自己的车子，钻到了里面，已经是迫不及待了。他们没有像其他看友那样马上驶离车库，他们像两条发情的蛇缠绕在一起，车厢里立刻弥漫起只有接吻才有的特殊气味，还有肖小丽毫无道理的呻吟。突然，肖小丽抓住了崔子节的手，她搁在他肩上的脑袋也僵住了，她的眼睛小心地盯在黑暗里，她轻声对崔子节说，你身后有个人在偷看我们。崔子节一下子警觉起来，他放开肖小丽，慢慢转过头，在旁边隔着一辆车的地方，他看见一个穿保安制服的人，眼睛像是要掉出来一样，他想，一定是看车的保管，来收管理费了。

崔子节只得摇下车窗，探出头。那人就上前一步，还真是保管，手里拿着一沓票据和零钱。这样的场合，崔子节只能装作无所谓，他一边拿瓶子喝水，一边付钱，一边问，你这里有近一点的出口吗？那人说，有啊。并指了指前面，二十米右拐就是。崔子节噢了一声，轻轻地把车移出来，起先进来时没工夫细看，这会儿一定睛，这里还是个挺"健全"的停车场，角落里摆一张小桌，大概是保管"办公"用的，小桌旁有一个引导牌，指示着出去的方向。它这么一指，崔子节就发现前面确实有一点点光亮，他就顺着光亮哗啦啦地开上去，这就到了地面。崔子节和肖小丽都有了一种逃离尴尬后的愉快，他们会心一笑。

肖小丽发来 QQ，是三个翘着嘴巴"接吻"的表情。崔子节看见了，忙 Q，接住了接住了。肖小丽又 Q，我们今天去看电影哦？崔子节回 Q，有什么电影啊？肖小丽 Q，我们还在乎什么电影吗？崔子节看出这话后面的潜台词，Q，是啊，去啊，想啊。肖小丽提起了上次新世纪车库的事情，Q，你说，上次那个保管会怎样看我们呢？崔子节 Q，他想，这两个没地方去的人啊，这两个死不要脸的家伙啊，嘎嘎。肖小丽发了一个"滴汗"的表情，Q，我看他看得都快流口水了。崔子节附和着 Q，他那天晚上一定是失眠了。肖小丽Q，他什么时候见过这样的场景啊？崔子节Q，是啊，他老婆肯定还在乡下，他可能很久没有跟女人亲热了。肖小丽Q，我们就做做好事吧，我们去亲热，我们让他看，可怜的人。

他们就这样Q着，Q得自己都热血沸腾，就直奔"新世纪"去了。这天是星期五。新世纪星期二有半价，但半价人多，这不是他们所希望的。他们经过实践发现，星期五没什么人看电影。星期五大家的心思都在回家和聚餐上，而星期五的车库车也特别少，这正中了他们下怀。

这一次进入新世纪车库，他们就有经验了，看得比较清楚了。他们慢慢地前行，边上是一些长久泊着的小车，有些盖了篷布，看不出车的样子；有些没盖的，只见白蒙蒙的一堆。这些车，不知是车行租停在这里的，还是附近居民抢占在这里的。也有一些商品模样的箱子，大模大样地垒着，不知是上面哪个商场的，俨然把这里当"仓库"了。现在，他们把这个停车的地方也看清楚了，是一个"T"字结构，上次他们是把车停在"竖"上，而上面"横"的两端，也许是个死角，也许还有延伸，他们想，那里面一定更幽暗、更隐蔽。

像上次那样，他们一开始也没有看见那个保管，也许他就躲在某个暗处，窥视着进来的车子，巴望着车里有戏。他现在心里有期待了，那天，他们的亲热刺激了他，也许，他老早就发现了这个秘密，他尝到了窥视的甜头，觉得非常"解渴"。当然，这不是他的错。这样想着，他们就发现那张小桌的位置移了，移得往外靠了。他们还有个惊人的发现，那"两端"的角落里点上了灯。他们上次过来时还是黑乎乎的，看不清深里的内容。点上灯就不一样了，就会有更多的车子钻到里面去，就会有"好戏"。如果保管正坐在小桌旁，那车里的内容，他不用走近了也可以一览无余。这一切，都是保管在用心，他已经有意在营造环境了，他要"筑巢引凤"。他们很愿意这样想。

崔子节停好车，正要出来，肖小丽突然碰了碰他的手，他看看她，她向前努努嘴，他顺着她努嘴的方向看去，黑暗里有两个人影。人影看样子是小年轻，他们的体形、个头都很"精致"，他们的动作形式也很"大胆"。他们想，要是换了我们，就不是这样的，我们也许是一动不动的，也许是小心缓慢的。但人影的动作是花哨和迅速的，先是抱着扭来扭去，接着又撞来撞去，男的撞女的，女的也撞男的，后来，就打架一样纠缠在一起了。他们都知道人影在做什么。因为是偷窥，他们身上也起了异样的反应，他们眼睛直直的，都不再说话。肖小丽的呼吸尤其重，而且长；而崔子节，喉咙里也不能自己地咕了一声，像一大堆的口水掉了下去。他们都想起了那个保管，他们理解他那天的眼神了。

再后来，两个人影突然就出来了，很快从他们的车前走过。他们想，人影也是来看电影的？想在看电影之前再赶个"早场"？噢不，人影没有上电影院的电梯，人影就是来借地宣泄的，高兴的。这会儿，刚才的气氛还在延续着，一路推推搡搡，咯咯笑着朝那个有着亮光的出口走去。崔子节和肖小丽不禁由衷地感慨了一下。

他们今天看的是《不要回头》，这好像是一部合拍片。合拍片一般都不错，或投资巨大，或多国的实力加盟，过去有许多合拍片都是这样，像《斯特凡大公》等。这部《不要回头》可能和演员有关，意大利的贝鲁奇加法国的苏菲·玛索。对于电影演员，崔子节没有什么太多的讲究，都可以看。前面说过，他在乎电影院的环境，目的是"偷猎"。而肖小丽则不同，她多了些对演员的追求，很多的电影她都是冲着演员去的，这部也不例外。她对苏菲·玛索没有太好的印象，演技好坏暂且不说，冲击力太小，像贝鲁奇，她就特有好感，一部《西西里岛的美丽传说》，看得她心潮澎湃，还把它从网上下载了过来。她迷恋贝鲁奇忧郁的神情，走路的样子，甚至迷恋她的乳房，那个用柠檬汁抚洗乳房的镜头真是太经典了，肖小丽也经常要翻出来复习一下。但这部《不要回头》却让她非常失望。她不明白编剧为什么要编这样的故事，毫无意义。苏菲也没有施展演技的余地，两个人来回地替换，扯得七零八落。最最糟糕的是贝鲁奇，老得有点惨不忍睹了，眼睛边上都是皱纹，打击太大了。

肖小丽勉勉强强地坐了一会儿，她碰了下崔子节，说，还不如坐在自己车里呢。是啊，这是一个信号弹，还不如抱抱自己的身体呢。他们就一前一后地弓起身，摸出了黑乎乎的位子。外面的休息厅里很热闹：有人在排队买票，有人在屏幕前仰看场次，有人散漫地坐着喝咖啡，有人津津有味地嚼爆米花，嚼得吱嘎响。没有人认识他们，他们就装模作样地真把自己当夫妻了，他们挽起手，崔子节像是坦然地挺拔着，肖小丽则半倚半挂，做出"小鸟"的样子。他们走向电梯。在他们的身边，也有一对这样的男女，他们穿着平实，一看就知道有点"知识"，像大学老师的那种，但他们不是夫妻。这一点，崔子节和肖小丽一眼就看出来了，他们的距离有问题，特别是他们走进电梯的一刹那——男的拉了女的一下，马上又放开了。夫妻一般都不是这样的，夫妻要么"拖拖拉拉"，要么"不理不睬"。那么，他们也是偷出来看电影的？也是出墙来"野合"的？崔子节和肖小丽意味深长地对视了一下。

大学老师会喜欢哪一类电影呢？他们肯定也看不上《不要回头》，所以他们也要溜到车库里亲热去？抑或，他们想看的电影还没到场次？他们也要先回到车里去赶个"早场"？他们以前肯定也经常来这里的，知道这里的环境，知道怎样去安排自己。

走出电梯，两个大学老师向自己的车走去，崔子节和肖小丽也是，大家似乎都不在意对方，噢不，崔子节肖小丽很在意对方——他们钻进了车的前座，透过车窗，他们发现大学老师走向了一辆两厢车，是银色的POLO。他们还惊奇地发现，对方钻进了车的后座！后座的信息量就大了：车子暂时不走、说话聊天、拥抱接吻，也许还有其他可能……而坐在前座的他们只能是两种可能：马上走或"隔靴搔痒"地亲热。

　　他们也在好奇地窥视，但他们有点失望，对方没有什么太大的动作，都是他们料想到的。灯光太亮了，灯光把车厢照得一目了然，同样，灯光也让对方有些拘谨，放不开手脚，基本上很是"老实"。这一点，躲在暗处的保管也许没有料到，他弄亮了电灯，目的是让更多的车子停进来，希望能看到车里的内容，但灯光也是个坏东西，灯光让车子"暴露"了，灯光也阻碍了情节的发展。

　　就这样，大学老师只能做一些常规动作，拥抱，接吻，做做停停，停停说说，说完了又做。崔子节肖小丽发现在后座的动作很充分，双手可以运用自如。相比之下，他们在前座就显得很局促，中间隔了个"离合档"，还有个"小箱子"，他们每一次的热闹只能用一只手，而另一只手，差不多等于是荒废了，他们的质量远远不及对方。崔子节问肖小丽，你说，他们除了亲热，还会说些什么呢？肖小丽说，在这里当然会说电影了。崔子节说，那他们是说故事呢，还是说导演呢演员呢？肖小丽说，一般都会说女演员。又说，他们会喜欢什么样的女演员？崔子节说，这我哪里知道，他们比我们有档次，应该是喜欢有特点的。肖小丽说，我觉得他们应该喜欢卡梅隆、朱莉、珍妮弗·洛佩兹，他们喜欢嘴巴有特征的演员。崔子节说，那朱莉娅·罗伯茨的嘴巴也很有特色，妮可·基德曼的嘴巴也不错。肖小丽说，这两个形象有点弱，我想他们会喜欢有力度的形象。崔子节说，也是呵，他们是大学老师，不是一般的人，不像我们……他们正说得有味，车窗突然被人敲了几下——又是这个保管。崔子节回转身，摇下窗，说，怎么啦？保管说，你们看电影吗？崔子节说，我们看啦，不好看，我们在这里坐一坐，不行吗？保管说，这里场地紧张，不看就走吧。崔子节只得付了费，很不情愿地把车移出来。肖小丽说，他今天看我们没动作，就急着催我们走了。崔子节说，我们被大学老师冲淡了。肖小丽说，我们改天也搞些花样给他看看？崔子节说，就是，我们疯狂一下，把他搞疯搞失眠，把他的生活颠覆了。他们说着，压着声嘎嘎嘎嘎。

新世纪边上开了许多小吃店，鱼丸汤、鼎京牛杂、手抓小龙虾，这些店像雨后树林里的野菇，眨眨眼就开了出来，弄得新世纪周围一片油烟和暧昧的气氛，人们一想到新世纪，就会跳出电影、车库、小吃、亲热等等词汇，就会联想到一条龙形式，引得年轻人在这里撞来撞去。

肖小丽喜欢吃小龙虾，就是烧得火红火红的那种，戴上薄膜手套，手抓，辣，吃出的汗把内衣都湿透了。她对崔子节说，我们今天早点出来，先吃小龙虾，再看电影，再再……崔子节拼命说知道知道，还没等下班铃声打稳，他就接力跑一样冲了出来。现在，他们坐在新世纪边上的手抓小龙虾店里，津津有味地吃着，他们才不管什么"肌溶症"啊什么症，要想得那么多，他们就不要享受了。

有一个情况引起了他们的注意，就是这店里的两个服务生，一男一女，农村出来的模样，他们穿着红裤、白衣、黄色镶绿边的围裙，男的还戴了顶白帽，女的却扎了条粉红的头巾。两个人做事很高兴，男的端菜，女的上菜，一般来说，俩人关系好，配合就麻利。关键是他们有一个动作很惹眼：男的端菜出来时都会用屁股撞女的一下；女的前来上菜时也会回敬男的一个屁股。还有，他们没事的时候双手背身面向门口站着，看似严肃正经，眼睛却时不时地闪来闪去。崔子节对肖小丽说，这会不会就是我们在车库看到的那两个"人影"？你看那年纪，那身形。肖小丽也说，我觉得像，你看他们那精神头，不跑到车库去才怪呢。是啊，他们的精神头是热闹的、欢欣鼓舞的、有挑逗意味的，还有按捺不住的倾向的。这样说着，崔子节和肖小丽就多看了他们几眼。

农村人对"感情"和"身体"是有自己的理解的，他们从不对自己有要求，因此，他们对感情和身体也没有标准。他们又受了时髦的影响，认为利用好这些就是聪明的表现，而适时的挥霍更是"物有所值"。但是，他们的交换理念又是狭隘的，他们的"政策"只对老乡倾斜，而对于其他"另类"，他们是提防和拒绝的。如果是这样，崔子节肖小丽觉得，这两个乡下小年轻应该是早早就有所行动的，他们抵挡不住情窦的开放，他们又无所谓，他们玩了再说。这个小店的屋顶平台，是他们最初的选择，这里隐蔽，而且只有他们知道。每天夜里，他们在这里尽情地嬉戏，以他们的经验演绎他们的内容。有一天，一股水龙从天而降，像暗地里扫来一梭黑枪，搅乱了他们的好事。可怜的他们，一边慌乱地收拾，一边对着黑暗破口大骂。他们这才知道，在旁边那些高楼上，在那些窗户后面，有高倍望远镜，有架起来的水枪，在那里埋伏着，以幸灾乐祸的手段，冷不丁地捉弄他们一下……他们是受了打击之后才"挖掘"出新世纪车库的，从此转移到了地下，并把时间从夜里改成了白天。

崔子节和肖小丽吃罢小龙虾，他们把车子慢慢地开下地下车库，他们今天的电影叫《盗梦空间》，是"纨绔子弟"莱昂纳多的新作，听说看不懂，他们本来就喜欢讨论，难懂就更有讨论空间了。车库里，今天的灯光突然变了，原来是那种节能灯，点起来白白的；现在换成了那种白炽灯，像萤火虫一样。萤火虫，就是光线不好，而角落里，则完全朦胧了。这样的暗，别人也许没什么感觉，以为是灯泡坏了，但他们马上就猜到了，是那个保管"处心积虑"的结果。自从他在车库看到了"西洋景"，他尝到了甜头，他已经"处心"了好几次了，也"积虑"了很多想法。先是把桌子移出来，后来又把灯光调亮，现在又把灯暗回去，接下来不知还会"发明"出什么。远离家庭的人是很苦很苦的，在车库看看车也是非常无聊的。我们在电影里陶冶情操，在车库里寻欢作乐，他顺带着缓解一下，也是可以理解的。碰到这种情况，那对大学老师一定会说，性，食色也。而崔子节肖小丽也会说，这很正常，就像吃饭睡觉一样。不知"手抓小龙虾"的那两个小年轻会怎么说……

这样想着，他们突然发现前面有辆车在微微地抖动，就在那"T"字的横端，差一点还看不见它了，但能够看见一个车屁股，就是那辆两厢的POLO，他们马上想到了那对大学老师，是他们吗？同时，跳进他们意识里的还有"车震"这个词。车震，多么暧昧，多么让人浮想联翩。

其实，当车子从坡道上下来时，肖小丽就已经情不自禁了，她把手伸到崔子节身上，像捏柿子一样东捏西捏，这会儿再受到车震的启发，差点要爬到驾驶座上去，崔子节当然也是一把接住，马上就爆发出一阵噼里啪啦的响声。

他们忙活了一阵子，又腾出嘴来议论前面的大学老师。大学老师是来看《盗梦空间》的，还是特地赶来车震的？崔子节说，应该两者都有吧。起因是看电影，看看时间还有，看看环境不错，情绪也起来了，就顺便车震一下。肖小丽说，大学老师怎么也会野合呢？我以为他们都是写写信的。崔子节说，他们更容易野合。肖小丽说，这话怎么说呢？崔子节说，因为他们的婚姻被身份、品位、传统固化了。肖小丽说，怎么叫固化了呢？崔子节说，就是模式化了呀，不敢突破啊，不敢有新花样啊。比如他们原来的形式是老式的、单一的、呆板的，突然一位提出说要口交，要换体位，要革新动作，你说另一位会怎么想？会想，这是从哪里学来的呀？怎么突然变坏了啊？是不是在外面也有这样啊？肖小丽推了一把崔子节，又轻轻打了他一下。崔子节把余下的半句话说完，说，所以，他们要跑到外面来，要找找新鲜感，要突破自己。肖小丽瞟了一下崔子节，说，你这是说你自己吧？

　　这样说着他们就仔细看了看那辆车，隐约能看出车窗里面的影子。对了，那对大学老师是喜欢坐后座的，他们看见后座有两支东西高高地举着，是双手还是双脚？据说，有人兴奋时是喜欢举着双手的，像旗帜一样飘扬着，招展着，以挥发自己的情绪。人到了忘我的境界，什么动作都做得出来，抑或还真是举着双腿？这要让那个保管看了，他会怎么想？他一定会疑惑死的，他无法想象这是一幅怎样的情形，无法理解城里人的嗜好。看吧看吧，看傻了吧，大学老师才不会因为看而有所收敛呢，他们无所谓看，在这个幽暗的车库里，又不仅仅是他们一对，又没有人知道他们是谁。他们唯一担心的就是保管不知好歹，不识时务，或过来敲窗收费，或站在一旁意味深长地笑看，要是这样，他们就不得不仓皇地打住。其实，保管也早已经学"乖"了，他已经是过来人了，有经验了，他才不会那么傻呢。他免费看稀罕，何乐而不为呢？当然为，当然为。但他会躲在黑暗里扼腕长叹，这些富裕又饱暖的城里人啊！他最大的想象、最多的经验也只是谷仓、磨房、玉米地、山上的大石板，他哪里想象得出车里的情形，哪里知道座位是可以移动的，哪里知道两厢的靠背是可以翻倒的，哪里知道狭小的空间里那种局促的新鲜和刺激……崔子节和肖小丽也觉得，和这对大学老师比，虽然都是在车里，他们简直是小巫见大巫了。

　　他们是热着脸走进电影院的，看电影是他们的任务，在车里热闹也是他们的功课，他们不能因为功课而疏忽了任务。但《盗梦空间》实在是太难懂了，不知是他们的魂还在大学老师那里，还是这部电影本来就拍得玄乎，他们又情不自禁地讨论起来——说这是虚拟的现实，纯粹的创作。说是啊，一个荒唐的想法，居然拍得像真的一样。又说，既然是梦，还可以再暧昧一点，不确定一点，视觉上再超现实一点，那样会更好看。说是啊，现在显得太理性了一点，欣赏的圈子也会过于小众。肖小丽也说到了片尾的那个"陀螺"，问最后有没有倒下。崔子节说，别在意这些"噱头"了，钻什么牛角尖啊，不倒下又怎样？倒下了又能怎样？但有一个共识他们还是达成的——莱昂纳多这孩子，现在真的是成熟了，忧郁气质满满，都快赶上尼古拉斯·凯奇的"范儿"了。

　　再一次进入新世纪地下车库，崔子节和肖小丽都吓了一跳，车库里都是人。车库是不应该有很多人的，这应该是一个幽静的地方，"私密"的地方，至少在他们看来是这样的，他们才会到这里来。他们把这里当成了"会所"，朦胧和暧昧是它的定位，要是像酒家和排档那样人影憧憧，人声鼎沸，这里就不会被人"看好"了。

　　他们远远地停了车，小心地靠近人群，伸了头在外面围观，居然还有警察和协警。那个看车人，那个保管，这会儿已经被协警拿住；那个警察，似乎在取证——有人举报这个保管，利用这里的地理环境，偷窥别人亲热。现场七嘴八舌，话音嗡嗡。有人说，有这样的事？这事好啊，我们也想看，在哪里啊？也有人说，我们也想让人看啊，最好是收费，我们也可以趁机创收啊。说话的都是些城里的年轻人，他们的俏皮也稍稍冲淡了现场的气氛。有人说，算了吧，都什么时候了，现在还抓这些，有什么意思啊？这应该是大学老师一类的人，轻松的态度里还能带出个基本形势。崔子节也凑热闹说，这也看不了什么，黑咕隆咚的，又不是看 A 片，有那么大的损失和危害吗？他这是实话，马上就有人附和，就是就是，说不定比剪影还要模糊。但也有人坚持原则，说，这不行的，肮脏，下流，社会风气就是这样被败坏的。还说，你都这么大年纪了，没见过男女亲热吗？没见过也知道是怎么回事啊，真是不知羞耻。这大概是那些举报者，很可能就是"手抓小龙虾"店里的小年轻。后来，这样的声音越来越多，越来越强烈，都不是本地口音，也不是纯正的普通话，说城里人之所以看不起我们都是因为像你这样，你把我们的霉都倒光了。说还等什么啊，明摆着的事，关他几天再说，让他吃点苦，他就长记性了。"讨伐"铿锵有力，且越来越强势，而"同情"和"理解"总是无力的，还带了点插科打诨的成分，这就让警察有点为难。

后来，那些"小龙虾"还宜将剩勇追穷寇，还自以为是地搜查保管的桌子，居然从抽屉里逮出了一样东西—— 一只单筒望远镜！样子像《甲午风云》里邓世昌用的那种，就是明显地小了许多，不知是小孩的玩具，还是从地摊上淘来的，这就让大家沉思起来，肃穆起来。"小龙虾"拿起望远镜放眼睛前照了照，哇，还是夜视的，红外线的！警察也拿过来一照，还在黑黑的车库里环视一周，似乎也看出点什么。警察笑了笑，拍了拍保管的肩，好像在说，这就不好意思啦，只好跟我们走一趟啦……就这样，保管被一班人"簇拥"了出来。

崔子节和肖小丽没有跟出来看热闹，他们还要去看电影，但显然，他们已经没有看电影的心绪了。在整个电影的过程中，他们都没有讨论电影，讨论的都是保管的"后果"和"下场"。肖小丽说，不知那个保管会怎么样？他真的会被关起来吗？他会被判刑吗？崔子节说，不会，等会儿他就被放回来了。肖小丽说，真的吗？他真的不会有事吧？崔子节说，当然是真的，你以为警察都没有事啊？再说了，这又算得上什么事嘛，想一想都很好理解的。肖小丽说，那警察为什么还抓他呢？崔子节说，这很简单，民不举，官不究，这么多人举报了，警察总是要过来做做样子的吧，但这件事终究是没有什么好深究的。肖小丽说，那些外地人也真是的，自己也是从农村出来的，干吗这样不依不饶啊？有那么大的深仇大恨吗？崔子节说，这你就不懂了，都是这样的。你想想看，我们平时到酒店里吃饭你看见了没有，那些农村来的服务生，我们对他们都是客客气气的；而对他们凶的、看不起他们的、把他们差得团团转的、嫌他们这也不是那也不是的、有什么事情没完没了不轻饶的，都是和他们一样的人，从农村里出来的他们的同类……肖小丽想了想说，还真是这样啊。

这天的电影他们没有看完，也不知道看了些什么，看了一半，肖小丽就说走走走，崔子节也吧嗒吧嗒地跟了出来。要是平时，这样的情况最好，他们可以心无旁骛地溜到车库，可以不讨论电影就"直奔主题"，但今天，肖小丽提不起一点精神。他们坐回到车里，肖小丽没有动一动的意思，她还在惦记着那个保管，呆呆地坐着，眼睛像掉进了黑暗里。崔子节也像是被传染了，难受像跟屁虫一样粘上了他，他似乎也沉重起来，他咬出几个字，这狗生的小龙虾！狗拿耗子！肖小丽回了一下头，说，你刚才骂人了？崔子节说，骂了，骂他已经是便宜了，他端了我们的"窝"，这么好的窝，我们到哪里去再找这样的窝啊？他以为肖小丽会兴奋回来，会附和他，继而也参与一起骂。他的手悄悄地伸过去，像蛇芯子一样舔了下她的乳房，他以为他们可以"开始"了，但肖小丽像警戒一样立刻把他的手挡开了。她斜了一眼他，但没有看他，她的"斜"其实是句"潜台词"，她抿了几下嘴，想把这句潜台词说出来，但最终，她连半个字也说不出来……

原载《江南》杂志 2011 年第 4 期

阿玛尼

　　我初中毕业的时候是十八岁。这个年龄，细心的人一看就明白，这厮，一定有什么说说的，要么是长不大的"螺蛳钉"，书读得迟；要么是"蒸不熟的黄馒头"，在哪个年级里"回炉"了。也确实，一年级的时候，五颗钮扣分三份，我分不出来；五年级的时候，"读书是学习，使用也是学习，而且是更重要的学习"，这"而且"是个什么东西？为什么这么重要？我就搞不明白。等我读了初中，母亲就吓唬我，叫你爸早点做辆板车起来，言下之意是，我学校里一出来，就可以去做苦力了。

　　借我母亲吉言，我确实也做过许多苦力，打桩、做泥水、拉板车，或者，被人呼来喊去地打架。这些信息也告诉别人，这厮有蛮力，或者说，头脑简单。同时，别人也由此知道，我有很长一段时间找不到事做了。一个人有力，没事做，都会想着去学一门本事，什么本事？打拳！就算你自己没想到，别人也会惦记着你，我父母就说，没事去学门功夫起来，不打人也可以防防身嘛。那些打拳老司也会找你，到我这里来吧，到我这里来吧。有点像现在的"星探"和"引进人才"，嘎嘎。

　　我们家对面山上就有个拳坛，老司叫龙海生，也有人叫他南拳王的。是拳王，一般都有些传说。传说一，说有一天有人找他单挑，他说可以，也不问要比试什么，不动声色地顾自扎下马步，运足气，然后发力身体一坐，脚下的地砖就像开了片的瓷板，嘎嘣嘎嘣地裂开来；还有个传说更有趣味，说他弟弟要"上山下乡"，明天就要走了，他表示对政策的不满，早一天夜里把解放路上的垃圾屋全部踢倒。垃圾屋都是水泥的，一路上有几百个，先不说垃圾屋牢不牢、重不重，但一路踢来不歇，这脚力也是可观的。

就这样，我拜了龙海生为师，学两样东西，一是齐眉棒，二是板凳花。齐眉棒讲究左右开弓，板凳花的特点是进退自如，两者都是攻守兼备、实战型的功夫，我喜欢。我不看好死板的、程式化的套路，我觉得，没有器械，光是拳，力是打不出来的。

有力，就会有人请。请我的是附近的金龙阿妈。金龙妈我不认识，但我母亲认识她。母亲说，金龙妈很苦的，她有什么事叫你，你只管应来。我就应了。金龙妈找我不是一般"推拉抬担"的小事，而是委我以"重任"。什么重任？这个说来话长。现在，我撑着肩、自我感觉良好地往金龙妈家去。我以前读小学时，每天一早从家里跑出来，像一条关了一夜出来撒欢的狗，跑得很快，还会张开双臂作飞机飞翔状，嘴里还配以"呜啦呜啦"的叫声。叫声像犬吠一样引出了其他同学，他们一个个钻出家门，一会儿就会集起七八个，像一群互相追逐的狗，兴奋地向小学跑去。金龙妈家就在小学的附近，一个裁缝店边上，一条小弄堂进去，里面有很多人家，像某些景区，外面一点也不起眼，里面都是风光。我们这里有很多这样的弄堂，像一个篆书的"竖心"，由几条枝杈组成，金龙妈就住在最里面的那间。到了这里我想起来了，金龙，还有银龙，我们应该还是校友呢，这个也等一下再说。

这条弄堂，我以前来过，是初中时随"红卫兵"进来夜巡。

阿玛尼

巡什么？巡有没有"犯罪"的隐患。小路弯弯，路边有许多物件，是边上的住户随意摆出来的，水缸、鸡鸭笼子、花草罐罐、水泥洗衣台、晾衣的竹架子。我喜欢掉在队伍的最后，最后，等于没有了督促，我可以随机而肆意。用耳朵贴近屋门，听屋里的窃窃私语；在窗前的黑暗里凝神屏气，想象着屋里的大致轮廓。马上，私密一点点地被我嗅出来了。有一下，我还偷窥到露在床外的四只脚，我当时很费解它的样子，后来被同伴"走啦"的叫声拉了出来……现在想来，当时那来不及稳妥的四只脚，可能是在偷情。

金龙妈家是两间平房，一间金龙妈住，一间两个儿子住，还有个半间在弄堂尽头搭出来，做厨房和柴仓。光线很暗，从瓦缝里漏进来的光都是灰尘。儿子的屋里很简单，一张床，一个五斗柜。金龙妈的屋里稍稍复杂一点，一张八仙桌，一爿三门橱，一座老式的踏床，可见金龙妈过去也是有"规格"的。还有个角落用布帘拉起来，不用说我也知道，是屎盆间。我还可以想象，屎盆是带架子盖的，不然，它弥漫出来的气味要浓郁得多。

金龙妈想叫我合伙做一件事。什么事？摆赌庄！抽头薪！为什么摆赌庄？没什么更好的事可做。她一个女人家，大儿子金龙，傻的；二儿子银龙，劳改回来的。她要养着傻儿子，又要安顿好刚回家、找不到事做的二儿子，只有摆赌庄最容易启动。那么，找我合伙就更加简单了，她需要一个愣头青、有点"杠"的人来维持秩序。我前面说过，我长得五大三粗，显得比实际年龄要老；我又在拳坛混过，打齐眉棒和板凳花，那都是在逼仄空间里擅长的功夫，属特殊武艺，再小的余地也可以施展。至于抽头薪，则是对金龙妈提供场地的回报，和对我服务的认可。反正这阵子我也没什么事做。

赌博是一门学问，也是技术活。说学问，是这个门类里面样式多、框框多、要求多，掌握起来不容易；说技术，是要求当事人脑子快，能判断，记性好，会计算，不仅运筹帷幄，还要战略战术兼顾，还要有身体天赋，比如眼明手快，像我的手指，石头里凿出来似的，肯定不行。

赌博赌博，赌后面为什么要加个博？说明它深奥。想想也是，任何和博字沾边的词，都和广大、深远、丰富有关，比如博览、博物、博大、博学、博爱等等。那段时间，我们听到最多的就是基辛格博士，他的称谓里就带个博字，就是那个中美关系的破冰者，他的职位实际上就是个安全事务助理，来中国却是周恩来陪着，毛泽东会面，可见，后面多了个博字，就不一样了。

金龙妈的赌庄就这样摆下了。

赌桌摆在金龙银龙的屋里，桌是金龙妈那张八仙桌，凳是散凑的，有条凳、圆凳，也有花鼓桶替代的，有一张竹椅搁在桌子边上，是供撤下的人休息的。说是休息，其实心思仍吊着牌上，都还在桌子上激战呢。

开始的时候，赌博的形式是"十三张"，这种玩法的过程比较慢。摸牌靠运气，但决胜靠智慧。我不懂拼牌，但也站在边上煞有介事地观看，边看边学，几天之后，总算把大小搞清楚了。十三张的编排有主有次，上面三张是次，中间五张是辅，下面五张是主，相互比每个层面的大小，大小以组牌的难度衡量。比如，最大的是"同花顺"，依次是"四条"（四搭一）、"伙儿"（三带二）、"没有顺序的同花"、"不讲花色的顺子"、"三条"（三不带二）、"两对"、"单对"、"全散"。大小主要看下面，比如下面很大，那上面哪怕很小，也可以自保。这真是一段非常自由、非常惬意的好时光，我就这样看着，也算是一份工作，说是维护秩序，其实很多时候都还是相安无事的。

后来形式又有了提升，主要是嫌十三张太慢，麻烦、费神，打赌人喜欢速战速决，于是就选择了"两张牌"。两张牌比大小，简单，不用动脑筋。但两张牌有难度，扑克五十四张，要拿掉二十二张，剩下的三十二张作为作战的武器。拿掉的是：除黑桃外的其余三张 A、除黑桃外的其余三张 3、两张花魁、四张 K、两张黑的 Q、两张黑的 J、两张黑的 9、两张黑的 5、两张黑的 2。红多黑少，好看。两张牌有口诀："天地人和梅长板"，老听打赌人挂在嘴上，不知道什么意思。若说是什么比喻，好像解释不通；若说是大小的顺序，好像也不是那么回事。最大的是"双天"（两张红 Q），第二是"双地"（两张红 2），第三是双皇帝（黑桃 A 与黑桃 3），下面依次是：两张红 8、两张红 4、两张红 10、两张红 6、两张黑 4，对应"口诀"上的"人和梅长板"。红 Q 和红 9 叫"天九王"，红 Q 和红 8 叫"天降"，听起来就很有气魄，在单张组合中算大的。牌里也有粗话，比如摸住了红 10 和黑 10，叫"通奸"，就像我们现在说的"AV"，其实，单张凑成 10 的都有这个意思，算倒霉的臭牌。其他各种各样的组合就更多了，这里说不尽……

　　赌庄可不是一般人能够摆的，要有好的场地，还要有隐蔽的环境。金龙妈有场地，她的家原来还算殷实，只是后来败了，但空余的屋子还有，在居住条件都很逼仄的当时，她的家算很好了。那个"竖心"弄堂的环境也不错，像《地道战》里的地形，适合躲藏和疏散。当然还有服务。金龙妈自己就会服务，她无业，又能干。打赌是个拉锯战，像跑马拉松。赢的人觉得手气好，不肯歇下；输的人着急想翻本，不肯退出，牛皮糖一样。这就要求金龙妈管饭。饭还不能是粗茶淡饭，要吃得可口爽心，肉类不买骨头，水产不买鱼蟹，都是不脏手不烦嘴的东西。在赌博的间隙，金龙妈还会端上一盆爽口美味的榨菜条，那时候吃水果奢侈，吃榨菜条差不多，切得大小适中，适合直接下手，正所谓：睡不如瞌，吃不如撮。所以说，金龙妈的服务是恰到好处。还有技术保障。坐地参与者，是要有名气指数的，聚人气也好，招赌手也好，蛇洞蟹洞，路路想通，银龙是最好的人选。他的脚有点瘸，据说是抓赌时跳楼摔的；他被劳教，据说是因为"出老千"。所以，由他来坐镇赌庄，正好是学以致用。还有就是我。赌庄是个有争端的地方，有为脾气争的，有为言语争的，有为一个交流的眼神争的，也有为一个不必要的手势争的，这需要有个人调停处理，这个人就是我。我不光是有力气、有功夫，主要还是有背景。我师傅是龙海生，拳坛摆在后面山上，那里人多势众，个个身怀绝技，说句难听的话，就算我在这里吼不住，到后面山上去打一个唿哨，我的师兄弟们就会拍马杀到。从这一点上看，金龙妈还算是个明白人，知道"寸有所长，尺有所短"的道理，知道这件事独食吃不了，知道只有我们联手了，才能够真正相得益彰。

金龙妈那天叫我来熟悉屋子，有意在强调一些细节。比如，厨房的柴仓很大，柴火很蓬松，她是不是在暗示，这里可以藏身？比如，两间屋子都有独门出入，但床后面还有互通的便道，她是不是在说，需要的话，这里也可以回避？比如屎盆间，和我之前的想象一样，撩开厚厚的布帘，里面就是那个屎盆盖子，堂而皇之地摆着。屎盆盖子的功能很科学，一是遮丑，二是捂气味。背后是一张老年画，画的是"桃园三结义"，这个作用也很妙，美观，掩饰，其实后面是一扇气窗。气窗外是一条野路，往左往右最终都通往山上。这一带的民居都有点依山而建的味道，之间有蜿蜒的小路，感觉上狭小拥挤，实际上都四通八达。事后想想，金龙妈说这些的意思，是要告诉我，在关键时刻，这里还可以"曲径通幽"，不至于走投无路。

她倒没有说打赌不允许，或说这事有危险，她是怕我打退堂鼓吗？这个我才不以为然呢，没什么大不了的，我既然同意了加盟赌庄，心里早准备好了。我倒是考虑了自己的能力，比如，能不能胜任这些场面、人家会不会买账什么的……

金龙妈摆赌庄完全是出于无奈。听我母亲说，金龙爸原来是菜场打肉的，当年张秉贵在北京称糖"一把抓"的时候，他在我们这里打肉也是"一刀准"，相比之下，我觉得，打肉比抓糖的技术含量更高，因为那时候打肉都是几角几两的。金龙爸后来是吐血死的。我母亲说，他得的是肺痨，每天大口大口地吐血，人身上的血是人体重量的十分之一，他最后吐了一脸盆，生生地把命给吐没了。金龙妈很早就是一个人带着金龙和银龙，辛苦从她的腰上就可以看出来。她的身体看起来很结实，是那种长年累月干活的结实，但她的腰已经完全坠了。一般人的腰都是在肚子上面的，但她的腰已经坠到骨盆了，再也上不去了，看起来好像也孔武有力，但已经不是那种挺拔的有力。金龙妈的辛苦还体现在精神上。我现在想起来了，金龙在我们学校也算是半个"名人"的，他说起来比我大那么几岁，但大家都知道，他在我们这个年级也停留了好多年。他不是不聪明，不是读不了书，就是傻。读书是学校照顾他勉强跟跟的，给他一个去处，不然他只能待在家里了。他不是那种一眼就能看出来、全世界都长得一模一样的"唐氏"，他的样子看不出来，该像爸像爸，该像妈还是像妈，他只有笑起来的时候，才看出了他的傻。他为什么傻，我们不知道，他这个叫什么傻，我们也不会说。但医生知道，所以医生给他吃一种特制的米、特制的面、特制的奶，吃得很单调。他不能吃其他食品，吃了会越来越傻，甚至有生命危险。因此，我们常常拿好吃的去诱惑他，一块饼干一块糖，都可以让他去扫一个教室。

他弟弟银龙倒是聪明，尤其手巧。银龙说起来也比我大一二岁，但和我同届，在隔壁一个班，也多少有点面熟。说他聪明是有例子的，说下乡拉练时，同学们都被铺干粮的大包小包，但银龙从来不带，没心没肺地跟着，肚饿了蹭饭，想睡了蹭铺。手巧开始是传他会装电灯，会搭半导体收音机，后来长时间没看见他了，问起，才知道他参与赌博，手又快又巧，会出老千，被派出所抓进去了。这又记起了银龙被判的那天，人民广场开公判大会，他虽然还够不上量刑，但公告上有他的名字，排在最后。公告贴在学校门口的那条路上，引得放学的我们堆在一起围看。开始的时候，我们不知道有银龙，我们感兴趣的是一桩流氓案，据说是"鸡奸"！鸡奸是什么？我们不懂，还以为是有人着急了拿鸡做事，新鲜，好奇，所以我们要看看。但另一桩聚众赌博案中有银龙，我们看时，金龙就过来推搡，说不看了不看了，有什么好看的？情急之下，还追打我们。金龙傻就傻在这里，他这样莫名其妙地推搡追打，说明"此地有银"，等于泄露了他的秘密，我们就更要看了，结果就看到了公告上的银龙。（多年后我才了解到，金龙的病叫"苯丙酮尿症"，是一种常见的氨基酸代谢病。人体在苯丙氨酸代谢过程中发生了酶缺陷，使得苯丙氨酸不能转变为酪氨酸，导致苯丙氨酸及其酮酸在体内堆积，并从尿里排出。所以，要控制饮食或限制苯丙氨酸的摄入，只能吃一些特制的"食物"，实际上相当于药物。在遗传方式中，金龙的病属于染色体隐性遗传，临床表现主要有，智力低下、精神神经症状、色素脱失、皮肤长期湿疹，甚至身体鼠臭。）

现在我们知道了，金龙妈是多么地辛苦。她不仅要积攒金龙的药费，还要每时每刻留心着他的嘴巴，不能让他乱吃东西，还要千方百计地替银龙操心。

现在，银龙劳教回来了。他这样的人，出去没人要，做别的也很难做，帮妈妈摆赌庄倒是轻车熟路，是最便捷的选择。

而我，除"自己动手丰衣足食"外，也算是助金龙妈一把"绵薄之力"吧。

抽头薪是打赌人都知道并乐意接受的事情。这个头薪可以有多种解释，也可以有多种理解。可以当享受这个环境，可以当租张凳子坐坐，可以当吃饭或点心，也可以当洗脸喝茶及金龙妈的服务；也可以当维护秩序的保障，也可以当调解争端的辛苦费。总之，这个设置是合理的，需要的。至于每次抽多少头薪，这要看我们心凶还是心平。金龙妈说，我们意思意思，我们细水长流。头薪的抽取具体由我来执行，我知道，这事不能强行，强行了打赌人就不舒服。最好是挑在数额较大的时候、气氛较好的时候、端上美味榨菜条的时候，这样的时候，打赌人心思都不在钱上，我就瞅准了时机恰到好处地抽吧。我抽头薪也是很有讲究的，要抽得少抽得勤，专抽零星碎钱，不做"一锤子"买卖。至于我和金龙妈的分成，我是这么想的，首先我体谅她的难处，其次她是看得起我，她虽然用得上我，但也是照顾我一条赚钱的生路嘛，所以，留出金龙妈买菜烧饭的费用，我们对半分。

当然，抽头薪的可行性，主要是建立在解决纠纷的基础上。平安无事，和谐健康，我的存在就毫无意义，所以，我也是很巴望他们出事的，有了我的价值也凸显了。

打赌的人都是五花八门的，有的是慕名来的，有的是朋友带来的。若都是附近面熟的人，一般也就没什么大事了。如果这天的赌庄夹杂了生人，如果这天的赌牌摸得别扭，这就要格外留神了。任何引爆，都要有一个导火的过程。如果这一天生人多了、手气又背了、无端地挑剔关系了、开骂爆粗口了，或摸了牌故意唱牌了，那这条导火索就要燃着了。比如，一般人摸了牌都是很隐晦的，不管好坏都装得讳莫如深，但这天他们不矜持了，有意唱牌了，装着大大咧咧要放弃的样子，其实是故意在怄脾气。摸到了 4 和 6，就说"通奸"；摸到了 6 和 9，就说"婊子"；摸到了 10 和 A，就说"嫖客"，这就有点想闹场的兆头了……

争端的发生往往是在庄家改旗易帜的时候，要打扫战场和清点战果的时候，各人把记账的"火柴梗"数出来，居然有人甩出了几根半折的火柴梗！疑问立即像砖头一样抛了出来，怎么有半根的？有声音讪讪地说，就是有半根的嘛！那半根算什么呢？算半脚嘛！我们什么时候玩过半脚的？前面就玩过嘛！小儿科啊？过家家是吧？风背手烂的时候有啊！废话，想搅屎就明说，别瞎来这一套！这就点着了火药桶。这就起了争执。话题开始还围绕着输赢，渐渐地游离了赌博，跑到"手脚"和"做人"的上面，这又牵涉到了"诬蔑"。就像消防队碰到了火灾，值班员赶上了小偷，我既然来了，也需要这样的契机，我得对得起金龙妈的邀请，别让人觉得我徒有虚名！

我介入了他们的现场。我双手摁住了桌上的火柴梗，我说，都看在我的面子上，听我一句话，算了。众人仰起头盯着我，一个说，凭什么呀？一个说，你谁呀？算老几呀？我也耐下性子，我说，这是我的场子，我的场子我做主，你们真的要听我的……我其实平时是比较口讷的，更没有什么理论素养，这时候要说服赢家或输家都是相当困难的。当然，我也知道，这样的场合不能摆道理，跟打赌人摆道理没用，我得来狠的，以我的方式，来他们没见过的。我回头招呼金龙妈，你家里有尖刀吗？尖刀没有的话螺丝刀也行！金龙妈一头的雾水，但还是很快找来了螺丝刀。现在，雾水来到了众人的脸上，他们疑惑了。我说，大家都还想玩的话，那场子就请继续；如果谁一定说是少了钱的，那算我欠你的怎样？有人冷冷地说，不欠。我说，那好。我把左手臂搁在桌子上，右手的螺丝刀戳住了左臂的皮肤，我有戳下去的意思，但众人似乎不信，觉得不会，这样干吗，吓唬人的。我就砰的一声戳了下去。螺丝刀立刻嵌入了我的手臂，皮肤变了色深深地往下陷。人的皮肤其实是很厚的，不说比猪皮厚，但起码也会比羊皮厚。我们平时稍稍割破就渗血的那是表皮，表皮下面才是真正的人皮，有一定的硬度和厚度，所以它才会砰的一声。现在，螺丝刀戳在我的手臂上，因为压迫得紧，皮肤上并没有出血，看起来并不可怕，倒像是变魔术。这不行，这不是我要的效果。这样想着我就顺势拔出了螺丝刀，血像一颗红豆一样从皮肤内升了上来，晶莹闪亮，接着马上又从手臂挂到了桌上，这才使众人啊了一声，身体也不约而同地仰了一下，并且杂乱地说，这样干吗？这样干吗？我说，还要玩别的吗？有面子的话，这庄就这样吧！我又对那个赢钱的家伙说，对你来说，一百一和一百有区别吗？没有。都是信手拈来、不费吹灰之力的事，何乐而不为呢？说着，我一边用嘴舔去手臂上的鲜血，一边没忘了抽取这一庄的头薪。总之一句话，我喜欢蛮干，蛮干有蛮干的效果，有人好言好语不听，但这一手一般人都会吃的。

金龙也被安排起来帮忙，他的任务是"望风"。他傻，行为怪诞点没人在意，金龙妈就让他在这个"竖心"的岔路口待着，至于做什么，都可以。玩玩水可以，逗逗鸡也可以，就是别忘了正事，有"敌情"时发个信号。

"平安无事噢"的信号，用金龙的话回馈给里面就是："妈，肚饿了！"这句话体现在金龙身上显得尤为经典。一般来说，傻人爱吃，傻人贪吃，傻人是吃不饱的。而金龙喊肚子饿恰巧又是"名正言顺"的。他那个什么苯丙酮尿症，一辈子就这么吃了，吃的什么呀，乱七八糟，一塌糊涂，那些特制的东西，说是食品，实际上就是药，就像掺了水的果汁，分了油的奶，索然无味，越吃肚越荒。所以，金龙时不时的这声"肚饿了"，没有人会觉得突兀，而里面赌庄听起来，就像辰夜里的梆声，让金龙妈觉得踏实又可靠。

可是有一天，金龙被人家"摸了哨"，赌庄被联防队端了窝。

那天晚上，联防队悄无声息地摸进了"竖心"弄堂。他们也许是接到了举报，也许是早有耳闻。一个联防队探子首先发现了煞有介事的金龙，他也装作神神道道地问，金龙，你在这里做什么呀？金龙愉快地回答，我妈叫我在这里放哨。探子说，放的什么哨呀？你又不是儿童团。金龙兴奋地说，里面地下党有活动，我在给他们望风。探子说，现在天都黑了，还望什么风呀，你肚子不饿吗？金龙说，我刚吃过，肚子还不饿。探子说，你那叫什么吃呀，你吃吃我的看。说着探子拿出了两个饼，三分钱一个的葱酥饼和五分钱一个的芝麻饼。黑暗里，金龙的眼睛倏地一亮，嘴里也明显咂的一声。探子把两个饼塞给金龙，顺便也搭着他的肩走出了弄堂。等在外面的联防队蜂拥而入，像游击队员一样潜进了里面。金龙妈本想用金龙的傻做个障眼法，但她忽略了金龙的软肋是贪吃，两个饼就把他收拾了。我觉得联防队有点不厚道，和金龙的较量也不公平，更不能拿拙劣的手段欺负人，就像和结巴的人吵架，吵赢了又有什么意思呢！当然，这是我后来听说的。

我当时正在赌庄上，正沉浸在"八鸡三扣天二"的氛围中，突然断喝声响起，神兵犹如天降——都把钱放在桌上，把手倒背到脑后，乖乖地一个个走出来！就像战争片里解放军攻占了敌人老巢。大概也就是停顿了几秒钟，三秒或者四秒，突然间，电灯暗了，一暗就是我们的地盘、我们的机会。电灯是谁拉暗的不说你也知道。银龙还坐在赌桌前，他举着双手，像个束手就擒的俘虏。他是主人家，他反正逃不掉。其他人，那就听天由命了。外面有多少联防队我们不知道，但听声音弄堂里已经堵死了。堵死不可怕，只要地里黑，地黑就有希望。我的脑子里飞快地闪着逃跑的念头，现在躲柴仓已经不可能了，眠床下也来不及藏了，我悄悄地矮下身，往床后的便道挪去，那里通向金龙妈的屋子，也许还能在什么地里藏一藏。就在这时，黑暗里有一只手捉住我，推了我一把，把我推进了屎盆间，这肯定是一只熟悉的手，但在那一刻我已经无暇顾及了。眼前是金龙妈说的那个屎盆盖，它犹如一张凳子，接着我就嗖地跃了上去，那张"桃园三结义"的年画，此刻正像是一盏闪闪的明灯，照亮了我的前程。我撩开年画，实际上是一把扯下，后面是一扇气窗，气窗不算大也不算小，但已经足够了，我抓住窗架拼命地把头伸了出去，脚下一蹬，身体就像蛇一样游出了外面。这不是我有多大的功夫，这是我训练板凳花的结果。板凳花有一个最典型的动作，双腿一撇，身体从板凳下矮了过去，形成变防守为进攻的正面握凳姿势，这需要柔软的腿功和坚韧的腰功，有这两手，我从屎盆间的气窗上逃脱，就一点问题也没有了。

气窗外是卵石铺成的绵延小路，有一点点坡度，这告诉我它正是往山上的方向。我还记得前方有一个叫作碗瓦槽的地方，那是个长年不竭的暗井，从它的右边拐出去，就像遁了地一样，就进入后山了。我飞身疾步，一下子消失在黑暗中。

第二天，我伏在家里不敢轻举妄动。第三天，母亲问我，你今天怎么没打拳啊？她不知道我在金龙妈那里摆赌庄、抽头薪，她要是知道了这件事，也不会让我做的，她以为我只是帮金龙妈干个重活，以为我一直就待在龙海生的拳坛上。她还知道，前日子里，有上海的跤手过来切磋过。我就说，这几天龙老司到上海回访去了。母亲说，那你怎么不跟去学呀？我说，去上海坐轮船要八块钱，你舍得给我八块钱吗？母亲不响了。

这天晚上，我还是去看金龙妈了，前两天风声鹤唳，我蛰伏不动，相信金龙妈也会谅解我的。

我走进那条"竖心"弄堂，不知怎么的，我突然有一种"方勇"去见"阿玛尼"的感觉。对，我仔细想了想，是这个感觉。这是电影《奇袭》里的一个片段：方勇带领小分队要去炸掉康平桥。这一带有曾经救过他的阿玛尼，他要去看看她。镜头回放是这样的：阿玛尼在为受伤的方勇喂食；外面传来了李匪军搜查的声音；阿玛尼赶紧藏起了方勇；阿玛尼嘱咐儿子引开李匪军；儿子往后山跑去；李匪军向后山追去；阿玛尼焦急的表情；后山响起了清脆的枪声意味着儿子被打死了；阿玛尼痛苦地揪着心，身体摇晃了一下……阿玛尼是著名演员曲云演的，她不愧为中国第一苦难大妈，她演的是那种隐忍的苦、坚韧的苦、百折不挠的苦，让人刻骨铭心。现在，回想起前天晚上的赌庄被端，我觉得金龙妈也是这样的。弄堂里布满了联防队员，门也被堵得严严实实，屋子里一片混乱，打赌人慌乱无序。就在这时，金龙妈不动声色地拉黑了电灯，打赌人训练有素的特质瞬间里显现了出来，就几秒钟，毁证的毁证，藏钱的藏钱。我虽然不沾手钱物，但也在那一刻窜到了床后，想借助便道溜到隔壁，后被一只手推进了屎盆间。这只手肯定是金龙妈，也只有她，会在这时候及时、熟悉地出手相助。也只是在几秒钟后，在一片嘈杂响亮的叫唤声中，手电照过来了，火把烧起来了，那些打赌人也乖乖地举起手，像老鼠一样被串在一起，银龙也被捉走了……我想，那一刻，金龙妈一定也像《奇袭》里的阿玛尼一样，揪着心里的痛，身体摇晃了一下。

现在，我敲开金龙妈的门。金龙非常老实地坐靠在自己的床上，前天晚上的端窝，和他的"失职"有关，所以他也非常沮丧，看上去像一个真正的病人。金龙妈倒是已经在桌上糊纸盒了，我知道，是光明火柴厂的火柴盒，一百个一块钱，那时候很多人在家里都做这个。我们坐着，相对无言。金龙妈只管自己做手中的生活，我也机械地看着她在劳作。想起其他打赌人的"凛然"，我越发觉得自己窝囊和猥琐。我对金龙妈说，那天真不好意思……金龙妈打断我的话，说，你就是要跑的，你不能让他们抓住。我说，幸亏你推了一把，我才……金龙妈说，不说这个，应该的，我把你叫进来，是让你来帮我，帮我还让你受罪，这怎么行。她这样说了，我就更加惭愧，赶紧转移了话题，我问起银龙，金龙妈说，他没事的，反正他也就这样了，就是在外面，他有什么事好做呢？进去了我还省点心。你不一样，你是一张白纸，进去了，白纸就留下污点了。我说，那还有那些人呢？他们怎么样？金龙妈说，他们没什么，他们油得很，才不怕这些呢。我停了很久，心里五味杂陈，甚至有些疼痛。看着金龙妈利索地在糊火柴盒，脑子里不断闪现出"阿玛尼""阿玛尼"，从《奇袭》里的阿玛尼，闪回到《苦菜花》里的母亲，又闪回到《药》里的母亲，都是些苦难的母亲。我说，你接下有什么事，只管说，只管叫我。金龙妈说，嗯，现在没事，我糊火柴盒也挺好，就是慢一些，图个轻松，下礼拜我又接了些尼龙袋……我深深地叹了一口气，烫尼龙袋，我知道的，那也是个细碎的活，一分钱烫十个，烫一百个一角二。我母亲在家里也烫过。

我这人长相老，尽管只有十八岁，但做的都是与年龄不大相符的事，我母亲也觉得我应该就是这样的。其实，过去的人都这样，出场早，做事大，样板戏《红灯记》里有一句话，叫"穷人的孩子早当家"，说的就是这个意思。

我一生做事无数，这和我母亲有关。应该说，我母亲还是很英明的，她知道我读不了书，就早早地叫我爸准备了板车；知道我力气大，就叫我学了点武功。现在看来，这些多少还算得上是些财富。比如，我步入社会后，这些财富就发挥了很大的作用。那段时间，我时常地被人家请来请去，请去做什么？调解各种纠纷；为什么请我？就因为我力气大。那时候在社会上立足不靠文凭、不靠素养，就是靠力气。什么在路上被人无端地看了一眼，什么隔壁的屋檐水滴进了我家的院子，什么上坟的时间被人家抢了点、坏了彩头，这些事，都是为了一口气，都是要斤斤计较的，都是不能妥协的，于是就争吵，就打斗。但打斗又是多么地麻烦和消耗啊，这就有了请人调解摆平这一说。这是何等风光和惬意的一档事，我们被人请着，尊为上宾，说吃吃，说赔赔，如果赔出的金额可以摆一桌酒或听一场戏，那我们肯定就是坐酒席上方和坐前排中央的贵人。

可是，好景不长。1980年前后，地方上刮起了"严厉打击"的台风，"飞马牌供销员"毙了，"专刺女人大腿"的毙了，"盗撬保险箱"的也毙了，有一个还是和我做一样的营生，也是调解摆平的，不过是名声大一点，事件响一点，给他挂的牌子是"地下公安局"，这意思是说，公安都解决不了的事情，他能。这不是给政府拆台吗？这还得了，一粒"花生米"就把他给打发了。我母亲说，你看你看，还好你接的都是小事，你要是和他一样，肯定也要吃花生米了！俗话说，吃坏了只用一口。而枪毙一事，一下子把我吓伤了。

尽管这样，我还是会碰到一些朋友找我做事。有人找我做托运，我犹豫，那可是要和人拼线路的；有人找我做歌厅，我担心，公安要是查来了怎么办；有人找我做拆迁，我不敢，弄不好会拆出人命的；后来，有人要找我做混凝土，这事利益更大，房产、道路、水库、机场都用得着，虽然都是些好赚的生活，但都得要通天的本事与人纠缠，与人争斗，一想起我就心慌，就气短。我母亲说，你还是少吃轻走吧。其实不用她说，我也会马上就想起金龙妈来，想起她当年在混乱中的暗助，想起黑暗中屎盆间里及时一推的那只手。我会想，我是被金龙妈救下来的，我等于赢来了一条生路，我可不能乱来，不能随随便便地把生路挥霍掉。设想，那天晚上，在那个赌博的现场，我做"保镖"抽"头薪"，这样的角色，要是被联防队抓进去，不知道会是什么样的后果，我的人生也许就被颠覆了。我也许是在劳改农场里做砖，也许在做订牌鞋；也许和狱友打架了，也许还把狱友打死了；就算我有幸从里面出来，我也无脸见人，人们也看不起我；我既找不到要做的事情，在社会上也没有立足之地；我在人们眼里就是个人渣，我母亲也早被我气死了……不管怎样，我现在还是好好的，毫发无损。本分的人，都是一生平安的，但也一定是没有出息的。说句不厚道的话，金龙妈保住了我的"名声"，但也抽走了我的骨头，我再也不会好高骛远了。我母亲说，已经很好啦，很好啦。

倒是银龙，我一直也是看不明白的。那次"进去"之后，他被判了五年。给他的判词叫"聚众赌博""屡教不改"，其实，我们附近的邻居都知道，他家有特殊情况。后来银龙出来了，我们都为他担心，他现在会有人要吗？他往后还有饭吃吗？但银龙似乎一点也不害怕，整天把自己打理得光可鉴人，游来荡去，一副不缺钱花的样子。后来我们知道，他机灵、聪明，在"里面"把老大伺候得舒服，老大就带出话来，要外面的朋友把银龙罩着。

这时候的社会，形态发生了很大的变化，是热闹的，也是混乱的，是前进的，也是跌跌撞撞的，风雨交加，泥沙俱下，价值观也在剧烈地摇晃。就像那句话说的：世界之大，无奇不有。偏偏就有那么些事，就是留起来给银龙这号人做的，一般人还都做不了，像前面提到的那些事，银龙都做得游刃有余，如鱼得水。从里面出来的人都这样，虽说有这样那样的"缺陷"，贴了标签，有了符号，但似乎也优势明显，天不怕地不怕，胆大做将军。

现在，顺应时势，银龙又做起了"担保"，就是过去的"高利贷"。这些以前被人诟病和嗤鼻的行当，现在都有了新的政策和堂而皇之的途径。但这些生意又不是政策和途径能够保障的——压在他那里的资产"满当"了怎么办？联保的关系户破产了怎么办？到期了不还钱，死猪不怕开水烫怎么办？还得靠胆量、手段、势力！前段时间，就有人借了钱玩失踪的。这种事，办法当然是很多的：软禁那人的家属，占领那人的房子，冻结那人的户头，再把他打入"黑名单"。银龙说，我们是做生意的，哪还有时间陪他玩这个啊。

他先是放出线人找那人的"玛莎拉蒂"，人逃，车是没法逃的，尤其是豪车，开哪里都是个惹眼的东西。当初那人就是拿了这车的八百万发票来抵押的。三天后，线人在军分区车库里找到了那辆车。银龙就约了交警过去，带着八百万的发票把车拖了。银龙说，我有办法把他的车挖出来，也就有能力把他的人找到。我之所以没有急吼吼地找他人，还让他留在外面，就是想他还能够活络起来，活络了，他才能把钱转起来。我要是把他逼急了，逼进了死胡同，那他还不是去跳楼啊，我希望他能够领会我的良苦用心，相信他缓过劲来会来找我的。语气和意思都是斩钉截铁的。真是经历锻炼人、造就人呐。

噢，顺便说一下。前段时间，地方上号召治水，银龙甩手就捐了五百万。再顺便说一下，银龙有时候也给我照顾点生意，诸如"拖车""搬运"类似的业务。我们算有来往的。

　　金龙今年有六十了，还活着，也还傻，这都是金龙妈照顾得好，现在更有了银龙在经济上做后盾。医生说，这种病，没别的办法，但按时"吃药"，器质上、生理上是不会有什么影响的。

　　金龙妈应该也有八十六七了吧，脑子身手都好，平日里喜欢窝着搓麻将，伙计是年龄相仿的隔壁邻居。她一般搓123，也就是说，如果设定每张是一块钱的话，第一庄一张，第二庄两张，第三庄就是三张。她一世辛苦操劳，还有这样的岁数，我只能说，仁者寿。

原载《收获》杂志 2016 年第 1 期

坐酒席上方的人是谁

　　1981 年的时候，龙海生正在上海跑码头。这段时间，他的电话很多，他一回到遵义旅社，门口的师傅就会告诉他，你家里又来电话了。也经常有人给他捎来口信，这样这样，那样那样，找他的都是些路过上海的朋友，或他家的亲戚。他的信件也渐渐多了起来，过个半月一月就会来那么一封，比那些长期居住的老码头还要多，但都是薄薄的一纸，放在灯下一照，还可以映出里面的字迹，是他母亲用钢笔誊写的。这些电话啊、口信啊、信件啊，都是一个意思："最近九州的形势不妙"，"这件事是不是你做的"，"这次公判又枪毙了几个人"，"你暂时不要回来，避一避再说"。龙海生知道这些后，一律都会给自己微微的一笑，没有紧张，也没有慌乱，他心里非常清楚自己的处境。

　　他仍旧留在上海，按部就班地做着自己的事情。这时候的龙海生，已渐渐厌恶了江湖上的打打杀杀，当然，偶尔性起，他也会出手拔刀的。比如，去年冬天在十六铺，他就叱咤风云了一回。十六铺是上海至九州乘船买票的地方，一周一班的航程，使得船票没有哪一天是不紧张的。年关将至，全国各地的九州人都集聚在十六铺等着回家，买票的队伍排得像肠子一样，也有说得好听一点的——像蚊香一样。认号的形式也是一会儿一变，有时候写在手心，有时候又改到衣袖上，主要是"领导"一直在换，说了算的人没有。有一群人倒是很早就发现了这里面的商机，他们是上海的"地老虎"，他们代客排队，然后以号码换钱，上海到九州三等舱是八块钱，他们收五块，心凶，九州人说他们是"打倒了人还把睾丸也咬了去"。他们垄断着排队的"市场"，经常兴风作浪，弄得规矩人浪费了不少时间，还买不到票。如果有谁气不过，说他们几句，一拨人马上就汇拢过来，"指头枪"淋雨一样围攻你，侬做啥？侬哪能？侬饭要不要吃啦？九州人本来嘴钝，舌头像石头，正常时都翻不动普通话，吵架就更不如对手了。有一次，一个朋友咽不下这口气，跑到遵义旅社搬龙海生，龙海生一听，说，你说都不用跟他们说，这些人就是"讨打"。这是龙海生的口头禅，换了现在的说法就是"欠揍"。于是，从旅社的床铺下抽出大刀，这是他用以自卫随身带的，两把，插到背上，外面裹了大衣。上海的冬季天冷，大衣正好把大刀遮得严严实实。到了十六铺，龙海生把大衣一掀，大刀一拔，打声喊，如入无人之境。那些上海人哪里见过这等场面，拔脚就跑。那天的十六铺真是昏天黑地啊，到处都是在跑的人，有些是追打的，有些是逃命的。后来知道，其实也不是上海人，上海人不屑于这种营生，好像是浙北或苏北一带的乡下人，那段时间，以讲上海话为荣，他们学得像，就冒充上海人欺生了。后来人们在传颂这段故事的时候，脑子里立马会响起《大刀进行曲》这样的旋律。

龙海生在上海做什么？接合同。这是九州人与生俱来的特长。而他朋友多，开销大，也需要有足够的经济作为后盾。他接的合同五花八门：电动机槽楔，这是给九州竹筷合作社的；华侨商店的剪纸，是给十字绣工场的；还有就是旅行秤，听说是出口的，是给棉纺厂家属厂的。他还顺便捎带一些朋友的东西，都是些结婚用的时髦物品，高脚痰盂、牡丹香烟、七彩被面等等。龙海生在上海如鱼得水，不亦乐乎，一时间没想着要马上回来。

后来，有朋友打来电话，说李元霸要被枪毙了！龙海生心里就油煎一样，拱起来要走，要赶回九州去。他母亲叫人带来口信，说你走不得，你回来也会被抓住的，你会送命的。龙海生不管，他这种人，命可以不要，义气不能没有，好朋友都要吃"花生米"了，自己还在上海苟且偷安，这事要让人知道了，岂不是为人不齿？他收拾好上海的摊子，暂时打理了那些合同，叫人把自己带进提篮桥码头，那是上海船出发的地方，事先躲在熟人的船舱里，待轮船慢慢地行进至公海，再田螺一样现出来补个散席。他都是这么干的。

回到九州，龙海生知道了形势的严峻。九州是蛮荒之地，社会混乱，党中央派来了一位铁腕书记，据说，此人从内地的一个县长直升为九州的书记，原因和理由就是这个人骨硬，不留情面。还据说，他夸下海口，答应党中央，半年把九州治理太平。他先是耍了"两把刀"，把每月每人半斤猪肉调到一斤，把咸菜四角的降为两毛，人心马上就稳住了。还有就是结果了一批坏人：一位撬保险箱的家伙，一位刺女人大腿的愣头青，还有就是李元霸，他平时好两肋插刀，经常被人请去调停和斡旋，名气大，抢了公安的饭碗。这些罪本来都不是十恶不赦的，但在新书记手里，杀！

龙海生觉得，不管怎么样，他都应该来送一送李元霸的。一是要见他最后一面，二是想看看他最后是英雄还是狗熊。听说，一些平日里威猛强大的人，一听到"死刑"，也都是抖抖掉，当即就尿了裤裆，像死猪一样。他想看一看李元霸的最后表现。

那天的公判大会在人民广场开。龙海生骑了一辆自行车等在市中街。他听着高音喇叭里都是"死刑死刑"，他心里好像也在打"叉叉叉叉"。他没有像一般观众那样站在路旁看，而是骑了自行车跟在刑车后头，这也算送李元霸一程吧。那天的李元霸被绑得像粽子一样，由两个解放军死死地按着，他的头像镶嵌在车上的一个装饰，一动不动，但眼睛却在滴溜溜地转。他是想看一眼最后的世界吗？还是在人群里寻找亲人和朋友？但龙海生觉得他是在作垂死挣扎，强打精神，希望给别人留下个硬码的形象。刑车从市中街游到人民路，再左拐到解放路，再折回到广场路，然后在广场路口示众一下。龙海生就这样一直跟着，他看见李元霸慢慢地无精打采了，慢慢地口吐白沫了，慢慢地眼睛耷拉了，但他被两个解放军钳制着，身体才勉强没有滑下来。龙海生知道，示众之后的刑车，会陡然地快起来，而且是越来越快，在经过西门大桥底之后，就飞一样地向松山驶去，那时候，就谁也跟不上它了。所以，在广场路口，龙海生计算好时间，在目送了一眼李元霸之后，不等示众开始，就掉转自行车往松山骑了。

其实，松山早就被公安警戒了。龙海生登上松山的时候，下面的刑车也已经到了，他只能站在远处的山头模糊地眺望。他看见李元霸他们被一个个弄下车，有些傻乎乎地配合着往下跳，有些则感受到了死亡的气息，躺在车上赖着，结果当然是被解放军毫不留情地拖了下来。距离太远了，龙海生看不清哪个是李元霸，哪个是那个，哪个是这个，看不出是威武的，还是猥琐的，是强壮的，还是瘦弱的，看上去都一样。那个过程很快，一会儿，六七个人就已经跪在那里了，也没有听见什么口令，就响起了一阵枪声，龙海生只眨了一下眼睛，李元霸他们都已猝然扑地。

这天晚上，龙海生在家里想了很多很久，他倒不是怕公安夜里来包抄他，他非常知道自己的底细，他顶多只是打打架而已，没有血债，而这，又是后生们立足社会的重要方式，谁没有做过？但李元霸最后一刻的形象，像一枚楔子嵌入了他的大脑，他可不想自己最后的形象也这么丑陋；他可不想自己像粽子一样被解放军摁着，像死猪一样；他可不想最后的开花弹把他的心脏打个洞！他为自己的今后作出了一个选择，按照通俗的做法，他端出一个脸盆，在里面放了些水，有点仪式感地把手慢慢伸了进去，浸了一会儿，然后郑重其事地洗了两下。

龙海生突然变老实了，很长一段时间他都没有出去，既没有去上海跑合同，也没有在九州出头露面，他的朋友都有点莫名其妙，都想不通。他的家就住在市中心的弄堂边，他的房间是矮屋翻抬起来的阁楼，他站在自己的小窗前，能看见路上走过的半个人形。那段时间，他常常会听到窗外响起的一声唿哨，像尖利的玻璃划过地面；他也会看见路上有熟悉的身影晃来晃去，像"盯梢"的便衣；他还会听到楼下有人在翻扑克牌，听声音是在做"三张牌"。他相信，在弄堂的尽头，在拐角亭子间的酒肆里，有一些人在那里日夜喝酒，他知道，这都是他的朋友，他们在这里守候他，要找他玩，或找他有事。龙海生不想再和他们有什么瓜葛，他觉得和他们接触多了最终会重蹈李元霸的覆辙，迟早会吃"花生米"的。

但是，他终究是要出来做事的，不做事他吃什么？不做事他家里怎么办？于是，过了一段时间，他出来了，并有了自己新的事情——他去打桩队打桩，去运输社拉板车，去翻砂工场抬坩埚……这些事，有些需要韧劲，有些要考验力气，而翻砂不仅仅热和累，还很见蹲功，没有毅力还真的做不下来。龙海生知道，他选择这些事做是在锻炼自己的心志，也是有意和那些朋友拉开距离。他的那些朋友，吃惯了，用惯了，一直都是养尊处优的，他们决不会来干他现在这些苦的事情。

有一天，一个要好的朋友来找龙海生，说，你做这些事干吗？我们做别的事怎样？龙海生说，我就是不想做别的事才去做这些事的。朋友说，我不是要拉你做回头的事，我是说我们一起来做个新的事，我们做托运。龙海生没听说过这件事，就问，怎么叫作托运呢？朋友说，就是把九州的东西集中起来，再运到外地去。龙海生又问，那怎么集中呢？朋友说，那很简单，在路边租个店面，门口摆个灯箱，写上到哪里到哪里，东西就会自动送上门，我们再负责把它运到目的地。龙海生再问，那运货的车呢？朋友说，车更会自己找我们的，他想跑货啊，他空车难受啊。龙海生噢了一声，这就是搞托运啊，他现在还想象不出这里面的细节，想象不出那些东西怎么运到外地去，运到了又怎么处理，但他对这件事感兴趣，至少是一个新兴的行业，至少比他眼前的事有技术含量。他答应朋友试试看。

　　这个时候，九州的经济已经有了点眉目，每天都要制造出许多东西，这些东西不能堆在家里是不是？要运出去，变成九州的名气，九州的牌子，要换成钱。这个时候，九州出来的东西很多，有皮鞋、服装、灯具、眼镜，还有汽摩配和紧固件。这个时候，九州还没有火车和飞机，轮船是有的，但速度太慢，有些没水的地方还去不了，这些东西要运到四面八方，只有走陆路，这样，托运这个行业就应运而生了。

　　托运就是要开线路，这条线路本来是没有的，要把东西运到那里，就要把线路开起来。很多人以为，路是大家的，既然有路，东西都可以走过去，错。线路既是途径，也是距离，也是方向，也是目的地；线路也和其他"线"有关，比如内线的线，线人的线，至上而下一条线的线。这么说吧，你如果没有把这些线解决好，没有充分的准备，你就寸步难行，就是上了路也没有用。上了路也会有人抢你，有人查你，严重的还会有人收拾你。再说得直白一点，把线路开起来，把路面铺好了，把东西运过去，一切顺利，钱也就赚来了。龙海生心想，这有点像古代的镖局嘛，或者说就是镖局。这件事有点刺激，他心底的英雄气又膨胀回来了。

龙海生先是开通了株洲的线路。第一趟车他是自己押的，他以前在上海跑码头，他有与人打交道的经验。刚开始的时候，他的车都是货礼各半，运的货是皮鞋，带的礼却是8080，次一点的也是双狮手表，"女儿还大于娘"。什么意思？就是礼比货还值钱。这个时候的九州，走私的名声已经很大了，但内地才刚刚听说，像国家机密一样。他们见了龙海生就会问，你那边走私怎么样啊？多吗？好吗？便宜吗？龙海生知道，用这些东西作为糖衣炮弹，一打一个准。就这样，这些走私的双狮表啊8080收录机啊就把这条线路给打通了。

他一路打点，一路铺垫，他坐在大货的驾驶室里，犹如骑在一匹高头大马上，自我感觉是威风凛凛的。九州的信息本来就起得早，托运又属于新开创的事业，没有借鉴的经验，一切都是在探索和摸索的过程里。这时候，各地的地头蛇们还没有苏醒，还没有创收的意识，因此，路上基本还比较太平，没有机关陷阱，也没有蒙面贼打劫。当然，就是有陷阱和打劫，他也是不怕的，因为他就是这样过来的，他知道道上有什么规矩。他倒是有点怕那些工商税务，他们是他碰到的"新鲜事物"，他们不按套路出牌，而且，这些人的胃口都很大，不是烟、酒、特产、走私货能够打倒的。当然，很快，这些人也都被他发展了，成了他的内线和线人，为他所用，替他服务。他们会把他的车牌号一路传递下去，每个检查站都会有他的记号，就像鸿雁传书，他的车还没有开到，他的"书"早已经到了。于是，他只用坐在驾驶室里和他们点点头，或下车撒泡尿，趁着锁裤门的间隙，陪他们抽支烟，再把剩壳的烟脚丢给他们。他丢的都是"大前门"，有时候也有"牡丹"，有时候还有那种抽起来满天香的"凤凰"，这都是九州人在酒席上享用的，这些人见都没见过，他们都傻了眼，对他自然是点头哈腰的。

当然，一路上，也会有龙海生打不通的关节，也会有比较硬码的人，不吃他这一套。对于这些水泼不进枪打不透的检查站，内线就会教他以逸待劳的办法，等线人帮他去踩点。他就耐着性子窝在路边的大车店里，和不相识的司机打打扑克，和没有姿色的老板娘调调情，酒也喝一点，但神一直提着，没敢尽兴。这个时候，女色买春还没有公开时兴起来，但意识已开始有了点萌动，姑娘也不是长期住店的，是接了生意后临时到隔壁抓差的，无非也就是隔靴搔痒似的"奶撞"，然后就邀请你到楼上坐一坐。龙海生就曾经被力邀过一回。那可是真的叫作坐一坐，两个人坐着看看电视，吃吃瓜子，说说话，什么也没做，但小费不能不给，不给你就脱不了身。当然，龙海生也没想做什么，他最知道江湖的险恶了，尤其是身处异地，尤其是怀揣了任务。他是带了江湖的口诀上路的：小孩要当心，老头要警惕，女色酒肉不能贪，瞎子瘸子要提防，意念是棍，心计是枪，白日握拳行，深夜睁眼睡……等时机一到，内线和线人的消息传来，这时候的关卡，或关门，或换班，或人马困顿，形同虚设，龙海生就机灵起来，黑了灯开足马力驾车冲卡，基本上都让他冲了过来。

后来，龙海生还打通了这条路上的辐射线：益阳的，娄底的，怀化的，郴州的，长沙的，湘潭的，常德的。再接下来，龙海生又把线路开到了广州，开到了昆明，开到了宁川和太原，最北的开到了哈尔滨，最远的是乌鲁木齐。托运没什么经营秘密，就是车多货多开得越远越好，越远越赚钱。

托运是个本钱轻的行业，这指的是运货的卡车。卡车都是从外地跑到九州的，这是些运钢材的车，运木材的车，运水泥的车，也有运大米和生猪的车，这些车在九州卸了货，就挖空心思地想带点货回去，他们没有放空车回头的习惯，放空车多浪费啊，他们接一个回头，就能赚一点外快，于是，他们就会自觉地到龙海生们那里去报到。这时候的线路，也没有那么多的伦理和规章，大家都是在转型期的过程里，都是在尝试，都是在摸索，能够在路上跑，能够参与着跑，就已经很好了。这时候也没有什么封闭车、集装箱、冷藏车，更没有什么特种车，也没有 GPS 卫星定位系统进行全程监控。这真是一个容易上手的行业，卡车是别人的，司机是现成的，货物又送上门来，羊毛出在羊身上，这么好的赚头，争夺的人、眼红的人、蠢蠢欲动的人自然就少不了。

争夺的内容很多，有争夺货源的，这很恶劣，比如你送来的是皮鞋，直接就打开包装，拎两双给你，以此来吸引和激励送货的人。也有竞争价格的，一降再降，降到差不多是白运了为止，醉翁之意不在酒，而在于线路。这一手只能硬顶，你降我也降，以我的低来抗衡你的低，看谁实力强，看谁经得起降。这也是意气的拼争，名声地位的拼争，比如龙海生的株洲线，意义非同寻常，拼了两年还在拼，这口气不能塌，一塌，名声地位就泡汤了。有时候，为了争取那些送货的人，龙海生会架上一张桌，泡上一壶茶，摆上一包烟，端椅子坐在自己店门口，他的目的就是要让别人看他的面子。但是，那些送货的人就是"婊子"，这是托运行里对他们的鄙称，他们没有情面可言，谁价格低，立马就舔谁的屁股去了。

争夺线路就不那么简单了，线路是托运的饭碗，是托运的身家性命，一条线路辛辛苦苦打下来，岂能让别人的车在上面乱跑？要坚决把他们赶出去，坚决把他们铲除掉。托运还有些摆不上桌面的"约定"——运丢了东西没赔。这给了龙海生可乘之机，他就买通了路上的地痞流氓，只要他把其他车的牌号报过去，他们一准在半路埋伏打劫。当然也还要双管齐下，就是把路上的工商税务拉下水，让他们做自己的帮凶，税务扣"假发票"，工商

坐酒席上方的人是谁

扣"三无产品",只要花钱到位,不用说,到处都是我们的人,到处是我们布下的天罗地网。

这些若还是不解决问题,那就是打,动武。龙海生其实也是很不愿意打的,但有时候没办法,话越说越气,话笔直铁硬,话像石头一样甩了出去,就收不回来了,就只好朝着打的方向走。其实打一架也没什么,现在的打,是捍卫线路,捍卫地盘,捍卫手下的饭碗,捍卫自己的今后,也就是说是天经地义的。要说托运有投入,这一块是大头,每年的开支预算里都有,就像大国搞军备竞赛,虽然没有战事,但投入还是要的。打是无奈的,没办法的,前面的那些手段都试过了,抢也好,扣也好,对方都不惊醒,都不当事,那只能浴血捍卫自己的线路,暂时把"洗手的形式"先放一放。江湖的原则是"不为钱财,只为脸面""只有被软死的,没有被硬死的"。

双方约好了在秦县的分水岭上决斗,这是九州距秦县两小时路程的地方,是两省的交界地,山高皇帝远,没有人管辖。决斗是需要智慧和计谋的。多年的江湖磨练,造就了龙海生军事家一样的素质。他悄悄带人去踩了点,尽管这样做有点麻烦,但无准备之仗他是不打的。他是去考察地形,硬打怎么打?乱战怎么打?势不均力不敌怎么办?哪条路可以撤退?退不及在哪里藏身?在哪里安排接应?最最要紧的是,要在行进和撤退的路上埋下"暗器"——马刀和斧头。这时候形势严峻,他们不能明目张胆地带武器上路,所以,这些事要做得非常严谨,既要让自己人心里有数,又不能让对方有丝毫的察觉。

那天,龙海生他们开了三辆车去,对方也开了三辆车过去,这是他们事先定下的规矩,六车人马各自悄然向指定地点汇集。夜幕降临,风急气紧,铁器自己都擦出了火星,呵出的人气也仿佛有了火药的呛味。但今晚的车开得太顺利了,开得也太冷清了，怎么说？车过山前峡，检查站对他们都不闻不问，进入盘山道，身旁的其他车就没有了，就他们几个车朝着分水岭方向，好像是故意放他们进来，好像有意疏散了其他车，好像撒了网要瓮中捉鳖，龙海生本能地警觉起来。但他又不能退，这场旨在保卫线路的械斗已箭在弦上，大家情绪高涨，一路拾回的武器也已手中在握，若是此时退了，那就比战败了还要倒霉。

到了分水岭，刚扑棱棱地跳下车，他们就听到隔远传来的杂乱的声音，有喧哗声、脚步声、铁器碰撞声，要是在白天，相信一定能看到山路上翻滚的尘土，他们的拳脚一下子紧张起来。就在这千钧一发的瞬间，公安如神兵天降，又好像草木皆兵，站住，不许动，缴枪不杀，一阵喊，把个决斗的两派冲得七零八落。好在龙海生事先摸清了地形，一声嗯哨，一个个遁得无影无踪。一场大火就这样被泼灭了。据后来坊间传闻，现场散落的物什很多，有斧头三十一柄，马刀十六把，各种跑鞋二十三只，蒙面的口罩和作为标志扎袖的白布条红布条无数。这场决斗虽然因为走漏了风声而最终泡汤，但还是因了它跋涉距离远、参与人数多、所带的武器杂等，在九州"托运志"上被狠狠地记了一笔。其他小规模的单挑或双挑就不用说了。

龙海生后来执意退出了这个行业，他感谢朋友的信任，也悟进了朋友相邀的初衷，他们看中他码头的经验是假，利用他江湖的影响是真。这行业的确能够赚钱，但更深层次的核心还是争斗和掠夺，这和他心底的追求是背道而驰的。再说了，这行业的人员素质也太差了，动不动就有暴力倾向，举一个例子：一条路上开出了几家店面，有自家的也有别人的，有一天发现别人的店门口也亮起了灯箱，和自家跑的是一个方向，自家写了"乌鲁木齐、哈尔滨、昆明"，别人也写了"乌鲁木齐、哈尔滨、昆明"，这明显是和自己挑衅嘛、争饭吃嘛，就派了几个马仔去砸灯箱。

坐酒席上方的人是谁

马仔不认识字，就告诉他认字的方法："四个字、三个字、两个字"的就是。结果，把别人的砸了，把自己的也砸了，顺便把自己另外一个写着"山海关口、石家庄、保定"的也一并砸了。呜呼，这是行业内比较经典的一个笑话。

　　龙海生花了些日子把托运的事情理清楚，他再也不想插手这些混乱的营生了。他年纪大了，心里的火气也不怎么猛了，喜欢喝菊花茶莲子芯了。他不再是过去的那个愣头青，或者说，他也不单单是改邪归正的一个浪子，他心里有了牵挂，角色也在一点点地变化。这是1994年，他的父母老了，两个人加起来有一百三十岁了，头发也接近全白了；他女儿也考入了市小的奥数班，他经常要去参加他们的家长会；他老婆是个老实巴交的人，最近整天愁眉苦脸的，工厂改制，即将下岗。为了这些，他也得装得人模狗样的，如果说，"正栋梁"必须要挑个"千斤担"的话，那他至少也得挑个"八百斤"。

　　他先要找个事情给老婆做做。经过前面托运的积累，他现在的手头不是很紧，但他要稳定家里的人心。他告诉老婆，我们不等钱用，我们有没有工作无所谓，你一定要找个事做做也可以，但不要太当真，你把它当作体验生活怎样？龙海生把老婆安排到朋友厂里做会计，工资可以，但老婆不喜欢。九州的一些小厂，做假账是公开的，是赢利的手段，老婆说，我一做到假账，心口就怦怦乱跳。没办法，她习惯了那种出力流汗的劳动，对于这种靠阴谋诡计获得的收入，总觉得是在偷盗似的。

　　老婆一定要试试鞋料生意，她喜欢做一些细碎的工作，喜欢润物细无声式的服务。其实，在九州，做鞋料的思路和方向都是对的。九州有这么多大小鞋厂，就算都没有业务关系，只要措施得当，捉漏也可以捉个半饱。龙海生当然支持她的选择。但他也告诉老婆，你一定要做好思想准备，鞋佬喜欢欠，也喜欢逃。做生意最忌讳说"背话"，据说，背话又往往非常地灵验，背话会把自己的情绪说坏了，也会把自己的运气说坏了。龙海生说，你就当自己是在练摊吧，练个忙碌，练个充实，有赚就皆大欢喜，赚少了就当是自己的利润打低了。老婆说，我要求不高，斧头不把把柄剁进去了就好。

老婆很适合做鞋料生意，她为人热忱，心又不凶，服务细致入微，做得不亦乐乎。到了这年年底，她赚了四万块钱，对于一个下岗工人来说，这是非常非常不错的收入。但是，但是，老婆有十万块的赖账没有收回来，说起来赢利四万，欠着的却有十万，也就是说，她的斧头已经把柄剁进去了。老婆开始都不敢说，她只是心神不定，后来吃饭没味道了，后来连觉也睡不着了。龙海生觉得应该和老婆谈一谈，他重温了九州的生意环境——不欠不是生意，欠了才能继续生意，这就像一根链条，咬着才能循环下去。他又给老婆分析"人种"，说有些人天生就是赖皮的，有钱他赖皮，没有钱他更赖皮，赖皮是他生命的一部分，不赖他就没法活。

老婆说的赖皮叫吕蒙，他到老婆店里时喜欢吹嘘，说自己如何如何地强大。说有一次他在酒店里喝酒，车停在酒店门口被朋友发现了，朋友一定要上来一起喝酒，来一个加一个座，再来一个又添一双筷，本来是一桌的酒，从中午喝到下午，硬是喝出四五桌来。龙海生听了呵呵。老婆又说，还有一次，吕蒙扭了腰，在302医院做牵引，朋友们知道了，一传十，十传百，蜂拥至医院看他，结果，小车把医院门口都堵死了，连军车也进出不了，最后不得不调来交警处理。龙海生嘎嘎嘎嘎。他笑老婆幼稚，这么蹩脚的伎俩也看不出来。他问老婆，这个人是做什么的？老婆说，做鞋的啊。他说，是啊，做鞋说做鞋的话嘛，他说这些干什么？龙海生说，还有个常识，真正强大的人是不说的，说了有什么好呢？说了引火烧身啊。说自己强大的人，手脚都是最先被剁掉的。老婆说，他吹吹牛也不可以吗？龙海生说，吹牛也要看和谁吹嘛，他和你吹什么牛啊？所以说，他反常了，逻辑上讲不通。龙海生知道他说这些是什么意思，他在欺软，在威胁和恐吓你，在制造你心里的惧怕，待日后他欠了钱，你就不敢找他要了。他撅一下屁股，龙海生就知道他要拉什么屎。

赖皮的伎俩一般有这么几种，上面这样的吹嘘是一种，告诉你自己的强大，让你觉得奈何不了他，最后只好算了；还有就是躲你，千寻不着，万碰不见，磨得你自己先没了脾气；还有就是和你吵，找你的茬，挑你的刺，说他的鞋被你的鞋料做坏了，他不找你赔已经算便宜你了；还有就是挑衅，巴不得打一架，一打，正中他下怀，说人打伤了东西打坏了，反过来还要讹你。龙海生告诉老婆，要讨债必有争论，有争论必有冲突，有冲突必有损伤，有损伤必有报复，以牙还牙，以血还血，拼来拼去要拼到猴年马月？他告诉老婆，他已经从江湖上退出来了，他已经告别过去那个旧我了，他已经不做那些打打杀杀的事情了，所以说，要讨债可以，但得慢慢来。

那天晚上，老婆睡不着了，她躺在那里一动不动，但一直在潸然落泪。龙海生知道她在心疼，她的辛苦像电影一样在她的脑子里闪现，一幕幕演绎下去：她在烈日下进货，人晒得黑不溜秋的；她在雨天里送货，人淋得像个落汤鸡；她看别人的脸色行事，她见了谁都好话说尽；她从吱呀吱呀的自行车，奋斗到嘭哒嘭哒的摩托车；她平日里笑容少了，皱纹和白发却在日长夜多……

再过几天，老婆沉不住气了，她觉得和龙海生说不清楚，就自己去搬"黑社会"去了。女人就是这样，心像芝麻一样小，一件事搁住了，根本就过不去。所谓的"黑社会"，我们身边其实是很多的，但都是些没有组织的单干户，打着替人讨债的旗号，但只为其中的利头。他们的做法也往往是不入流的，动不动就是威胁、劫持、剁手剁脚。时至今日，江湖上早就不这么做了，江湖上有了新的规矩，也有了品牌意识，寻衅滋事也文明起来了。早些年，这行当也都是本地人所为，本地人有根有源，有家眷门户，做事一般也瞻前顾后，不会乱来，但现在，这些简单、危险、收入低的营生，本地人早就看不上了，现在来做这种生意的都是些外地人。外地人唯利是图，只要有钱，什么活都接；外地人没有根基，没有顾忌，反正谁也不认识，往往心狠手辣；外地人也没有信用，不会担当，真要是闯了祸就脚底抹油，溜之大吉。

危机一触即发。龙海生要赶紧找到老婆，他是她老公，他太知道她那点智商了，她清清嗓子，他就知道她要唱什么歌，她脖子伸一伸，他就知道她要打什么嗝。她心急啊，她在煎熬呀，她现在带了几个人蛰伏在吕蒙的厂外，她在蹲守他，想打他的埋伏，要偷袭他？要绑架他？抑或要剁他一只手或一只脚？龙海生就在这千钧一发之际赶到那里，这个他很容易做到，他的马仔其实早就在那里瞄住她了，像便衣一样跟踪在她的左右，实际上，他一直遥控着那边的局势。马仔说，老大，情况不妙，双方都叫起了几个人，看他们走路的样子，身上带的是斧头。

龙海生把老婆叫到一旁，歇斯底里地说，你知道他们都带了什么家伙吗？老婆喃喃地说，这边是马刀，那边是斧头。龙海生说，你知道这会是什么后果吗？老婆说，我也不知道他们会这样。龙海生说，你以为他们是来做客的？你以为他们是来摆风景的？他们是为你讨债的，是来打架的！他又说，我再问你，他欠了你多少钱？老婆说，十万。龙海生说，打架是无法控制的，手起刀落，祸就天塌下一样，你剁了他一只手，十万就泡汤了，你失手出了人命，你再乘上个十也不够赔。你都不想想，你一个女人，你能拿得住他们吗？龙海生说得严重，但确实，这样的局面，老婆当然是没有想到的。

龙海生把老婆叫来的人打发好，他付了他们的"误工费"，他们出场了，虽然力气没用掉一点，虽然刀斧并未开锋，但毕竟耽搁人家时间了。他还在附近的聚乐园里请了他们一顿，这也是礼数，江湖的规矩他还是要维护的。他们当然也是当仁不让的，他们稳稳地坐着，一边喝着酒，一边埋怨着龙海生的阻拦，他们笑龙海生胆小，笑他没见过场面，他们说，反正人都已经会起来了，打一场又怎样？他们装出手痒痒的样子，装出没有尽兴的样子，又是摇头，又是啧啧。他们是无意间发现龙海生的身体的，架子不错，手脚也挺粗。他们哪里知道龙海生是什么人，哪里知道他也是历练过的，哪里知道他曾经的江湖风云。他们以为他只是长得好，是天生的身体坯子，他们就好意地、负责任地提醒龙海生，老司，以后像这些地方、这样的场合，你最好别来，最好退远一点，你这身子触眼，要打起来，也许首先就奔你去了，伤了你怎么办？龙海生笑笑，他觉得他们说得对。

冲突虽然是平息了，但事情并没有解决，钱还没有着落，关系也没有理顺。据马仔探来消息，吕蒙的鞋厂倒了，他可能欠的钱不少，欠老婆的也许只是个零头，他也许还欠了皮的，欠了胶的，那些都是大钱。那老婆怎么办？她的生意还要继续，她的钱要是就这样没了，她的积极性就会受到挫伤，她就没心思再做下去了。所以，这个钱是一定要拿回来的。但不是以打架的形式，打架不是又倒退了吗？现在这时代了，他如果还没有一点点进步，自己都说不过去。

这个时候的龙海生，已经在街道办事处谋了一份事情，工资虽然不高，但还是比较稳定的，他做的是调解工作，大家知道他的过去，也知道他的现在，知道他有社会经验，也知道他在社会上的位置，他有调解方面的才华。他所在的街道是九州比较早的住宅区，地盘很大，有以树木命名的十几个组团，桂、柳、桉、松、杨、桃、柑、橘、梨、梅，等等，矛盾和杂事也挺多的，卫生间漏水啦，楼上响声音啦，杂物占了过道啦，阳台做了铁栅栏啦等等，调解的压力不轻，不过，龙海生适合做这样的工作。这样的身份，龙海生也不想再去做什么过激的事情。

他找到吕蒙，而且是直接找到他家的，这是个信号，它告诉吕蒙：我知道你的家底，你跑不到哪里去。因此，当龙海生笃笃地敲开他的家门时，吕蒙还是吃了一惊，嘴巴也不由自主地僵住了。

龙海生没有真正地退出江湖，他知道江湖是退不尽的，江湖就是社会，就是人群，退出了，他就一无是处，就一事无成。江湖当然是要较量的，但已经不再是血雨腥风，而是文明的、智慧的。他告诉吕蒙，我们有很多"下三烂"的做法，有武的，也有文的。武的是：把你的车玻璃砸了，把你家的下水道堵上，把你的门锁用电焊冻死，还有，每一天拎一桶大粪放在你家门口；文的是：叫老人或孕妇守住你家，把你所有的电话手机打爆，在你的小区里贴满你的大字报，还有，把你的账单送给你的父母。你说，你是要文的还是要武的？他还告诉吕蒙，你欠我老婆十万，你知道十万是个什么意思吗？再退一步，你知道五万是个什么意思吗？吕蒙摇摇头。他这一摇头，就把他的底细暴露了，龙海生就知道，他是个新手，至少也是个不谙"世事"的，也许根本就不是什么江湖，顶多是一条河汉，说不定还是条阴沟。

龙海生没有把意思说透，但老江湖都应该明白他指的是什么。江湖的规矩是五万挑筋，十万剁脚，其实后果都一样，一个残疾，一个残废，一个拄拐杖，一个坐轮椅。龙海生接下来跟吕蒙谈的是：一、我不搞打压政策；二、大家都平安地过渡；三、我给你指条道吧。龙海生说，糟糕的厂长比没有厂长更糟糕，但糟糕的厂长也许能当个好管理，厂长拿的是全盘，管理管的是局部，局部你可能行，你去我朋友厂里当管理怎样……这件事对吕蒙的震动很大，觉得不仅仅从龙海生那里学会了做人，还学会了处世。

后来，老婆也问起过龙海生，说那个吕蒙，你不让我解决他，你解决了吗？又说，你不会就这么便宜他了吧？白待在江湖了，有没有什么措施啊？龙海生嘿嘿，说，我找他了。老婆问，钱怎么样？龙海生说，你现在向他要钱，等于白要。他真没有，就不怕你会真下手，他要说那句话，"要钱没有，要命有一条"，你不是把自己晾台上啦？老婆说，那你去请他吃饭啊？龙海生说，我还真请他吃饭了。老婆说，你脑子肯定进水了。龙海生说，不仅吃了饭，我还给他指了条道，去我朋友那里当管理，我要培养他的还债能力嘛。说起管理，老婆想起了一件事，说这事真有点怪，说有个厂，到她店里来买东西，杀价杀得厉害，但给钱还是照原来的给，比如化学片吧，他杀到我一百一，但开还是开一百三……龙海生笑笑，说，你说的这个厂叫"理查德"吧，管理就是吕蒙，我叫他去你那里做定点的，怎样？老婆说，那他不是吃里爬外了吗？龙海生嗨了一声，说，这你就别管了，世界钞票世界用，他也许到处还买不到一百三呢，你就当他在变相还债吧。这事还比较新鲜，老婆听了一头雾水，半天没回过神。

龙海生意味深长地对老婆说，江湖是需要疏导的，疏导了才会通畅。他告诉老婆，其实像这种事，简单的解决办法是很多的：我们可以报案，让公安去拘留他；我们也可以起诉，让法院去执行他；也可以找人去揍他一顿，把他教训教训。但这样做，事情就复杂了，怨恨也结下了。总之，你不能把他的霉倒了，霉倒了，他就躺下做破人了，破人，你就奈何不了他了；你也不能把他给废了，牛有多少力，马也有多少力，你把他废了，他也会找人把你废了；你还不能把他的路断了，断了，他来源都没有了，他还拿什么还你呢？龙海生还说，关键是你还在做生意，你只要还在做生意，就需要有一个好的环境，不能树敌太多，也不能都是障碍，得顺顺当当的。这话老婆还听得进去。

龙海生虽然没有在江湖一线了，但江湖的面子他还是要维护的，江湖的活动他还是要去参与的。场合里没有了他的身影，场合就不会隆重；"新闻"里缺了他的名字，传播时就会被打些折扣；四面八方的"山头"，他也是要稍稍地"惦挂"的，去喝杯酒，去照个面，让人感觉到他在乎这种关系，这已经不是他的需要，而是这个系统的需要。这是 2005 年，再也不会有什么节外生枝的事情来干扰他，包括他老婆的事情，以他的能量和修养，以及他祥和的环境，即便有什么突兀的地方，它自己都会平稳地过去。对于江湖，过去和现在，他都是觉得无奈的。过去是因为身不由己，现在则因为己不由身。新人辈出，规矩更替，他也想过要全力隐退，早年的金盆洗手是为了不打架，现在能不能彻底地不参与呢？但他也知道，自己又是不可能退出的，少了他，江湖就会少了些许制约，也许还会倾斜，就像美国人放任着朝鲜、利比亚、巴勒斯坦一样，是为了这个地区的牵制和安全。当然，龙海生的不能退，还因为他的马仔们，既然他们跟上了他，既然他把他们带上了道，他就要对他们负责任，他们需要有一条纵贯线，需要有一个组织形式，这样，他们的队伍才会像模像样。

有时候，他也会到马仔的道上去走一走，他去有两个意思，一是传说不能让它断了，只要他存在，他的传说就会被人续编下去。他喜欢听到这样的话——龙海生是和李元霸同时代的人，他们在一个层面上，他们的事，二十多年前就已经是美谈了；还有，龙海生叱咤风云的时候你在哪里？你还穿开裆裤呢，睾丸才芝麻那么大，还在门槛里摸鸡屎呢；还有，他们那时候的打才叫真打，不像现在，动不动掏枪，那叫什么气派啊。二是去听听马仔们说的战例，听听他们吹牛，江湖总是无所不在的，任何时候都会有意想不到的"战事"，他理解、欣赏，以他多年的经验给他们一些建议，也给他们出谋划策。现在是他们的天下了，应该给他们一个舞台，扶上马还要送一程呢。他顶多会与时俱进地交代一句——注意，和警察朋友们要搞好关系。

　　他也会从小道上了解一些其他"山头"的信息，他和他们的关系是：和平共处，互不干涉内政。他现在已经转向为一个战略家了，战事没有了，但对手的状况他不能不知道。那些老山头们还都是老样子，都还是赖着，没有退出来，但已完全堕落了，口碑也不行了。东门的山头，现在以赌博为生，在乡下经营着一个山庄，搞得很大，据说，市里一半的担保公司都待在上面；大南的山头，现在也转开 KTV 了，表面上是个娱乐场，但谁都知道，他们会偷偷地端出盘来，经营点"摇头"；西角的山头，忙人累人的酒店不开了，现在在电视上摆球盘，玩"德甲"和"西超"。龙海生感慨，他们怎么还这样啊？既没有收心，也没有养性，一点也没有进步，也没去想后人们会怎样看他们。仔细分析，他应该算是北边的，过去搞托运的过境公路在北边，现在他老婆的鞋料店也在北边，尽管他住在市中。他虽然不出头露面了，但处理的事，还真没有逃出江湖的圈圈，走来走去的角色，还是江湖的那几个。很难说他是摆脱了，还是仍存有干系。

　　有一天，一个小孩来请他吃饭。小孩是江湖上的一个新人，他们都叫他燕青，浪子燕青的燕青，燕青打擂的燕青。龙海生知道这个燕青，也听说过他的传闻，说他是个耐人寻味的人。他的单位是报社，平时多做夜班，有人说他是编辑，也有人说他是校对；他什么也不是，却什么场合都有份；没什么特别的本事，但结交着三教九流的朋友。名气的确立，有时候是有很多原因的，有人因为钱，有人因为势力，有人因为历史，有人因为本事，据说，燕青的名气，是做好事做出来的。他替人跑腿，替人讨债，替人救场，什么忙都帮。这样的人，群众基础比较好，社会关系非常多，这样的人，龙海生也愿意给他几分面子。

龙海生开始不知道这次请吃的意思，以为燕青有什么事情相求，当然，事情他也是不怕的，民间说"船到桥间自会直"，在他这里则是"兵来将挡，水来土掩"，态度一般都是积极的。但是，燕青却只管劝他喝酒，请他吃菜，就是不提事情。龙海生吃喝了一会儿，终于忍不住了，问，你找我有什么事吗？燕青说，没有啊。他说，没事你请什么吃啊？燕青说，我自己想吃，顺便也请请你，不行吗？他说，无功不受禄，说吧，不说我吃不踏实。燕青说，我要是有事还摆不平，还要请前辈出山，那倒霉的不是我，而是我们这个系统。他客气地说，那倒也是，现在的舞台，应该是你们唱戏了，我们都成了标准像了，是用来瞻仰和装饰的。燕青笑笑，说，要说有事也确实有一件，就是我要结婚了。龙海生噢了一声，笑说，还可以用来"喝酒"的。燕青忙附和着说，我请的是你这块招牌，你来，我的心就定了。

龙海生这时候明白了，眼前的这个酒是"敲门砖"，也是"药引子"，吃这顿酒的目的是引出之后的那顿酒。这是燕青的请人方式，还行，不像有些人，打一个电话、发一个请帖，或送一袋糖果，他是真心想请到你，所以才这么繁复和隆重。当然，这样的场合，龙海生也是不愿意落下的，这样的场合，肯定有许多热闹好看。龙海生没有问燕青还有哪些谁去，他知道会有些什么人去，以燕青这样的用心，他就是想把谁谁谁都请齐了，他要的就是这样的效果：一个大舞台，舞台上主角很多，群星璀璨，但又是人人平等的，看不出谁是山头谁是马仔；这又是一个文明祥和的场合，大家慢慢品酒、细细吃菜，斯文地说话，一派红云紫气。燕青想营造一个他理想中的"江湖"。龙海生不禁感慨，难道现在的江湖真的到了这步田地？他是退守心灵了，难道其他的江湖都没有了斗志？但是，这样的舞台和场合，也是最容易出事的，帮派和积怨是江湖的一大特色，恨不得咬下一块肉的情绪就像江河下面的暗流，一直积蓄着、酝酿着，不是一个场合或某一个人能够笼络得住的。这个，年轻的燕青肯定不知道。

那天的酒席在九州最大的新王朝举行，这引起了很多人的兴趣，都在猜，燕青的酒席到底要摆几桌啊？龙海生当然也被吓了一跳，他见过打架的血腥，见过托运的残酷，也见过鞋料生意的混乱，但没有见过这么大的酒席场面，步入大厅，放眼望去，他真的有点晕了。置身在这片酒席中，龙海生情不自禁地数点起来，都说有一百零八桌，他想，燕青有那么多的朋友吗？燕青大概把那些县区的山头也都请了，把中层的马仔们也都叫上了，再加上一些稍有名气的哈哈喽，这也没那么多啊。江湖，毕竟都是些乌合之众，乌合之众就说明只是一小撮。一数，确实也没那么多，那些带4的桌就没有，14、24、34，包括四十几的，都没有，结婚讲究个吉利，但还是有九十来桌啊。龙海生又发现，酒席的摆法也很有讲究，是按照左大右小原则的，左边是燕青文的朋友，右边则是武的朋友。龙海生又想，燕青的那些文的朋友又是谁呢？同学？校友？单位的同事？抑或还有些报社的实习生？他也是快四十的人了，应该已混了个"一官半职"，如果他愿意，叫上叫下都好叫，是能够把人叫起来的。

欢声笑语，歌舞升平，龙海生发现那些文朋友不像他想象的那样，并不是真的"文弱书生"，倒像是机关的头头脑脑，一个个红光满面，气宇轩昂，透过这些表象，可以看出他们背后的殷实和优越。他再一路看来，从远处到近处，特别是前面的几桌，有些面孔是似曾相识的，但可以肯定，这些人他是不认识的。他要是觉得眼熟，那一定是在电视里见过的，他喜欢看电视里的方言新闻，这些人就经常在新闻里出现，在哪里开会，在哪里调研，都是那种日理万机的劲头。这说明了什么？说明燕青的场面大，关系多，背后蕴藏着潜能，还说明这些人都买燕青的账，愿意过来捧场。

流水行云，酒浓菜香，燕青和新娘在一桌桌地敬酒。他看重那些文的朋友，他把程序和姿态先献给他们。酒桌太多了，多得有点混乱，但燕青还是游刃有余地敬着，一桌桌地过来，这也看出了他的耐心。他的新娘则不然，开始时还是姹紫嫣红的，慢慢地，嘴巴也翘了，神情也暗淡了。也是，敬酒就像是下雨天担稻草，一般都会越担越重的。

龙海生被安排在右边的上面坐席。上面有三桌，他坐在靠中间的头一桌，面对大家，身后是背景，有点居高临下的感觉，这个位置也告诉大家，这里是整个酒席的中心，是最最要紧的部位。如果中间有一个是皇帝，那边上文桌的就是宰相们，而他这边的就都是将帅们。与他一起坐的都是江湖上的老客，都是被敬尊为上者，龙海生称他们为"老流氓"，当然，外面的称呼要好听一点，叫他们老山头。

他们端坐着，装着斯文的样子，轻声地笑谈着，议论着燕青的耐心，同时也议论着新娘的局促，是啊，新娘哪里见过这样的场面呢？哪里料到燕青有这样的能耐呢？也许，她还在心里纳闷和嘀咕，有一种被燕青放了蛊一样的困惑……

婚宴就是普天同庆，龙海生和那些山头也顺便接受着这个系统的马仔和哈哈喽们的膜拜，东边的结伙来了，南边的组团来了，西边的也呼拥着过来，北边的也一样，推杯论盏，轮番轰炸。有一下，龙海生觉得有人在后面碰了碰他的手，他回头一看，是吕蒙，就是那个欠他老婆钱的吕蒙。龙海生说，你也在啊？吕蒙说，燕青喊我，也过来凑热闹吧。龙海生说，你怎样？做管理比你好高骛远地办厂好吧？吕蒙说，托你的福，管理得大有进步。龙海生说，在这里幸会，喝杯酒吧。吕蒙赶紧说，你上面坐好，我敬你，我喝完，你随意。龙海生也不客气，也意思意思地咪了一口。这样的场合，大家都端着面子，以笑代语，心里都十分有数。又有人来碰龙海生的手了，这一回是他老婆曾经叫过的、本来要和吕蒙厮杀的那两个不知哪里的哈哈喽，他们见了龙海生嘿嘿笑着，好像很不好意思似的，龙海生知道他们在想什么，也不点破，只微笑着做了个鬼脸，开玩笑说，咱手臂太粗，天生的，搁哪里都显眼，怎么办呢？那两个哈哈喽拼命抱拳，说，老大别笑我们了，你长阔高深，我们有眼无珠。龙海生觉得他们说多了，忙打断他们的话，轻声说，朋友，听我一句话，来日方长，少吃，轻走……这有点像禅语，哈哈喽们尽管不懂，但还是密密点头。

这哪里是一次婚宴啊，分明就是一次团拜嘛。你看燕青，像这场团拜的策划者、主持者，以他的形式，调得大家其乐融融，以参与为荣。你再看那些"江湖"，一个个早已被酒怂恿了，被欢乐迷乱了，忘了自己。在这里，所谓的黑道白道，所谓的水火关系，都容纳在和谐和大同的气象里。在这里，大家不再谈论江湖，而都在谈论政治，都对这种形式报以由衷的认同。龙海生不知是别扭呢还是心疼。他一直以为，江湖就是江湖，手段可以进步，人也可以隐退，但绝不是被改良、被同化，要不，还叫什么江湖呢？江湖又从何说起呢？啊，啊，既然这么多人恭维着燕青，既然这么多人愿意这样嘻哈，那就让他们混为一谈吧。这样想着，龙海生就有点坐不住了，想自己坐在这里还有什么意思呢？龙海生燥热得想走，他欠了欠身，和同桌一一抱歉，把杯里的酒喝光，说，还有点事，我先走一步。同桌说，你不等燕青过来敬酒啦？龙海生说，算了，他这样的场面，哪里缺我们这杯酒啊。同桌说，你这么忙吗？连一顿酒也吃不安生？龙海生也嬉笑着说，儿大老婆小，父母未出场。意思是说，家里的事多，让他放心不下呢。同桌们就嘎嘎嘎地笑。

龙海生退出酒席，去了停车场，他坐上自己的车，但并没有马上离开。他其实没什么事，只是不喜欢这样的场合了，也看不惯那些山头的样子了。他坐在车里，似乎在等待什么事情的发生，江湖没有秩序，江湖就像一个火药桶，按照惯例，江湖的人成群扎堆，就一定会弄出什么动静的，他在等待这样的动静？

车外一片黑暗，看车的人在黑暗里走来走去，他坐在这样的黑暗里，想象着里面婚宴的热闹，想象着接下来可能的走向：燕青敬完了"文桌"应该来敬"武桌"了吧？敬酒真是费劲，就是顺利，也像是在打一场艰苦的战斗。现在，上一节的敬酒总算是告了一个段落，到了歇息的时候，新娘躲到化妆间里换衣服去了，燕青则晃荡晃荡地来到武桌上面，他突然发现主桌上方空着的位置，在心里过滤了一下这人是谁，很快就猜了出来，问，龙大哥哪里去啦？山头说，别理他，和他搞不清楚，我们喝我们的。山头们把燕青安顿下来，不断地向他示好，说他的场面真大，说人数怎么怎么空前，又让他赶紧填饱肚子，第二轮的敬酒鏖战马上又要开始了，他又得辛苦了。燕青真的就坐了下来，吃得踏实而敞亮，一边吃还一边环视下面，婚宴是喧闹和复杂的，但没有关系，一切都尽在他的掌控之中，他有点得意。一个山头没话找话地说，你们有没有发现，龙海生现在是一点锐气也没有了。一个说，他早就没有了，不要说锐气，就连勇气也小得可怜。一个说，没勇气很正常，他的时代已经过去了，但邪气还是应该有的。一个说，邪气是我们，他哪里还有什么邪气呢？剩下的就只有和气了。一个说，和气那还算什么气，等于是没气。燕青吃得差不多了，他看看大家，然后腾出嘴来说，不提他了，他走他的，他是前辈，前辈都这样，吃得少，睡得早……这都是龙海生的想象，想象着燕青坐在上面，想象着他们肆意地说话，他们说得对，或者说，表面上是对的，而实质上并不是这样。

这时，就在这时，婚宴上突然有了一阵骚动，一桌上有了不同寻常的高声，还有了酒杯摔碎的那种猝响。有人站起来观望，那是文桌那边的朋友，他们好奇又木然地看着热闹；有人仍淡定地吃着，那是武桌这边的老的江湖，他们对吵架见怪不怪，他们不想多管闲事；也有人不慌不忙踱了过去，那是些山头级的人物，去看看是谁，知道他们之间的积怨，也无从插手，耸耸肩折了回来。这样就只能燕青自己出面了，他搞聚会可以，但处理事情不知道怎么样，尤其是处理老江湖上的事情。显然，他心里是没有底的，他只能赔着笑脸过去。他来到那张桌旁，抱拳致意，在不明事理的情况下，礼貌和客气是没有错的。他满起一杯酒，端起来，要先敬对峙的两位，但两位视而不见，巍然不动，并不买账。燕青说，我不知道你们之间发生了什么，但今天能不能先放一放？一个说，不能，这事你不懂，有这事的时候，你还没有影呢！燕青说，如果这里面有我的错，你们告诉我，我马上就改。一个说，你当然有错，还不是小错，你的错就是把我们排在了一起，你现在怎么改？我一人安排一桌？燕青说，今天是我的喜事，我还站在台上，你们别让我下不来好不好？一个说，我们给你面子了，我们来就是面子，但现在吵架了，面子没有了。另一个说，你是喜事，我当初被他砸的也是喜事，这事我已经忘了，是你把我们的旧账翻了出来，那就你来解决吧。什么是江湖？江湖就是小题大做，就是借题发挥，就是有理说不清，燕青就这样尴尬着，他钻进了一个死胡同。

这时候，龙海生的手机响了起来，是有人从酒席里打出来的，龙海生接起来。里面问，你现在在哪里？他稳住气，他知道里面出事情了，知道有人要搬他的救兵了，问，怎么啦？又说，我在厕所哪，在这里抽根烟。里面说，含笑和追风吵起来了，谁劝都没用，这事只有你出面了。他说，还在说陈年八代的事啊？里面说，是啊，但燕青把他们排在了一桌，真是雷管碰上明火，马上就炸了。他说，他是新人，他哪里知道这些啊？龙海生这样说了，就是答应出面调停了。他不是想证明什么，他只想帮人家一个忙，别把人家的婚宴给砸了。

多年前，含笑有了对象，但在结婚那天被追风勾走了。后来，龙海生把表妹嫁给了含笑。再后来，追风勾走的女人也跟别人私奔了。再再后来，龙海生受追风之托找人在国外砍了那女人……对于这个女人，含笑还是有一点眷恋的，尽管龙海生的表妹也很不错，但那次婚礼的塌台一直让他耿耿于怀，所以，在这次燕青误排的酒桌上，含笑不接受追风的"通关"，他要他先喝两杯再说。对于龙海生，追风是要感激的，他让他挽回了一个男人的面子，而报复的费用，龙海生半字不提，只说了一句"算了"。这件事乍一听千丝万缕，积怨很深，但落到龙海生手里就简单了。

龙海生来到他们桌前，先把含笑搭到一边，这事他是关键，他和他讲了这样一个故事：有一个老板，老婆和小孩被歹徒劫持在家里，在对峙中，武警几次想冲进去制服歹徒，都被老板拦住了，说，这样会危及人质的。后来，歹徒提出了条件，放出了小孩，老板对武警说，现在，你们可以冲进去了。武警说，那万一危及……老板说，那就看她的命大不大了。这个故事告诉含笑，女人何足惜？更何况一种婚礼形式。江湖有时候就是这样，认一个人，听一句话，这句话他愿意听进去，这个人就起作用了。接下来，龙海生走到追风身边，他说，女人还少吗？还抢朋友的女人？人生一世，草木一秋，朋友千个少，仇人半个多，你们冤怨未了，是我的责任，你给我一个面子，敬含笑三杯，这事就算是了了。这样的台阶，追风当然很愿意下，何况有龙海生前面的人情，他就腾腾腾地倒了三杯，咕咕咕地一饮而尽。好啦。江湖上的事，千难万险，但穴道摸准了，点一下又非常简单。

现在，龙海生真的要离席了，头也不回径直地走出了大厅。他的离席明显地带有一种情绪，他鄙夷江湖的花拳绣腿，什么搞噱头的、秀排场的、摆花瓶的，都没有江湖的特质。江湖是什么？江湖就是强势，就是影响力，过去是武卫，现在顶多改成了文攻，任何时候，摆平就是硬道理。老一辈打下了江山，就是为了坐享其成，一般轻易不会放弃。至于他现在的状况，他愿意解释为"丰富而有内涵"。他经常会想起李元霸，那个夏天的松山，血腥未褪。每个人对一件事情的记忆是不一样的，有人一闪而过，有人刻骨铭心。

龙海生相信，这会儿，燕青一定是傻在那里的，他还坐在酒席上方吗？噢，这是他的婚宴，他应该还在婚宴上的，他把婚宴稳住就不错了。

原载《人民文学》杂志 2011 年第 4 期

平板玻璃

　　去年底的时候，具体说是 11 月上旬，我应邀去上海参加一个会议。去上海的心情我有点复杂，我是既想去又不想去，我怕去上海，但又非常渴望去上海，我已经有将近四十年没有去上海了。当年我非常熟悉的那些地方，比如大柏树、五角场，现在肯定是面目全非了，我要是再置身在那里，肯定是两眼一抹黑，像傻瓜一样。还有一个我不想去的原因，是我生命中一件揪心的往事，就是从那里缘起的，我不知道会不会又碰触到了它。所以，尽管我这些年跑了很多地方，但上海我一直就拒绝踏入。这不怪上海，完全是我个人的原因。

　　我要去开的会叫"玻璃，一种新材料的重新命名"。会议由 ZD 大学建筑与设计学院召集，邀请的都是全国玻璃方面的专家，有研发和生产的专家，也有设计和使用的专家。这样说来大家也就知道了，我也是一个和玻璃打交道的人。其实，我和上海的关系最初也就是和玻璃的关系，说得更具体一点，那个揪心就是和玻璃有关。这说法有点歧义，这里先按下不表。

　　我以前和上海的关系是比较特殊的，如果用一些符号去表示，就更特殊：南京路第一百货、浙江路第十百货、大光明电影院边上的友谊商店、亦游亦购的豫园商场、提篮桥监狱附近的浦东码头、购买温州船票的十六铺、登船下船的公平路码头，如果再选一个，那就是上海的大世界。这些地方，我走过，甚至还经常在那里活动，留下了抹不去的印象。现在如果向人介绍上海，我不知道他们会说些什么，东方明珠塔？野生动物园？迪斯尼乐园？世博会主题公园？倾向性一下子就看出了时代印记。但我的那个年代跟生计有关。

我是坐 G1357 的高铁去的上海，我从广州出发，估计六个小时能到。途中我带了许多吃的东西，我的包包里也有足够的钱，我说这些的意思是，我曾经有过非常拮据的尴尬，所以一直以来，只要我出差，我都有穷家富路的习惯。1979 年的上海已经是非常地繁华了，是全国人民心目中的花花世界，但从温州到上海，交通极为不便。只能坐海船，而且要一天一夜，要三四天才开一趟。船票是八块钱一张，三等的，也有统舱和散席，也要五块钱。有一次我曾经被困在上海走不了了，只能等我母亲将钱汇到我住的旅馆。那些天，我身边只有几块钱，我把这些钱都分配在伙食上，一天就吃一碗面。其余的时间，我都躺在旅馆的床上保存体力，我睡觉，我不能让任何饿的念头冒出来。当十多天以后，我听到旅馆的门卫喊"某某某，汇款"，我激动得索索发抖，连裤子也穿不起来了。

ZD 大学在五角场附近。印象里的五角场是个很冷清的地方，大柏树，怎么听都像是农村，邯郸路又宽又长，连一辆车都没有，有一个部队医院，我没有走近过，但感觉它就是壁垒森严的。现在肯定不是这样了。我从地铁里出来，进入出口的通道，一路上被人撞来撞去，被弥漫的香气熏得头昏脑涨，都是各种各样的食物，咖啡、快餐、茶叶蛋、火腿肠。我匆忙走着，看到不同的出口标志，通往 A 路的、B 路的、C 路的、D 路的，像一个蜘蛛网，我马上被弄混了，我不知道 ZD 大学应该往哪里去。现在，我走在昔日熟悉的邯郸路上，满眼的人流，满眼的车流，满眼的商铺和广告，远远望去，路上有坡度的趋势，我知道，那不是真的坡度，而是无限延伸的错觉。听路人讲，去 ZD 大学还要这样这样那样那样，听口气，没有三十分钟走不下来，上海更大了。

宾馆是 ZD 大学自己办的，就在大学的对面。上海人很会动脑筋，知道大学里都是会，鉴定会、研讨会、评审会，一年到头，自己接待自己的会议，也可以吃一个大饱。我到宾馆的时候在门口碰到几个熟人，都是搞玻璃的，有山东青岛的，也有四川自贡的，他们都在门口等人，说有朋友过来带他们出去吃饭。这会儿正值晚高峰，想必接客的人也都堵在路上。其实我也约了人，是我以前认识的一个老上海。上海熟人不少，但真正在记忆里存下的仅此一人。我们偶有联系，以前是写信，后来是电话，现在是短信，都是在非常的日子里，比如大的节日，或人生的转折点，虽然相隔的时间很长，但我们总能够联系得上。我来上海之前给她发了一个短信，说我对上海一点也没有概念了。她说那你会住在哪里呢，我去找你，我们一起吃个饭。我说吃饭不重要，就在附近坐一坐，认一认。她说真是，我们也有几十年没有见面了，古人说"见字如面"，我们听听声音看能不能辨出来。是啊，沧海桑田，她这样说我就很期待。

房间还不错，虽然是个标间，但设计得还算合理，或者说人性化，有一个宽敞的客厅，有一个很大的沙发，有一内一外两个卫生间，这样，即便房间里住进了两个人，也不会为一些陋习和紧急而苦恼。我转了转房间，阳台上还有个吸烟室，还放了咖啡和零食，时间还早，我就洗了个脸，泡了杯绿茶喝起来。

手机也是在这个时候响起来的，是约我的朋友，说已经在楼下大厅了。我说那我马上下来。她又说，你确信能一眼认出我来？我迟疑了一下，说，应该可以吧。她说，我穿小西装，里面翻白领，我干脆站小卖部门口吧。我一边应着一边心里面浮现出她的样子了。

我这朋友叫陈优犁，如果说年龄，应该和我也差不多。我在电梯口老远就看见了她，我们相互笑了笑，走近了没有拥抱，也没有握手，虽然都觉得熟，但还是有一种距离感。这种距离感不仅仅因为我们是一对男女，不仅仅因为我们有几十年没有碰到了，而是因为彼此心中有那么点不可言说的微妙。她说，还是可以认出来的啊。我说，是啊，好像变化都不大。她说，那我们就走吧。她就顾自在前面走起来，我也配合着在后面跟。我在后面悄悄地看着她，她还和从前一样，有相对正式的化妆，她以前是喜欢浓妆的，眉毛画得弯弯的，鼻侧刷了浅影，脸颊扑有腮红，嘴巴本来就小，但却嘟得很，她大概也觉得这就是所谓的樱桃嘴吧，属于好看的，所以也精致地描了口红。加上她一头的卷发，加上她整洁的衣服，我老是会想起旧上海那些月份牌上的女人。我们就在宾馆对面一个叫"遥握"的咖啡馆里落座，这也是她事先订下的。这里显然是大学生们光顾的地方，简单的装潢，昏暗的光线，旁边有零星的几对男女，是那种散淡的、无所谓的、旁若无人的样子。我们都感觉到了自己的异样，暗想，我们一定是来过这个店里的最老的一对男女。

1979 年，我父亲死于非命。这话说起来有点耸人听闻，其实就是他自己把自己摔死了，不过是死得比较离奇罢了。他是个所谓的供销员，在当年，这个职业还是比较吃香的，很多人不知道它的具体内容和性质，只知道他们的样子很风光，骑一辆自行车，车前挂一个黑公文包，一路打铃，于是人们就觉得他们很精明、很能干。也是，他们无事不干，无所不能，总会有各种各样的钱财流进来。我父亲也有一辆自行车，他喜欢在回家的时候炫耀一下，我们家正好在院子的门口，进院子的地方有几级台阶，他进来的时候总是不好好拿车，都任由车在台阶上哐当哐当，于是，散在院子里的那些人，择菜的，洗衣的，或是干其他杂务的，都会抬起头来看他，他就很得意。我父亲在外面的时候很少骑车，稍微远一点他就坐三轮车，再远一点他就坐手扶拖拉机。那个时候，我们温州的公交还不完善，那些手扶拖拉机就载着我父亲出入于近郊乡下，那些乡下人就把他当作大佬，都叫他什么老，其实他那年才四十六岁。他那时候一定是很自我感觉良好的，有钱，有事情做，又身强力壮，所以他才会从飞驰的拖拉机上飞身跳下。那个司机后来说，我知道他要去的地方到了，我说到前面靠边停了再给他下。他不肯，根本不听话，脾气还暴得很，就直接跳下去了。他以为以他的身手一定也像铁道游击队一样，会像鸟儿那样落在地上。他根本不知道那个"惯性"的厉害，他的脚一着地，那个惯性就带飞了他，把他重重地摔在地上，摔了个嘴啃泥。据后来去收尸的我母亲说，他的头磕出了一个大洞，血蜿蜒地流在地上，比他身体的长度还要长，他的鞋也摔掉了，也许是被谁拿走了，不知了去向，他的黑公文包还在，足足摔出了一丈远，也许是这个包需要和身份匹配，没人要。这样，我们才在这包里发现了他的秘密，他原来是在外面接合同的，凭他的口才和能力，再卖给一些作坊，他在这里面再抽取一点回扣。

我母亲对我父亲的死开始还是有些难过的，毕竟是太突然了，也太难看了。后来，有一个女人吵上门来，说有一辆自行车平时都放在她家，说我父亲答应送给她的；说我父亲就是小气，她陪了他四年，他就给过她一个戒指，她要求起码还要给一对"钉镶"。这件事立刻就把我母亲打倒了。父亲的抠，母亲是知道的，他本来就是个铁蛀虫、石板刨、浙江省（浙江就是他最省），吃蛇的人还会将鳗忘在锅里的，以为赚钱不易，但他在外面金屋藏娇，母亲没想到，她马上去信基督了。人们都说，人生有了重大的变故，只有在基督那里才会得到安宁。也许吧。不过，有心的人发现，我们家原来搁在屋外的东西都不见了，一个蓄水的小水缸、一只放垃圾的破畚箕、一盆长年没变化的仙人掌。还有更细心的人说，我们家原来生炉子都是在外面的，点了柴，放了煤，等烟散尽，等火头烧充分了，再拎到屋里来，现在一切都挪在屋里头了。我母亲是胆小了，怕别人找事。

　　我母亲信基督很认真，三祈五祷，礼拜天一定去福音堂。最最神奇的是，她原来不怎么识字的，现在居然能看懂繁体的《圣经》。每天下午四点，她必定是站在自己的桌前，桌上是摊开的《圣经》，她撑着手，语速平稳，一点点地朗读，有时候读不下来，她会反复几次，就这样一页页地读下去，从《旧约》读向《新约》。西窗边是越来越弱的光线，我每次看到她这个样子，都会觉得母亲很虔诚，她身形的轮廓非常漂亮，尤其是头发上，像镶了银边。后来我才知道，那不是银边，是她有一缕头发突然地白了。对于她的朗读，主内的兄弟姐妹们说，是受了神的指引，她有生命了，就像玛利亚的未婚先孕是神的意思一样。对于她的白发，有人说，是她某一条神经给伤着了，在这缕白发上逆袭了，就像有人受了刺激睡不着了、聋了耳了、生了癌了，母亲是白了发了。

　　母亲有基督，那我怎么办？我肯定在家里待不住了。我害怕和任何人接触，最难过的是看到别人在公判布告前议论，如果这一批中有强奸的、鸡奸的、流氓的或乱搞男女关系的，我都会觉得他们一定在议论我的父亲。于是，我也只好离家，远走高飞。对于我的离家，我母亲并没有反对，她只是问我，你觉得在家里很难吗？我点点头。她说，其实我也觉得很难，我要是有个地洞可以钻，我早就钻进去了。我那年二十岁，没有书读，也没有像样的工作，有一份工作是在街道的合作社里削筷子，所以也没有什么好留恋的，就跑去上海了。我们温州的人有个传统，喜欢做一点小生意，其实我父亲也属于这种形式，心想，跑着总比待在家里好，做着总比没有事情好，总会碰到几个钱的。

很多人都以为我跑上海有那么点子承父业的味道，其实不是，我父亲所做的和我在上海所做的有着天壤之别，他那个属于空手套白狼，我这个属于投机倒把。从难度上讲，他那个只需厚颜无耻，我这个则需要千辛万苦。在这之前，我父亲也没有给我半点启蒙，就连去上海要带介绍信都没有告诉我。倒是我母亲，也许是听过我父亲在牙缝里漏过，说上海人喜欢菜油，说你不嫌麻烦就带上两斤，也许还有用。事实证明我母亲说得千真万确。

我是坐工农兵18号的轮船去的，这艘船在我的成长记忆里就是豪华和奢侈的象征。那时候能坐一趟船到外面去，无异于后来的出国和现在的登南极北极。这艘船原来叫民主18号，后来改叫工农兵，再后来改叫瑞新和繁华，但我们一直都叫它民主轮船，这是一块牌子，也是一种情结。我坐的是五块钱一张的统铺，其实也叫散席，我不敢坐八块钱的三等舱，后来我知道了还有一等二等，那是我无法想象的，因为八块钱已经相当于我削筷子的三分之一工资了，我这样去一趟上海，等于把我一星期的生活费都用掉了。统铺在船底的大舱，身边是许多运载的货物，也有牲口，有难闻的气味萦绕在周围，让人难以入睡。我的身上带了母亲给我的三十块钱和两斤菜油，这也许是我母亲所能给我的。说真的，那时候的母亲不会担心，我也不知道危险，我们都不会去想这样出去有什么不妥，都觉得这就是当时的唯一选择，并且是正确的选择。我就是这样待在这个闷舱里，守着身上的钱和那两斤菜油。我都不去想象外面是什么样的，其实，那个时候，我们的船正处在汪洋大海之中，我犹如一粒灰尘，如果我

平板玻璃

想到了沉没，那我一定会觉得奄奄一息了。我只能醒着，看身边他人的一举一动。我身边正好是一位苍南人，他挑了一担瓜子到上海去卖，同样，我也想象不出，这一担瓜子挑到上海能卖多少钱？在上海怎么卖？是摆路摊还是沿街吆喝？卖了以后他又会做啥？抑或他来上海本来就是有其他事的，这一担瓜子等于是他的盘缠，就像我要带上菜油？我们在一起瞎聊，我们都为临铺挨着而高兴。他老是叫我吃瓜子吃瓜子，我当时听他的口音很有趣，我第一次听到不是温州口音以外的"外语"，他是说"西瓜子"，而不是"吃瓜子"，我觉得非常好听，它像音乐一样让我没有睡意。我在这船舱里待了一天一夜。

可以想象，第一次走出公平路码头，我就像一只家禽被逐放到了荒野上，心里慌乱无比。我不知道自己要到哪里去，要干什么。我唯一的本能就是随着那个卖瓜子的苍南人，他快我也快，他慢我也慢，有一下，我还下意识地拉住他的箩筐，生怕自己走丢了。后来，那个苍南人对我说，你不要老跟着我，你既然到了上海，就要撒开来跑。先找个地方住下来，去福州路那里登记，他们会排给你一个旅馆，要不你就会站路上了。我将信将疑，这是我第一次听说有这么回事，住宿、登记、派单、分配。苍南人显然是有经验的。

福州路那个住宿介绍所像一个大集市，每天，上海旅馆的床铺都会汇总到这里来，再由这里派单出去，把那些来上海出差的、像无头苍蝇一样的人派送到下面去。那个像厅一样的房里挤满了各式各样的人，但仔细看看还是有队伍的，再看，才知道那些窗口是有要求的，写着"军人证""记者证""省介绍信""市介绍信""机关介绍信""企业介绍信"，看着这些"信"，我感觉到自己尿紧了，肚子也一下子饿了，心也慌得不行。怎么办？我没有介绍信，我也不知道介绍信为何物，我身上只有一本居委会的票证簿，我本来是要带户口簿的，是母亲怕我丢了，说丢了就没命了，才给我这本票证簿的，里面有油票、肉票、豆腐票、肥皂票的存根，至少可以证明我是个有"身份"的人，不是"黑人"，但票证簿显然在这里是行不通的。我大脑空白，茫然四顾。后来，一个热心人告诉我，在上海，露宿街头是不会的，你可以去睡澡堂，不过不是现在，现在人家还在营业，你要等到晚上，等他们澡堂打烊，你再进去睡。这无异于在我兜兜里塞了一块钱。于是，我从福州路走出来，走入了一条宽阔而又冷清的大马路，后来我知道了它叫北京路。我无所事事地往前走，心里是空落落的，我无心观摩路旁的一切，也不知道要走往哪里去，我似乎有一个心愿，就是巴望着夜幕赶快落下来。后来，我无意中发现路边有一个平安澡堂，我的腿像突然失去了力气，像失散的士兵终于找到了部队，我停下来就再也不想走了。那个时候大概是下午五点钟。

那天晚上，我就住宿在平安澡堂，这是个人味、尿味、肥皂味混杂的地方，但我觉得它很温暖。我还在那里美美地洗了一个澡，我从来没有洗过这么奢侈和肆意的澡，泡在油腻的汤里，立刻就昏昏欲睡了。我在家的时候，洗澡是很简陋的，夏天在院子里冲一冲，冬天在屋里像磨墨一样，一盆水从头洗到脚。现在，一池的汤水让我的身心都放松开来，我把上辈子的油污都泡出来了，把元气和血液都泡出来了，我差点泡虚脱了，最后还是一位澡堂老司把我捞了上来，把我放在洗澡人休息的躺椅上，我就在躺椅上睡到了天亮。

醒来的时候，我身边坐着一位笑眯眯的老司，他说，你昨晚差点晕倒了。我说，啊，是吗，我一点也不记得了，只记得泡得很惬意，泡得灵魂出窍。老司说，这朋友，你要记住，以后在外面一定要警觉，不可忘乎所以，更不可肆意妄为，泡澡也一样，

平板玻璃

尤其是累了虚了，不宜泡烫，不宜泡久，那样容易被疲惫撂倒。这话可以举一反三，在后来我浪迹天涯的经历中起了很大的作用。老司后来又说，我们做个交易怎么样？我警觉起来，什么交易？老司说，我昨天就闻到你身上的菜油味，真香啊，你带了菜油了？我说，那又怎么样？他说，你要是经常来上海，你带菜油给我，我帮你介绍旅馆，我一个侄女就在遵义旅社，你可以住她那里。这的确是个好消息，老司说的也不像在蒙我，我就分了一斤菜油给他，剩下的一斤，我说带给他侄女作见面礼，我想马上搬到遵义旅社去。

老司的侄女，就是我前面说到的陈优犁，她那时是遵义旅社的一个服务员。我带了老司的口信给她，再把剩下的菜油给她，她就很高兴，就马上让我住下了。上海人对于菜油的感情，就像温州人对于海鲜，不知是上海人特别喜欢吃菜油呢，还是温州的菜油特别香。当然后来，上海人不仅只喜欢温州的菜油，还爱上了温州的瓯柑、温州的虾干、温州的走私表。陈优犁是那种会精致打扮的女孩子，贴身的小西装，笔挺的四条柱裤子，方口皮鞋，走起来碎步，的笃的笃的，小胸脯也一抖一抖，笑声仿佛从腰肢间发出来，铿锵有力。我从来没见过这样的女孩子，挺拔、蓬勃，和温州羸弱的女孩子不一样，立刻就把我吸引了。我还喜欢听旅社的工友在过道里喊她，陈优犁，陈优犁，上海话把这三个字叫起来很好听，特别地悠扬，特别有音乐感，我如果在房间里，都会忍不住探出头张望一下。我因此也迷恋上了上海话，很快就学会了"赤那""杠头""小赤佬""侬哪能"，还成了口头禅。后来，我到上海的时候都是直接去找陈优犁，每一次都会带上上海人喜欢的东西，而她，无论我去得早还是晚，无论她在不在班上，她都会把我安排下来，使我从码头出来就不再那么慌乱，可以径直奔向栖身的地方，这个感觉非常好。

陈优犁最早是在遵义旅社，后来调到了九江路，后来又待到了浙江路，最后落实在江西中路，也就是黄浦旅馆，那是我待得最久的地方，像家一样。那个时候，我和陈优犁已经非常熟了，没事的时候，我都会靠在服务台前和她聊天，外面回来，我也会记着给她带一点零食，上海的女孩子都喜欢零食，上海女孩子吃零食也是一道风景。而她也利用她的资源给我提供便利，比如我入住的时候要是没有床铺，她就会在洗衣房里给我搭个铺，第二天再把我转出来。后来，待得久了，对房间的要求也高了，觉得那些统间杂乱、不便，不仅睡觉不便，放东西换衣服都不便，她过来说话也不便，她就把我换到了屋顶阳台的一个小阁楼。那个阁楼很小，勉强住一个人，门和窗都开在阳台上，实际上也并不隐蔽。旅馆里喜欢把洗好的床单被套晾在屋顶上，风吹得它们啦啦作响，也经常会有人在那里走来走去，但对于我来说，那无疑就是豪华的单间了。我在的时候，陈优犁也会过来看一看，我不在的时候，她也会避开领导躲到这里来午休，我的枕头上总会留下她好闻的雪花膏香味。她也会借我这里来换衣服，我怎么知道呢，有一次，她那条白色的"的确良"假领就落在了我的床铺上，不知是她故意的还是疏忽的，但我觉得那特别不一样，老想破译出这假领上承载了怎样的"密码"。我很快乐，在枯燥的外地，在疲惫之余，能有这样一份温暖的内容，实属难得。当然，我也知道，我们不是在谈恋爱，两地的差异和两人的角色，都使得我们没办法往这上面想。

后来有一天，陈优犁来阁楼里找我，叫我以后不要住在黄浦了。我不解，问为什么。她说没有为什么，说你在上海时间也不短了，其他旅馆也熟，你可以寻求别人去。我觉得这个理由站不住脚，找别人找你不是一样吗？陈优犁就换了一个话题，说，你认识小李吧？我说知道啊，怎么啦？小李是黄浦旅馆的班长，他

平板玻璃

喜欢管人，有时候我入住迟了，还要经他批准才行。陈优犁说，他让你下次到福州路排队去。我无奈，我呜呜。

再次来上海，我就不住在黄浦了。但我一直在想着陈优犁的意思，什么意思嘛，没头没脑的！突然有一天就想明白了，是陈优犁在和小李谈恋爱！上海人是很讲究清爽的，不希望事情纠结和缠绕。小李一定在揣度陈优犁，一定对陈优犁提要求了。这样想着，这件事也就解释通了。

但是后来，陈优犁又让我去住黄浦了，也就是说，陈优犁和小李不处朋友了，或者说，陈优犁不理会小李的意见了。

现在，三四十年过去，我和陈优犁又坐在一个叫作"遥握"的咖啡馆里，我们有一下没一下地回忆着过去。陈优犁说着说着漏出一句话，我现在还没有结婚呢，呵呵。我诧异，问为什么。她说，原因很简单，感觉不好，感觉不好就觉得很没劲，后来又说了几个，都这样，就不再说了。我说，这么脆弱啊。陈优犁说，我这是脆弱吗，我这是坚持哪。我说，是啊，生活里不测的东西太多了，坚持也是一种考验。

昨晚睡得很好。我睡眠本来就好，长期在外面跑，基本上没有那些娇生惯养的毛病，吃住行，只要是心理上有所准备的，再苦再差的环境，我都能自如对付。曾经有一次和同事出差，同事悄悄跟我说，我发现一个秘密，你的睡姿一夜都不会变，睡下时什么样子，醒来还是这个样子。我告诉他，这都是苦难留下的毛病。他说，怎么是毛病呢，这话怎么讲？我说我小时候和母亲一起睡，一条薄被，像帐篷一样，我们就像是缩在帐篷下躲雨，轻易不敢乱动，这就养成了睡觉一动不动的毛病。所以，当昨晚会务组又安排了一个人进来，我睡着了，一点也不知道。好在来人也特别地善解人意，好在房间的设计还特别地人性化，见我睡了，那客人就抱了被子宿客厅了。

上午是见面会兼论坛，下午还有。会议就安排在 ZD 大学的主楼二十层，我们走出宾馆，横过马路，对面就是。会议室其实就是建筑与设计学院的，所以只能开一些小规模的会议，位子摆了两圈，席签重重叠叠，因此也就显得拥挤紧张，这样的效果反而很好，给人一种务实、纯粹的感觉。因为是学院邀请，来人倒都是一些大牌，但我不是，我只是一个做玻璃物件的，要不是在上海，我来都不会来。主持人是学院的教授，没有客套，语速非常快，搞学术的人都这样。他先是报了一个名单，要大家按照顺序发言，倒也干脆，不用推三阻四的。先是轻工部的一个副部长，再是行业协会的秘书长，再接下都是国内做玻璃的龙头企业，台玻、福耀、耀皮、南玻、信义、金晶、洛阳浮法、沙玻、威海蓝星、株洲旗滨，还有德国和英国公司的代表。我的企业不算大，所以，轮到我发言是下午了。大家的话题主要围绕着玻璃产品的研制和开发，涉及飞机玻璃、汽车玻璃、低辐射镀膜玻璃、太阳能电池面板、平板玻璃、颜色玻璃、超白玻璃、玻璃家具、幕墙、灯具、仿水晶、精密电子、光学仪器、特种镜板，如果不是相关行业，肯定要听得一头雾水。在这个过程里，大家都提到了一个关键词——"浮法玻璃"。顺便也普及一下，其实玻璃的一切关键都取决于这个浮法工艺。玻璃工艺的形成应该也有近两百年的历史了，但玻璃如何真正地运用，在过去的一百多年间是非常有限的，仅仅是一般的器皿和一般的装饰，而且利用的价值就像它的质地一样非常脆弱。确实也是，当玻璃像岩浆一样流出来的时候，它的随意性和不稳定性是可想而知的。上世纪早期，英国人首先想到了要在玻璃的"改性"上做文章，这个工业革命的意义，无异于我们现在的火箭和卫星的利用，皮尔金顿公司就是通过保护气体在锡槽里的作用，解决了玻璃的成型问题和

平板玻璃   271

稳定问题。我们现在谈到的玻璃，确实，它的作用已经和其他新型材料、复合材料差不多了，比如没有波筋、厚度均匀、上下平整、更加光滑、更加牢固、更加透明，且能耗低、成品率高，那它不是比其他材料更漂亮、更有优势吗？这话说得远了。

下午还是这个会议室。门口摆着茶点和水果，我泡了一杯咖啡进来，而且是加浓的，目的也是为了自己不出现突兀的哈欠。经过一个上午的认真，下午的发言相对松弛下来，没有排名，我就主动和支持人申请，让我第一个讲，说自己还有个要紧的商谈，说得冠冕堂皇的，主持人就同意了。

我这人说话向来没谱，没有轻重，也不分场合，这和我的出身、教养有关。我说我说点题外话吧，我是感慨于两点才来这里开这个会的，一是在将近四十年之前，我差不多就在上海浪迹，我从来也没有想过自己哪一天会和知识沾点边儿，所以现在，在这个著名的 ZD 学府里开会，我是很惶恐的，同时也是很欣慰的；二是那个时候我在上海买过玻璃，那个时候的玻璃不像现在的玻璃那么贱，那个时候的玻璃是奢侈品，在我们那个地方，玻璃茶盆、玻璃杯子、玻璃鱼缸，那都是可以直接俘获姑娘芳心的，而平板玻璃，则可以决定一个婚姻的品质。我的生命里与平板玻璃有过一些交集，而这个交集又改变我的命运，鉴于此，我才乐意过来开这个会。从感恩的角度讲，我是感谢玻璃的；从抱怨的角度说，它又陷我于要命的困境。我不知道我到底讲清楚了没有，或你们听懂了没有。不懂也没有关系，这不能怪你们。我一个死去的朋友说过这样一句话，如果你在两分钟之内还讲不清楚你的意思，那你就永远不要讲了，再讲也肯定都是废话。

我说完这段话就走了。主持人在解释我的离席原因，我相信其他那些老师也一定是诧异的，甚至是鄙夷的，他们面面相觑，心里一定会觉得怎么会让这样一个人过来开会，一点也不靠谱。

都无所谓。倒是一个年轻的老师主动出来送我，边走边说，说你讲得还是挺有意思的，有许多别样的信号，你说的是什么年代的事情呢，我相信这里面一定有故事。我谢谢他的热情，我告诉他，那都是上世纪七十年代的事情。老师说，噢，怪不得我们听起来会有些距离，那你今年有这么大了吗？我说我六十多了。老师兴奋地说，你说的那时候我才刚出生呢。我看看他的样子，说有可能。

　　我下午其实没什么商谈，是又约了陈优犁，这时候她已经在宾馆里面等了。我们说好一起去看看一些老地方，没有她这个老上海，我可能都无从找起。现在，我坐在陈优犁的车里。她是个有享受倾向的人，很早以前就是这样，所以，她尽管现在独身，但还是开了一辆宝马Z4，很精致，配置也不错，我坐在里面有点恍惚和幻觉。这种感觉非常微妙，我想，也许因为身处上海的缘故，也许还有在陈优犁身边的缘故。陈优犁的车载着我朝浦东的方向驶去，这是我们下午的目的地，按照她的说法，我们不走延安路隧道的捷径，我们先重温一下多年前我在上海的岁月。我们从北京路上过来，一路走一路说，说九江路、浙江路、福建中路、黄浦旅馆；有一些在南城，像遵义旅社、十六铺码头；我那时候也看新闻，南京路江西路的拐角处就有一面报墙，那个时候，中国正在打对越反击战，我关心着它的每个进程；还有福州路的旅馆介绍所，每个人到上海的第一个落脚点，再由这里被一点点地分派下去，现在想起来还是有点不可思议，这是多大的一个工程啊。我们沿着外滩往左走，上了外白渡桥，这座著名的铁桥以及边上的石头房实际上就是上海当年的地标。陈优犁问我，去浦东那时候有两条路，你一般会走哪一条？我说，我只知道一条，就是提篮桥监狱边上的那条。在都市里面能看到一座国际监狱，那是很罕见的，高房子、小窗户、铁丝网、什么人关在这里，这些都是我当时的兴奋点。陈优犁说，走陆家嘴也行，近一点。我说，这个我不知道，外地人在上海不敢乱窜。

上海那时候的生活已经是很方便了，公交很发达，那些老电影里看到的电车都还有，无轨的有，有轨的也有，走在路上，身旁有咣当咣当的声音，让人恍如隔世。我买了月票，可以从这个车里下，也可以从那个车里上，像自己的车一样方便。上海的吃饭以前是一大奇观，到处排队，你坐在那里吃，后面是等着的人，虎视眈眈的，像拿着枪一样顶着你，再好的胃口也索然无味了。旅馆里也没有食堂，但社区里有，我们这些长期驻扎在上海的人，一般都会在社区办一张饭卡，社区食堂的狮子头很好吃，是正宗的无锡一带的烧法，但蚕豆和豌豆叫不清楚，这两种豆的叫法，上海和温州的正相反。

我前面说过，我是在温州待不住了，在家里背若芒刺，如坐针毡，我母亲都去信基督了，把门口的家什都搬进屋了，我这样"稻草都捡了走"的生活还有什么意思呢，就跑到上海去了。我一直以为过去说的跑码头就是这样，这不是我发明的，过去生活艰难的人都这样。

经过几天的熟悉和摸索，我基本知道自己可以干什么了，投机倒把，那时候没有这么一说，后来割资本主义尾巴了，才把这个词也带了出来。那时候的黄浦区，就像是我的根据地，南京西路下来的静安区偶尔我也会去一下，徐家汇也是，主要看有什么东西。南京路这边的东西很多，一百、十百、友谊商店都是我经常要去的地方，去排队买搪瓷脸盆、买高脚痰盂、买绣花被面、买铁壳热水瓶、买大白兔奶糖和印花玻璃杯，上海是全中国物资最丰沛的地方，只要去排队，只要摸准了行情，都可以买得到。这些紧俏的东西被我源源不断地带回到温州，加上市场的紧俏度，加上我的心理价位，很快就出手了。等东西走得差不多了，我又准备起来到上海来了。

我后来才知道这不叫跑码头，跑码头还是有点江湖意味的，还是有点危险的，要有侠肝义胆，要有势力和地位，要受人尊重，被人看得起。我这算什么呢？后来在样板戏《沙家浜》里体会出一句话，胡传魁问阿庆嫂，阿庆呢？阿庆嫂鄙夷地说，他呀，还是在上海跑单帮哪。言下之意是没有什么名堂，都不在阿庆嫂眼里。跑单帮就是我这样的营生，靠辛苦赚一点不怎么干净的钱。

那时候在上海带香烟最多。温州香烟凭票，而温州人又喜欢上海烟，尤其是婚宴上，那是一定要"大前门"和"牡丹"的。牡丹分蓝牡丹和红牡丹，一个四毛六，一个四毛九，都属于罕见的奢侈品。碰到有人结婚急用，红牡丹都可以翻上一倍。每天早上，我饭也不吃就去一百排队，一人限购两包，如果队不长，我可以回头再排一次。我们现在有一句话说，在北京四天办一件事情，在温州一天办四件。说的是北京地大，程序多，不好走。上海稍稍地好一点，我又有公交卡，我可以一天办两件事情。

有一年，温州流行针织尼龙，而且就兴那种蟑螂色的，有人找到我说，有多少吃多少。这样的诱惑就像鼓风机一样推搡着我。后来我在豫园商场里找到一匹。剪布师傅说，八块钱一尺，两尺八一条裤子。我说，这一匹还可以剪几条？剪布师傅说，大概有十条。我说，那都给我吧。剪布师傅愣了愣，说，哪里有这样买东西的。

还有一次，凌晨三点，我到上海钟表厂排石英表，那是那个时期的新货，二十块钱一只。那一趟回温州，我兜里只剩下四毛钱，但我心里高兴，破例在轮船上喝了一瓶天鹅牌啤酒，吃了一碗盖浇饭。后来在调剂市场，石英表换了一辆凤凰二十八吋的锰钢自行车。

平板玻璃

275

回忆间，陈优犁的车已经进入了浦东，这已经是一个完全陌生的地方了。我们盲目地开着，都是通衢大道，但我们不知道往哪里开，不知道我要找的地方在哪里。那个时候的浦东，是一个冷清的代名词，只有一些高耗能高污染的企业在这里，卷烟厂、玻璃厂、水处理厂，不是哗哗响，就是滚滚冒烟，还有一个传染病医院，据说，上海人口密度大，肝炎的发病率高，转氨酶指标控制在 38，所以，那些厂都关在这里。现在，这些厂，这些医院，连个影子也没有了，抬头望去，只有世贸大厦、东方明珠塔、金融中心大厦和一个类似于啤酒起瓶器一样的大厦。

噢，我不是来浦东看热闹的，不是来测量它的变迁的，我是来寻找一个我心底的符号，一个难以弥合的错节，它改变了我的生活以及生命的走向，上海玻璃厂，我曾经在这里进进出出，在这里买过平板玻璃。

平板玻璃是我在上海跑单帮的"重器"。温州人结婚，你可以有搪瓷脸盆，可以有高脚痰盂，可以有印花玻璃杯，可以有铁壳热水瓶，但平板玻璃就不一定有。平板玻璃是铺在洞房里面的书桌上的，有和没有，档次就差很多。没有，它就是一张普通的书桌，有了，它就平添了许多色彩、许多话题，它可以压一些照片，可以压全国粮票，可以压崭新的人民币，既增加了情趣，又体现了富有。所以，搞一块 60×120 的平板玻璃，成了新婚家庭迫切的追求。

温州那时候也有玻璃厂，还是国营的，看起来规模也不小，但只能做那种咳嗽糖浆用的黄瓶。他们也曾想克服困难做那种透明的盐水瓶，我记得当年的温州日报还登过他们会战一百天的消息，但最终还是以失败而告终。我说这话的意思是，玻璃虽然是以石英材质为主，但它的活性能量很大，高温熔化后，谁也不确定它的最终走向，以及冷却后发生的质的变化。

平板玻璃那时候只有上海才有，因为难得，因为难运，相比于其他东西，我更愿意带平板玻璃；因为婚礼必需，因为意义重大，我开价也相对更高一点。每一次，我会用几斤菜油换供销科长的一张计划票。那时候没有快递，没有出租车，没有小四轮，没有高速公路，我接受了平板玻璃的业务，也就接受了辛苦，但是我不怕，我血气方刚，我有的是力气，我把这个过程的复杂和难度都想到了，一步步去完成。我把玻璃用厚纸板包扎好，用带子把它捆结实，做成双肩包形式的模样。我就这样将平板玻璃背上了浦东渡轮，渡轮突突突地横过黄浦江，这是一段黄浦江最宽的江面，好多的船都要从这里出去，走到汪洋大海里去，所以从这里把平板玻璃背出来，也是有象征意义的。我背着平板玻璃缓缓地从渡轮上下来，因为我背的是重器，所以我把自己落在了最后，我怕人推搡，怕人碰撞，这个时候，我就是一个搬运工，我要负责货物的安全。

我背着平板玻璃踏上了76路公交，那是在市区边上开的，还开不到市区里面去，进市区还得换一个6路有轨，那也不能到达我住的旅馆，要到达我的目的地，还需要倒一个无轨。那时候，公交是普通人唯一的交通工具，挤得很，每一辆车都是满满登登的。为了把平板玻璃安全地运到，我一般都要挨到中午，就算时间上没那么凑巧，我也要在公园里挨到我要的那个时间。在车上，我一般都会挪到最后面，把平板玻璃搁置好，用身体护卫住。因此，我在车厢的最后就可以居高临下地看到许多"风景"。我看见礼貌的上海姑娘给老人让座，看到文质彬彬的上海后生为姑娘争座，看到紧张又脸色煞白的行窃者，看到站在姑娘身后装模作样而实则想猥亵的病态者。我就这样把平板玻璃弄到了我住的旅馆。

在旅馆，因为有了平板玻璃，我几乎是寸步难行了，一刻也不敢松懈，像狗狗守着肉骨头，顽强而专注。上海回温州的轮船要三四天才开一趟，这样，我就要提心吊胆地守护好几天。到了那天，我怎样把玻璃从厂里弄到旅馆的，就怎样把玻璃从旅馆弄到船上，船还是那艘工农兵18号，为了安全起见，也为了犒劳自己，我给自己买了张三等舱，毕竟船舱里人会少一点。船外的风景，我无心去欣赏，我知道，船头和船尾的浪花是很好看的，没有坐过大船的人，没有亲历过海洋的人，是很难想象乘风破浪的壮观的，那么地勇往直前，那么地激情澎湃，那么地顽强，那么地有生命力。但我只能忍着，安分地坐在船舱里，守着平板玻璃，听汽笛一声声巨响，就权当它在为我的成功而欢呼而庆祝。

　　回到温州，我直接把平板玻璃背到新郎家，这是一块结婚用的玻璃，是要压在洞房的书桌上的，相信主人在盼望婚期到来的同时也在盼望这块玻璃的到来，也许他们准备了欢呼雀跃的心情，也许他们还准备了钱，因为是喜事，他们也许还会多加几块钱，以讨个彩头，我当然也乐意多说几句好话、漂亮的话。我记得新郎家是一座两层楼房，楼下是厨房和饭堂，楼上是前后两间，一间给长辈居住，一间做新婚的洞房。为了安全起见，我坚持要一个人把玻璃背到楼上去，我有的是力气，我都从上海背到这里了，还怕这几步吗。我背着玻璃，一步步地往楼上走，楼梯的拐弯抹角我要当心，上下高矮我要注意，千万不要磕碰，要像演杂技一样稳住脚跟，把身体和玻璃都侧进去，这难不倒我。新郎新娘，一屋的人都在等这块玻璃，他们的眼睛闪闪发亮，他们寄予这块玻璃很多的期望，婚姻的档次、洞房的热闹、众人的羡慕，等等等等，他们见我进来都不由自主地让开地方，都退了一步，生怕碰到我。也有人想伸手帮我一把，要扶一扶，但马上就被人阻止了，说当心当心，由他自己的意思是最舒服的。我真的是如释重负地把玻璃放了下来。现在，书桌上已摆好了许多照片，是新郎新娘杭州游玩时拍的，有六和塔、钱塘桥、三潭印月、白堤苏堤，还都是那些照相点拍的，也就是说，他们家的条件还是比较殷实的，是配得上这块平板玻璃的。

玻璃的包扎被一点点打开了。这个物件太重要了，所以我包扎得也特别好。我一点点地解开绳子，一点点地剥开纸板，那段时间，他们家帮忙的人也都在现场，除了新郎新娘、阿爸阿妈、舅舅舅妈、几个姐妹，有些本来在楼下帮忙的，这时候也都跑到楼上来了，楼下还有一些人，帮忙洗菜的邻居，搭台做菜的厨师，做菜的过程要准备三天，这个气氛也把平板玻璃的呈现推向了高潮。

但是，但是，我解开玻璃后自己也傻掉了。这块好好的玻璃、感觉又厚又重的玻璃、包扎得结结实实的玻璃，什么时候在里面不声不响地裂掉了，看起来不觉得，其实里面已经像蜘蛛网一样了，就差喇的一声碎开来。是新郎第一个叫出声来，说怎么是块裂的！这无疑像一声炸雷，大家拼命地钻了头看，这个说，就是，玻璃裂了没有用；那个说，这个时候，玻璃裂了，彩头就不好了。是啊，婚姻是最讲究彩头的，裂，即是破碎，即是分离，这些话放在婚姻里，无论如何是通不过的。新娘马上就瘫坐在地上，呜呜地哭起来。本来喜气洋洋的气氛，一下子变得凝重起来，像黑了天一样。要是人少，这件事兴许还能够隐瞒一下，这么多人，人群马上也像炸开了锅，等于这个不幸立刻就藏不住了。大家都知道了，就会推着这些情绪往反方向走，七嘴八舌的。我一看情况不妙，就脚底抹油，还没等他们家人反应过来，我已经溜到楼梯下了，屁滚尿流地跑回家里。

我气喘吁吁地对母亲说，闯祸了闯祸了。我母亲信基督以后人完全地变傻了，还说，他们要是信基督就好了，就没有那么多讲究了，信基督，人在世间就是一个过客，这又有什么要紧的。

我也不和她废话，拼命地整理衣物，我现在还不知道他们会拿这事做什么文章，但我得先躲出去。母亲莫名其妙地看着我，她一定觉得我在小题大做，还真不是，我知道的。我当天就没敢在家露面，过了三天，我托人买到了上海票，又匆忙跑到上海去了。

我和陈优犁说着这些的时候，我们还在浦东的路上转悠，我们找不到一丁点上海玻璃厂的影子，连个裁玻璃的店铺都没有。有些地方搞得好的，会在原来的遗址上弄个什么碑，记录一下当年的历史。但浦东改造得太彻底了，规划上根本就没有这么想，这就没有办法了。这时候，天上下起了大雨，且还没有想停的意思，一下子，路面就积水了，看上去像铺了玻璃一样。路上撑雨伞的人多了起来，一会儿穿花绿雨衣的骑车人也多了起来，在十字路口，在商店门口，在人多的地方，这种颜色的交错非常有美感，看上去层层叠叠的，加上雨中的仓促，加上地上的倒影，远远望去，像一块厚厚的油画板。这种景象也告诉我们，这里已不是过去的浦东，也不是上海的浦东，这里聚集着众多的外来务工者，已经成了他们的宜居之地，今非昔比，旧貌变新颜了。高峰说到就到，车子也难走起来，我们被堵在路上了。

陈优犁告诉我，这个故事，一听就觉得还没完。我说，是的，没有完，现在还没有完。

第二天没会，但有一个座谈，说大家议一议，搞一个论文集。主办方的理由非常牵强，说本来是要给各位发放出场费的，可"八项规定"以后，财务的手续几近苛刻，支出更难了。想借论文集这一招，给大家发点稿费，弥补一下。当然也未尝不可，但这样简单的会，能出什么成果，我是持怀疑态度的。反正我是谈不出什么观点的，也不愿意再耗，一大早就买了票回广州了。我现在有经验了，从 ZD 大学到虹桥车站，地铁就要一小时。昨晚和同屋的说好，我睡客厅，目的就是为了今天的早走，于是，悄悄收拾好，蹑手蹑脚地出门，连关门的声音我自己都没有听到。

上面陈优犁的话，是我上动车之后她发给我的短信，看来，我们的交谈还得在动车里继续。动车在上海平原开得还算畅快，到了浙江境内，尤其是过了宁波绍兴，山洞隧道就渐渐地多了起来，于是，我们的发信也变得断断续续起来。

那天之后的事，我都是听别人说的。我其实至今都没有回到温州去，自从那天从新郎的洞房里逃出来，我就躲出去了，我怕回家会带来更大的麻烦，我不在，也许这件事就没有结果了，至少我觉得会很快结束的。但听说，这件事还远远没有结束。玻璃被拆开后，发现了裂痕，新郎家就拿这个说事了，说倒了彩头，冲了喜气，甚至带来了晦气，一拨人围着我家闹了三天，要我赔偿损失。我不在家，吵也罢，赔也罢，终究会过去的。我母亲倒是不怕这些的，自从她信奉了基督，她的心变得格外地坚硬，任凭对方如何谩骂，她都不争不回，按照《圣经》的说法，"你打了她的右脸，她连左脸也一起让你打了"，她顾自沉浸在自己的世界里，在那里寻找自己的安宁。只是那新娘让她难过。那其实是我的邻居，我们家的楼下和她家挨着，她家的楼上有一半也嵌镶在我们家。据说平板玻璃裂后，这个婚就没有结成，她回到了自己家里。1979 年，这样的事是可以毁人一辈子的，她要再嫁，可以说比登天还难，任何舆论都不会去支持她。更糟糕的是，她那时已怀有身孕，这个后果更加不堪。越是这样，我就越没有办法回去了。

那时候，我在外面每月都寄钱给我母亲，我寄十三块钱，是我母亲工资的一半，我用这样的方式保持着与家里的联系，与我母亲的关系。现在想来，过去的一些事真叫好，事简单，时间慢，就像那首歌里唱的，车马都走得慢，一生只够爱一个人。汇款要半个月才到，写信也要一星期，电话没办法打，因为大家都没有，每一件事操作起来都很花工夫，也就越发觉得这些事情的巨大，回家也就成了非常奢侈和隆重的行为，正因为这样，才有惦记，才有纠结，才有了一种叫作"乡愁"的东西。如果没有这些，没有这么难，我们的一切关系也许都不会发生，一切都变得容易和微不足道，这些"愁"也就都没有了。

我和我朋友说好，我每个月1号汇钱，半个月后你到我家去看看，看看我母亲怎么样，问问她钱收到没有。我朋友告诉我，我母亲都不在家，早中晚都候不着。这使得我联想很多，她是不是也像我这样在躲避麻烦？我问朋友，有没有发现我们家门口什么异常？朋友问，什么异常？我说，比如门口摆了花圈，屋角被人扒了？朋友说，那倒没有。温州有很多下三烂的报复伎俩，比如大粪泼门、玻璃涂漆、胶水冻锁眼、下水道堵塞等等。这些都没有，那我母亲去哪里了，不会也被我的平板玻璃给气疯了，背井离乡了？

后来知道，我母亲是去信基督了，她比起原先更上瘾了。她原来的功课只是三祈五祷和通读《圣经》，现在，她的业绩大有进步，已经能在一些弄堂的聚会点里布道了。母亲由挫败而信基督或寄托于基督，我是理解的，但进步那么快，我是没有想到的。那时候，社会动荡，心无安宁，没有目标的人很多，愿意麻醉自己的人也很多，这些人都是那些聚会点的常客。晚饭后，他们在路上闲逛，走着走着，被那些隐约传出的歌声吸引了，他们或自觉、或被动、或好奇、或疑惑，都想探个究竟，这就来到了这些聚会点。那时候，我母亲会和他们讲《新约·约翰福音》第十二章的故事——"那时，上来过礼拜的人中有几个希利尼人，他们来见加利利伯赛大的腓力，求他说，先生，我们愿意见耶稣。"母亲把主题落在了"愿意"上，就像她那样真心真意的愿意，这个愿意没有条件，是人心底自觉的生发，是今后虔诚的开始，而不是经过劝导后被动产生的，有条件甚至有功利的。

当人们心存疑惑左右摇摆时，母亲又会和他们讲讲另外的故事，《圣经》的好处就是通俗易懂，深入浅出，寓意丰富，老少皆宜。"耶稣和门徒渡海，遇风浪。那时，主已经睡了。门徒惊惧，催主醒。主斥了风浪，海便静了。加利利海自主斥了那番风浪后，至今都没有起过风浪吗？不是的。当主斥风浪时，海面正待要平复下来。以后海面照样是常有风浪，所谓一波未平一波又起。信徒的心啊，也犹如这海面一般，当其不宁时，一经主的管教，就觉得有了安宁。然而，时过境迁，在另一光景下，或正好在病痛中，他的心里却又要起风浪了。故，被主斥责而得来的安宁是短暂的，心里没有主，风浪照样要出没无常。而这些已有的安宁又从哪里来呢，自然是从耶稣的生命中来的，而生命中有了耶稣，也就有了能量，自然再大的风浪也不惧怕了。"我真不知道母亲有这样的水平，这样的口才，看来艰难困苦的确是磨练了她。

那个新娘，我们都叫她阿芬的，她也真是命苦。年少的时候，母亲就莫名其妙地爬到河里去了，什么病也没有，也没有什么想不开的，大家都说她是被鬼跟住了，鬼叫她到河里来，她就乖乖地去了。她父亲受了刺激就开始酗酒，晚上喝，早上也喝，有一天喝了两斤白酒，身体烫得躺在水泥地上降温，我们还帮她用水浇她父亲，那些水浇在他身上都没有一点反应，就像死猪一样。还没完，那天晚上，趁我们不注意，她父亲自己把自己颈上抓了个洞，大家都以为他睡着了，早上才发现，他流血过多，已经死了。阿芬的媒还是我母亲做的，母亲可怜她，还和我私下里说，那块平板玻璃就算白白给她带吧，不要收她的钱，就当送给她，让她高兴。没想到，是这块平板玻璃把她的婚姻搅了，我真是该死。这种事，又没有其他办法弥补，我只得躲出去，不让他们看见。

阿芬后来生了一个小孩，这个小孩没有留住她的婚姻，新郎家宁愿看重彩头而不要这个小孩，这就不是决绝的问题了。这小孩也怪，是个"鱼人"。鱼人是我们温州的说法，别的地方不知道怎么叫。这种人有个很大的优势，就是长得都不像父母，就是像自己，甚至全世界鱼人都长得一样，无论中国的或是外国的。按理说，小孩不管出身怎样，有没有病，应该都会像父母的，但鱼人就不是这样。他们都长着圆圆的脑袋，眼睛都靠在两边，一副很憨厚的样子，生气的时候也是笑眯眯的。开始的时候大家都说阿芬的小孩漂亮，白白净净的，还丹凤眼。后来才搞明白，这是"唐氏综合征"，也不知道是染色体里面什么多了什么少了。这就更苦了阿芬，这又让我产生了联想，我就更回不去了，我要是回去了，大家一定会怪罪于我，就是大家不这么想，我自己也会这么想，我看见那个鱼人也会愧疚。还据说，那段时间，都是我母亲帮她一起带小孩，这也多少减轻了一些我的罪过。

我也是自那以后就不再跑单帮了，基本上就断了温州的路子，以及回家的路子。心里有愧，赚钱也没有什么意思。我后来就不光是待在上海了，我全国各地到处跑。当然，从上述事情上可以得出结论，我也是一个一根筋的人。我还做玻璃，从玻璃上跌倒，也从玻璃上爬起来。我开始就是开玻璃店，代理上海玻璃厂的平板玻璃，或替人裁玻璃配玻璃，我有玻璃的资源，也有玻璃的情结，更有做生意的头脑和经验。我们的玻璃店开遍了上海郊区，市区一时还进不去，吴淞、崇明、闵行、嘉定，都有。我从单纯卖玻璃到定制玻璃，从客户有需求到我自己推出玻璃产品，这是 1992 年，玻璃的使用已经相当地普遍了，而最早一轮的房地产热也带动了玻璃的大发展大繁荣。但是，也有一些玻璃企业，因为机制的局限，因为设备的落后，因为产品的滞后，开始面临困境，我就是在这时候接管并买下了广州玻璃器具厂的。这个厂原来是吹玻璃花瓶的，另外还做玻璃工艺品，如果和当年的温州玻璃厂相比，那他们的技术还是可以的，外行人一看就觉得他们的技术了不起。但这种花瓶之类的东西又有什么用呢，又不高端，又不赚钱，淘汰是自然而然的。

　　我说过我是一根筋，我就想在家居玻璃上有所建树，有所突破，那个平板玻璃的裂，是我的心头之痛，甚至是永恒的痛。我开始解决玻璃的钢化问题，这个时候，钢化不是什么难题，只是看你运用在什么地方。就像一百年前人类就发明了烧不坏的灯泡，但为了不致工厂倒闭，不致工人失业，这项发明还是被人为地搁置了起来。我的产品涉及家居的一切可能，这个里面的技术一般人想不到，甚至容易"误入歧途"。有一次在机场，在等起飞的时候，边上一位听说我是搞玻璃的，就拿出一个日本的保温杯问我，杯体是双层的，但吹拉出来后怎么会没有看见封口？我说，你的思路还停留在过去的热水瓶时代，为什么过去的热水瓶都有一只脚？但是我告诉你，这个问题上世纪七八十年代就解决了。现在的难度不是封口，像我们厂，难度不在于防止变形而在于造型够大，比如200长100高50宽的鱼缸，你怎么样把它拉出来，就是换了铁的，都是一个难度，更何况玻璃。再比如玻璃圆桌、玻璃椅子，它要成型得规整，成型得平衡，在活性程度很大的玻璃上，掌控是非常非常难的。这也是我们企业现在的名声，是独一无二做玻璃家居的。一切都缘于过去那块裂掉的平板玻璃。

　　我对母亲是放心的，信基督的人，"星辰"是很大的，不怕病，不畏难，什么地方都进得去，什么地方都出得来。帮隔壁的鱼人带大之后，她后来都在外面做善事，她觉得做善事不仅在建设自己，更重要的是在造福后人，具体到造福于我。她去医院给人做祷告，去殡仪馆给人做祷告，后来索性去伺候病人了。一个患肠癌的老太太，说起来也是教会派遣的，说有个姐妹被"撒旦"跟住了，要去帮她。这也是教会的微妙之处，把同道说成是兄弟姐妹，这还不去的，这肯定都是义无反顾。母亲就带了神圣的使命去了，吃住在姐妹家，陪说话，端屎端尿，负责她的起居。到最后姐妹的弥留之际，她还陪着她睡。毋庸置疑，母亲自己一定是充实的、美好的，自然也是忘记了我了，或者说我反正也像地上的草，卑贱得很，不看它，它自己也会茁壮成长的。

这些都是我和陈优犁在动车上短信互动的内容。在短信上，我只涉及了母亲和阿芬，涉及了我的玻璃事业，却没有涉及我的个人生活。其实，我是没有成家的，至今独身一人。陈优犁说，你不是挺能干的吗，你干吗？我笑笑，我的比你的复杂，你看我父母的婚姻，你看阿芬的婚姻，我对这个东西不相信了，我是复杂和矛盾的结合体。

在和陈优犁的短信中，我们也谈到了回家。我前面也说过，物质条件的局限，使我们的乡愁变得很浓郁，变得心安理得，同时又使我们的不回家变得合情合理。我后来在央视那档"找人"的节目里看那些不回家的人，有些就是一个很小的原因，一个疏忽、一句重话、一点小小的怨恨、一次信息的丢失，就再也回不去了，也找不到了。我也是这样。

我后来回家也是一件很突然的事情。我以为我和家里的关系就这样了，和母亲的关系就这样了。母亲是主的人，她心系大众，她早已习惯了没有我的生活和日子，信基督的人好像都有这样的情怀。有一天，我们温州的电视台找到我，说想邀请我参加一档认亲节目，节目名叫"咫尺天涯"，顾名思义就是近起来很近，远起来很远。我说我没有这个意愿啊。节目导演说，你没有家？我说我的家只停留在我二十岁之前，我今年都已经六十多了，我一直就客居外地。导演说，那你没有家人？我说家人本来是有的，我母亲，但我也已经三四十年没见过她了，要说起来她今年也有八十六岁了，以她生活的坎坷，我觉得她活不到现在。导演说，那你也没有姐姐妹妹？我说没有，有的话我还会这么轻松地待在外面？导演说，那你更应该参加我们的节目了，有一个女人，通过各种渠道各种手段，一直在找你。我说不可能，还渠道手段。导演说，你看，我们不是这样找到你了吗，这个渠道和手段就很特别。于是，导演就讲了这样一段类似于侦破一样的故事。说一个叫阿芬的女人，要找四十年前曾帮她捎过一块平板玻璃的后生。她是受邻居大妈的委托，大妈生前不知道儿子在哪里，手头也没有儿子的半点线索，大妈的 DNA 倒是好弄，但儿子不上数据库也白搭，现在唯一有希望作为凭证的就是大妈的一缕白头发，因为在许多年以前，白头发是大妈一瞬间留下的一个标志，还有就是一个平板玻璃的故事，因为就是这块玻璃，导致了后生的离家出走，直到现在。节目组还真有心，分析来分析去，根据人的创伤心理以及偏执个性的行为走向，在玻璃行业寻求帮助，找许多年以前背井离乡的、专注于一个行业的、有有关玻璃特殊经历的、性格有奇异缺陷的、又对白头发有意外敏感的人，还真的找到了我。当然，这个途径也是非常典型的，稍稍有一点点偏差，也许就找不到了。

这个节目我当然不会上，我不喜欢这类秀场，我会不自然的。再说了，不回家，无论什么理由，都是说不响的，很容易现场被人吐槽。况且，面对阿芬，我一辈子都是有愧疚的，可以想象，那个场合，阿芬一想起身世，一定会情绪失控，而我也一定会无地自容。但节目组的努力，我还是要感谢的，我给了他们一年的广告植入。阿芬我也碰到了，她应该和我差不多的年龄，但

平板玻璃　　　　　　　　　　　　　　　　　287

明显老多了，这是命运落下的，也是辛苦落下的。我随她一起回了一趟温州，按照她的话讲，你自己去，东南西北也不知道了。我们老家那片地方，2000年就拆迁了，拉了马路，建了商场，政府有规定，原房四十平米以上的，可在附近安置，但房子也是很差的，其他的小面积住户，都动迁到很远的地方去了。我心想，我就算早几年过来，也一定是路也找不着了。我和阿芬家本来就很小，还像个凹凸一样嵌着，合起来才五十多平米，就只能搬到很远的地方去了。阿芬说，早年鱼人还小，都是我母亲帮忙一起带的，那时候真是太难了。后来，我的母亲，大概是在外面跑辛苦了，脑梗中风了，都是阿芬来照顾她，直至她死。为了感谢阿芬，同时也洗刷自己内心的歉疚，那些天，我陪着她跑指挥部、房开公司、公证处，我把我母亲名下的房子写给了阿芬，也了了一件大事。

阿芬后来也一直没嫁，她带着个鱼人怎么嫁，就没有这个念头了，这是其一；我觉得，更多的原因还是她不相信婚姻了，更不相信感情了，说变就变，什么也没用。鱼人倒是活得无忧无虑的，他肯定无忧无虑。据说，年少时对乐谱有感觉，还在少年宫乐团里当过指挥，鱼人开发得好，好像是有特异功能的。后来画画，现在热爱广场舞，广场里有他，他就是焦点，据说还跳得不错，尤其是转身微微翘首四十五度，比那些大妈做得好，大家看了都会笑。这也是一个有福的人，把他母亲的福也都享掉了。不再赘述。

我后来又去了一趟上海，不是去参加什么会议，而纯粹是为了去会陈优犁。我要对她说，生活就是生活，强调那么多意气干什么。很多的时候，都是因为意气，我们把生活给耽搁了，把自己的年龄给耽搁了。

我们还是坐在 ZD 大学附近那个"遥握"的咖啡馆里，她感觉到了我的心思，人真有趣，心思不对了，语言和动作也就僵硬起来，不像前面那样松弛了。她斜眼看着我，板着面孔说，我们其实也是可以的，不要说过去那点感觉，就是现在说起来，也是挺轻松的，也有情趣和愉悦。但我不能，我要是答应了你，好像我对婚姻就没有原则了，好像是为了婚姻而婚姻，我向来厌恶凑合。我要是现在答应你，那我以前的坚持就白费了，我的坚持就变成了作秀，还会被以前那谁谁笑话，说你看，我的感觉是很准确的，我以前就感觉他们有名堂，是不是掉到我嘴里了。我讨厌被流言击中，那样多俗套啊。我看还是算了。

　　我看着陈优犁，突然觉得没话说了，心想，这个可怜的人，我以前还以为她挺勇敢的，其实是被那个自我害掉了，变得可悲起来。我忍着时间，把眼前的咖啡喝完。我们往外走的时候都客气地说，常联系啊，现在电话方便，交通也方便，如果有空，抬抬脚就可以过来。其实，那之后，我们就再也没有联系了，觉得被一种莫名其妙的东西困顿着，有时候在微信里看到了，也懒得吱一声。

原载《花城》杂志 2018 年第 1 期

平板玻璃

手工或间谍

最近谍战剧看多了，对手工的印象特别深刻。谍战剧也像抗日剧、宫廷剧、生活伦理剧一样，一段时间里蜂拥而起，编得多，拍得也快，演员阿狗阿猫都能上，烂剧就不可避免了。什么东西多了都不是好事，就毁了。但谍战剧确实也有好的，像《暗算》《潜伏》《悬崖》《黎明之前》，都不错。最近的《和平饭店》口碑也可以，似乎更烧脑。国外也有谍战剧，但它有它的特色，美女、猛男、大动作、干净利落，看得过瘾。国内的谍战剧很少有这样的，不是美女没有，也不是猛男没有，是意识形态不同，暴力美学不是我们所追求的，我们主张攻心，擅长手段，尤其喜好在手工上做文章。看时也揪心尿紧，仔细想想都是些雕虫小技，什么剪贴情报啊、字意释义啊、左右手写字啊、发报的手作及嘀嗒声辨别啊，等等，似乎不那么血雨腥风。我有时候会边看边想，这样的伎俩，我也会。这样说来，我要是生在过去，是不是也可以做个地下党，或在隐秘战线兼个职，弄不好还可以和某个女人假扮夫妻，在外面住上一段。这样的例子也不是没有，谍战剧《潜伏》《悬崖》，老电影那什么电波的，就都有这样。

我小时候手工就做得很好，有两件事至今仍在我年迈的父母那里津津乐道，一件是"钉门槛"，就是把家里钉盒里的小钉用榔头都敲到门槛里去，那是我刚会走路、刚会自己一个人玩的时候，我父母也肯定试过让我玩一些有趣的东西，比如摸摸秤杆就让我学生意啊、摸摸皮球就让我当运动员之类，但我都不会，我只会钉门槛。我父母惊讶的不是我钉门槛的技巧，而是我拿榔头敲钉居然都没有敲到手指头，这在我开裆裤阶段简直就是个不可思议的本事。第二件是"剪图案"。稍大一点的时候，我对敲钉子就不感兴趣了，但对一些图案发了疯似的着迷，不是说我会涂鸦或设计，而是我喜欢把各种图案剪下来，瓶签上的、盒子里的、纸上的或是布上的，逮到了就剪。那阵子，我们家到处都是被我剪下的各种屑头，我父母顾不上我的这种手工技能，只是拼命地藏东西，以免它们遭劫。后来，我的"手工"拓展到了隔壁，一位邻居在家里做童装加工，其中关键的技术就是缝制大头贴，我就被他们邀了去，专门负责剪大头贴，又快又准边缘又清爽。我父母就很骄傲，开玩笑地对邻居说，就待在你们家算了，工资就不要了，给他几块饼干就行。好像我已经是一位手艺人，可以自食其力了。

很快到了小学，我的手工技能得到了突飞猛进的发展。期间的训练也是很多的，剪纸、画简笔画、写双线字、做一些平面玩具，还有老师指导，但对我来说这些都是小儿科。就像有些家长得意地对老师说，我儿子已经在看初中的课本了！而我那时，已经有了造假的杰作——我可以制作假电影票。那时候我们都很想看电影，但我们没有钱，尽管学生票才三分钱一张，但父母一般都不会支持我们的愿望。

我经常会去电影院门口，目光雷达一样，搜索着地面，发现整洁的票根，会毫不犹豫地捡了回来。那时候，我的铅笔盒里装的不是铅笔、橡皮、尺子，而是各式各样的票根。这些票根，有些撕在上面，有些撕在下面，可怜的检票员，他给了我一个可乘之机。我会将相同颜色的票头和票尾接在一起，不是简单的接，而是技术的接，我的手工就体现在这里。当然，票头得具备一个绝对的条件，什么条件？那就是必须有一条完好的直线。我就把这一刀切在这条直线上，两张票根，两条半边的直线，就这样严丝合缝地粘在了一起。当然要是不看背面，要是平摊在手上，再好的眼睛，也看不出这手工做在直线上。

看电影是一次次紧张又刺激的历险。去售票处选好电影，再把票的颜色和样子搞清楚，再找出绝对相像的伪造票，就可以大模大样地混检票口了。面不改色，屏心静气，把假票摊在手心，再捏住粘在一起的那条线，若无其事地递给那个心不在焉的检票员，就进来了。还不是万事大吉，还不能到处乱窜，要躲避那些打着手电的查票员，唯一的办法就是先躲进厕所，有人来了就反反复复地装着撒尿，耳朵却竖得像旗帜一样，待影院内片头的音乐响起，知道灯光已经暗下来了，才悄悄地猫身出去……

那两年，我就是通过这样的手段看了无数的电影，《雷锋》《地道战》《苦菜花》《节振国》《小铃铛》《分水岭》《岸边激浪》《带兵的人》《箭杆河边》《丰收之后》《家庭问题》《独立大队》《青年鲁班》《半夜鸡叫》《女跳水队员》《南海的早晨》《小二黑结婚》《年轻的一代》《千万不要忘记》《草原英雄小姐妹》，还有《新闻简报》。

现在看来，这种手工、造假、蒙混过关以及像潜伏一样的实践，多少训练了我的"间谍"素质，也培养了我富于想象的应对能力，这跟我后来的所作所为还是有一点逻辑关系的。

在谍战剧《风筝》里，负责内务预审的中共领导，就是利用检测字样和左右手写字的特点，确定了郑耀先既是"军统六哥"、又是隐秘战线的"风筝"、又是旧政府遗留人员"周志乾"的身份的。

在谍战剧《和平饭店》里也是。"钉子"老王潜入饭店，取得了王大顶的手写字样，伪造了其愿意归顺的"降书"，从而坐实了这个土匪二当家和中共隐秘战线同志陈佳影的合理关系。

两剧都有在笔迹上大做文章的桥段，都起到了逢凶化吉的作用，这就是手工的魅力。

进入初中，我也常常被笔迹的问题所困扰。时值1972、1973年，邓小平同志已强势复出，当时最大的动作就是振兴教育。这之前，我们的学习基本上是属于玩笑性质的，说得好听一点叫寓教于乐，学工、学农、学军，拉练唱着"语录歌"，一天可以走五十公里，还是在啃干粮喝凉水的情况下。后来不行了，上学不能推荐了，考试都要闭卷，每天的作业要家长签字证实，许多同学为这事一筹莫展，因为作业根本就做不起来，自然也就得不到家长的签字。这事难不倒我，我有手工的技艺，我可以模仿家长的签字。

我父母那时候是很忙的，整天在厂里搞什么会战，今天剥橘子比赛，明天扒鸡壳竞技，他们都是罐头食品厂的工人。我父母的字迹是很好模仿的。我母亲不怎么识字，让她签字，她会有天生的自卑感，要么胡乱得控制不住，要么羞答答的像条毛毛虫。我父亲则不同，这是他难得的露脸机会，他会参照那时老师的习惯——不打分数，不计对错，只吝啬地写一个"阅"字，他不写"阅"字，他坐在饭桌前，喝着两毛钱一碗的生啤，看都不看，斜着身子就写给你一个"即日"，然后是龙飞凤舞的姓签，比如"吴"，上面画一个圈圈，下面扭几下，怎么看都像是字母"OW"的上下组合。无论什么字，对我来说都不在话下。我独创了意识流签字，不是机械的描摹，不在乎点画的相称，我闭上眼睛，想象着我父母的样子，尤其是他们当时的状态，手与笔就达到了一种前所未有的痕迹效果……

《和平饭店》里对痕迹专家也有这样的描述：就是根据情节的发展，判断出哪些地方容易留下痕迹，哪些物件上可能产生痕迹，继而分析推理出事件的逻辑，找出合乎情理的走向。这说法可以佐证我那种方法，而我作业簿上的画押，我父母也深信就是他们的亲笔签名。

我的学习一直是不怎么样的，但两年的初中我也混得顺风顺水，原因就和我的作业表现及我父母的签字有关。到了期末，学习成绩的好坏，那是需要个人真刀真枪的，但有些成绩老师手里还是有主动权的，比如劳动好、集体活动好、思想表现优、学习态度优等等，这些好啊优啊我基本上都可以顺利囊括。

到了1976年，我已经上班去了。那时候都没有正式工作，但要找一个事情做做还是比较容易的，去学裁缝、去打铁铺、在居委会烫语录袋、在家里糊火柴盒，只要你有手工的基础，又有足够的耐心，都是可以的。我去的是罐头食品厂，跟着我父母做临时工，听起来好像要稍稍高级一点，其实也是在做手工，批黄桃皮子或削荸荠外衣，厂里会这个手工的人太多了，因此我就是做得再好也马上被大家淹没了。

但这一年，有两件事是特别考验手工的。开始是周总理去世，举国扼腕，大家都自发地要佩戴黑纱，我们厂长敏锐，当天就到店里去抢到了一批。

厂长是一个"强迫症"，什么事都要逞好，说黑纱没有字，就不够意思，等于白戴。我心领神会，就自告奋勇地接下了这个活。当然也离不开我父母的怂恿，说这事如果做好了，有可能临时就转为长期了。

我们中学门口的那条巷，按照今天的说法叫作特色巷，专做油印字，游行用的横幅、工作服上的厂标、运动衫上的号码等等。有一段时间，我很痴迷这种手工，放了学不回家，驻着脚扒在店堂里看。我知道这事怎么做，一张丝网，上面一张薄膜，薄膜上刻了字，再用橡皮刀蘸油漆在上面一刮，字就印在布上了。我把这手工用在了黑纱上，印了美术字"周总理，您在哪里"。这句话当时代表了全国人民的心声，因此，我们厂里的黑纱就显得很艺术，我们厂长也觉得很荣光。

这年9月，毛主席也去世了，这一次就更加哀痛，地动山摇，仿佛天都要塌了下来，自然也是举国黑纱。不用说，任务又落在了我的头上，但我们厂长对我提出了新的要求，说上次的那个美术字不好看，显得呆板，最好用名家的手写体，才能充分表达出我们的情感。但名家是不会写这些内容的，我就去翻查书法字典，集了王羲之的字，不够，又集了有点类似的文徵明的字、董其昌的字、王铎的字。前面那三位写得都比较周正，就是王铎的字有点斜，这个问题不大，我在刻薄膜时把它纠一点过来，"伟大领袖毛主席永垂不朽"，油印在黑纱上，就跟名家特地题写的一样，效果出奇地好。

这两件事都涉及了拼凑后的再呈现，我在做这些的时候，并不知道这也是隐秘战线的基本功，是吃饭的手段。谍战剧《面具》里，地下党截获了敌人的密码，但无从破译。李春秋机警地发现，保密局站长家里的一本《孽海花》不见了，从而断定它就是敌人密码破译的母本。找来《孽海花》，从字里行间筛选和拼凑，密码就顺利地破译出来了。创造性的工作，总会带来意想不到的收获。我也因此从原来的"削皮"，调到了厂部的油印室。

接下来，我也到了谈恋爱的年龄。

手工或间谍

我的对象其实就是我们家的亲戚，不过有点远。我们是在一次家族活动中遇见，具体说就是我们家老太迁坟，我被我父母勉强要挟了去，她也是拗不过她的长辈。我们有一点点一见钟情的味道，我觉得她顺眼，她也觉得我有那么一股邪劲。我当时问她在什么地方上班，她说，在墨池坊对面的门市部里。我说，是卖皮鞋的那个门市部？她说，你知道那里的？我说，墨池坊口子上有一个邮筒，邮筒边是一个补鞋的老头。这说起来也是间谍的要求，注意细节，过目不忘。我又说，我们碰到难，我给你写信怎么样？她说，写什么呢？有什么好写的呀？她这样一说，我就知道她同意了，她如果不同意就会说，不要不要，会被店里人笑死的，我爸知道了会打死我的。

　　那时候的恋爱没有什么内容，除了逛五马街，就是去九山湖。五马街像北京的王府井，九山湖则像上海的外滩，都是可以擦出火花的地方。尤其是九山湖，路边种满了栀子花，香得人心猿意马。对于这种花，温州人有更好听的名字，叫"白玉瓯儿"，白是色调，玉是质地，那兜着的花瓣就像瓯儿，甚至有歌谣唱那个情境的——"九山湖边，白玉瓯儿开，一对对一双双，在那里谈恋爱……"去九山湖，原来就是去寻找一种气味，抑或是为了某种释放。但这两个地方我们也没有去，我们还有点拘谨，那么写信，就是这时候最好的方式。

　　写信，其实也有点手工的特性。现代人为什么只电话和微信了，就是烦那些手工，更何况旧时要铺纸、研墨、润笔……

　　她担心我没有东西好写，其实她的担心是多余的，我可以写写我经历的趣事，也可以写写我厂里的轶闻。写好，信封装好，邮票贴好，投进邮筒，这个烦琐的手工变成了一封信到了她手里，一般都是会愉悦的。还不光是这样，我告诉她每个周一她都会收到我的信，那么早一个周六的中午，我就要把信投出去。我了解到邮筒的规律，一天只开启两次，中午十二点一次，下午四点一次，如果是下午投，那经过收件、分拣，落实到片区，再分派到投递员手上，那周一无论如何是收不到的，所以我必须要赶在周六中午十二点之前把信投出去。

这是一个周密细致的完成过程，不是随心所欲的。我知道，严谨的处事作风，是会赢得我对象好感的。一般谍战剧里也都会有这样的情节，踩着那个点去送信、去暗杀、去救人、去坐实一个证据、去撤销已经布下的计划，都要以时间和信誉作保障，否则，完成任务就是一句空话。

某次，我周五周六加班，就算信已经写好了，也投不上那个点了，也就是说，我对象要是等我周一的信，已经等不到了。这时候，我的手工才华就按捺不住了，整个周日我都在做着这件事：我写好信，装好信封，封好后贴了一张四分的邮票，有没有用过的不要紧，但一定得是邮本地的四分票，而不是邮外地的八分票。接下来我做的才是手工活，我在邮票上画了一只邮戳，在空白处也画了一只邮戳，一只代表收进所盖的，另一只则代表投递所盖的。我用的是稍干一点的墨汁，又加了一点点松节油，这样会有点油晕，还不容易褪色。剩下的就是我在周一上午的演绎了。在差不多的那个时间里，我骑车出发了。我学着邮差的那个样子，在人行道上一脚一脚地划行。沿街的店铺都已经开门，但店员们似乎都在埋头整理，做营业前的准备，因此，他们的眼睛是不注意外面的。人行道上人来人往，人少，我就划行得快一点，人多，我就踮一下脚，在快到我对象那个店铺时，我就装起了邮差的那个范儿，嘴里喊某某某信，然后随手一挥，就把信丢进了她的店堂里，没等她反应过来，我已经骑离了那个地方。这一系列细节我都做得天衣无缝，完全就是隐秘战线的要求。

后来，我又被厂里派到了上海，去学习罐头封口机的流水技术，我虽然不是一线的工人，但鉴于我的优异表现，厂长奖捎了我出去走走。在上海，信就不能像在温州那样写了，也不能像在温州那样投了，但信似乎显得更重要了。不能见面，电话又无从打起，又不能擅自回家，艰难的日子俨然就像隐秘战线，只有坚持，也只能写信。

上海的信，周期都比较长，若等她再回个信，日子就更久远了。在上海，又是经常要换住地的，这个月在遵义旅社，下个月也许就在九江旅社，再下个月说不定又在黄陂旅社了。为了苦中作乐，为了将信写得热闹，我就在信的字体上下功夫，也是将信写得有趣一点。在遵义旅社我用的是隶书，在九江旅社我用的是行书，在黄陂旅社我用的是仿宋体；隶书学的是刘炳森，行书学的是庞中华，仿宋体我曾在油印室刻过蜡纸。这样的方式，我对象马上就感受到了，觉得这个人不仅会写信，还会写多体字，说明这个人有趣味，对生活有追求，好感就更加上升了。

因为信，几百封信、各种故事的信、各种字体的信、寄自各个地方的信，我对象在十年之后嫁给了我。

后来，随着条件的改善，我们搬了几次家，从桥西里搬到水仓区，又从水仓区搬到会同门，再从会同门搬到学府路，房子一次比一次好，搬一次扔一次旧东西，但每一次搬家，妻子都会首先把那些信带上，像户口本和门钥匙一样。这里说明一下，我们其实是粗人，不是在矫情；写信也完全是出于私心，是在炫耀自己的伎俩；也是条件限制的缘故，不写信我们就像是聋子瞎子；信写得也不怎么样，基本上是拿不出来朗读的。但集得多了，自己也珍惜了。

这些信后来就不仅仅是信了，它成了一种收藏，一种纪念。有时候整理家什，也会翻出来看一看，温暖立刻像音乐一样弥漫开来。有时候，两个人说不爽了，脾气僵住了，想到有这些信，心里马上就柔软下来，会觉得我们都写了这么多信了，应该给信一个面子，好好过日子，于是，我们喷了一声，会心地笑了。

　　手工越做越好，难度也越做越大。时间到了1989年，我们这个厂正铆足了劲想上一个新台阶——参评国家二级企业。这个时候，无论厂里的规模、员工数量、年产值和年利润、销售额和出口创汇都达到了一个高水平。但根据学习的经验和兄弟企业提供的情报，觉得软件台账还是很重要的，而这一点，喜欢打球并组建了厂篮球队的厂长，恰恰不怎么重视，需要大量的材料补充。于是，经过厂部的物色和大家的举荐，我又一次从下面浮了上来，被抽调到办公室，具体伪造以往的会议记录、领导签字以及相关文件……

　　谍战剧对这种手段的重要性特别推崇，《和平饭店》里就有呈现，陈佳影的身份被渐渐怀疑后，日本宪兵就急需"满铁机关"元老新佑卫门的亲笔证明，来鉴证陈佳影。地下党利用关系潜入到日军内部，将新佑卫门刚到的亲笔信描摹成所需文本，并且调包，保证了陈佳影在短时间内不暴露。我在后来的材料整合时也都用上了这种手段，我描摹各种参会人员的签名，模仿文书的会议记录，在空白处添加所需的内容，以证明我们厂一贯以来就有创建之理念，并且早已根植于心。我还根据需要把"新材料"做旧，把一些新材料补办进业已建好的档案。手工是我的拿手好戏。不用说，我们厂的申报工作进行得非常顺利，企业晋升了档次，厂长也有了荣誉，我也在厂部混得如鱼得水。

　　后来，也就是这几年，我的情况大家都知道了，就是我有了婚外的女朋友。这似乎没什么原因可讲，就是一个俗套。就像美女伴英雄，一个有才华的人，生活里总会有一些艳遇的。女朋友是厂办的打字员。我在厂里的风光、我手上的功夫，给厂长拟个讲话稿，给厂部写个年终总结，组织全市的交流材料，搞个通讯在报上亮亮相，这些"丰功伟绩"她都看在眼里，心仪是自然而然的，加之自己也有点贪心，一来二去就好上了。女朋友小我十五岁，据说，这是处情人的最佳年龄，男女都一样，年龄相仿的或相差太大的就没有味道了。

仔细回顾相处的过程，涉及手工的事情有那么两件，还比较典型。有一年，一个外地的报纸搞什么"属相"征文，那年正好是鸡年，我为了讨她喜欢，就说去试试。讨她喜欢就一定要写到她，文章里有一段是这样写的——

小时候曾经以为属相和人的样子有关。比如属马，健壮的；属虎，凶猛的；属牛，肯干的；属猪，懒惰的；属狗，忠诚的；属猴，灵动的；属兔，漂亮的；属蛇，诡异的；属鼠，丑陋的；属羊，温顺的；属龙，呼风唤雨的；属鸡，唯一的解释就是起得早。后来，自己长得熊腰虎背、凶神恶煞一般，马上就觉得这纯属无稽之谈了。

生活中和属相有关的事只有一次。多年前我交了一位女朋友，都是成年人，我们相处得很认真，都觉得没有功利的驱使，应该纯粹。因为要求高，女朋友一开始就很注重两人的秉性，怕入情太深了，发现是个坏人，退身尴尬，就像现在相亲时要暗查一下对方的家族病，怕的也是玩不了多久就中途夭折了。女朋友属鼠，是那种胆小如鼠的鼠，却偏偏很有原则，尤其是那种形而上方面的原则。有一天就问我的属相，我说干吗，她说随便问问。我说属鸡。她马上就不随便了，说，哎呀，鸡和鼠是不合适的，我们怕是说不来的。我当时想，又不是婚姻，还要这么严格地"政审"，既然这也成了顾虑，那也太矫情了，不处也罢，就说那算了吧。结果女朋友哭了。女朋友是觉得，好不容易的一段关系，我应该怩怩一下，争取一下，哪有这么快就决绝的？当然，我们都没有因为这个鼠和鸡而离开，也没有因为是鼠和鸡而感到什么不适。我们客客气气，一直过来了好多年，到现在还是客客气气的。我知道，我们能够相处和属相无关，和条件也无关，但肯定和心底的一个尺度有关，那就是，不提任何形式的为难，也没有任何索取的倾向，无论到哪一天，都不会因为一个"欠"字而不够坦荡，不够理直气壮……

我把写好的征文拿给她看，女人有时候爱虚荣，觉得你在哪里想到了她，她就很高兴。但真正的征文又是不能这样写的，万一入选了呢？万一刊登了呢？不是露馅了？所以，公开的场合还是要写写妻子的。对于手巧的人来说，这就是动动手剪接一下而已——

生活中和属相有关的事只有一次。那是我结婚之前，妻子家要去了我的属相，说是要合一合。妻子十八岁跟我认识，我那年二十岁。我当时没有正式工作，她一直默默地"陪护"，我们的恋爱谈了十年，像马拉松似的。据说，属相拿给先生合的时候，妻子也跟去了，她付出了这么多年，也怕合出个凶信噩耗来，那如何是好。妻子属猪，先生开始说，猪与牛好，与羊也算好。还未等说到狗与马，妻子就心慌了，就脱口而问，那

手工或间谍

与鸡怎么样？先生心领神会，赶紧说，那当然是鸡最好。于是，我们就高高兴兴地结婚了，确实也一直好到现在。但我心里明白，这与属相没有关系，倒是与我们十八、二十的相识有关系，与我们恋爱时的细节有关系。到现在，一些上了年纪的人还会问，那吴什么的这厮，他妻子是不是还是以前那小孩？那倒是也像那么一对啊……

这是不是很像谍战剧里那种双料间谍，为了维护和生存，兼顾着两家？至于最终有没有入选并被刊登，那是无所谓的，找个借口，就说人家没看上，就过去了。

俘获女人最有效的是什么？不是说好话，也不是送礼物，也不是惦记着什么日子，当然这些也要紧，是手段之一，但最最有力的武器就是送体检。女朋友没有体检的习惯，平时言谈之间也常常流露出反感医生的情绪，尤其是反感那些敏感部位的检查，现在你说要陪她去，陪她一个个科室走过来，偶尔还顶替排个队，就像一枪击中了她的要害，她感动死了。于是，就订了体检套餐，又根据她工作和身体的特性增加了颈椎CT和彩色心超。

体检一般都要早起，那是因为首先要做个空腹验血，这就需要把出来的借口找稳妥，不然，早得突兀了，会让人心生疑窦。什么事能让一个人早起早出且冠冕堂皇呢？编一编当然也会有的，就看你说得像不像了。这段时间，厂里正在抓"质量提升"，每一个工序都要在原有的基础上有所改进，作为行政人员的我，就被指派到收奶工序督查去了。七点来钟，从各县收奶上来的车差不多都要到了，也是这个工序最忙的时候，测新鲜度、测溶比度、测营养成分，也测各类细菌指标，宁紧勿松。这个理由，不可谓不充分吧，妻子深信不疑。

这个时候，我已经接上女朋友，在路上了。我们去的是附二的体检中心，据说，那里的早餐做得最好。清晨的路，特别好开，这件事也特别有意思，因此，女朋友一点也没有之前对体检的排斥，反而坐在副驾上有说有笑。在一个十字路口，我们遇上了红灯，我正好停在第一辆的位置上，路口的视线非常好。这时候，女朋友碰了碰我的手，并用嘴努了努我们的前方，说，那人是不是在跟你打招呼啊？我看了看前面，斑马线走着不紧不慢的几个人，其中真有一个人在冲着我笑，我吓了一跳，当然也立刻认出了那个人是谁，我妻子的一位闺蜜！她这是要去哪里啊？去左边的公园锻炼，还是去右边的菜场买菜？但我不动声色，淡淡地说，不知道啊，好像不认识。但是，心里的不安显然已经像虫子一样爬了出来。我想起"不巧"这个词，也想起温州民间的一句老话：猪肚吃多了，总会吃出屎来的。心绪马上就坏了下来。

附二门口，场地本来就很局促，加之一早没有管理，陆续到来的车，早把秩序给停乱了。其实我也是一样，因为着急，因为想着帮女朋友排队，我也是将车子随便一停，奔里面去了。

正待情趣盎然时，兜里的手机突然振动了一下。我喜欢将手机开在振动模式，自己心里有数，同时也可以灵活把握。待稍稍松弛了一点，掏出手机一看，呼吸立马又急促了起来。是妻子发来的短信，转自交警的通知：某月某日（今天）上午七点时，在某某路附二体检中心门口，浙 CQQ664 号车，违反交通安全管理条例，不按指定地点停车，处以罚款一百元、扣点 3 分……

接下来的时间，我自己都觉得心神不宁了。女朋友偶尔一照面，也都觉出了我的异常，悄悄问，怎么啦，有什么要紧的事吗？我说，也没事，就是车被交警抄牌了，不巧。女朋友也愣了愣，说，要紧吗，要不你先回去，我一个人可以的。我强作笑脸说，管它呢，不管它。我当然是不会先回去，这时候回去算什么呢。

强打精神，陪女朋友体检好，送她回家。一路上，她好像也感觉到了事情的"不巧"，窝在副驾上不响，也不动。事实也确实如此，偶尔的一次起早，不巧被妻子的闺蜜碰见了；偶尔的一次体检，车子又被交警抄牌了；这辆车登记在妻子的名下，所以，短信是发给妻子的，也是她把短信转给我的！这就出现了一系列问题……

　　这一天真的叫作度日如年啊，就像间谍中了圈套，露马脚了。勉强挨到下班，回到家，妻子倒表现得没有事似的。这就更摸不着深浅了，我不知道她到底掌握了多少情况，她闺蜜有没有告诉她？她有没有研究过交警的短信？她如果懵懵懂懂地随便一问，早上收奶那边还顺利吧，我也许自己就乱了阵脚了！这一夜，时钟的秒针声在我脑袋里一下一下地响过。

　　不行，这样太被动了。第二天，我静下心来，在厂里做了一天的手工。手工服务于间谍，反过来说，间谍一般也都会各种手工。间谍就是这样，平时也许是窝囊的、木讷的、娘娘腔的，但在关键的时刻，需要他出手时，他强大的内心和能量就表现出来了。我整理了几位疾病专家的资讯，现在的网络很发达，搜一下都有；我又用去年的体检表伪造了一份昨天的验血报告，剪裁、粘贴、复印，比我做电影票那阵方便多了。如果你担心有拼接痕迹，没关系，把复印机的墨色调一调，痕迹立刻就无影无踪了。

　　一切准备就绪，我要和妻子好好地谈一谈。我拿着医生的资讯和验血报告，我让妻子坐在我对面，我这样做的目的，是让她感觉到谈话的正式和我的诚恳。我说，最近一段时间，我的身体出现了一些异样，异样的主要表现你可能看不出，但我自己知道体重在急剧地下降。什么原因会导致这样的结果呢？要么是身体里面混乱了，血液出了毛病；要么是身体里面在打仗，异常细胞增殖了。我这样说你也许听不懂，没关系，我们等一会儿再详

304

细聊。

昨天早上，我是托了朋友约了附二的医生，朋友是医生的亲戚，所以，得由朋友带着我去，这样会方便很多。为什么要这么早？主要想赶在医生的门诊之前，那时候医生还没有上班，心里还清爽的，他可以说得耐心一点，具体一点。为什么没事先说去医院，而是说去了厂里？是因为不知道会有什么结果，怕你在家里无端地担心，平添了一些纠结。

医生是附二的肝病科主任，同时他还介绍了胰腺疑难病的主任。一个叫李永水，主任医师、教授，专业特长是急慢性病毒性肝炎、肝硬化的诊疗；还有一个叫陈家蒙，也是主任医师、教授，专业特长是肝胆胰脾外科及疑难危重病的诊疗。两个医生我都看了，他们根据我说的情况，分析说，内科的病，都有可能交叉着反应，为了有个判断的依据，建议我先做一个验血，说血象一般都会说明一些问题的。反正时间也早，他们就开了单，我就留在那里验血了，被抽了满满的三管血，外加了一杯尿。

昨天一天，我就像行尸走肉一样，等消息是特别特别焦虑的，真的是硬忍。今天终于拿到报告了，就在这儿，有几项重要的指标我念给你听听：总胆红素 13，总蛋白 75.4，丙氨酸氨基转移酶 14，肌酐（酶法）77，血清钙 2.31，总胆固醇 3.75，甘油三酯 0.77，糖化血红蛋白 5.1，癌胚抗原 1.0，鳞状细胞抗原 1.0……

妻子说，念就不要念了，反正我也听不懂，你告诉我有没有事吧？我说，当然是没有事啰，一个"雨伞"也没有。话又说回来，没事了我才可以有心情，在这里跟你轻松地聊了。妻子噢了一声，说，没事就好。

我没有说起碰见闺蜜的事，其实这事说不说已经不重要了。至于交警的短信，我解释说，当时是心急，因为医生在里面等着，门口其实是有人管的，这些人也真是，明明是不能停的，却还收了人家的钱。你说我当时是什么心情，这里正和医生交流着，那边你抄牌的短信就发了进来，躁得我背上唰唰地冒汗。说起短信，妻子像突然想起来了，说，我看都没看，我以为是你前几天在哪里违章的，一般违章的信息都是三天以后才到的，你可能是被那些巡警抓拍的，呵呵，看来你运气不好。

这件事就这样过去了。

这之后，我有很长一段时间都不敢轻举妄动。按照隐秘战线的术语，叫"沉睡"了。女朋友也像是沉睡了，照面没有表示，平时闲来也没有音讯。她在想那天的事吗？怎么想？她会想，我后来是怎么圆了这件事的呢？

这样说来，我还真有点像那种双料间谍，既要安抚着那一方，又要稳妥着这一方，其实也是挺辛苦的。间谍一般都是西方人叫叫，我们叫隐秘战线，港台那边喜欢叫无间道。据说，它源自于佛学教义，本指无间地狱，凡入此狱者，不得超生，不得轮回。也许，我们不知道，以为自己很精明、很能干，可以游走在人鬼之间，其实是：既不是人，也不是鬼，且人鬼都不会认。

最近有一对俄罗斯父女，也是双料间谍，被人用毒气闷了，坐在马路边的靠椅上，以为在促膝谈心，其实早已经脑死亡了。像这种事，一般也都是露马脚了、让主子寒心了、失去利用价值了，留着或许还是个隐患，所以，干脆就把他"和谐"掉算了。

原载《收获》杂志 2019 年第 2 期

　　　　　　　　　　　　　飞／翔／的／骡／子

图书在版编目（CIP）数据

飞翔的骡子 / 王手著 . -- 北京：作家出版社，2020.12
ISBN 978 - 7 - 5212 - 1115 - 3

Ⅰ . ①飞… Ⅱ . ①王… Ⅲ . ①短篇小说 – 小说集 – 中
国 – 当代 Ⅳ . ①I247.7

中国版本图书馆 CIP 数据核字（2020）第 171914 号

飞翔的骡子

作　　者：王　手
责任编辑：赵　超
助理编辑：郭晓斌
装帧设计：孙惟静
出版发行：作家出版社有限公司
社　　址：北京农展馆南里 10 号　　　邮　　编：100125
电话传真：86 – 10 – 65067186（发行中心及邮购部）
　　　　　86 – 10 – 65004079（总编室）
E – mail: zuojia@zuojia. net. cn
http: // www. zuojiachubanshe. com
印　　刷：唐山嘉德印刷有限公司
成品尺寸：142 × 210
字　　数：233 千
印　　张：9.75
版　　次：2020 年 12 月第 1 版
印　　次：2020 年 12 月第 1 次印刷
ISBN 978 - 7 - 5212 - 1115 - 3
定　　价：36.00 元